Das Spiel begi

Rien ne va plus – nichts geht mehr! Mit diesen Worten schließt die schöne Serena MacGregor jede Spielrunde in dem eleganten Casino des Luxuskreuzers. Seit ihrem Uniabschluss arbeitet sie hier als Croupier. Sie ahnt nicht, dass ihr Vater seinem Geschäftspartner Justin Blade geraten hat, eine Kreuzfahrt durch die Karibik zu unternehmen und dabei Serenas Herz zu erobern. Und so glaubt sie, das Funkeln in Justins Augen kommt vom Rausch des Spiels – und nicht von der Leidenschaft ...

Lebe die Liebe

Der erfolgreiche Anwalt Clive MacGregor ist in einer großen, liebevollen Familie aufgewachsen, in der jeder Anteil am Schicksal des anderen nimmt. Ganz anders dagegen seine Kollegin Diana Blade. Seit sie als Kind von ihrem Bruder getrennt und bei ihrer strengen Tante gelebt hat, fällt es ihr schwer, an zärtliche Zuneigung zu glauben. Doch Clive begehrt Diana nicht nur, sondern will ihr auch zeigen, wie schön das Leben und die Liebe sein können ...

Nora Roberts

Die MacGregors

MIRA®

MIRA® TASCHENBUCH
Band 25080
1. Auflage: März 2004

MIRA® TASCHENBÜCHER
erscheinen in der Cora Verlag GmbH & Co. KG,
Axel-Springer-Platz 1, 20350 Hamburg
Deutsche Taschenbucherstausgabe

Titel der nordamerikanischen Originalausgaben:
Playing The Odds/Tempting Fate

erschienen bei: Silhouette Books, Toronto
Published by arrangement with
Harlequin Enterprises II B.V., Amsterdam

Konzeption/Reihengestaltung: fredeboldpartner.network, Köln
Umschlaggestaltung: pecher und soiron, Köln
Titelabbildung: by GettyImages, München
Autorenfoto: © by Harlequin Enterprise S.A., Schweiz
Satz: Berger Grafikpartner, Köln
Druck und Bindearbeiten: Ebner und Spiegel, Ulm
Printed in Germany
ISBN 3-89941-103-X

www.mira-taschenbuch.de

Nora Roberts

Das Spiel beginnt

Roman

Aus dem Amerikanischen von
Patrick Hansen

MIRA®

1. KAPITEL

Es herrschte immer viel Verwirrung, noch mehr Lärm und eine Spur von Panik, wenn die neuen Passagiere eintrafen. Einige waren schon etwas erschöpft von der Anreise nach Miami, andere voller Vorfreude. Das riesige weiße Kreuzfahrtschiff, die „Celebration“, wartete im Hafen – das Ticket für Spaß, Entspannung, Romantik. Wenn sie die Gangway hinter sich hatten, waren sie keine Buchhalter oder Lehrer mehr, sondern umsorgte Passagiere, die zehn Tage lange ernährt, verwöhnt und unterhalten wurden, wie in den Prospekten versprochen.

Von der Reling des Aussichtsdecks aus beobachtete Serena den Menschenstrom. Aus sicherer Entfernung konnte sie die Farben und den Lärm genießen, ohne im Gewühl von fünfzehnhundert drängelnden Menschen unterzugehen. Die Köche, die Barkeeper, die Stewards hatten bereits mit der Orgie der Arbeit begonnen, die während der nächsten zehn Tage ununterbrochen anhalten würde. Aber Serena hatte noch Zeit.

Sie liebte diese erholsamen Momente, bevor das Schiff den Hafen verließ. Sie konnte sich noch an ihre erste Erfahrung auf einem Kreuzfahrtschiff erinnern. Sie war acht gewesen, das jüngste der drei Kinder von Daniel MacGregor, dem Finanzgenie, und Dr. Anna Whitfield MacGregor. Sie hatten Erste-Klasse-Kabinen gehabt, in denen die Stewards warme Brötchen und frische Säfte am Bett servierten. Serena hatte den Luxus so genossen, wie sie jetzt ihre winzige Kabine auf dem Mannschaftsdeck genoss. Beides war für sie ein Abenteuer.

Serena wusste noch, wie pikiert ihr Vater gewesen war,

als sie sich um einen Job auf der „Celebration" beworben hatte. Ein Frau, die im zarten Alter von zwanzig ihr Examen auf dem Smith College gemacht und danach akademische Grade in Englisch, Geschichte und Soziologie erworben hatte, schrubbte keine Schiffsdecks. Serena hatte nur gelacht, und ihre Mutter hatte Daniel aufgefordert, dem Kind seinen Willen zu lassen.

Also hatte Serena ihren Job bekommen und die Drei-Zimmer-Suite in der Familienvilla in Hyannis Port gegen eine Besenkammer mit Pritsche in einem schwimmenden Hotel vertauscht. Keinen ihrer Kollegen interessierte, wie hoch ihr IQ war oder welche Universitätsabschlüsse sie erworben hatte. Sie wussten nicht, dass ihr Vater die komplette Kreuzfahrtreederei hätte kaufen können oder dass ihre Mutter eine Autorität auf dem Gebiet der Thorax-Chirurgie war. Sie wussten auch nicht, dass ihr ältester Bruder Senator und der jüngere Generalstaatsanwalt war. Wenn sie sie ansahen, sahen sie Serena. Das war alles, was sie wollte.

Sie hob den Kopf, hielt das Haar in den Wind. Es tanzte in der Brise, eine blonde Masse, ein sattes Gold, wie es sich auf alten Gemälden fand. Sie hatte hohe Wangenknochen und ein energisches Kinn. Ihre Haut weigerte sich, braun zu werden, blieb pfirsichfarben und ein Kontrast zu den violett-blauen Augen, deren Einzigartigkeit die Männer anzog. Serena strahlte elegante Sinnlichkeit aus, war aber an den Männern nicht sonderlich interessiert. Seit sechsundzwanzig Jahren hörte sie sich nun schon Lobgesänge auf ihre Augen an und fand diese zunehmend langweilig.

Unter ihr ebbte der Strom der an Bord kommenden Passagiere langsam ab. Bald würde die Calypso-Band auf dem Lido-Deck spielen, während das Schiff sich aufs Auslaufen vorbereitete. Serena würde draußen bleiben, um die Musik und das Gelächter zu genießen. Es würde ein Buffet geben, mit mehr Köstlichkeiten, als die über tausend Gäste verzehren konnten, exotische Drinks und eine lebhafte Atmosphäre. Die Passagiere würden sich an die Reling drängen, um einen letzten Blick an Land zu werfen, bevor es nur noch die offene See gab.

Wehmütig sah sie den Nachzüglern entgegen. Es war die letzte Kreuzfahrt der Saison. Wenn sie nach Miami zurückkehrten, würde die „Celebration" für zwei Monate ins Trockendock gehen. Und wenn sie wieder auslief, würde Serena nicht mehr an Bord sein. Sie hatte beschlossen weiterzuziehen. In dem einen Jahr, in dem sie diesen Job gemacht hatte, hatte sie gefunden, was sie suchte. Freiheit von den Jahren des Studiums, von familiären Erwartungen, von ihrer eigenen Rastlosigkeit. Sie hatte die Unabhängigkeit gefunden, die sie immer angestrebt hatte. Und sie war der Nische entflohen, die so viele ihrer College-Freundinnen zielstrebig ansteuerten: eine gute Ehe.

Nur das Allerwichtigste hatte sie nicht gefunden: das Ziel. Was wollte Serena MacGregor mit dem Rest ihres Lebens anfangen? Sie wollte keine politische Karriere, wie ihre beiden Brüder sie gewählt hatten. Sie wollte nicht unterrichten. Sie wollte Herausforderungen. Und wie immer die aussehen mochten, sie würde sie nicht finden, indem sie endlos in der Karibik herumkreuzte.

Zeit von Bord zu gehen, Rena, dachte sie lächelnd. Das nächste Abenteuer wartet um die Ecke. Nicht zu wissen, wie es aussah, machte die Sache noch spannender.

Der erste lange Ton der Schiffssirene war ihr Zeichen. Serena ging in ihre Kabine, um sich umzuziehen.

Dreißig Minuten später betrat sie das Schiffscasino in

dem leicht abgewandelten Smoking, den sie als Uniform trug. Ihr Haar lag in einem lockeren Knoten im Nacken, damit es ihr nicht ins Gesicht fiel. Ihre Hände würden bald viel zu beschäftigt sein, um sich auch noch damit abzugeben, es sich hinters Ohr zu stecken.

Die Kronleuchter ergossen ihr Licht auf den rot-gelben Artdéco-Teppich. Lange geschwungene Fenster gaben den Blick auf das Promenadendeck und die blau-grüne See frei. An den anderen Wänden standen Spielautomaten, stumm wie Soldaten vor dem Angriff. Serena zupfte an ihrer Fliege und ging zu ihrem Vorgesetzten. Das schwankende Deck unter ihren Füßen registrierte sie längst nicht mehr.

„Serena MacGregor meldet sich zum Dienst, Sir", sagte sie.

Dale Zimmermann hatte die Figur eines Leichtgewichtboxers und galt an Bord als großartiger Liebhaber. „Rena, bekommst du das Ding denn nie richtig hin?" Er schob sich das Klemmbrett unter den Arm und rückte Serenas Fliege gerade.

„Ich muss dir doch was zu tun geben."

„Weißt du, Darling, wenn du nach dieser Fahrt wirklich aussteigen willst, ist dies deine letzte Chance, das Paradies zu erleben." Er hob den Blick und grinste.

Serena zog eine Augenbraue hoch. Was Dale vor einem Jahr als heißen, aber erfolglosen Verführungsversuch begonnen hatte, war zu einer überraschend harmonischen Freundschaft geworden. „Ich werde es mir nie verzeihen", erwiderte sie seufzend. „Hast du die kleine Rothaarige aus Süd-Dakota glücklich gemacht?"

„Hat dir schon mal jemand gesagt, dass du zu viel siehst?"

„Dauernd. Welchen Tisch habe ich?"

„Zwei." Dale sah ihr nach, als sie davonging. Wenn ihm vor einem Jahr jemand gesagt hätte, dass eine Klassefrau wie Serena brüderliche Gefühle in ihm wecken würde, hätte er ihn zum Psychiater geschickt.

Auch andere Männer und Frauen in Smokings bezogen ihre Posten. Neben Serena stand der junge Italiener, der gerade erst zum Croupier befördert worden war. „Es wird ein langer Abend, Tony", sagte sie und sah zur Glastür hinüber. Dale gab das Signal, sie zu öffnen.

Die Passagiere strömten herein. Wenn das Dinner serviert wurde, würde die Zahl der Gäste abnehmen, um anschließend bis nach Mitternacht beständig zuzunehmen. Die Kleidung war lässig – Shorts und Jeans, das Outfit für einen Nachmittag im Spielsalon. Es dauerte nur wenige Minuten, bis die Musik vom Promenadendeck im Lärm der Automaten unterging.

Es gab Gäste, die sich nur amüsieren wollten, ob sie nun gewannen oder nicht. Und Zuschauer, die eine Weile brauchten, bis sie sich an einen Tisch oder Automaten trauten. Und dann waren da die echten Spieler, die das Gewinnen und Verlieren zu einer Kunst entwickelt hatten. Oder zu einer Besessenheit.

Serena lächelte den fünf Gästen an ihrem Tisch zu und öffnete vier versiegelte Packungen neuer Spielkarten.

„Willkommen an Bord", sagte sie und begann die Karten auszugeben.

Während ihrer ersten Schicht wechselte Serena alle dreißig Minuten den Tisch und arbeitete sich langsam durchs Casino. Weil die Karten und die Leute sich ständig änderten, wurde es ihr nie langweilig. Sie hatte den Job gewählt, um Menschen kennen zu lernen. Im Moment hatte sie einen Texaner, zwei New Yorker, einen Koreaner und einen Mann aus Georgia am Tisch. Die Gäste an ihrem Akzent zu erkennen gehörte für sie zur Arbeit wie die Karten, die sie auf den Filz gleiten ließ.

Serena gab die zweite Karte aus, warf einen Blick auf ihre eigene und war mit der Achtzehn zufrieden. Der erste New Yorker zählte seine Karten und schnaubte, hielt aber mit. Der Koreaner stieg mit Zweiundzwanzig aus und verließ den Tisch. Die Frau aus New York, eine schlanke Blondine in einem schwarzen Abendkleid, hatte eine Neun und eine Dame und blieb im Spiel.

„Ich nehme noch eine", sagte der Mann aus Georgia. Er zählte achtzehn, sah Serena nachdenklich an und hielt mit.

Der Typ aus Texas ließ sich Zeit. Er hatte vierzehn, und die Acht, die Serena aufgedeckt hatte, gefiel ihm nicht. Er rieb sich das Kinn, nahm einen Schluck Bourbon und nickte Serena auffordernd zu. Sie präsentierte ihm eine Neun.

„Sweetheart", sagte er und beugte sich vor. „Sie sind einfach zu hübsch, um einem Mann auf diese Weise Geld abzunehmen."

„Tut mir Leid." Lächelnd drehte sie die Karte um und sah erst jetzt die Hundert-Dollar-Note auf dem Tisch.

Jemand hatte den Platz des Koreaners eingenommen. Sie sah hoch, direkt in ein Paar grüner Augen – kühl, ohne Tiefe, mit offenem Blick. Es war ein kaltes Grün, mit einem bernsteinfarbenen Rand um die Iris. Ein eisiges Gefühl lief ihr über den Rücken. Serena zwang sich, den Mann anzusehen.

Er hatte das schmale Gesicht eines Aristokraten, aber Serena ahnte sofort, dass er kein Fürst oder Prinz war. Ein Herrscher, aber kein König. Er war der Typ Mann, der rücksichtslose Coups plante und damit Erfolg hatte. Sein dichtes schwarzes Haar reichte ihm über die Ohren und den Kragen des weißen Seidenhemds. Die straffe Gesichtshaut war so gebräunt wie die von Dale, aber Serena bezweifelte, dass er auf seinen Teint achtete. Dieser Mann stellte sich den Elementen, ohne einen Gedanken an sein Aussehen zu verschwenden.

Er flegelte sich nicht an dem Tisch wie der Texaner oder saß mit hängenden Schultern da wie der Mann aus Georgia, sondern hatte die Haltung einer geduldigen Raubkatze, die jederzeit zuschlagen konnte. Erst als er eine Augenbraue leicht nach oben zucken ließ, ging Serena auf, dass sie ihn die ganze Zeit angestarrt hatte.

„Hundert", sagte sie energisch und ärgerte sich über sich selbst. Sie schob den Schein in den Schlitz im Tisch und zählte ihm die Jetons hin. Als die Wetten platziert waren, gab sie die Karten aus.

Der Neuankömmling mit dem gefährlichen Gesicht steckte sich ein Zigarillo an und spielte schweigend. Serena wusste schon jetzt, dass er ein Spielertyp war.

Sein Name war Justin Blade. Seine Vorfahren hatten schnelle Pferde geritten und mit Pfeil und Bogen gejagt. Was die aristokratische Herkunft betraf, so hatte Serena richtig gelegen, obwohl er nicht von königlichem Geblüt war. Ein Teil davon stammte von französischen Einwanderern, ein Spritzer von walisischen Minenarbeitern, der Rest war reines Komantschenblut.

Trotz der indianischen Abstammung hatte er nie in einem Reservat gelebt, und obwohl er in der Jugend die Armut kennen gelernt hatte, wusste er, wie sich Seide auf der Haut anfühlte. Seinen ersten Erfolg hatte er mit fünfzehn im Hinterzimmer eines Billardsalons gehabt. In den zwanzig Jahren, die seitdem vergangen waren, hatte er elegantere Spiele gespielt. Er war, wie Serena ahnte, ein Spielertyp, ein Hasardeur. Und schon jetzt wog er seine Chancen ab.

Er hatte das Casino betreten, um sich die Zeit zu vertreiben. Kleine Einsätze waren entspannend, wenn man es sich leisten konnte zu verlieren. Dann hatte er sie gesehen. Sein Blick war über andere Frauen in Abendkleidern, über den Glanz von Gold und das Funkeln von Juwelen gewandert, bis er auf die Blondine im Smoking fiel. Sie hatte einen schlanken Hals, den ihr Haarstil und das gerüschte Hemd noch unterstrichen. Ihre Haltung verriet Klasse. Aber was ihn am meisten faszinierte, war die unverhohlene Sexualität, die sie ohne jede Bewegung, ohne jedes Wort verströmte.

Justin betrachtete ihre Hände, als sie die Karten austeilte. Sie waren exquisit – schmal, mit langen Fingern und zartblauen Adern unter der cremigen Haut. Die Nägel waren oval und perfekt, farbloser Lack verlieh ihnen zusätzlichen Glanz. Es waren Hände für zerbrechliche Teetassen und feines französisches Gebäck. Die Art von Händen, die ein Mann auf seiner Haut spüren wollte.

Er hob den Blick und sah direkt in ihre Augen. Leicht irritiert erwiderte Serena den Blick. Warum machte dieser schweigende Mann sie zugleich nervös und neugierig? Er hatte noch kein einziges Wort gesagt, weder zu ihr noch zu den anderen am Tisch. Obwohl er mit geradezu professioneller Beständigkeit gewann, schien er sich nicht darüber zu freuen. Eigentlich schien er gar nicht auf das Spiel zu achten. Stattdessen starrte er sie ruhig und aufmerksam an.

„Fünfzehn“, sagte Serena kühl und zeigte auf die Karten vor ihm. Justin nickte und nahm eine Sechs, ohne den Gesichtsausdruck zu verändern.

„Verdammtes Glück, mein Junge“, erklärte der Texaner jovial und starrte auf sein eigenes mageres Häufchen Jetons. „Bin froh, dass wenigstens einer es hat.“ Er stöhnte auf, als

Serena ihm die Karte gab, die ihn mit zweiundzwanzig aus dem Spiel warf.

Als sie Justin zwei 25-Dollar-Jetons zuschob, berührten seine Fingerspitzen ihre. Die Berührung war leicht, aber wirkungsvoll genug, um sie hochsehen zu lassen. Er blickte sie an und ließ seine Hand, wo sie war. Es gab keinen Druck, kein flirtendes Drücken, aber es kostete Serena dennoch große Mühe, ihre Hand zurückzuziehen.

„Neuer Geber“, verkündete sie ruhig und stand auf. „Ich wünsche Ihnen noch einen netten Abend.“ Sie wechselte an den nächsten Tisch und nahm sich fest vor, keinen Blick über die Schulter zu werfen. Natürlich tat sie es trotzdem, und ihr Blick sog sich an seinem fest.

Wütend schüttelte sie den Kopf. Ihre Miene wurde herausfordernd. Zum ersten Mal an diesem Abend sah sie, wie sein Mund sich zu einem Lächeln verzog – einem Lächeln, das die Züge und Flächen seines Gesichts kaum veränderte. Justin neigte den Kopf, als würde er die Herausforderung annehmen. Serena kehrte ihm den Rücken zu.

„Guten Abend“, begrüßte sie die neuen Spieler.

Der Mond stand hoch am Himmel, sein Licht schlug eine helle Schneise durchs schwarze Wasser. Von der Reling aus konnte Serena die weißen Kronen der Wellen sehen, die am Schiff vorbeiglitten. Es war nach zwei Uhr morgens, und außer ihr kein Mensch an Deck. Sie mochte diese Zeit. Die Passagiere schliefen, die Frühschicht hatte noch nicht begonnen. Sie war allein mit der See und dem Wind.

Sie atmete die salzige Nacht ein. Im Morgengrauen würden sie Nassau erreichen, und im Hafen blieb das Casino geschlossen. Sie hatte den Vormittag frei. Der Abend wäre ihr lieber gewesen.

„Die Nacht passt zu Ihnen."

Serenas Hände legten sich fester um die Reling. Obwohl sie seine Stimme nicht kannte und seine Schritte nicht gehört hatte, wusste sie, wer hinter ihr stand. So langsam wie möglich drehte sie sich zu ihm um.

„Ist Ihnen das Glück treu geblieben?" fragte sie.

Justin sah ihr ins Gesicht. „Offensichtlich."

Sie versuchte von seinem Akzent auf seine Herkunft zu schließen. Es ging nicht. Seine Stimme war tief und melodisch und ohne jede Färbung. „Sie sind sehr gut", sagte sie. „Einen Profi haben wir nur selten im Casino." In seinen Augen schien Belustigung aufzublitzen, bevor er ein Zigarillo hervorholte und es ansteckte. „Genießen Sie die Reise?"

„Mehr, als ich erwartet habe." Nachdenklich zog er am Zigarillo. „Und Sie?"

Serena lächelte. „Es ist mein Job."

Justin lehnte sich neben ihr an die Reling und legte die Hand neben ihre. „Das ist keine Antwort, Serena."

Da sie ein Namensschild trug, zog sie lediglich eine Augenbraue hoch, als er ihren Namen nannte. „Es macht mir Spaß, Mr. ...?"

„Blade", erwiderte er leise und strich mit der Fingerspitze an ihrem Kinn entlang. „Justin Blade. Merken Sie ihn sich."

Serena zuckte nicht zurück, sondern musterte ihn ernst. „Ich habe ein gutes Gedächtnis."

Er nickte. „Deshalb sind Sie auch eine gute Geberin. Seit wann machen Sie das?"

„Seit einem Jahr." Obwohl er sie nicht mehr berührte, kühlte ihr Blut nicht ab.

Überrascht nahm Justin einen letzten Zug und trat das

Zigarillo aus. Er nahm ihre Hand von der Reling, drehte sie um und betrachtete die Handfläche. „Was haben Sie vorher gemacht?"

Obwohl ihr Verstand ihr sagte, dass ein Rückzug jetzt ein weiser Schritt wäre, ließ Serena ihre Hand in seiner. „Ich habe studiert."

„Was?"

„Was immer mich interessiert hat. Was tun Sie?"

„Was immer mich interessiert."

Sie lachte, ein leiser, verführerischer Laut, der an seiner Haut entlangwisperte. „Irgendwie habe ich das Gefühl, dass Sie das völlig ernst meinen, Mr. Blade." Sie wollte ihm ihre Hand entziehen, aber seine Finger schlossen sich darum.

„Das tue ich", murmelte er. „Mein Name ist Justin, Serena." Sein Blick wanderte über das verlassene Deck, dann auf die dunkle, endlose See hinaus. „Dies ist nicht der Ort für Förmlichkeit."

„Für die Mannschaft gelten beim Umgang mit Passagieren bestimmte Regeln", sagte sie scharf. „Ich brauche meine Hand."

Er lächelte. „Ich auch." Er hob sie an den Mund und presste die Lippen in die Mitte der Handfläche. Serena spürte die Nachwirkung des Kusses in jeder Pore. „Und ich nehme mir, was ich brauche", murmelte er an ihrer Haut.

Sie atmete schneller, ohne dass es ihr bewusst wurde. Auf dem dunklen leeren Deck war er kaum mehr als ein Schatten mit einer Stimme, bei deren Klang es sie heiß überlief, und gefährlichen Augen. Serena registrierte ihr heftiges Verlangen, und ihr Unmut darüber schlug in Verärgerung um.

„Diesmal nicht. Ich gehe hinein. Es ist spät."

Justin hielt ihre Hand fest und zog die Nadeln aus ihrem

Haar, warf sie ins Meer. Das Haar fiel ihr auf die Schultern. Seine Kühnheit verblüffte Serena. Sie funkelte ihn an.

„Spät", wiederholte er und strich mit den Fingern durch die blonde Mähne. „Aber Sie sind eine Frau für die dunklen Stunden. Das habe ich gleich gedacht, als ich Sie sah." Er drehte sich, bis Serena zwischen seinem Körper und der Reling gefangen war. Ihr Haar flatterte über dem Wasser, vom Wind erfasst, und ihre Haut schimmerte im Mondlicht wie Marmor.

„Wissen Sie, was ich dachte?" fragte Serena. „Ich fand Sie unhöflich und provozierend."

Er lachte. „Wie's aussieht, hatten wir beide Recht. Sollte ich Ihnen sagen, dass ich mich kaum aufs Spiel konzentrieren konnte, weil ich mich immerzu gefragt habe, wie Ihre Lippen wohl schmecken?"

Serena stand reglos da. Nur die goldenen Strähnen tanzten um ihr Gesicht. Dann hob sich ihr Kinn. „Wirklich schade", sagte sie leise und ballte eine Hand zur Faust. Sie würde ihm einen Aufwärtshaken verpassen, so, wie sie es von ihren Brüdern gelernt hatte.

„Es kommt selten vor, dass ich mich ablenken lasse." Er beugte sich vor. „Sie haben die Augen einer Hexe. Ich bin ein abergläubischer Mann."

„Arrogant", verbesserte Serena ruhig. „Abergläubisch wohl kaum."

„Glauben Sie an das Glück, Serena?"

„Ja." Und an eine gute Rechte. Sie spürte, wie seine Finger unter ihr Haar und in den Nacken glitten. Sein Mund näherte sich ihrem. Irgendwie brachte sein warmer Atem ihre Lippen dazu, sich zu öffnen. Ihre Konzentration ließ nach.

Während er ihre Handfläche mit einem Finger

streichelte, holte Serena mit dem freien Arm aus und zielte auf seinen Bauch.

Nicht mehr als eine Handbreit vor dem Ziel wurde ihre Faust von einem festen Griff aufgehalten. Sie wollte sie losreißen, aber er lachte nur. „Ihre Augen verraten Sie", sagte er. „Daran werden Sie arbeiten müssen."

„Wenn Sie mich nicht loslassen, werde ich ..." Die Drohung verklang, als seine Lippen ihre streiften. Es war kein Kuss, sondern eine Versuchung. Seine Zunge befeuchtete ihre Lippen.

„Was werden Sie?" flüsterte er, den Mund an ihrem. Ihre Lippen dufteten leicht nach See und Sommer. Als sie nicht antwortete, zog er mit der Zungenspitze die Konturen ihres Mundes nach. Er prägte sie sich ein, kostete den Geschmack aus und wartete.

Serena wurden die Lider schwer. Ihre Augen fielen zu, und die Muskeln entspannten sich. Die Faust in seiner Hand wurde kraftlos. Zum ersten Mal, seit sie sich erinnern konnte, dachte sie an nichts mehr. Sie spürte den winzigen erregenden Schmerz, während er an ihrer vollen Unterlippe knabberte. Sein Mund war viel weicher, als sie es sich bei einem Mann hatte vorstellen können, wie Seide auf bloßer Haut. Sein Duft war würzig, exotisch und, abgesehen vom Tabak, nur sein eigener. Er flüsterte ihren Namen so, wie sie ihn noch nie gehört hatte. Serena gab den Widerstand auf, ließ zu, dass ihre Arme sich um seinen Hals schlangen, und legte den Kopf einladend in den Nacken.

Justin griff in ihr Haar. „Mach die Augen auf", verlangte er. „Sieh mich an, wenn ich dich küsse."

Dann fiel sein Mund über ihren her, rücksichtslos, plündernd. Er hörte seinen Herzschlag, als er weiter vordrang. Ihre Zunge kam seiner entgegen, reagierte so wild, wie seine es vorgab. Fasziniert beobachtete er, wie sich ihre Augen vor Leidenschaft verdunkelten. Sie stöhnte auf, ihre Augen schlossen sich, und sein Blick wurde verschwommen.

Serena fühlte, wie die Begierde sie wie mit Macht ergriff. Bedürfnisse, Sehnsüchte, Geheimnisse, sie alle wurden in einer einzigen Explosion der Gefühle enthüllt. Noch während sie danach hungerte, sie zu erfüllen, wurde ihr klar, dass dieser Mann ihr bis auf den Grund der Seele blicken konnte. Und sie wusste nichts über ihn. Sie wollte sich befreien, doch er hielt sie fest.

Als sie es dann doch geschafft hatte, sich aus seiner Umarmung zu winden, atmete sie tief durch. Wie immer schützte sie sich, indem sie Angst in Zorn verwandelte.

„Wenn Sie Ihren Prospekt lesen, werden Sie feststellen, dass der Reisepreis keine Selbstbedienung bei der Mannschaft einschließt."

„Gewisse Dinge haben keinen Preis, Serena."

Sie wich zurück. „Halten Sie sich von mir fern."

Justin lehnte sich an die Reling. „Nein", erwiderte er sanft. „Ich habe die Karten bereits ausgegeben, und das Glück ist immer aufseiten des Gebers."

„Ich bin nicht interessiert", zischte sie. „Also lassen Sie mich aus dem Spiel." Sie drehte sich um und hastete den Niedergang zum nächsten Deck hinab.

Justin steckte die Hände in die Taschen und ließ sein Kleingeld klimpern. „Ganz bestimmt nicht", sagte er lächelnd.

2. KAPITEL

Serena schlüpfte in Khaki-Shorts und kroch unter ihre Koje, um nach den Sandaletten zu suchen. Die meisten Passagiere, die den Tag in Nassau verbringen wollten, waren schon von Bord gegangen, so dass sie sich weder durchs Gewühl noch an den wartenden Taxifahrern und Fremdenführern vorbeikämpfen musste. Da dies ihre letzte Reise hierher war, wollte Serena selbst einmal Touristin spielen und einige Souvenirs für ihre Familie einkaufen. Eine Sandalette hatte sich verklemmt, und Serena musste noch weiter unter die Koje kriechen.

„Man sollte meinen, nach einem Jahr in diesem Loch hätte ich gelernt, Ordnung zu halten“, murmelte sie und kam wieder hoch.

Wenn sie sich auf der Koje ausstreckte, konnte sie beide Wände der Kabine berühren. Eine winzige Spiegelkommode und eine Wandnische, die als Schrank diente, bildeten den Rest der Einrichtung. Serena war heilfroh, dass sie nicht unter Platzangst litt.

Wenig später wechselte sie vom schlichten Teppichboden der Mannschaftsquartiere auf das edle rot-goldene Design, das den Rest des Schiffes zierte. Als sie das Hauptdeck erreichte, wechselte sie einige Worte mit anderen Besatzungsmitgliedern, die noch an Bord waren.

Zwei Männer standen links und rechts der Gangway. Einer in der blütenweißen Uniform des Ersten Offiziers, der andere in lässigem Kreuzfahrt-Outfit. Wie immer stritten sie sich. Serena sah zunächst den Kreuzfahrt-Direktor an, einen kleinen Engländer mit rötlich blondem Haar und grenzenloser Energie. Sie zwinkerte ihm zu und stellte sich zwischen die beiden.

„Welcher Diplomat hat euch beide zusammen zum Gangway-Dienst eingeteilt?“ fragte sie mit gespieltem Seufzer. „Schätze, ich muss mal wieder die Schiedsrichterin spielen. Was ist es diesmal?“

„Rob behauptet, dass Mrs. Dewalter eine reiche Witwe ist“, begann Jack, der Engländer. „Ich sage, sie ist geschieden.“

„Eine Witwe“, beharrte der Erste Offizier. „Eine hübsche reiche Witwe.“

„Okay“, sagte Serena. „Geschieden oder verwitwet? Was ist mit Ringen?“

„Genau.“ Rob lächelte selbstgefällig. „Sie trägt Ringe. Witwen tragen Ringe.“

„Was für Ringe?“ fragte Serena geduldig. „Schlicht? Aus Gold? Oder mit Brillanten?“

„Ein Klunker so groß wie ein Hühnerei“, erwiderte Rob und grinste triumphierend. „Reiche Witwe.“

„Geschieden“, verkündete Serena. „Tut mir Leid, Rob, aber wenn wir nach der Statistik gehen, ist sie geschieden. Hühnereier werden nur selten aus Sentimentalität getragen.“ Sie tätschelte ihm tröstend die Wange. „Bitte um Erlaubnis, von Bord gehen zu dürfen, Sir!“

„Verschwinde“, knurrte er. „Bring mir eine Strohmatte mit.“

„Genau das hatte ich vor.“ Lachend joggte sie die schmalen Metallstufen zum Pier hinunter.

Die Sonne war strahlend, die Luft feucht und mild. Serena freute sich auf die Stunden an einem der schönsten Touristenorte auf den Bahamas.

„Drei Dollar“, rief ein schwarzer Junge und streckte ihr eine Muschelhalskette entgegen.

„Du Pirat“, erwiderte sie gutmütig. „Einen Dollar.“

Der Junge grinste. „Oh, hübsche Lady“, begann er mit melodischer Stimme. „Wenn ich könnte, würde ich Ihnen die Kette für Ihr Lächeln geben, aber dann würde mein Vater mich verprügeln.“

Serena zog eine Augenbraue hoch. „Einen Dollar und fünfundzwanzig Cents.“

„Zweifünfzig. Ich habe die Muscheln selbst gesammelt und bei Kerzenschein aufgezogen.“

Lachend schüttelte sie den Kopf. „Vermutlich hast du auch noch einen Schwarm Haie abwehren müssen.“

„Keine Haie um unsere Insel, Lady“, verkündete er stolz. „Zwei amerikanische Dollar.“

„Eineinhalb amerikanische Dollar, weil ich deine Fantasie bewundere.“ Sie holte ihre Brieftasche heraus.

„Für Sie, hübsche Lady, riskiere ich es, verprügelt zu werden.“

Serena suchte sich eine Halskette aus und gab ihm noch einen Vierteldollar zusätzlich. „Pirat“, wiederholte sie, bevor sie sich die Umhängetasche wieder über die Schulter streifte und weiterschlenderte.

In diesem Moment sah sie ihn. Serena war nicht so überrascht, wie sie erwartet hätte. Irgendwie musste sie es geahnt haben. Er trug ein beigefarbenes T-Shirt, das seine Haut fast wie Kupfer aussehen ließ, und ausgebleichte abgeschnittene Jeans, die seine muskulösen Oberschenkel betonte. Trotz der grellen Sonne trug er keine dunkle Brille. Während sie noch überlegte, ob sie einfach an ihm vorbeigehen sollte, kam er auf sie zu.

„Guten Morgen.“ Justin nahm ihre Hand, als wären sie miteinander verabredet.

„Guten Morgen“, erwiderte sie frostig. „Nehmen Sie denn an keinem Ausflug teil?“

„Nein. Ich lasse mich ungern führen." Er setzte sich in Bewegung und zog Serena einfach hinter sich her, ohne sich nach ihr umzublicken.

Sie beherrschte sich. „Wir bleiben nur kurz im Hafen, und da ist ein organisierter Ausflug die beste Art, die Insel kennen zu lernen."

„Sie waren doch schon einmal hier", sagte er unbeschwert. „Warum zeigen Sie sie mir nicht?"

„Ich bin nicht im Dienst. Und ich möchte einkaufen gehen."

„Schön. Wie ich sehe, haben Sie schon damit angefangen." Er warf einen Blick auf die Halskette in ihrer Hand. „Wohin wollen Sie als Nächstes?"

Sie beschloss, nicht mehr diplomatisch zu sein. „Warum lassen Sie mich nicht in Ruhe? Ich habe vor, den Tag zu genießen."

„Ich auch."

„Allein", sagte sie spitz.

Er blieb stehen und drehte sich zu ihr um. „Schon mal was davon gehört, dass wir Amerikaner in der Fremde zusammenhalten?" fragte er, bevor er nach der Halskette griff und sie ihr über den Kopf streifte.

„Nein", antwortete sie.

„Ich erkläre es Ihnen während der Kutschfahrt."

„Ich will einkaufen", wiederholte sie, als sie wieder in Richtung Stadt gingen.

„Nach der Fahrt wissen Sie, wo Sie kaufen müssen."

„Justin." Serena passte sich seinem Schritt an, weil es immer noch besser war, als geschleift zu werden. „Akzeptieren Sie niemals ein Nein?"

Er tat, als müsse er nachdenken. „Nicht, dass ich mich erinnere."

„Habe ich mir gedacht", murmelte sie und musterte ihn mit eisigem Blick.

„Na gut, versuchen wir es so. Kopf, wir machen die Kutschfahrt. Zahl, Sie gehen einkaufen." Er holte eine Münze aus der Tasche.

„Vermutlich hat sie zwei gleiche Seiten."

„Ich betrüge nie", erklärte Justin feierlich und hielt ihr die Münze hin.

Serena hätte einfach davongehen können, aber sie nickte. Er ließ die Münze durch die Luft segeln, fing sie auf und legte sie auf den Handrücken. Kopf. Irgendwie überraschte es sie nicht.

Als das Pferd sich mit klappernden Hufen in Bewegung setzte, beschloss Serena, würdevoll zu schweigen. Sie schaffte es immerhin dreißig Sekunden lang.

„Was tun Sie hier?" fragte sie.

Er legte einen Arm auf den Sitz. Seine Finger streiften ihr Haar. „Ich genieße die Fahrt."

„Keine frechen Antworten, Justin."

Er musterte sie, erst neugierig, dann bewundernd. „Was wollen Sie wissen?"

„Was tun Sie auf der ‚Celebration'?" fragte sie und rutschte nach vorn, als seine Finger in ihren Nacken glitten. „Irgendwie kommen Sie mir nicht vor wie ein Mann, der sich auf Kreuzfahrten in die Tropen erholt."

„Ein Freund hat es mir empfohlen. Ich war rastlos, er überzeugend." Seine Finger berührten ihren Hals. „Und was tun Sie auf der ‚Celebration'?"

„Ich gebe beim Blackjack die Karten aus."

„Warum?"

„Ich war rastlos." Gegen ihren Willen musste Serena lächeln.

Der Kutscher begann mit seinem Monolog über die Attraktionen der Insel, merkte jedoch schnell, dass seine Gäste nur aneinander interessiert waren. Er schnalzte mit der Zunge und verstummte.

„Na schön, woher kommen Sie?“ erkundigte Serena sich, um irgendwo anzufangen. „Ich habe mir angewöhnt, die Herkunft der Leute zu erraten, aber Sie kann ich nicht unterbringen.“

Justin lächelte geheimnisvoll. „Ich reise.“

„Ursprünglich.“

„Nevada.“

„Vegas.“ Sie nickte. „Und damit verdienen Sie Ihr Geld? Mit Glücksspiel?“

Justin drehte den Kopf und sah sie an. „Ja. Warum?“

„Ich habe Sie gestern Abend beobachtet. Sie verfügen über die Konzentration, die den Profi vom Gelegenheitsspieler unterscheidet.“

„Interessante Theorie.“ Mit der Fingerspitze schob er ihre Sonnenbrille nach unten, um ihr in die Augen sehen zu können. „Spielen Sie, Serena?“

„Das kommt auf das Spiel und die Gewinnchancen an“, erwiderte sie und schob die Brille wieder hinauf. „Ich verliere nicht gern.“ Sein Blick ließ erkennen, dass er nicht von Karten, sondern von einem weit gefährlicheren Spiel gesprochen hatte.

Lächelnd zeigte er nach rechts. „Es gibt hier wunderschöne Strände.“

„Hmm.“

Wie auf Stichwort begann der Kutscher wieder mit seinem Text und hörte erst auf, als sie wieder am Ausgangspunkt der Fahrt waren.

Inzwischen waren die Straßen voller Menschen, die

Mehrzahl davon Touristen mit Einkaufstüten und Fotoapparaten. „Danke für die Fahrt." Serena wollte aus der Kutsche klettern, doch Justin umfasste ihre Taille mit den Händen und hob sie mühelos hinaus.

Einen Moment lang schwebte sie über dem Boden und musste sich an seinen Schultern festhalten. Es überraschte ihn, wie leicht sie war. Ihr erotische Ausstrahlung und ihr Stil hatten ihn übersehen lassen, wie klein sie war. Sein Griff wurde zärtlich, als er sie auf den Boden stellte.

„Danke", brachte Serena nach einem Räuspern heraus. „Genießen Sie Ihren Tag."

„Das habe ich vor." Er nahm ihre Hand.

„Justin ..." Sie atmete tief durch. „Ich habe mich von Ihnen zu einer Kutschfahrt einladen lassen. Jetzt gehe ich einkaufen."

„Schön. Ich begleite Sie."

„Ich suche nach Souvenirs, Justin. Sie wissen schon, T-Shirts, Sachen aus Stroh. Sie werden sich langweilen."

„Ich langweile mich nie", beteuerte er.

„Diesmal ja", versicherte sie ihm, während er seine Finger zwischen ihre schob und sich in Bewegung setzte. „Das verspreche ich Ihnen."

„Wie wäre es mit einem Aschenbecher, auf dem ‚Willkommen in Nassau' steht?" schlug er vor.

Tapfer schluckte sie ein Schmunzeln herunter. „Ich gehe jetzt hier hinein." Sie blieb vor dem ersten Geschäft stehen. Notfalls würde sie sämtliche Geschäfte in der Bay Street abklappern, bis er es nicht mehr aushielt.

Als ihre Umhängetasche schließlich Schlüsselringe mit kleinen Spieluhren, eine Kollektion T-Shirts und mit Muscheln verzierte Kästchen enthielt, hatte Serena längst vergessen, dass sie ihn hatte loswerden wollen. Für einen

Mann, den sie instinktiv als Einzelgänger eingeschätzt hatte, war er ein erstaunlich angenehmer Begleiter.

„Oh, sehen Sie mal!“ Sie griff nach einem grinsenden Kopf, der aus einer Kokosnuss geschnitzt worden war.

„Elegant“, meinte Justin.

„Er ist kitschig, Sie Dummkopf.“ Lachend holte sie die Brieftasche heraus. „Und perfekt für meinen Bruder Caine.“

Der Strohmarkt war voller Menschen und Waren, aber nicht so voll, um Serena von der Suche nach Schätzen abzuhalten. Sie entdeckte eine große geflochtene Tasche und zeigte hinauf. Gehorsam holte Justin sie ihr herunter.

„Die ist ja fast so groß wie Sie“, sagte er, als sie sie ihm abnahm.

„Die ist für meine Mutter“, murmelte Serena. „Sie schleppt immer viel Nähzeug mit sich herum.“

„Handgeflochten“, verkündete die dunkelhäutige Frau, die in einem Schaukelstuhl saß und eine kleine braune Pfeife rauchte. „Von mir selbst.“ Sie klopfte sich auf den gewaltigen Busen. „Nichts aus Hongkong an meinem Stand.“ Ihr Blick wanderte von Serena zu Justin. „Wollen Sie Ihrer Lady nicht etwas Hübsches kaufen?“

„Was schlagen Sie vor?“ erwiderte er.

„Justin ...“

„Hier.“ Die alte Frau nahm ein mit breiten Stichen gesäumtes cremefarbenes Kleid im Dashiki-Stil vom Haken und drückte es ihm in die Hände.

Justin hielt es Serena an. „Ja, es steht Ihnen“, entschied er.

„Tragen Sie es heute Abend für Ihren Mann“, riet die Frau und legte es in eine Tüte. „Sehr sexy.“

„Ausgezeichnete Idee“, stimmte Justin zu und zählte ihr schon Geldscheine hin.

„Augenblick.“ Serena hob die Hand mit der Strohtasche und zeigte auf ihn. „Er ist nicht mein Mann.“

„Nicht Ihr Mann?“ Die Frau lachte, bis der Schaukelstuhl protestierend ächzte. „Honey, das ist Ihr Mann, glauben Sie mir. Der siebten Tochter einer siebten Tochter können Sie nichts vormachen. Ganz bestimmt nicht. Wollen Sie die Tasche auch noch?“

„Na ja, ich ...“ Serena starrte die Tasche an, als hätte sie sie nie zuvor gesehen.

„Die Tasche auch.“ Justin zählte noch einige Scheine hin. „Danke.“

Das Geld verschwand in ihrer riesigen Hand. „Genießen Sie unsere Insel.“

„Warten Sie ...“

Aber Justin zog Serena bereits weiter. „Widersprechen Sie bloß nicht der siebten Tochter einer siebten Tochter. Wer weiß, mit welchem Fluch sie Sie belegt.“

„Unsinn“, erklärte Serena. „Sie können mir nicht einfach ein Kleid kaufen, Justin. Ich kenne Sie ja nicht einmal.“

„Ich habe es gerade getan.“

„Nun, das hätten Sie nicht tun dürfen. Und die Tasche für meine Mutter haben Sie auch bezahlt.“

„Grüßen Sie Ihre Mutter von mir.“

Sie seufzte und kniff die Augen zusammen, als sie in den Sonnenschein hinaustraten. „Sie sind ein sehr schwieriger Mann.“

„Sehen Sie? Sie kennen mich schon genau.“ Er nahm ihr die Sonnenbrille, die sie auf den Hut geschoben hatte, ab und setzte sie ihr auf. „Hungrig?“

„Ja.“ Ihre Mundwinkel zuckten, also gab Serena auf und lächelte. „Ja, das bin ich.“

Sein Finger kreiste in ihrer Hand. „Wie wär's mit einem Picknick am Strand?"

Es war nicht einfach, das Prickeln zu ignorieren, das den Arm hinauflief, aber sie brachte ein lässiges Achselzucken zu Stande. „Wenn Sie Proviant, eine Transportmöglichkeit und einen kühlen tropischen Drink dieser Insel hätten, wäre ich vielleicht interessiert."

„Sonst noch etwas?" fragte Justin und lehnte sich gegen die Motorhaube eines geparkten Mercedes.

„Sonst fällt mir nichts ein."

„Okay, fahren wir." Er holte Schlüssel aus der Tasche, ging um den Wagen herum und öffnete die Beifahrertür.

Serena starrte ihn an. „Soll das heißen, dies ist Ihr Wagen?"

„Nein, ein Mietwagen. Im Kofferraum ist eine Kühltasche. Mögen Sie kaltes Huhn?"

Als er ihre Tüten auf den Rücksitz warf, stemmte sie die Hände in die Seiten. „Sie waren sich verdammt sicher, was?"

„Ich habe nur meine Chancen genutzt." Er nahm ihr Kinn in die Hand und strich mit den Lippen über ihre. „Mehr nicht."

Serena ließ sich auf den Beifahrersitz fallen. Sie wusste nicht, ob sie seine Unverfrorenheit verabscheuen oder bewundern sollte. „Ich würde gern wissen, welche Karten er noch im Ärmel hat", murmelte sie, als er um den Wagen herumging.

Ihr fiel auf, dass Justin so fuhr, wie er auch alles andere tat. Mit einer fast arroganten Lässigkeit. Er schien es gewöhnt zu sein, auf der linken Seite zu fahren. Zweige mit den für diese Insel so typischen Orangenblüten tanzten in der Brise, als sie sich der See näherten. Er sagte nichts, und einmal mehr staunte sie darüber, wie lange er schweigen konnte. Aber selbst sein Schweigen war erregend.

Ein Spieler, dachte sie. Eine Bordbekanntschaft. Serena kannte beides zu gut, um an eine intensive und dauerhafte Beziehung zu glauben. Trotzdem, wenn sie vorsichtig war, würde sie diese Bekanntschaft für einige Tage genießen können.

Was konnte es schon schaden, ihn etwas besser kennen zu lernen? Ein wenig Freizeit mit ihm zu verbringen? Sie war nicht wie ihre Kollegen im Casino, die sich für kurze Abenteuer ineinander verliebten oder ihr Herz an einen Passagier verloren, um sich nach jeder Kreuzfahrt elend und verlassen zu fühlen. Wenn eine Frau es geschafft hatte, ihr Herz sechsundzwanzig Jahre lang zu behalten, würde sie es wohl kaum in zehn Tagen verlieren ... oder?

Justin warf ihr einen seiner kühlen Blicke zu. Schmetterlinge flatterten in ihrem Bauch. Ich muss aufpassen, dachte Serena, wie in einem Minenfeld.

„Woran denken Sie?"

„An Sprengladungen. Tödliche getarnte Sprengladungen." Sie lächelte unschuldsvoll. „Essen wir bald? Ich verhungere."

Er hielt am Straßenrand. „Wie wär's hier?"

Serena blickte über den weißen Sand auf das intensive Blau des Ozeans. „Perfekt." Sie stieg aus und atmete den Duft der Blüten, der See und des heißen Sandes ein. „Ich komme nicht oft dazu, während einer Kreuzfahrt etwas zu unternehmen. Wenn das Schiff im Hafen ist, hole ich Schlaf nach oder lese. Oder ich versuche braun zu werden. Ich weiß schon gar nicht mehr, wie oft ich auf dieser Insel war."

„Haben Sie den Job nicht angenommen, um zu reisen?"

Er holte eine kleine Kühltasche und eine Decke aus dem Kofferraum.

„Nein, eigentlich mehr der Leute wegen. Ich wollte herausfinden, wie viele verschiedene Arten von Menschen es auf der Welt gibt." Serena streifte die Sandaletten ab, um den warmen Sand an den Füßen zu spüren. „Wir haben mehr als fünfhundert in der Besatzung, und nur zehn davon sind Amerikaner. Wir sind eine schwimmende UN." Sie nahm ihm die Decke ab und breitete sie aus. „Ich habe Menschen von allen Kontinenten Karten gegeben." Sie setzte sich im Schneidersitz an den Rand der Decke. „Das wird mir fehlen."

„Fehlen?" Justin setzte sich neben sie. „Wollen Sie kündigen?"

Serena warf ihren Hut beiseite und strich ihr Haar nach hinten. „Es ist höchste Zeit. Erst einmal will ich zu meiner Familie."

„Und dann?"

„Vielleicht ein Hotel-Casino." Es war ein Projekt, das sie mit ihrem Vater besprechen wollte. Er kannte sich mit Finanzierungen aus.

„Genug Erfahrung haben Sie", sagte Justin. Er dachte, sie wollte sich um einen Job als Kartengeber bewerben. „Wo lebt Ihre Familie?"

„Hmm? Oh. Massachusetts." Ihr Blick fiel auf die Kühltasche. „Füttern Sie mich." Als er den Deckel hochklappte, sah sie, dass die Servietten und Bestecke vom Schiff stammten. „Wie haben Sie das denn geschafft? Die Küche bereitet grundsätzlich keine Picknicks vor."

„Ich habe sie bestochen." Er reichte ihr eine Hähnchenkeule.

Sie biss hinein. „Gute Idee. Was haben Sie zu trinken bekommen?"

Justin holte eine Thermoskanne und zwei Plastikbecher mit dem Emblem des Schiffs heraus. „Wie ist das Fleisch?“

„Großartig. Essen Sie.“ Sie nahm den Becher mit dem pinkfarbenen Getränk entgegen und nippte vorsichtig. Es war fruchtig, mit einem Schuss Rum von der Insel. „Oho, die Spezialität aus der Bar der ‚Celebration‘.“ Sie musterte den Drink skeptisch. „Normalerweise halte ich immer mindestens einen Meter davon Abstand.“

„Sie haben Landurlaub“, erinnerte er sie. „Wundert mich, dass der Strand nicht voller ist.“

Serena nahm einen weiteren Schluck. „Die meisten Touristen, die nicht beim Einkaufen sind, machen einen Ausflug oder tauchen auf der anderen Seite der Insel. Außerdem ist keine Saison. Wieso verbringen Sie den Tag nicht in einem der Casinos auf Paradise Island?“

Er beugte sich zu ihr und nahm ihr Haar in die Hand. „Es gibt nicht nur ein Spiel.“

Justin strich mit den Lippen über ihre. Was als kurzer, harmloser Kuss gemeint war, wurde schnell leidenschaftlich. „Wie konnte ich nur vergessen, wie sehr ich dich will?“ murmelte er und verhinderte ihre Antwort mit einen drängenden Kuss.

Seine Zunge schob sich zwischen ihre Lippen, während er sie behutsam auf die Decke drückte. Serena wollte protestieren, doch ihre Arme hatten sich bereits um ihn gelegt, und ihr Mund bewegte sich schon unter seinem.

Die Sonnenstrahlen drangen durch die Wedel der Palme, unter der sie lagen, und flackerten über Serenas geschlossene Lider, bis nur noch ein roter Nebel vor ihren Augen tanzte. Er küsste sie, wie sie noch nie geküsst worden war, mit Lippen und Zähnen und Zunge, erst knabbernd, dann verschlingend, erst verführend, dann Besitz ergreifend.

Eine Möwe segelte übers Wasser, aber keiner von ihnen hörte ihren klagenden Schrei. Als Justins Hände an ihren Armen hinabglitten, spürte sie die Berührung im ganzen Körper. Sie stöhnte auf und bewegte sich einladend unter ihm.

Justin riss den Mund von ihrem los und presste ihn gegen ihren Hals, als versuche er, sich an den letzten Rest von Vernunft zu klammern, der ihm noch geblieben war. Er wollte sie, wollte fühlen, wie ihre weiche Haut unter seinen Händen heiß und feucht wurde. Er wollte jede Rundung, jede Vertiefung berühren, jeden Pulsschlag spüren und sie erschmecken, bis es für keinen von ihnen ein Zurück gab.

Das Verlangen zerrte an ihm, wie er es noch nie erlebt hatte. Fast verzweifelt versuchte er, nicht zu vergessen, dass sie nicht allein in einem dunklen Zimmer waren. Hatte je eine Frau ihn mit nicht mehr als einem Kuss so weit gebracht? Er konnte sich nur ausmalen, wie weit sie ihn bringen würde, wenn er sie ganz besitzen durfte.

Knabbernd ließ er den Mund zu ihrem Ohr hinaufwandern. „Fahr mit mir zurück, Serena." Seine Zunge streifte das Ohrläppchen, bevor er es zwischen die Zähne nahm. „Komm mit in meine Kabine. Ich will dich."

Seine Worte schienen wie eine Welle herangedriftet zu kommen und waren fast schon wieder verklungen, als ihre Bedeutung endlich durch die Leidenschaft in Serenas Bewusstsein drang. „Nein." Sie hörte ihren schwachen Protest und wollte ihn bekräftigen. „Nein", wiederholte sie und setzte sich auf. Sie schlang die Arme um die angezogenen Knie und wartete, bis ihr Atem sich beruhigt hatte. „Nein", sagte sie zum dritten Mal. „Du hast kein Recht ..."

„Was zu tun?" fragte Justin scharf und nahm ihr Gesicht

zwischen die Hände. „Dich zu wollen oder dir zu zeigen, dass du mich willst?"

Seine Augen blickten jetzt nicht mehr leidenschaftlich, sondern wütend. Serena schob seine Hände fort. „Sag mir nicht, was ich will", gab sie zurück. „Wenn du auf ein kleines Bordabenteuer scharf bist, such dir eine andere. Da dürftest du keine Probleme haben." Sie sprang auf und marschierte zum Ufer. Justin folgte ihr, packte ihren Arm und riss sie herum.

„Und sag du mir nicht, worauf ich scharf bin", sagte er erregt. „Du weißt ja nicht einmal, wo wir sind. Ich hätte es auch an einem öffentlichen Strand versuchen können."

„Ach, wirklich?" Sie warf den Kopf zurück und unternahm einen zweiten Versuch, ans Wasser zu gelangen. Sie war erst bis zu den Zehen nass, als er erneut nach ihr griff und sie an sich zog.

Er wollte den Mund, der ihn beschimpfte, mit seinen Lippen zum Schweigen bringen. Aber wenn er diesem Verlangen jetzt nachgab, wäre es um seine Selbstbeherrschung endgültig geschehen. Wütend auf sich selbst, schob er sie von sich. Sie fiel nach hinten und saß plötzlich im Wasser.

Aus dem Schock wurde nackter Zorn. „Du ... du gemeiner Kerl!" Sie kam wieder auf die Beine und stürzte auf ihn zu, um sich zu rächen. Er hielt ihre erhobenen Arme fest und lächelte.

„Würdest du glauben, dass du wunderschön aussiehst, wenn du wütend bist?"

„Dafür wirst du bezahlen, Justin Blade." Da sie die Arme nicht einsetzen konnte, versuchte sie ihn zu treten. Mit dem Ergebnis, dass sie diesmal beide im Wasser landeten. „Nimm deine Hände weg, du Idiot!" Sie stieß ihn von sich, glitt aus, tauchte mit dem Kopf unter und kam prustend wieder hoch.

„Niemand stößt eine MacGregor herum und kommt ungeschoren davon!“

Bei seinem Versuch, sie beide vor dem Ertrinken zu bewahren, streifte seine Hand ihre Brust. Im nächsten Moment bedeckte sein Mund ihren, und die Hand liebkoste sie durch das nasse T-Shirt hindurch. Obwohl die Berührung sie erregte, gab sie den Widerstand nicht auf und zog ihn wieder mit sich unter Wasser. Er schmeckte Salz und ihre Lippen. Er spürte schlanke Oberschenkel an seinen, als er sich mit der nächsten Welle herumrollte. Er musste lachen, als sie nach Luft schnappte und ihn gleichzeitig zu beschimpfen versuchte. Dann warf die Brandung ihre Körper gegeneinander. Die Wellen umspülten sie, setzten unter ihnen den Sand und die Muscheln in Bewegung. Halb unter Wasser lagen sie prustend da.

„MacGregor?“ wiederholte er plötzlich und schüttelte den Kopf. Wassertropfen fielen ihm aus dem Haar und aufs Gesicht. „Serena MacGregor?“

Sie schob sich das triefende Haar aus den Augen und versuchte zu denken. In ihrem Körper pulsierte die wirkungsvolle Mischung aus Zorn und Verlangen. „Ja. Und sobald mir einige dieser wundervollen schottischen Flüche einfallen, bekommst du sie ab.“

Zum ersten Mal sah sie in seinem Gesicht Überraschung. Das vertrieb ihren Zorn und ersetzte ihn durch Erstaunen. Justin legte seine Stirn an ihre und lachte aus vollem Hals.

Es klang reizvoll, doch bevor Serena sich davon anstecken ließ, konzentrierte sie sich auf die Muschel, die sich ihr in den Rücken bohrte. „Was ist daran so komisch?“ fragte sie. „Ich bin klitschnass und voller Sand. Und wahrscheinlich ist meine Haut zerkratzt. Außerdem habe ich nicht zu Ende gegessen!“

Noch immer lachend, hob er den Kopf und gab ihr einen brüderlichen Kuss auf die Nase. „Komm, wir spülen uns ab und essen."

3. KAPITEL

Serena MacGregor. Kopfschüttelnd holte Justin ein Hemd aus dem schmalen Schrank. Zum ersten Mal seit Jahren war er zutiefst verwirrt. Wenn ein Mann seinen Lebensunterhalt mit seiner Reaktionsschnelligkeit verdiente, konnte er es sich nicht sehr oft erlauben, überrascht zu werden.

Eigenartig, dass er die Ähnlichkeit nicht bemerkt hatte. Andererseits hatte sie äußerlich nicht viel gemein mit ihrem großen rothaarigen Vater. Sie war eher eine moderne Version der kleinen gemalten Miniatur, die Daniel MacGregor in seiner Bibliothek hatte. Wie oft war er in all den Jahren in der Villa in Hyannis Port gewesen? Rena, wie die Familie sie nannte, war immer in der Schule gewesen. Aus irgendeinem Grund hatte er sie sich als eine dürre Brillenträgerin mit Daniels rotem Haar und Annas exzentrischer Würde vorgestellt. Ja, Serena MacGregor war wirklich eine Überraschung.

Seltsam, dass sie einen Job machte, der wenig mehr einbrachte als Kost und Logis. Dabei besaß sie angeblich einen IQ, der so hoch war wie das Gewicht ihres Vaters, und genug Kapital, um sich einen Ozeanriesen als private Vergnügungsyacht zu kaufen. Andererseits waren die MacGregors ein unberechenbarer Haufen.

Einen Moment lang stand Justin reglos da, mit bloßem Oberkörper, das Hemd vergessen an den Fingerspitzen baumelnd. Sein Oberkörper war dunkel und schlank, die Haut straff über den Brustkorb gespannt, der auf der linken Seite von einer fünfzehn Zentimeter langen Narbe gezeichnet war. Er erinnerte sich ...

Als er Daniel MacGregor zum ersten Mal traf, war er fünfundzwanzig gewesen. Eine Glückssträhne hatte ihm genug Geld verschafft, um seinem Partner dessen Hälfte des kleinen Hotels auf dem Strip in Las Vegas abzukaufen. Justin wollte es erweitern und umbauen. Dafür brauchte er Kapital, und die Banken waren normalerweise sehr skeptisch, wenn ein Mann, der sein Geld mit Spielkarten verdiente, einen Kredit von ihnen wollte. Aber Justin hatte ohnehin nicht viel übrig für die Bankiers mit ihren glatten Händen und trockenen Stimmen. Und der Indianer in ihm hatte wenig Vertrauen in ein Versprechen, das auf Papier gemacht wurde. Dann hörte er von Daniel MacGregor.

Justin zog Erkundigungen über den Mann ein, der als Finanzgenie und Aktienjongleur galt. MacGregor war ein zäher, exzentrischer Schotte, der seine eigenen Regeln aufstellte und gewann. Justin nahm Kontakt mit ihm auf und besuchte ihn einen Monat später in seiner Villa in Hyannis Port.

Daniel arbeitete zu Hause. Er legte keinen Wert auf Bürogebäude, in denen man von Fahrstühlen und Sekretärinnen abhängig war. Er hatte sein Küstengrundstück mit dem Reichtum gekauft, den er sich erst mit körperlicher Arbeit, dann mit dem Verstand erworben hatte. Daniel hatte frühzeitig gemerkt, dass sich mit dem Verstand weit mehr verdienen ließ. Dann hatte er sein Haus und sein Reich errichtet – nach seinen eigenen Vorstellungen.

Es war ein Riesenhaus, mit breiten Korridoren und enormen Räumen. Daniel hasste die Enge. Als Justin in das Turmzimmer geführt wurde, das Daniel als Büro diente, sah er einen Mann vor sich, dessen Geistesgröße der des Körpers nicht nachstand.

„Sie sind also Blade." Daniel trommelte mit den Fingern auf einem Schreibtisch, der aus einem gigantischen kalifornischen Redwood-Baum angefertigt worden war.

„Ja. Und Sie sind MacGregor."

Ein Grinsen legte das breite Gesicht in Falten. „Der bin ich. Setzen Sie sich, Junge." Daniel sah keinerlei Reaktion auf diese Anrede und faltete die Hände vor der Brust, als Justin sich setzte. Er mochte die Art, wie er sich bewegte. „Sie wollen also einen Kredit."

„Ich biete eine Investition an, Mr. MacGregor", verbesserte Justin kühl. Der Sessel war geschaffen, um einen Mann zu verschlucken. Justin saß vollkommen unbeschwert darin. „Mit meinem Eigentum als Sicherheit."

„Hmm." Daniel legte die Fingerspitzen aneinander und musterte sein Gegenüber. Kein schlichter Mann, dachte er und registrierte die aristokratischen Züge. Kühl, beherrscht, mit einem gewalttätigen Potenzial. Komantschenblut, das Blut eines Kriegers, aber kein Schläger. Daniel stammte selbst von Kriegern ab. „Hmm", wiederholte er. „Was sind Sie wert, Junge?"

Justin unterdrückte die zornige Antwort, die ihm in den Sinn kam. Er griff nach seinem Aktenkoffer. „Ich habe die Unterlagen, die Schätzungen und so weiter."

Daniel lachte nur und machte eine geringschätzige Handbewegung. „Glauben Sie etwa, ich hätte es so weit gebracht, wenn ich nicht all die Zahlen kennen würde, die Sie da drin haben? Was ist mit Ihnen?" fragte er. „Warum sollte ich Ihnen Geld leihen?"

Justin stellte den Aktenkoffer wieder ab. „Ich zahle meine Schulden."

„Wenn nicht, wären Sie schnell aus dem Geschäft."

„Und ich bringe Ihnen eine Menge Geld ein."

Daniel lachte, bis seine blauen Augen feucht wurden. „Ich habe Geld, Junge."

„Nur ein Dummkopf will nicht mehr davon", sagte Justin leise, und Daniel hörte auf zu lachen.

Er lehnte sich zurück und nickte. „Verdammt richtig." Dann grinste er und schlug mit der flachen Hand auf den Schreibtisch. „Verdammt richtig. Was brauchen Sie, um Ihr Loch zu flicken?"

„Dreihundertfünfzigtausend", erwiderte Justin ohne mit der Wimper zu zucken.

Daniel holte eine Flasche Scotch und Spielkarten aus dem Schreibtisch. „Wir pokern."

Sie spielten eine Stunde lang, ohne jedes überflüssige Wort. Justin hörte, wie irgendwo im Haus eine Standuhr schlug. Einmal klopfte jemand an die Tür, und Daniel schickte ihn wieder weg. Sie wurden kein weiteres Mal gestört. Der Duft von Justins Zigarillo vermischte sich mit dem des Whiskeys und der Rosen auf der Fensterbank. Nachdem er fünfzehnhundert Dollar verloren hatte, lehnte Daniel sich wieder zurück.

„Sie werden Anteilseigner brauchen."

„Ich bin gerade erst meinen Partner losgeworden." Justin drückte das Zigarillo aus. „Ich brauche keinen neuen."

„Anteilseigner, Junge." Daniel schob die Karten beiseite. „Wenn Sie Geld machen wollen, müssen Sie es streuen. Ein Mann, der so spielt wie Sie, weiß das." Seine blassblauen Augen richteten sich auf Justin. „Ich leihe Ihnen das Geld und kaufe mich mit zehn Prozent ein. Wenn Sie schlau sind, behalten Sie sechzig und streuen den Rest." Er ließ den Scotch im Glas kreisen, leerte es und grinste. „Sie werden reich werden."

„Ich weiß."

Daniels Lachen ließ die Fensterscheibe vibrieren. „Bleiben Sie zum Abendessen", sagte er und stemmte sich aus dem Sessel.

Justin blieb zum Abendessen und wurde reich. Er nannte

sein Hotel „Comanche“ und machte es zu einem der besten Hotel-Casinos in Vegas. Er kaufte ein fast bankrottes Haus in Tahoe und wiederholte seinen Erfolg. Ein Jahrzehnt später besaß er fünf florierende Hotels und Anteile an diversen Unternehmen in den USA und Europa. Seit dem Gespräch im Turmzimmer war er einige dutzend Mal im Haus der MacGregors gewesen, hatte Daniel und Anna in seinen eigenen Hotels empfangen und war mit ihren Söhnen zum Angeln gewesen. Aber die Tochter hatte er nie getroffen.

„Kluges Mädchen“, sagte Daniel hin und wieder. „Kommt leider nicht zur Ruhe. Braucht einen guten Mann ... Du solltest sie kennen lernen.“

Und Justin hatte sich gegen alle nicht sonderlich diskreten Versuche gewehrt, ihn und Serena MacGregor zusammenzubringen. Jedenfalls hatte er das gedacht.

„Dieser alte Teufel“, murmelte er und zog sich das Hemd über.

Es war Daniel gewesen, der ihn zu der Kreuzfahrt gedrängt hatte. „Nichts entspannt einen überarbeiteten Mann so gut wie Seeluft und halb nackte Frauen“, hatte er gesagt. Justin hatte gezögert, doch dann war der Brief von Daniel gekommen. Mit dem Ticket und der Bitte um eine Kiste zollfreien Scotch.

Also zieht der alte Pirat noch immer seine Fäden, dachte Justin belustigt. Daniel konnte sich denken, dass er seine Zeit im Bordcasino verbringen würde. Lachend knöpfte Justin sich das Hemd zu. Was der Alte wohl sagen würde, wenn er wüsste, dass sein Freund und Geschäftspartner sich gerade erst mit seiner Tochter am Strand gewälzt hatte? Justin fuhr sich mit der Hand durchs Haar. Daniel MacGregors Tochter. Guter Gott.

Justin nahm sich ein Jackett aus dem Schrank und knallte

die Tür zu. Der gerissene Kerl hätte es nicht besser verdient gehabt, wenn ich seine Tochter verführt hätte, dachte er. Vielleicht sollte ich ihr für den Rest der Kreuzfahrt aus dem Weg gehen und sie ihm gegenüber mit keinem Wort erwähnen. Der alte Schotte würde durchdrehen. Justin sah in den Spiegel. Ein dunkelhaariger schlanker Mann in Schwarz und Weiß blickte ihm entgegen.

„Und wenn du glaubst, du könntest ihr aus dem Weg gehen, hast du den Verstand verloren", murmelte er.

Als er das Casino betrat, stand Serena neben einem Monitor und sprach mit ihrem Vorgesetzten. Sie lachte über etwas, das er sagte, und schüttelte den Kopf. Justins Blick wurde misstrauisch, als Dale mit einem Finger über ihre Wange strich. Er wusste, wie die Haut sich anfühlte – weich und kühl. Dale grinste, rückte ihre Fliege gerade und sprach leise auf sie ein. Obwohl Justin seinen Ärger als kleinliche Eifersucht identifizierte, hatte er Mühe, diese Regung in den Griff zu bekommen. Binnen weniger Tage hatte Serena in ihm Verlangen, Wut und Eifersucht ausgelöst – Emotionen, die er normalerweise im Zaum hielt. Er verfluchte ihren Vater und ging hinüber.

„Serena." Er registrierte, wie sie die Schultern straffte, bevor sie sich umdrehte. „Gibst du heute Abend keine Karten?"

„Ich bin gerade aus der Pause gekommen." Sie hätte wissen müssen, dass die Gnadenfrist nicht ewig dauern würde. „Ich habe dich gestern Abend nicht gesehen. Ich dachte schon, du wärest über Bord gefallen." Serena hörte, wie Dale heftig einatmete, und wandte sich ihm zu. „Dale, dies ist Justin Blade. Als ich am Strand in Nassau seinem Charme widerstanden habe, hat er mich einfach ins Wasser geworfen."

„Ich verstehe.“ Dale streckte die Hand aus. „Das habe ich noch nie probiert. Hat es funktioniert?“

„Halt den Mund, Dale“, sagte Serena.

„Sie müssen sie entschuldigen“, meinte Dale zu Justin. „Das Leben auf See macht einige von uns reizbar. Genießen Sie die Reise, Mr. Blade?“

„Ja.“ Justin warf Serena einen Blick zu. „Bisher war sie ein echtes Erlebnis.“

„Entschuldigt mich“, sagte sie übertrieben höflich. „Ich muss Tony ablösen.“ Sie marschierte zu Tisch fünf. Da das Zähnezusammenbeißen wehtat, zwang Serena sich, die Kiefermuskeln zu lockern. Sie schenkte den drei Spielern am Tisch ein professionelles Lächeln, das sofort vereiste, als Justin einen freien Hocker nahm.

„Guten Abend. Neue Karten.“ Serena riss die Verpackung auf und gab sich große Mühe, Justins ruhigen Blick zu ignorieren. Er legte Jetons für schätzungsweise zweihundert Dollar in die Vertiefung vor sich und steckte sich ein Zigarillo an. Sie strich noch einmal über die Karten und beschloss, ihn auszunehmen.

Einige Minuten später hatte er nur noch drei Jetons, und Serena verspürte eine grimmige Zufriedenheit. Dann gab sie ihm eine doppelte Sieben. Er teilte sie und hatte einundzwanzig auf der einen Hand und einundzwanzig auf der anderen. Die Zahl seiner Jetons wuchs von fünf auf zehn. Als sie den Tisch wechseln musste, zog er mit ihr um. Serena erneuerte den Schwur, ihn auszunehmen.

Während der nächsten zwanzig Minuten nahm sie die anderen Spieler kaum wahr. Sie sah nichts als Justins unergründliche grüne Augen und seine Hand mit den Karten oder Jetons. Obwohl sie alles tat, um ihn zu schlagen, erhöhte sich die Zahl seiner Jetons beständig.

„Blackjack!“ Der Ruf des College-Studenten am Ende des Tischs riss sie aus ihren Gedanken. Serena sah hinüber. „Ich habe drei Dollar gewonnen!“ verkündete er stolz und hielt die drei hellblauen Jetons wie eine Trophäe hoch. Serena sah sofort, dass er betrunken war. „So ...“ Er knallte die Jetons auf den Tisch und rieb sich die Hände. „Jetzt wird gespielt.“

Lachend griff sie nach den Karten, aber ihr Blick richtete sich auf Justin. In seinen Augen lag Belustigung, die erste Gefühlsregung seit Stunden, und am liebsten hätte sie sein dichtes weiches Haar berührt.

„He!“ Der College-Student hob sein Bier. „Ich habe eine Glückssträhne.“

„Die erste und letzte“, sagte seine Freundin trocken.

Serena riss sich zusammen. Nur weil Justin einmal lächelte, würde sie nicht vergessen, dass sie hier war, um ihn auszunehmen. „Möglicher Blackjack“, sagte sie und drehte ihre Karte um. Ein As. Die Freundin des College-Studenten legte einen Jeton hin. Justin rührte sich nicht. Serena hob eine Ecke ihrer anderen Karte an. Eine drei. Nicht schlecht. Das gab ihr eine Menge Spielraum.

„Kein Blackjack.“ Sie warf einen Blick auf Justins Karten. Sie hatte ihm ein mageres Blatt gegeben. „Sechzehn. Gehen Sie mit, oder steigen Sie aus?“ Er bat mit gekrümmtem Zeigefinger um eine weitere Karte. Serena unterdrückte eine Verwünschung und drehte eine Vier um. „Zwanzig.“ Er fuhr mit der Hand über seine Karten, um anzudeuten, dass er zufrieden war.

Das solltest du auch, dachte sie, als die nächste Karte den College-Studenten auf achtzehn brachte. „Vier oder vierzehn“, verkündete sie und drehte ihre Karte um. Ohne den Blick von Justin zu nehmen, zog sie die nächste. „Sechs oder sechzehn“, sagte sie zu ihm, als wäre er der einzige Spieler am Tisch. Erneut musste sie eine Verwünschung herunterschlucken, als die Kreuzdrei kam. „Geber steht bei neunzehn.“ Dale würde sie über Bord werfen, wenn sie schon wieder verlor. „Zahlt zwanzig.“

Sie sammelte sämtliche Jetons bis auf Justins ein und schob einen weiteren 25-Dollar-Jeton über den Filz. Seine Augen blitzten amüsiert, als er ihn nahm.

Rauch hing in der Luft, zu dick, als dass die Klimaanlage ihn vollständig hätte entfernen können. Serena brauchte nicht auf die Uhr zu sehen, um zu wissen, dass sie seit zehn Stunden auf den Beinen stand. Nach und nach wurde das Geklapper der Spielautomaten geringer, das erste Zeichen, dass die Spätschicht bald vorüber war. Der Mann und die Frau bekamen schwere Lider, fingen an, über ihren Aufenthalt in Puerto Rico zu reden, und lösten für fünf Dollar Jetons ein, bevor sie das Casino verließen.

Ein kurzer Blick in die Runde zeigte Serena, dass sämtliche Tische bis auf drei leer waren. An ihrem saßen nur noch zwei Spieler, Justin und eine Frau, die Jacks und Robs Mrs. Dewalter sein musste. Die Rothaarige achtete weit mehr auf Justin als auf ihre Karten. Serena fand den Diamanten an ihrer Hand entschieden zu vulgär und hätte fast gegrinst, als die Frau verlor.

„Schätze, dies ist nicht mein Spiel“, sagte die Rothaarige und zog einen Schmollmund. Sie drehte sich zu Justin, bis ihr imponierender Busen in voller Sicht war. „Sie scheinen enorm viel Glück zu haben. Haben Sie ein System?“ Sie strich ihm mit einem Finger über den Ärmel und lächelte.

Justin durchschaute das allzu plumpe Manöver und ließ den Blick vom Ausschnitt zu ihrem Gesicht wandern. „Nein.“

„Irgendein Geheimnis müssen Sie haben", murmelte sie. „Ich würde es sehr gern hören ... bei einem Drink?"

„Ich trinke nie, wenn ich spiele." Er blies Rauch über ihre Schulter. „Es verträgt sich nicht miteinander."

„Einsätze, bitte", sagte Serena eine Spur zu scharf.

„Ich glaube, für heute habe ich genug von den Karten." Die Rothaarige stand auf, streifte dabei Justins Oberschenkel mit ihrem und ließ Jetons im Wert von hundert Dollar in ihre Handtasche gleiten. Serena wusste nur zu gut, dass sie mit vier angefangen hatte. „Ich bin im Salon", sagte sie zu Justin und ging davon.

„Hoffentlich haben Sie das nächste Mal mehr Glück", entfuhr es Serena, bevor sie sich bremsen konnte. Als sie sich wieder zu Justin drehte, blickte sie in sein lächelndes Gesicht.

„Zahlst du mich aus?"

„Sicher." Damit er dieser dämlichen Rothaarigen nachlaufen kann, dachte sie wütend und zählte seine Jetons. Siebenhundertfünfzig Dollar. Sie wurde noch wütender. „Dale ist beschäftigt. Ich löse sie selbst ein."

Justin sah ihr nach und versuchte an ihren Vater zu denken. Es war nicht einfach.

Serena kehrte mit einen Bündel fast neuer Banknoten und einer Empfangsbestätigung zurück. Rasch zählte sie die Scheine auf den Tisch und schob sie ihm zu. „Du hattest einen profitablen Abend." Sie legte den Zettel in ein Fach unter den Tisch und griff nach den Karten. Justin nahm ihr Handgelenk.

„Noch ein Spiel?" fragte er und genoss es, den schneller werdenden Puls unter seinen Fingern zu spüren.

„Du hast dich schon auszahlen lassen", erwiderte sie und wollte ihm ihre Hand entziehen. Er festigte den Griff.

„Eine Wette, zwischen dir und mir."

„Tut mir Leid, aber es verstößt gegen die Regeln. Wenn du mich jetzt entschuldigen würdest, ich muss den Tisch abräumen."

„Kein Geld." Er lächelte. „Ein Spaziergang an Deck, wenn ich gewinne."

„Kein Interesse."

„Du hast doch nicht etwa Angst, es nur mit mir aufzunehmen, Serena?" Ihre Hand stellte den Widerstand ein.

„Wenn ich gewinne", begann sie und entfernte seine Hand, „wirst du mich dann für den Rest der Fahrt in Ruhe lassen?"

Er überlegte. Das wäre natürlich weit vernünftiger als das, was er im Moment tat. Er zog ein letztes Mal an seinem Zigarillo und drückte es aus. Es wäre nicht das erste Mal, dass er sein Schicksal den Karten überließ. „Abgemacht."

Er schaute auf die Zwei und die Fünf vor ihm, dann auf die Zehn, die Serena hatte. Er nickte und erhielt eine Dame. Erst wollte er sich damit begnügen, doch ein Blick auf Serena zeigte ihm, dass sie viel zu selbstzufrieden aussah. Er hätte jeden Dollar in seiner Tasche darauf verwettet, dass sie mindestens eine Acht in der Hinterhand hatte. Ohne sie aus den Augen zu lassen, bat er um eine weitere Karte.

„Verdammt!" Sie warf die Karovier auf den Tisch und funkelte ihn an. „Ich schwöre es, Justin, eines Tages werde ich dich schlagen." Verärgert drehte sie den Buben um.

„Nein." Er stand auf, steckte die Hände in die Taschen. „Weil du mich zu schlagen versuchst, nicht meine Karten. Ich warte draußen auf dich."

Dale bekam gerade noch mit, wie seine beste Blackjack-Geberin einem davongehenden Passagier die Zunge ausstreckte.

Justin lehnte sich an die Wand, beobachtete Serena durch die Glastür des Casinos und spielte gedankenverloren mit dem 25-Dollar-Jeton, den er noch in der Tasche hatte. Mancher würde sagen, dass er eine ungewöhnliche Glückssträhne hatte. Andererseits hätte er vielleicht noch mehr Glück gehabt, wenn er das letzte Spiel verloren hätte. Wenn er Serena weiterhin sah, würde sein Leben nicht mehr so unkompliziert sein.

Vielleicht hätte er das Gefühl, dass Daniel MacGregor ihm dauernd über die Schulter sah, ignorieren können, wenn er mit ihr ins Bett gegangen wäre, um sie aus dem Kopf zu bekommen. Aber das war eher unwahrscheinlich. Sie war die erste Frau in seinem Leben, die zu einem permanenten Bestandteil seiner Gedanken zu werden drohte.

Was sie wohl sagen würde, wenn er ihr erzählte, dass ihr Vater dieses ganze Szenario von Hyannis Port aus arrangiert hatte? Seine Mundwinkel verzogen sich zu einem Lächeln. Sie würde dem Alten die Haut abziehen und zum Trocknen aufhängen. Er sah, wie Serena zur Tür ging, und beschloss, sich diese Bombe für einen anderen Tag aufzuheben.

„Ich nehme an, du hast ein Recht zu lächeln", sagte Serena kühl, als sie die Tür hinter sich zufallen ließ. „Du bist in einer echten Gewinnphase."

Justin nahm ihre Hand und küsste ihr mit unerwarteter Höflichkeit die Finger. „Und ich habe vor, möglichst lange darin zu bleiben. Du bist wirklich hübsch, Serena."

Verwirrt sah sie ihn an. „Wenn ich wütend bin", sagte sie und versuchte, sich nicht geschmeichelt zu fühlen.

Er drehte ihre Hand um und küsste sie. „Wirklich hübsch."

„Bring mich nicht durch Freundlichkeit durcheinander."

Unwillkürlich schob sie die Finger zwischen seine. „An dir ist nichts freundlich."

„Nein", stimmte er zu. „Lass uns hinausgehen. Ich könnte mir vorstellen, dass du frische Luft brauchst."

„Ich war mit einem Spaziergang einverstanden." Nebeneinander gingen sie nach oben. „Mit mehr nicht."

„Hmm. Und wir haben fast Vollmond. Wie war's heute Abend?"

„Im Casino?" Als er die Tür öffnete, wehte der Wind herein, herrlich warm und rein. „Besser als sonst. Seit dem Frühjahr machen wir Verlust."

„Zu viele Spielautomaten. Das schluckt den Profit." Er legte den Arm um ihre Taille. Serena sah zu ihm hoch. „Ihr würdet an den Tischen mehr verdienen, wenn einige eurer Geber aufmerksamer wären."

„Es ist schwer, aufmerksam zu bleiben, wenn man für einen Hungerlohn sechzig Stunden in der Woche arbeiten muss", sagte sie. „Außerdem ist die Fluktuation hoch. Die meisten durchlaufen eine höchstens sechswöchige Ausbildung, arbeiten sich vom Kassierer zum Croupier hoch, und viele bleiben höchstens einige Fahrten, weil sie bald merken, dass die Arbeit nichts mit bezahltem Urlaub auf See zu tun hat." Ohne es zu merken, legte sie den Arm um ihn, als er sich ihrem Schritt anpasste. „Das hier mag ich am liebsten."

„Was?"

„Diese Zeit. Spät abends, wenn das Schiff ruhig ist. Man hört nur die See. Wenn meine Kabine ein Bullauge hätte, würde ich es die ganze Nacht offen lassen."

„Kein Bullauge?" Sein Hand glitt an ihrem Rücken auf und ab.

„Nur Passagiere und Offiziere haben Außenkabinen."

Sie bog sich seiner Hand entgegen und seufzte, als er die müden Muskeln massierte. „Trotzdem würde ich das letzte Jahr gegen nichts eintauschen. Es ist, als hätte ich eine zweite Familie gefunden."

„Deine Familie ist dir wichtig?" fragte er und dachte an Daniel.

„Natürlich." Weil sie die Frage eigenartig fand, legte sie den Kopf in den Nacken, um ihn anzusehen. Als er seinen neigte, streiften ihre Lippen fast seine Wange. „Tu so etwas nicht", murmelte sie.

„Was?" Das Wort wurde sanft und leise dicht an ihren Lippen geflüstert.

„Du weißt ganz genau, was." Sie ließ den Arm sinken, löste sich von ihm und ging an die Reling. „Meine Familie", sagte sie, bevor sie sich umdrehte und einen Arm auf das polierte Holz legte, „war immer das Wichtigste in meinem Leben. Die Loyalität ist manchmal unbequem, aber wir alle brauchen sie. Was ist mit dir?"

Sie sah absolut hinreißend aus, die weichen Kurven verborgen und doch betont durch den eher männlichen Smoking, das zuvor so sorgfältig gestylte Haar vom Wind durcheinander gebracht, das Gesicht vom Mondschein in marmornen Schimmer getaucht.

„Meine Familie ..." Er stellte sich vor sie. „Ich habe eine Schwester. Diana. Sie ist zehn Jahre jünger. Wir waren uns nie sehr nah."

„Deine Eltern?"

„Starben, als ich sechzehn war. Diana zog zu einer Tante. Ich glaube, seit zwanzig Jahren habe ich sie praktisch nicht mehr gesehen."

Serenas spontanes Mitgefühl wurde sofort unterdrückt. „Das ist ja entsetzlich!"

„Meiner Tante hat mein Beruf nie gefallen", erwiderte er trocken. Obwohl sie nichts gegen das Geld hat, das ich ihr für Diana schicke, dachte er und tastete nach den Knöpfen an Serenas Jacke. „Es war für Diana leichter, sich nicht einzumischen."

„Welches Recht hat deine Tante, ein Urteil über deinen Beruf zu fällen?" fragte Serena, viel zu wütend, um zu merken, wie er ihre Jacke aufknöpfte. „Sie ist deine Schwester."

„Meine Tante glaubt fest daran, dass Glücksspiel das Werk des Teufels ist. Sie ist eine Grandeau, von der französischen Seite der Familie."

Serena schüttelte den Kopf über seine Logik. „Und was bist du?"

„Blade." Sein Blick bohrte sich in ihre Augen. „Komantsche."

Sein Gesicht war nah, viel näher, als ihr bewusst gewesen war. Obwohl sie fühlte, wie der Wind den dünnen Stoff ihres Hemds erfasste, begriff sie noch nicht, was Justin getan hatte. Sie musste schlucken. Steckte in den beiden Worten eine Drohung, oder hatte sie es sich nur eingebildet?

„Ich hätte es wissen sollen", brachte sie heraus. „Aber deine Augen haben mich irritiert."

„Die verdanke ich dem französischen und walisischen Blut, von dem einige Tropfen zu mir durchgedrungen sind. Mein Vater war fast reiner Komantsche, aber die Familie meiner Mutter geht zurück auf die Verbindung eines Komantschen-Kriegers mit einer französischen Siedlerin." Langsam, ohne den Blick von ihren Augen zu nehmen, zog er die Fliege an ihrem Hals auf. „Man erzählt sich, dass einer meiner Vorfahren an einem Flussbett eine Frau mit goldenem Haar sah. Sie wusch Wäsche und sang dabei. Er war ein tapferer Krieger, der viele Menschen getötet hatte, um sein Land zu beschützen. Als er sie sah, wollte er sie." Justin öffnete die Knöpfe ihrer Bluse, einen nach dem anderen. „Also nahm er sie."

„Das ist barbarisch", stieß sie entsetzt aus. „Er hat sie gekidnappt, sie ihrer Familie weggenommen ..."

„Einige Tage später jagte sie ihm bei einem Fluchtversuch ein Messer in die Schulter", fuhr er leise fort. „Aber als sie das Blut an ihren Händen sah, lief sie nicht weg. Sie blieb, pflegte ihn und schenkte ihm grünäugige Söhne und Töchter."

„Vielleicht hat das Bleiben sie mehr Mut gekostet als der Messerstich."

Justin lächelte. Er hatte das Zittern in ihrer Stimme bemerkt. „Er gab ihr einen Namen, der sich in etwa mit ‚Goldschatz' übersetzen lässt, und nahm nie wieder eine andere Frau. Also ist es bei uns Tradition, wenn einer meiner Leute eine Frau mit goldenem Haar sieht, die er will – dann nimmt er sie."

Sein Mund presste sich auf ihren, sein Kuss erweckte ihre Leidenschaft. Seine Hände wühlten sich in ihr Haar und zogen Nadeln heraus, die im Wind tanzten, bevor sie in die Wellen fielen. Serena packte seine Schultern, hatte fast Angst, ihnen zu folgen, nach unten, ins dunkel vorbeirauschende Wasser zu stürzen. Ihr Herz raste bereits, bevor seine Hand ihre Brust bedeckte.

Aufstöhnend verstärkte sie ihren Griff, als wäre Justin die Rettungsleine in einer See, die urplötzlich zu brodeln begonnen hatte. Seine Hand umschloss eine Brust, er vergaß sowohl Zärtlichkeit als auch Vernunft. Vielleicht ließ sie es deshalb geschehen. Er wagte es, ohne zu fragen, ohne routinierte Worte der Verführung. Es war eine Macht, die sie beide beherrschte – ein Impuls, zu alt und zu ursprünglich, um ihm zu widerstehen.

Ihr Körper verlangte pulsierend danach, berührt zu werden, überlistete ihren verwirrten Verstand und zeigte ihnen beiden, was sie jetzt brauchte. Die wilden, verwegenen Küsse auf ihren Lippen, ihrem Hals, steigerten ihr Verlangen. Die warme, besänftigende Brise wurde zu einer Folge kleiner Flammen, die ihr Fieber noch steigerten. Serena sog die feuchte Luft in die Lungen und spürte, wie sie zu Feuer wurde.

Die Hand an ihrer Brust drückte, streichelte, während die andere über ihren bloßen Rücken glitt. Und über einen winzigen Punkt irgendwo an ihrer Wirbelsäule. Aufstöhnend schmiegte sie sich an ihn, als Wellen eines unglaublichen Gefühls sie durchströmten.

„Nein." Serenas Stimme klang dünn und wie aus großer Entfernung. „Nein, nicht."

Aber er presste die Lippen auf ihre und unterdrückte ihren zitternden Protest. Ihr Mund war zu hungrig, um auf das Warnsignal zu achten, das in ihrem Gehirn ertönte. Sie kostete den leichten Geschmack der salzigen Gischt auf seinen Lippen aus. Welcher Zauber auch immer in seinen Fingern steckte, jetzt beherrschte er sie. Sie würde ihm alles geben, was er verlangte. Hauptsache, er hörte nicht auf, sie zu berühren. Sie grub die Hände in sein Haar, zog ihn daran noch dichter zu sich heran, ohne die Feuchtigkeit zu bemerken, die wie ein feiner Nebel darauf lag.

Als er ihre Lippen freigab, um sich ihrem Hals zu widmen, konnte sie nicht mehr tun, als seinen Namen zu hauchen. All ihre Sinne waren auf das konzentriert, was seine Hände und Lippen in ihr auslösen konnten. Dann bewegte er sich, und sie schwankte, als er sie von der Reling zog. Schwach vor Verlangen lehnte Serena sich an ihn, während er ihr Haar streichelte.

„Du wirst klitschnass", murmelte Justin, während er sie auf das feuchte Haar küsste, den Duft einsog. „Lass uns hineingehen."

„Was?" Benommen öffnete Serena die Augen und sah den feinen Regenschleier. „Es regnet?" Als das kalte Wasser sie belebte, schüttelte sie den Kopf. Es kam ihr vor, als wäre sie aus einem Traum erwacht, von einer Ohrfeige schlagartig in die Realität zurückgeholt worden. „Ich ..." Sie stieß sich von ihm ab, fuhr sich mit der Hand durchs Haar. „Ich ..."

„Muss jetzt schlafen", beendete er den Satz. Justin wurde klar, dass er kurz davor gewesen war, sie sich einfach zu nehmen. Wie sein Vorfahre.

„Ja." Serena fühlte die Regentropfen auf der bloßen Haut und zog ihre Jacke zusammen. „Ja, es ist spät." Sie war noch wie benebelt, als sie sich ein wenig verwirrt umsah. „Es regnet", wiederholte sie.

Ihre plötzliche Verletzlichkeit hatte etwas an sich, das ihn sie noch mehr begehren ließ als Momente zuvor. Aber dieses Etwas machte es ihm auch unmöglich, sie einfach zu nehmen. Er stopfte die Hände in die Taschen und ballte sie kurz zu Fäusten. Dieser verdammte Daniel MacGregor, dachte er wütend. Der Schotte hatte ihm eine Falle mit einem erstklassigen Köder gestellt. Wenn er sie jetzt nahm, würde es bestimmt seine Beziehung zu dem Mann zerstören, den er fast liebte. Und wenn nicht, würde er sie nur weiterhin begehren. Wenn er wartete ... nun ja, das war eben das Risiko.

„Gute Nacht, Serena."

Unentschieden stand sie da, wollte unter Deck und in die Welt der Vernunft, wollte zugleich auch in seine Arme und in den Wahnsinn eilen. Sie holte tief Luft und zog die Jacke noch fester um sich. „Gute Nacht."

Serena hastete davon, denn sie wusste, dass sie nicht mehr als einen Moment brauchen würde, um es sich anders zu überlegen.

4. KAPITEL

Weil sie dachte, es wäre menschenleer, wählte Serena das hintere Veranda-Deck. Wer noch an Bord war, hielt sich wahrscheinlich im geräumigeren Pool-Bereich auf und sonnte sich in Reichweite der Lido Bar und Grill. Die meisten Passagiere besichtigten San Juan, erkundeten die historische Altstadt, stiegen zur Festung hinauf und machten Schnappschüsse von den Bergen ringsherum. Wer immer im Laufe des Tages an Bord zurückkehrte, würde sie auf dem ruhigen Achterdeck wohl kaum stören.

Fast hätte sie verschlafen, weil sie vergessen hatte, dass sie mit Dale zur Abrechnung der Einnahmen eingeteilt war. Erst kurz vor Morgengrauen war sie eingeschlafen. Nach kaum mehr als vier Stunden hatte der Wecker sie schockartig aufwachen lassen. Nachdem die Arbeit des Vormittags erledigt war, legte sie sich in die Mittagssonne.

Serena wollte nicht mehr nachdenken, wie in den langen stillen Stunden zwischen drei Uhr morgens und Sonnenaufgang. Eigentlich war sie viel zu müde, um sich über den gestrigen Abend den Kopf zu zerbrechen, doch schon als sie sich auf dem Liegestuhl ausstreckte, war alles wieder da. Was geschah bloß mit ihr, wann immer Justins Lippen ihre berührten? Was immer es war, sie hatte sich geschworen, es nie wieder geschehen zu lassen – und war dann doch hilflos gewesen. Was hatte er bloß an sich, dass sie sich immer wieder davon mitreißen ließ, bis an einen Abgrund, in dem etwas Gefährliches lauerte? Jedes Mal fiel es ihr schwerer, sich dagegen zu wehren.

Serena löste die Träger ihres Bikini-Oberteils und lehnte sich zurück. Vielleicht war es doch sinnvoller, gründlich über die Sache nachzudenken, anstatt sich vor der Wahrheit zu drücken. Wenn es im MacGregor-Clan eine Gemeinsamkeit gab, dann die, dass alle Realisten waren. Stelle dich einem Problem und räume es beiseite. So hätte das Motto des Clans lauten können. Und das Motto, mit dem sie das Problem Justin Blade angehen musste.

Er war gefährlich attraktiv. Gefährlich deshalb, folgerte Serena, weil diese Attraktivität sie von der ersten Sekunde an beherrscht hatte und seitdem nicht geringer geworden war. Und es ist nicht nur sein Aussehen, dachte sie und schob die Sonnenbrille höher. Auf das Aussehen kam es nicht an. Sondern auf die kraftvolle und erotische Ausstrahlung und auf den dominierenden Stil. Alle drei forderten sie heraus, sich ihm zu widersetzen. Für eine Frau, die äußerst selten den einfachsten Weg wählte, war das eine unglaublich reizvolle Kombination.

Mochte sie ihn eigentlich? Serena schüttelte leicht den Kopf, wurde dann jedoch nachdenklich. Und? Mochte sie ihn nun oder nicht? Die Antwort kam mit der Erinnerung an einen gemächlichen Nachmittag in Nassau, an den kurzen Scherz im Casino, an die Selbstverständlichkeit, mit der ihre Hand in seine passte. Vielleicht mag ich ihn wirklich, gestand Serena sich widerwillig ein. Ein wenig. Aber, dachte sie und schloss die Augen, das ist nicht der Punkt. Der Punkt ist, wie begegne ich ihm in den nächsten fünf Tagen?

Verstecken konnte sie sich nicht. Selbst wenn das möglich gewesen wäre, hätte Serenas Stolz es nie zugelassen. Nein, sie musste mit ihm fertig werden ... und mit sich selbst. Die Vorstellung, ein wenig Zeit mit ihm zu verbringen, ihn etwas besser kennen zu lernen, konnte nicht mehr als harmlos eingeordnet werden. Serena war ehrlich genug, sich einzugestehen, dass an Justin Blade absolut nichts harmlos war. Damit war sie wieder am Ausgangspunkt. Bei dem, was ihn so attraktiv machte. Und das ist keine Lösung, beschloss sie und drehte sich auf den Bauch.

Ihr blieben nur noch wenige Tage an Bord der „Celebration“, bevor sie zu einem längeren Besuch nach Hause fuhr. Arbeitslos. Sie rümpfte die Nase und rutschte hin und her, bis sie es auf der Liege bequem hatte. Jetzt, wo sie eine Entscheidung über den Rest ihres Lebens zu treffen hatte, durfte ein umherstreifender Glücksspieler nicht die erste Stelle in ihren Gedanken einnehmen. Das tat er nur, weil sie es zuließ. Jetzt hatte sie sich eingestanden, dass sie Justin sowohl attraktiv als auch interessant fand. Damit hätte die Sache eigentlich erledigt sein müssen.

Eigentlich war es ganz einfach. Sie würde ihn wie jeden anderen Passagier behandeln. Höflich und freundlich. Nun ja, dachte sie und ließ die Sonnenbrille aufs Deck fallen, nicht zu freundlich. Und keine privaten Spiele mehr, beschloss sie, bevor sie die Augen schloss. Der Mann hatte einfach phänomenales Glück.

Die Sonne war viel zu warm, das Deck viel zu ruhig, um über Komplikationen nachzudenken. Seufzend legte sie den Kopf auf die Hände und schlief ein.

Warm und entspannend ... diese Empfindungen drifteten in ihr und ließen Serena seufzen. Verschwommene Bilder davon, wie sie nackt auf einem Floß trieb, während die Sonne ihre Haut streichelte, brachten einen leisen Laut auf ihre Lippen. Sie hätte endlos weitertreiben können, ohne Ziel. Sie spürte eine Freiheit, nein, eine Enthemmung. Sie war allein auf einer blauen See, vielleicht auch in einem dichten grünen Dschungel. Ein geheimer einsamer Ort, an dem es keine Einschränkungen gab. An dem die Sonne ihren Körper liebkoste wie die Hände eines Liebhabers.

Sie fühlte das Streicheln, das ihr wohliges, heißes Vergnügen bereitete ... die gemächlichen Finger des Sonnenscheins ... die sie erregten ... auf delikate Weise verführten ...

Ein Schmetterling streifte ihr Ohr und brachte sie zum Lächeln. Serena lag reglos da, wollte ihn nicht stören. Sanft wie ein Tautropfen landete er auf ihrer Wange, verharrte dort einen Moment, als hätte er eine duftende Blüte gefunden. Mit einem letzten Flügelschlagen flüsterte er ihren Namen an ihrem Mundwinkel.

Wie seltsam, dachte Serena mit einem leisen Seufzen, dass ein Schmetterling meinen Namen kennt. Sie hob die Schulter, um dem zarten Streicheln an ihrem Rücken näher zu sein, und befahl den Augen, sich zu öffnen, weil sie die Farbe der weichen Flügel sehen wollte. Sie sah nur das kühle unergründliche Grün von Justins Augen.

Einen Moment lang starrte Serena hinein, zu zufrieden, um verwirrt zu sein. „Ich habe dich für einen Schmetterling gehalten", flüsterte sie, als ihre Augen sich wieder schlossen.

„Wirklich?" Lächelnd berührte Justin ihren Mundwinkel ein zweites Mal mit den Lippen.

„Mmm-hmm." Es war ein langes, genießerisches Seufzen. „Wie bist du hergekommen?"

„Wohin?" Er genoss es, wie sie sich unter seiner flachen Hand streckte, und fuhr fort, ihren Rücken zu streicheln.

„Wo immer wir sind", murmelte Serena. „Bist du auf einem Floß hergetrieben?"

„Nein." Ihr schnelles Atmen und der kurze Blick in ihre dunklen, verschleierten Augen ließen ihn erkennen, dass sie bereits erregt war, orientierungslos genug, um alles mit sich geschehen zu lassen. Ihre absolute Wehrlosigkeit löste in ihm widersprüchliche Wünsche aus. Er wollte sie zugleich besitzen und beschützen. Während diese Wünsche miteinander um die Vorherrschaft kämpften, küsste er Serena sanft auf die Schulter. „Du hast geträumt."

„Oh." Das war ihr egal. Hauptsache, diese herrlich warmen Zärtlichkeiten nahmen kein Ende. „Es fühlt sich gut an."

„Ja." Justin strich mit der Fingerspitze an ihrer Wirbelsäule hinunter. „Das tut es."

Die Berührung brachte einen raschen Schauer, eine gebündelte Erregung. Serena riss die Augen auf. „Justin."

„Ja."

Serena war schlagartig wach und stützte sich auf die Ellbogen. „Was tust du hier?"

Sein Blick glitt kurz über die winzigen Stofffetzen, die Mühe hatten, ihre Brüste zu verhüllen. „Das hast du mich schon einmal gefragt. Mit deiner hellen Haut solltest du nicht ungeschützt in der Sonne liegen." Seine Hand glitt über ihren Rücken und verteilte die Creme, die er mit der anderen auftrug. Als seine Finger das Unterteil des Bikinis berührten, hielt sie den Atem an.

„Hör auf!" fuhr sie ihn an und ärgerte sich, dass ihrer Stimme die Festigkeit fehlte.

„Du bist sehr empfindlich", murmelte er. Das Verlangen in ihren Augen war kurz aufgeflackert, hatte sie verdunkelt und geweitet, noch während sie dagegen ankämpfte. „Schade, dass wir nie zum richtigen Zeitpunkt am richtigen Ort zu sein scheinen."

„Justin." Serena rückte von seiner Hand weg, und erst im letzten Moment fiel ihr ein, das Oberteil festzuhalten. „Ich wünschte, du würdest mir etwas Ruhe gönnen." Sie setzte sich auf und verknotete die Träger äußerst sorgfältig im Nacken. „Ich musste heute sehr früh aufstehen, und das Casino öffnet heute Abend gleich nach dem Auslaufen." Sie streckte sich. „Ich möchte jetzt schlafen."

„Ich möchte jetzt mit dir reden." Er kam aus der Hocke hoch.

„Nun, was mich ..." Sie verstummte, als ihr Blick an den langen muskulösen Beinen hinauf zu der knappen schwarzen Badehose wanderte. Er hatte einen Körper, der einen an Kraft und Ausdauer und Schnelligkeit denken ließ. Hastig wandte Serena den Blick ab und griff nach hinten, um die Lehne des Liegestuhls anders einzustellen. „Was mich betrifft, ich möchte jetzt nicht reden", vollendete sie den Satz und setzte die Sonnenbrille auf. „Warum siehst du dir nicht wie alle anderen San Juan an?"

„Ich habe einen Vorschlag."

„Was du nicht sagst."

Ohne auf eine Einladung zu warten, schob Justin ihre Beine beiseite und setzte sich ans Fußende. „Geschäftlich."

Serena legte die Beine an den Rand der Liege, damit sie ihn nicht berührten und sie dadurch ablenkten. „Deine Geschäfte interessieren mich nicht. Nimm dir einen eigenen Liegestuhl."

„Gibt es keine Anweisung, dass man zu Passagieren nicht unhöflich sein darf?"

„Melde mich", forderte sie ihn auf. „Dies ist meine letzte Woche in diesem Job."

„Genau darüber wollte ich mit dir reden." Justin rieb mit einer von der Sonnencreme noch glatten Hand über ihren Oberschenkel.

„Justin ..."

„Sehr gut." Er lächelte, als er ihr wütendes Gesicht sah. „Jetzt hörst du mir zu."

„Wenn du mich nicht in Ruhe lässt, fängst du dir eine gebrochene Nase ein", warnte sie ihn.

„Fällt es dir immer so schwer, dich auf eine geschäftliche Besprechung zu konzentrieren?“ fragte Justin sanft.

„Nicht auf eine ehrliche.“

„Dann dürften wir keine Probleme haben.“

Serena ließ sich auf den Liegestuhl zurückfallen und musterte ihn durch die getönten Gläser hindurch. Sie bemerkte die gezackte weiße Narbe an den Rippen. „Sieht schlimm aus“, sagte sie mit kühlem Lächeln. „Das Geschenk eines eifersüchtigen Ehemanns?“

„Ein Verrückter mit einem Messer.“ Seine Antwort war so kühl wie ihre Frage und vollkommen emotionslos.

Ein Schmerz durchzuckte sie, stechend und unerwartet. Er blieb ihr in der Kehle stecken, und sie keuchte, als sie zu sehen glaubte, wie die Klinge die Haut durchtrennte. „Das war dumm von mir. Es tut mir Leid.“ Sie warf einen zaghaften Blick auf die Narbe. „Es muss gefährlich gewesen sein.“

Justin dachte an die zwei Wochen, die er im Krankenhaus zugebracht hatte. „Es ist lange her.“

„Was ist passiert?“ Sie musste es fragen. Vielleicht teilte etwas in ihr den Schmerz, ohne zu wissen, warum.

Justin musterte sie. Er dachte kaum noch daran. Dennoch war es ein Teil von ihm, wie die Narbe. Vielleicht war es besser, wenn sie es wusste. Er nahm ein Handtuch vom Deck und wischte sich die Hände daran ab.

„Ich war in einer Bar im Osten von Nevada. Einer von den Stammgästen hatte etwas dagegen, dieselbe Luft zu atmen wie ein Indianer. Ich hatte mein Bier noch nicht aus, also schlug ich ihm vor, woanders zu atmen.“ Ein kaltes, humorloses Lächeln glitt über seine Mundwinkel. „Ich war jung genug, um mich auf eine Schlägerei zu freuen. Mit achtzehn kann Boxen ein echtes Ventil sein.“

„Aber die Narbe hast du nicht vom Boxen“, murmelte sie.

Justin hob zustimmend eine Augenbraue. „Die meisten Dinge geraten außer Kontrolle, wenn Alkohol im Spiel ist. Er war betrunken.“ Fast abwesend strich er mit dem Finger an der Narbe entlang. „Eigentlich fing es an wie immer. Worte, Stöße, Faustschläge. Dann hatte er plötzlich ein Messer. Vermutlich war er zu betrunken, um zu wissen, was er tat, aber er hat es an mir benutzt.“

„Oh Gott.“ Spontan griff sie nach seiner Hand. „Das ist ja schrecklich. Warum hat niemand die Polizei gerufen?“

Trotz des Reichtums, der umfangreichen Ausbildung, der vielen Reisen hatte sie offenbar ein behütetes Leben geführt – oder vielleicht gerade deswegen. „So werden die Dinge nun mal nicht immer geregelt“, sagte er einfach.

„Aber er hat auf dich eingestochen“, erwiderte sie mit einer Mischung aus Logik und Entsetzen. „Man muss ihn doch festgenommen haben.“

„Nein.“ Justins Blick blieb so ruhig und fest wie seine Stimme. „Ich habe ihn getötet.“

Serenas Hand erschlaffte in seiner. Justin sah, wie sich vor Schock ihre Augen hinter den getönten Gläsern weiteten. Er spürte, wie sie sich von ihm zurückzog. Dann legten ihre Finger sich fester um seine. „In Notwehr“, sagte sie mit nur einem leichten Beben in der Stimme.

Er sagte nichts. In all den Jahren hatte er sich genau danach gesehnt, nach diesem schlichten, bedingungslosen Vertrauen. Während des Schmerzes der Tage im Krankenhaus, während der kalten, einsamen Angst in der Zelle vor dem Prozess. Damals hatte niemand an ihn geglaubt. Niemand hatte ihm etwas von dem Vertrauen und der Hoffnung zurückgegeben, die er während dieser endlosen leeren Tage verloren hatte. Als sie seine Hand zwischen ihre nahm, bewegte sich etwas in ihm und kroch aus einem lange verriegelten Versteck hervor.

„Ich griff nach dem Messer“, fuhr Justin fort. „Wir stürzten zu Boden. Und dann erwachte ich im Krankenhaus, als Beschuldigter in einem Mordprozess.“

„Aber es war sein Messer.“ In ihrer Stimme lag nackte Entrüstung, keine Frage. „Er hat dich angegriffen.“

„Bis das herauskam, dauerte es eine Weile.“ Justin konnte sich an jede einzelne Stunde, jede einzelne Minute des Wartens erinnern. An den Geruch in der Gefängniszelle, an die Gesichter im Gerichtssaal. Die Angst, die Wut. „Als es dann soweit war, wurde ich freigesprochen.“

Mit wie vielen weiteren Narben, fragte Serena sich. „Keiner der anderen wollte für dich aussagen.“ Sie wusste es instinktiv. „Die, die auch noch in der Bar gewesen waren.“

„Ich war keiner von ihnen“, sagte er tonlos. „Aber sie hielten sich an die Wahrheit, sobald sie unter Eid standen.“

„Es muss ein schreckliches Erlebnis für einen Jungen gewesen sein.“ Da Justin lediglich eine Augenbraue hochzog, bemühte Serena sich um ein Lächeln. „Mein Vater würde sagen, ein Mann ist erst mit dreißig ein Mann, vielleicht auch mit vierzig. Er legt sich da ungern fest.“

Wie gut er mich kennt, dachte Justin. Er war versucht, ihr hier und jetzt von seiner Beziehung zu Daniel zu erzählen, zwang sich jedoch, beim ursprünglichen Plan zu bleiben. „Ich habe dir das erzählt, weil du vermutlich ohnehin Bruchstücke davon hörst, wenn du mein Angebot annimmst. Und es ist mir lieber, wenn du alles auf einmal von mir erfährst.“ Er sah, dass er ihre Neugier erregt hatte.

„Was für ein Angebot?“ fragte sie misstrauisch.

„Ein Job.“

„Ein Job?“ wiederholte Serena und lachte. „Was hast du vor? Einen schwimmenden Blackjack-Tisch mit mir als Geberin?“

„Eigentlich schwebt mir etwas Stationäres vor“, murmelte Justin und ließ seinen Blick nach unten wandern. „Wie sicher sind diese dünnen Träger?“

„Sicher genug.“ Sie widerstand dem Drang, daran zu ziehen. „Warum erzählst du mir nicht genau, was du vorhast, Justin? Ganz ehrlich.“

„Na schön.“ Abrupt verschwand die Belustigung aus seinen Augen. Sie wurden wieder kühl und sahen in ihre. „Ich habe dich bei der Arbeit beobachtet. Du bist sehr gut. Nicht nur mit Karten, auch mit Menschen. Du kannst Spieler schnell einschätzen, und dein Tisch ist fast immer voll, während andere immer wieder ausdünnen. Außerdem kannst du mit Spielern umgehen, die sich über ihre Karten ärgern oder etwas zu viel getrunken haben. Alles in allem“, fügte er sachlich hinzu, „hast du eine Menge Stil.“

Serena war nicht sicher, worauf er hinauswollte, und zuckte mit den Schultern. „Und?“

„Und ich kann jemanden mit deinem Talent gebrauchen.“ Er musterte sie sorgfältig und schlug die Beine unter.

Serena fand, dass er seinem berüchtigten Kidnapper-Vorfahren etwas zu ähnlich sah. Sie schob sich die Sonnenbrille auf den Kopf und erwiderte seinen forschenden Blick. „Wofür?“ fragte sie kühl.

„Für mein Casino in Atlantic City. Als Managerin.“ Zufrieden registrierte er ihre ungläubige Miene.

„Du besitzt ein Casino in Atlantic City?“

Justin legte die Hände auf die Knie. „Ja.“

Serena kniff die Augen zusammen und runzelte die Stirn.

Belustigt stellte er fest, dass sie ihm diesmal nicht so schnell vertraute. Langsam stieß sie den Atem aus. „‚Comanche'", murmelte Serena. „In Las Vegas gibt es auch eins. Und in Tahoe, glaube ich." Sie lehnte sich zurück und schloss die Augen. Also hatte der umherziehende Glücksspieler sich als wohlhabender und sehr erfolgreicher Geschäftsmann erwiesen. „Ich hätte es wissen müssen."

Ihre Reaktion belustigte ihn noch mehr, und er entspannte sich. Schon beim Bummel durch Nassau hatte er daran gedacht, ihr einen Job anzubieten. Damals war es halb eine spontane Laune, halb eine geschäftliche Überlegung gewesen. Jetzt musterte er ihr elegantes Gesicht und wusste, dass schon viel mehr dahinter steckte, Gefühle, die eigentlich nicht hineinspielen sollten. Damit würde er später fertig werden – nachdem er alles arrangiert hatte.

„Kurz vor meiner Abreise habe ich den Manager gefeuert", fuhr Justin fort, ohne darauf zu warten, dass Serena ihre Augen wieder öffnete. „Es gab Probleme mit den Einnahmen."

Sie machte sie auf, zog die Augenbrauen hoch. „Er hat dich betrogen?"

„Er hat es versucht", verbesserte Justin sanft. „Niemand betrügt mich."

„Nein", stimmte sie zu. „Da bin ich sicher." Sie zog die Knie an, damit sie Justin nicht mehr berührte, und schlang die Arme darum. „Warum willst du, dass ich für dich arbeite?"

Justin hatte das unangenehme Gefühl, dass sie die Antwort kannte, auch wenn er sich seiner Motive noch gar nicht sicher war. Er war nur sicher, dass er sie in seiner Welt haben wollte, wo er sie sehen ... und berühren konnte. „Das habe ich dir doch schon gesagt", erwiderte er, zu vorsichtig, um ihre Haut erneut zu streicheln.

„Wenn du drei florierende Hotels hast ..."

„Fünf", korrigierte er.

„Fünf." Sie nickte leicht. „Dann kann ich mir dich nicht als Mann vorstellen, der seine geschäftlichen Entscheidungen spontan trifft." Oder jede andere Entscheidung, fügte sie stumm hinzu. „Du musst doch wissen, dass die Leitung eines solchen Casinos etwas ganz anderes ist, als auf einem Kreuzfahrtschiff Karten zu geben. Vermutlich hast du doppelt so viele Tische wie hier und Einnahmen, die unseren Profit wie den Umsatz eines Kaugummi-Automaten aussehen lassen."

Justin gestattete sich ein Lächeln. Sie hatte Recht. „Wenn du natürlich glaubst, du schaffst es nicht ..."

„Ich habe nicht gesagt, ich schaffe es nicht", gab sie zurück und sah ihn wütend an. „Du bist sehr clever, nicht wahr?"

„Denk darüber nach", schlug er vor und hakte einen Finger hinter einen ihrer Bikini-Träger. „Du hast selbst gesagt, dass du noch keine konkreten Pläne hast."

Keine konkreten Pläne, dachte sie. Nur die vage Vorstellung, einen eigenen Laden aufzumachen. Den wollte sie immer noch, aber wäre es nicht logisch, den eines anderen zu managen, bis sie etwas mehr gelernt hatte? „Ich werde darüber nachdenken", sagte Serena langsam und bemerkte kaum, dass Justins Daumen an ihrem Finger entlangstrich.

„Gut." Er hob die freie Hand und zog ihr eine Nadel aus dem Haar. „Wir können in San Juan zu Abend essen und über praktische Fragen reden." Er ließ die erste Nadel fallen und zog eine zweite heraus.

„Hör auf damit." Verärgert griff Serena nach seinem

Handgelenk. „Jedes Mal, wenn ich dich sehe, wirfst du meine Haarnadeln weg. Wenn die Kreuzfahrt zu Ende ist, werde ich keine mehr haben."

„Es gefällt mir offen." Er fuhr mit den Fingern durch den jetzt locker sitzenden Knoten und verstreute den Rest der Nadeln. „Ich mag es, wenn es nach unten fällt."

Serena schob seine Hand fort und setzte sich auf. Wenn er in diesen Ton verfiel, ging eine kluge Frau besser auf Distanz. „Ich werde nicht mit dir zu Abend essen, weder in San Juan noch irgendwo anders." Sie griff nach dem Dashiki, den sie über dem Bikini getragen hatte. „Und ich glaube, ich habe jetzt lange genug über deinen Vorschlag nachgedacht."

„Angst?" Justin schwang die Beine vom Liegestuhl und erhob sich mit der Geschmeidigkeit einer Raubkatze.

„Nein." Sie wich seinem Blick nicht aus, denn er sollte wissen, dass sie die Wahrheit sagte.

„Gut." Ihr trotziger Ausdruck gefiel ihm, und er legte die Hand um ihren Nacken. Angst war zu gewöhnlich und zu leicht zu überwinden. „Aber lass dir ein paar Tage Zeit. Das Angebot ist rein geschäftlich. Es hat nichts damit zu tun, dass du und ich Lover sind."

Der Druck seiner Finger hätte sie fast dazu gebracht, sich zu entspannen. Seine Worte ließen ihre Augen funkeln. „Wir sind keine ‚Lover'."

„Aber wir werden es sein", sagte er und näherte sich ihr wieder. „Bald. Wir beide sind Menschen, die sich nehmen, was sie wollen, Serena. Wir wollen einander."

„Warum legst du dein Ego nicht mal eine Weile ab, Justin? Es muss doch schwer werden." Als seine Hand auf ihren Rücken glitt, blieb sie steif. Sie wollte nicht kämpfen, sie wollte nicht verlieren.

„Wir Spieler glauben an die Vorsehung." Obwohl ihr

Rücken starr und unnachgiebig war, spürte er die Weichheit ihrer Brüste. Nur ein Stück Stoff trennte Haut von Haut. „Du bist auch eine Spielerin, Serena MacGregor, wie ich." Er neigte den Kopf und knabberte an ihrem Ohrläppchen. „Wir müssen beide mit den Karten spielen, die uns gegeben worden sind."

Wie lange konnte sie dem verführerischen Ton und dem klugen Mund noch widerstehen? Serena fühlte, wie ihr Herz gegen die Rippen hämmerte und eine süße Schwäche ihre Glieder durchströmte. Wenn sie sich wehrte, würde sie verlieren. Vielleicht ... Ihr Verstand vernebelte sich, hektisch vertrieb sie die seidigen Schwaden. Vielleicht sollte sie diesmal sein Spiel mitmachen und ein Unentschieden erreichen. Es war ein gefährliches Spiel, aber sie wagte das Risiko.

Langsam, sanft ließ sie die Hände an seinem Rücken hinaufwandern. Ihre Nägel streiften behutsam seine Haut. Als sein Mund sich auf ihren Hals presste, hätten ihre Knie beinahe nachgegeben, und sie musste in die Innenseite ihrer Unterlippe beißen. Sie rieb sich an ihm, während ihre Finger nach oben glitten, um an seinem Nacken zu kreisen. Sein Herzschlag wurde schneller, passte sich ihrem an.

Sein Mund wurde hungrig, aber sie drehte sich, damit seine Lippen ihre nicht erreichen konnten. Wenn er sie küsste, war sie verloren. Sein Atem strich heftig über ihr Ohr, entlockte ihr ein Aufstöhnen. Serena hielt die Augen fest geschlossen und wehrte sich dagegen, all die Dinge zu fühlen, die er so mühelos in ihr wachrief. Sie presste die Lippen gegen seinen Hals, sagte sich, dass sie es nicht tat, um ihn zu schmecken. Es war nur der nächste Schritt in diesem Spiel. Sie würde sich von dem herb-männlichen Geschmack und Duft nicht schwach machen lassen, und auch nicht von den kräftigen, straffen Muskeln unter ihren Händen. Diesmal, schwor sie sich, würde sie ihn in die Knie zwingen.

Sie hörte ihn stöhnen, spürte, wie er erzitterte, als er sie noch fester an sich zog. Serena war zu erstaunt über die Macht, die sie so plötzlich errungen hatte, um etwas anderes zu tun als sich an ihn zu klammern. Er flüsterte etwas in einer Sprache, die sie nicht verstand, und vergrub das Gesicht in ihrem Haar.

Ihr Herz drängte sie, dort zu bleiben, wo sie war, warme Haut an warmer Haut. Könnte es sich so gut anfühlen, wenn sie nicht hierher gehört hätte? Wenn ihr Körper nicht dafür geschaffen wäre, würden sie dann so perfekt zusammenpassen? Wenn ihr Mund nicht für seinen da wäre, würde er sich schon bei dem Gedanken an einen Kuss erhitzen?

Nein. Serena fing sich, bevor die Schwäche sich zu weit ausbreitete. Sie würde sich nicht von einem erotischen Bedürfnis beherrschen lassen ... und auch nicht von einem Mann.

Sie schob ihn von sich und wusste, dass sie nur deshalb frei war, weil sie ihn überrascht hatte. Langsam bückte sie sich nach dem zu Boden gefallenen Dashiki und betete, dass ihre Beine sie tragen würden. Ohne ein Wort streifte Serena ihn sich über den Kopf. Das gab ihr einem Moment, nur einen Moment, um sich zu sammeln, bevor sie Justin ansah.

Sie sah Verlangen in seinen Augen, ein rücksichtsloses Verlangen, das ihr Herz schmerzhaft schlagen ließ. Und sie sah das Misstrauen. Also war er ebenso wenig wie sie auf den Ansturm der Sinne vorbereitet gewesen. Das verschaffte ihr einen Vorteil.

„Falls und wenn ich beschließe, mit dir zu schlafen, wirst

du es erfahren.“ Sie sagte es ganz ruhig, drehte sich um und ging ohne einen Blick zurück davon. Ihre Knie zitterten.

Justin sah ihr nach. Am liebsten hätte er sie zurückgeschleift. In seine Kabine, um sie auf der Stelle zu nehmen. Er könnte sagen, zur Hölle mit dem Plan, und den quälenden Hunger stillen, der ihn von innen heraus aufzufressen schien. Wäre er doch nur einmal, nur ein einziges Mal mit ihr allein, wirklich allein ... Justin lockerte die Faust. Es zahlte sich nie aus, sein Handeln von Emotionen leiten zu lassen. Das war etwas, das er vor vielen Jahren gelernt hatte. Es war zu lange her, als dass er es jetzt vergessen könnte.

Er bückte sich nach der Sonnencreme, die Serena neben dem Liegestuhl vergessen hatte. Mein Angebot reizt sie, dachte er, während er den Verschluss festdrehte. Nach einem Jahr, in dem sie nur Anweisungen befolgt hatte, musste sie sich danach sehnen, selbst welche zu erteilen. Und nach dem Sieg, den sie gerade errungen hatte, fühlte sie sich ihm bestimmt gewachsen. Sie war eine MacGregor. Die Herausforderung war unwiderstehlich.

Ein kühles Lächeln umspielte seinen Mund. Er hatte sein Gebot abgegeben. Vorläufig würde er es dabei belassen.

Serenas Kabine war vollkommen dunkel, als das Telefon neben der Koje schrillte. Schläfrig tastete sie nach dem Wecker. Als das Läuten nicht aufhörte, stieß sie den Hörer vom Apparat. Er landete an ihrer Schläfe.

„Autsch, verdammt!“

„Guten Morgen, kleines Mädchen.“

Schläfrig und die Schläfe reibend klemmte sie sich den Hörer ans Ohr. „Dad?“

„Wie ist das Leben auf hoher See?“ fragte er so laut und fröhlich, dass sie das Gesicht verzog.

„Ich ..." Serena fuhr sich mit der Zunge über die Zähne und versuchte wach zu werden.

„Komm schon, Mädchen, sag etwas."

„Dad, es ist ..." Sie drückte auf den Wecker, bis sie die Leuchtziffern erkennen konnte. „Es ist gerade erst sechs Uhr morgens."

„Ein guter Matrose steht mit der Sonne auf."

„Mmm. Gute Nacht, Dad."

„Deine Mutter möchte wissen, wann du nach Hause kommst."

Selbst im Halbschlaf musste Serena lächeln. Anna MacGregor war nie eine Glucke gewesen, aber Daniel ... „Wir laufen am Samstagnachmittag in Miami ein. Ich müsste Sonntag zu Hause sein. Willst du eine Blaskapelle bestellen?"

„Ha!"

„Einen Dudelsackpfeifer?"

„Du warst immer die Freche, Rena." Er versuchte streng zu klingen, klang aber eher stolz. „Deine Mutter möchte wissen, ob sie dich auch anständig füttern."

Sie verschluckte ein Kichern. „Wir bekommen ein ganzes Gerstenbrot pro Woche und Sonntags gepökeltes Schweinefleisch. Wie geht es Mom?"

„Gut. Sie ist schon in der Klinik, um jemanden aufzuschneiden."

„Und Alan und Caine?" fragte Serena.

Daniel schnaubte. „Wer bekommt die schon zu Gesicht? Es bricht deiner Mutter das Herz, dass ihre Kinder die Eltern vergessen haben. Kein Enkelkind, um es auf dem Knie zu schaukeln."

„Wie nachlässig von uns", erwiderte sie trocken.

„Wenn Alan dieses hübsche Judson-Mädchen geheiratet hätte ..."

„Die hatte einen Gang wie eine Ente“, erinnerte Serena ihn. „Alan wird sich schon selbst seine Frau aussuchen, wenn er bereit ist.“

„Ha!“ wiederholte Daniel. „Hat sich in D.C. in die Arbeit vergraben. Caine hätte sich längst die Hörner abstoßen müssen. Und du schipperst mit irgendeinem Boot herum.“

„Schiff.“

„Deine arme Mutter wird ihr erstes Enkelkind wahrscheinlich nicht mehr erleben.“ Seufzend steckte er sich eine der dicken Zigarren an, die Annas wachsamem Auge entgangen waren.

„Hast du mich um sechs Uhr morgens geweckt, um mir einen Vortrag über das Aussterben der MacGregors zu halten?“

„Darüber brauchst du gar nicht die Nase zu rümpfen, kleines Mädchen. Der Clan ...“

„Ich rümpfe nicht die Nase“, beteuerte sie. „Und ich habe vor, eine Weile bei euch zu bleiben, also warte bis Sonntag. Ab dann kannst du mich wieder tyrannisieren.“

„Redet man so mit seinem Vater?“ fragte er gekränkt. „Habe ich je meine Hand gegen dich erhoben?“

„Du bist der beste Vater, den ich je hatte“, besänftigte sie ihn. „Ich werde dir auf St. Thomas eine Kiste Scotch kaufen.“

„Nun ja.“ Er beruhigte sich, bis ihm die zweite Kiste Scotch und der eigentliche Grund seines Anrufs einfielen. „Hast du interessante Leute getroffen, Rena?“

„Mmm, ich könnte ein Buch schreiben. Ich werde den Rest der Besatzung wirklich vermissen.“

„Was ist mit den Passagieren?“ bohrte er nach. Daniel zog an der Zigarre und versuchte Kringel zu blasen. „Irgendwelche echten Spieler darunter?“

„Hin und wieder." Wie Daniel, so dachte auch sie an Justin.

„Ich nehme an, du hattest alle Hände voll mit Männern."

Sie murmelte ausweichend und legte sich auf den Rücken. Mit einem Mann jedenfalls.

„Natürlich ist gegen eine kleine Romanze ab und zu nichts einzuwenden", fügte er jovial hinzu. „Vorausgesetzt, der Mann hat gutes Blut und etwas Stärke. Ein echter Spieler muss einen scharfen Verstand besitzen."

„Würdest du dich besser fühlen, wenn ich dir erzählte, dass ich mit einem durchbrennen will?"

„Mit welchem?" fragte er.

„Mit keinem", erwiderte sie. „Und jetzt will ich weiterschlafen. Sieh zu, dass du die Zigarrenasche beseitigst, bevor Mom nach Hause kommt. Ich sehe dich und Mom am Sonntag. Und übrigens, ich liebe dich, du alter Pirat."

„Frühstücke ordentlich", befahl er, bevor er auflegte.

Nachdenklich lehnte Daniel sich im Sessel zurück. Rena war immer eine harte Nuss gewesen. Und wenn Justin Blade es nicht geschafft hatte, einen oder zwei tropische Abende in ihrer Gesellschaft zu verbringen, war er nicht der Mann, für den Daniel ihn gehalten hatte. Er drückte die Zigarre aus und nahm sich vor, sämtliche Beweise beiseite zu schaffen, bevor Anna nach Hause kam.

Er konnte sich einfach nicht geirrt haben, was Justin Blade betraf! Daniel MacGregor träumte von einem schwarzhaarigen, violettäugigen Enkelkind. Erst ein Junge, beschloss er. Auch wenn er nicht den Namen der MacGregors tragen würde, es war ihr Blut, das durch seine Adern strömen würde. Sie würden ihn nach seinem Großvater benennen.

Daniel war bester Laune und griff erneut nach dem

Hörer. Wenn er schon mal dabei war, konnte er auch seinen anderen Kindern ein wenig auf die Nerven gehen.

5. KAPITEL

So oft sie sich auch sagte, es sei nicht ihre Angelegenheit, Serena fragte sich immer wieder, was Justin vorhatte. Seit zwei Tagen hatte sie ihn nicht mehr zu Gesicht bekommen. In der Zeit hatte er keinen Fuß ins Casino gesetzt. Auch auf der Backbordseite des Promenadendecks, wo privat gespielt wurde, war er nicht gewesen. Jedenfalls nicht, als sie in ihrer Pause dort entlangschlenderte.

Serena bereitete sich auf ihren letzten freien Tag der Kreuzfahrt vor und fragte sich auch dabei, was er wohl tat. Ein Spieler spielte, oder nicht? Er war nicht der Typ, der sich mit Bingo in der Lounge zufrieden gab.

Er tut es absichtlich, beschloss sie, als sie ihre purpurrote Jacke zuknöpfte. Er will mich reizen. Vermutlich lag er irgendwo in der Sonne und freute sich darüber, dass sie sich den Kopf zerbrach. Und vermutlich hatte er auch den intimen kleinen Drink mit Mrs. Dewalter genommen. Sie griff nach der Bürste und fuhr sich mit schnellen Strichen durchs Haar. Stirnrunzelnd blickte Serena in den kleinen Spiegel.

„Na und?“ sagte sie laut. „Wenn er nach ihren Waden schnappt, schnappt er wenigstens nicht nach meinen.“ Das Letzte, was sie an ihren letzten Tagen an Bord wollte, war ein konstanter Kampf, ob nun mit Worten oder sonst wie. Also war es ganz gut, dass er beschäftigt war. So brauchte sie ihn nicht zu ignorieren.

Er erregte sie, wenn er in der Nähe war. Er erregte sie auch, wenn er nicht da war. Wütend warf sie die Bürste auf die Kommode. Gab es keine Gerechtigkeit mehr? Ich werde nicht mehr an ihn denken, beschloss sie und setzte sich auf den Boden, um die Sandaletten anzuziehen. Ich werde etwas schnorcheln, einige Sachen einkaufen, einen Karton Scotch, und, so fügte sie grimmig hinzu, ich werde mich amüsieren.

Das macht er absichtlich, dachte sie und schlug mit einer der Sandaletten gegen die Handfläche. Erst hält er mir diese Sache mit seinem Casino vor die Nase, dann verschwindet er. Er weiß genau, dass er mich damit rasend macht. Na ja, das Spiel können auch zwei spielen, sagte Serena sich, als sie den Fuß in die Sandalette schob. Ich werde ihm während der nächsten Tage aus dem Weg gehen. Und wenn ich dazu seekrank spielen und mich in der Kabine einschließen muss. Das wäre ihm eine Lehre.

Serena runzelte noch immer die Stirn, als es an der Tür klopfte. „Sie ist offen“, rief sie.

Der Letzte, den sie erwartet hatte, war Justin. Und das Letzte, womit sie gerechnet hatte, war die Freude, die sein Anblick in ihr auslöste. Mein Gott, schoss es ihr durch den Kopf, ich habe ihn vermisst.

Er sah das kurze Lächeln in ihren Augen, bevor es sich in ein wütendes Funkeln verwandelte. „Morgen.“

„Passagiere haben keinen Zutritt zu diesem Deck“, erwiderte sie kühl.

„Oh.“ Er trat ein und schloss die Tür. Justin ignorierte ihr verärgertes Zischen und sah sich in der winzigen Kabine um.

Eigentlich hätte sie trist und farblos sein müssen, mit der spartanischen Koje und den weißen Wänden, aber Serena hatte ihr mit nur wenigen Handgriffen einen persönlichen Stil verliehen. Ein buntes Bild mit Segelyachten, eine flaschengrüne Avantgarde-Schüssel mit zerstoßenen Muscheln, ein paar Fotos ... In Hyannis Port, dachte er, ist selbst die Speisekammer geräumiger.

„Keine Raumverschwendung", sagte er und ließ den Blick zu ihr zurückwandern.

„Es ist mein Raum", erinnerte sie ihn. „Und es verstößt gegen die Vorschriften, dass du hier bist. Würdest du bitte gehen, bevor sie mich feuern?"

„Du hast bereits gekündigt." Er schob sich zwischen sie und die Koje, um einen Blick auf das Bild zu werfen. „Sehr gut. Der Hafen von St. Thomas?"

„Ja." Serena blieb sitzen. Sie wusste, dass es für zwei Leute so gut wie unmöglich war, in der Kabine zu stehen, ohne sich zu berühren. „Tut mir Leid, dass ich dir nichts anbieten kann, Justin, aber ich wollte gerade los."

Er ignorierte ihre Worte und setzte sich auf die Koje. „Stabil", kommentierte er und entlockte Serena ein widerwilliges Lächeln. Die Koje war hart wie ein Fels.

„Gut für den Rücken." Sie sahen einander an, und Serena wehrte sich gegen das schlichte Vergnügen, ihn bei sich zu haben. „Ich dachte schon, ich wäre dich los."

„Wirklich?" Er griff nach dem zarten Teddy, in dem sie geschlafen hatte, und ließ ihn durch die Finger gleiten. Ohne jede Mühe konnte er sie sich darin vorstellen. Er malte sich aus, wie der hauchdünne Stoff über ihre Haut glitt, wenn sie ihn auszog.

„Leg das hin." Sie beugte sich hinüber, um ihn ihm wegzunehmen, und musste sich quer über seinen Körper lehnen.

„Du magst also Seide und Spitze", stellte er fest und ließ das Kleidungsstück wieder auf die Koje gleiten, bevor sie es ihm entreißen konnte. „Ich habe Frauen immer bewundert, die so etwas tragen, obwohl sie allein schlafen." Justin sah nach unten, als Serena sich hinkniete. „Es beweist eine gewisse Unabhängigkeit."

Ihre Stirn legte sich in Falten. „Ist das ein Kompliment?"

„Es war so gemeint." Lächelnd beugte er sich vor und wickelte sich einige Strähnen ihres Haars um die Finger. „Warum hast du gedacht, du wärst mich los?"

„Ich wünschte, du wärst nicht so nett, Justin. Es verwirrt mich." Sie ließ sich nach hinten fallen und seufzte. „Du warst nicht im Casino."

„Es gibt an Bord noch andere Unterhaltungsmöglichkeiten."

„Da bin ich sicher." Ihre Stimme wurde kühler. „Ich wette, du hast Mrs. Dewalter dein System erklärt."

„Mrs. Wer?"

Serena stand auf und suchte nach ihrer Tasche. „Die geschiedene Rothaarige mit dem Hühnerei."

„Oh." Belustigt sah Justin zu, wie sie unter der Koje herumwühlte. „Suchst du etwas?"

„Ja."

Serena schob sich auf dem Bauch unter die Koje. „Brauchst du Hilfe?" fragte er.

„Nein. Verdammt!" Sie fluchte, als sie sich den Kopf stieß. Als sie wieder ins Freie kam, saß Justin neben ihr auf dem Boden. Lächelnd strich er ihr das zerzauste Haar aus dem Gesicht.

„Justin ..." Sie drehte sich weg und kippte den Inhalt der Tasche auf die Koje. „Ich hasse es wirklich, das sagen zu müssen."

Er war ihre spitze Zunge gewöhnt und zuckte nur mit den Schultern. „Sag's trotzdem."

„Ich habe dich vermisst." Serena drehte sich um und registrierte zum zweiten Mal Verblüffung in seinem Gesicht. „Wie gesagt, ich hasse es wirklich." Als sie aufstehen wollte, hielt er sie am Arm fest.

Vier Worte. Vier Worte, die in ihm einen noch nie

erlebten Strudel aus widersprüchlichen Emotionen auslösten. Er war auf ihre Verärgerung, ihre Kälte, ihren Zorn vorbereitet gewesen. Aber nicht auf diese vier schlichten Worte. „Serena." Er legte eine Hand an ihre Wange. Es war eine so zärtliche Geste, wie sie bei ihm nicht oft vorkam. „Es ist gefährlich, mir das zu sagen, wenn wir allein sind."

Sie strich kurz über seine Hand und löste sie behutsam von ihrem Gesicht. „Ich wollte es dir gar nicht sagen. Außerdem glaube ich, es ist mir erst bewusst geworden, als du hereinkamst." Ihr Seufzen war zugleich verwirrt und wehmütig. „Ich verstehe es einfach nicht."

„Ich frage mich, warum wir beide das Gefühl haben, wir müssten es verstehen", sagte er halb zu sich selbst.

Abrupt sprang sie auf und fing an, in ihre Tasche zu packen, was sie zu brauchen glaubte. „Ich gehe an den Strand. Ich will mich etwas umsehen und schnorcheln. Möchtest du mitkommen?"

Sie hörte ihn nicht, denn er bewegte sich absolut geräuschlos, aber sie wusste, dass er hinter ihr stand. Zum ersten Mal seit einem Jahr verspürte Serena einen leichten Anflug von Platzangst.

Justin legte ihr die Hände auf die Schultern und drehte sie zu sich. Diese Augen, dachte er. Diese unglaublich satte Farbe. „Ein Waffenstillstand?" fragte er.

Erleichtert stellte sie fest, dass er den Vorteil, den sie ihm eingeräumt hatte, nicht ausnutzen wollte. „Wozu?" gab sie zurück. „Du kannst mitkommen, wenn du willst, aber kein Waffenstillstand."

„Klingt vernünftig", sagte er. Als er die Hände um ihre Taille legte, schob Serena ihre Tasche zwischen sie beide. Justin sah erst die Tasche, dann sie an. „Die dürfte wohl kaum ein Hindernis sein."

„Das Angebot war rein touristisch“, erinnerte sie ihn. „Akzeptiere oder lass es.“

„Ich akzeptiere.“ Nach einem unmerklichen Zögern ließ Justin die Hände sinken. „Vorläufig.“

Serena drehte sich um und öffnete die Tür. „Schon mal mit einem Glasbodenboot gefahren?“

„Nein.“

„Es wird dir gefallen“, versprach sie und nahm seine Hand.

Ihre Haut war warm und feucht und glitzerte im Sonnenschein. Zwei winzige Stofffetzen klebten an den Kurven ihrer Brüste und Hüften. Sie streckte die Beine auf der Decke aus und seufzte zufrieden.

„Ich denke immer gern an die Piraten.“ Serena sah auf das traumhaft blaue Wasser hinaus. Um sie und Justin herum erhoben sich hohe grüne Berge, als ob sie auf der See trieben. „Vor dreihundert Jahren.“ Sie schüttelte das nasse Haar nach hinten und lächelte Justin zu. „Eigentlich nicht sehr lange her, wenn man bedenkt, seit wann es diese Inseln schon gibt.“

Einige Tropfen glitzerten auf seiner dunklen Haut. „Meinst du nicht, die wären entsetzt, wenn sie das hier sehen könnten?“ Er nickte zu all den Menschen hinüber, die den weißen Sandstrand bevölkerten und im türkisfarbenen Wasser planschten. Gelächter und der Duft von Sonnenschutzmittel erfüllten die Luft. „Ich glaube nicht, dass dieser Strand für sie noch als unverdorben gelten würde.“

Sie lachte, erfrischt und belebt vom einstündigen Schnorcheln. „Die würden sich einfach einen anderen suchen. Piraten finden immer einen.“

„Das klingt, als würdest du sie bewundern."

„Nach einigen Jahrhunderten ist es leicht, sie in romantischem Licht zu sehen." Serena stützte sich auf die Ellbogen und genoss es, in der Sonne zu trocknen. „Und vermutlich habe ich immer Menschen bewundert, die nach ihren eigenen Regeln leben."

„Um jeden Preis?"

„So, du willst also praktisch denken?" Serena drehte das Gesicht in die Sonne. Der Himmel war so blau wie das Wasser und wolkenlos. „Hier ist es viel zu schön, um praktisch zu sein. Heute gibt es nicht weniger Barbarei und Grausamkeit als vor dreihundert Jahren und nicht annähernd so viel Abenteuer. Ich würde zu gern in H.G. Wells' Zeitmaschine mitfahren."

Justin griff nach dem Kamm, den sie hingelegt hatte, und fuhr ihr damit durchs Haar. „Wohin würdest du reisen?"

„König Artus' Britannien, Platons Griechenland, Cäsars Rom." Sie seufzte. Von Justin gekämmt zu werden war zugleich beruhigend und sinnlich. „Und an Hunderte von anderen Orten. Ich müsste Rob Roy in Schottland treffen, sonst würde mein Vater mir nie verzeihen. Ich würde gern den Westen sehen, bevor die Siedler ihn erobern. Vielleicht würde ich aber auch gern im ersten Wagen des Trecks nach Oregon sitzen." Lachend legte sie den Kopf in den Nacken. „Es wäre mir das Risiko wert, von deinen Vorfahren skalpiert zu werden."

Justin wog ihr Haar in einer Hand. „Wäre keine schlechte Trophäe gewesen."

„Ich würde es lieber behalten. Und du?" fragte sie. „Würdest du denn nicht gern die Rothaut in einem Saloon in Tombstone spielen?"

„Komantschen waren dort nicht willkommen."

Sie griff nach hinten und schob ihm das feuchte Haar aus der Stirn. „Jetzt bist du wieder praktisch."

„Ich wäre unter den Kriegern gewesen, die deinen Wagen angegriffen haben."

„Ja." Sie sah auf die See hinaus. Es war dumm zu vergessen, wer und was er war, selbst für einen Moment. Er war anders. Aber das machte ihn nur noch attraktiver. „Das wärst du wohl. Wir hätten neue Grenzen geschaffen, und du hättest verteidigt, was dir gehört. Später liegt immer alles im Nebel, und man fragt sich, ob eine der beiden Seiten ungerecht war. Kommst du dir je betrogen vor?" wollte sie wissen. „Um dein Geburtsrecht?"

Justin zog den Kamm langsam durch ihr Haar. Während es trocknete, konnte er all die feinen Farbschattierungen erkennen, die sich zu dem satten Gold zusammenfügten. „Ich ziehe es vor, mein eigenes Geld zu verdienen, anstatt an Erbschaften zu denken."

Sie nickte, denn seine Worte drückten genau das aus, was sie fühlte. „Die MacGregors wurden in Schottland verfolgt, wurden gezwungen, ihren Namen, ihr Tartan-Karo, Zeichen ihres Clans, und ihr Land aufzugeben. Wenn ich damals dort gewesen wäre, hätte ich gekämpft. Jetzt ist es nur eine faszinierende Geschichte." Sie lachte leise. „Eine, die mein Vater beim geringsten Anlass erzählt. Immer und immer wieder."

Ein Kleinkind rannte vor seiner Mutter davon und landete wie ein runder Ball auf Serenas Schoß. Kichernd schlang das Mädchen ihr die Arme um den Hals und klammerte sich fest, als hätte sie eine Verbündete gefunden.

„Hallo." Lachend erwiderte Serena die Umarmung und sah dem Kind in die lustig blitzenden braunen Augen. „Du bist weggelaufen, was?"

Das Mädchen griff in Serenas Haar. „Hübsch."

„Was für ein kluges Kind", kommentierte sie und sah über die Schulter zu Justin hinüber. Zu ihrer Überraschung nahm er ihr das Kind ab und setzte es sich auf den Schoß, bevor er eine Fingerspitze auf das Stupsnäschen legte. „Du bist auch hübsch." Kichernd gab die Kleine auch ihm einen feuchten Kuss auf die Wange.

Serena staunte noch immer darüber, wie unbeschwert er die kindliche Liebkosung über sich hatte ergehen lassen, da kam eine Frau in einem knappen schwarzen Einteiler angerannt.

„Rosie!" rief sie außer Atem. Die verlegene Mutter hatte einen Plastikeimer und eine Schaufel in der Hand. Ihre Wangen röteten sich. „Sie müssen entschuldigen."

„Hübsch", wiederholte Rosie und gab Justin noch einen Kuss. Diesmal war es Serena, die kichern musste.

„Rosie!" Die Mutter fuhr sich mit der Hand durchs Haar. „Es tut mir wirklich Leid", beteuerte sie zum zweiten Mal. „Sie rennt überallhin. Niemand ist vor ihr sicher."

„Wenn man rennt, hat man nach dem Ankommen mehr Zeit zum Spielen, stimmt's, Rosie?" Serena strich über das braune Haar und lächelte der Mutter aufmunternd zu. „Sie hält Sie bestimmt ganz schön in Trab."

„Allerdings", erwiderte die Frau. „Bis zur Erschöpfung. Aber wirklich, ich ..."

„Sie müssen sich nicht entschuldigen." Behutsam entfernte Justin den Sand von der Kinderhand. „Sie haben eine bezaubernde Tochter."

Die erfreute Mutter entspannte sich sichtlich und streckte Rosie die Hand hin. „Danke. Haben Sie Kinder?"

Serena brauchte einen Moment, um zu begreifen, dass die Frau sie für ein Paar hielt. Bevor sie sich davon erholen konnte, antwortete Justin bereits: „Noch nicht. Ich nehme nicht an, dass das hier zu verkaufen ist."

Die junge Frau setzte sich Rosie auf die Hüfte und strahlte zu ihm hinunter. „Nein, aber manchmal bin ich versucht, sie zu vermieten. Sie ist ganz schön anstrengend. Nochmals danke. Nicht jeder weiß es zu schätzen, wenn er von einem zwei Jahre alten Tornado überfallen wird. Sag Auf Wiedersehen, Rosie."

„Wiedersehen!" Rosie winkte über die Schulter ihrer Mutter hinweg und versuchte gleich danach sich freizustrampeln. Serena hörte ihr begeistertes Kichern, als Mutter und Tochter über den Strand gingen.

„Wirklich, Justin." Serena bürstete den Sand ab, den Rosie mitgebracht hatte. „Warum hast du der Frau gesagt, dass wir noch keine Kinder haben?"

„Wir haben keine."

„Du weißt ganz genau, was ich meine", begann sie.

„Wer ist denn jetzt praktisch?" Bevor Serena etwas erwidern konnte, hatte er bereits die Arme um ihre Taille gelegt und den Mund auf ihre Schulter gepresst. Anstatt sich zu wehren, lehnte sie sich einen Moment bei ihm an und kostete die Nähe aus.

„Sie war süß."

„Das sind die meisten Kinder." Er küsste die andere Schulter. „Sie haben weder Vorurteile noch Angst. Bald wird die Mutter ihr beibringen, nicht mit Fremden zu reden. Notwendig, aber ziemlich traurig."

Serena löste sich von ihm, damit sie sich umdrehen und ihn ansehen konnte. „Ich hätte nie geglaubt, dass du auch nur einen Gedanken an Kinder verschwendest."

Justin wollte ihr sagen, dass das Kind etwas in ihm ausgelöst hatte. Den längst verloren geglaubten Wunsch nach einer Familie. Nach einer Frau an seiner Seite, nach einem Kind, das die Arme nach ihm ausstreckte, um ihn zu küssen. Dann schob er den Gedanken beiseite. Auf einem Boden, den man nicht kannte, bewegte man sich besser vorsichtig. „Ich auch nicht“, sagte er.

Lächelnd legte sie ihm die Hände auf die Schultern. „Ich sage dir jetzt etwas“, begann sie feierlich und beugte sich vor.

„Ja?“

„Ich finde nicht, dass du hübsch bist.“

„Kinder sehen da klarer als Erwachsene.“

„Du hast nicht einmal einen hübschen Charakter“, beharrte sie, doch das Verlangen, seine Lippen auf ihren zu spüren, war einfach unwiderstehlich.

„Du auch nicht.“ Justin strich mit beiden Händen über ihren Rücken und ließ den Kuss leidenschaftlicher werden. Sie fühlte, wie etwas in ihr aufstieg, während es sie heiß durchströmte. Etwas, das in diesem Moment ihr und im nächsten ihm gehörte. Serena gab sich ihm und einem Kuss hin, der mehr Versprechen als Leidenschaft enthielt.

„Ich wollte nie einen haben“, flüsterte sie.

„Gott sei Dank.“ Seine Hand wühlte sich fester in ihr Haar, aber sein Mund blieb so zärtlich wie zuvor.

Serena wich zurück. Etwas hatte sich geändert. Es gab keine Erklärung dafür, und sie hatte keine klare Vorstellung, aber etwas hatte sich geändert. Sie hatte das Bedürfnis, wieder festen Grund unter den Füßen zu haben, bis sie diese Veränderung entschlüsselt hatte. Ihr Körper fühlte sich weich und schwach und fremd an.

„Wir sollten gehen“, brachte sie heraus. „Ich muss in der Stadt noch ein paar Dinge erledigen, bevor ich wieder an Bord muss.“

„Die Zeit und die Flut wartet auf keinen Menschen."

„So ungefähr." Sie stand auf und schüttelte ihre Jacke aus, bevor sie sie über den Bikini streifte.

„Die Ausrede wirst du nicht immer haben." Justin stand neben ihr und hinderte sie daran, die Knöpfe zu schließen.

„Nein", stimmte Serena zu und befreite ihre Hände. „Aber jetzt habe ich sie."

Es erforderte einiges an Geschicklichkeit, sich durch den dichten Verkehr von Charlotte Amalie zu schlängeln, und anschließend etwas Glück, einen freien Parkplatz zu finden. Auf den Straßen drängten sich Taxis, Menschen und kleine offene Busse mit ihrer fröhlichen Bemalung. Justin und Serena schwiegen, jeder in eigene Gedanken vertieft.

Sie fragte sich, was während des kurzen, fast freundschaftlichen Kusses am Strand geschehen war. Warum hatte sie sich so seltsam gefühlt, so nervös und gleichzeitig so glücklich? Vielleicht hatte es etwas damit zu tun, wie gerührt sie gewesen war, Justin mit dem kleinen Mädchen zu sehen. Es war schwer sich vorzustellen, dass ein Mann wie er, ein ebenso eiskalter wie rücksichtsloser Spieler, sich für ein Wesen mit klebrigen Händen begeisterte. Das hatte sie ihm einfach nicht zugetraut.

Vielleicht lag es aber auch daran, dass sie jetzt nicht mehr länger nur vermutete, ihn zu mögen, sondern wusste, dass sie es tat. Aber mit aller Vorsicht, fügte sie hinzu. Wenn es um Justin ging, war es in jeder Hinsicht riskant, nicht permanent auf der Hut zu sein. Und jetzt, wo sie sich endlich eingestehen konnte, dass sie ihn mochte und seine Gesellschaft genoss, war die Kreuzfahrt fast vorüber.

Und während des Rests würden ihre Pflichten im Casino sie so sehr in Anspruch nehmen, dass ihr kaum Zeit für eine Stunde mit ihm blieb, geschweige denn für einen Tag. Das

Schiff blieb bis Miami auf See, was bedeutete, dass das Casino sechzehn Stunden am Tag geöffnet war.

Natürlich hatte sie noch immer die Möglichkeit, den Job zu akzeptieren, den er ihr angeboten hatte. Mit leicht gerunzelter Stirn sah Serena aus dem Fenster und auf einen Tisch, der auf dem Bürgersteig stand und mit Hüten aus Palmwedeln bedeckt war. Seit zwei Tagen hatte sie absichtlich nicht mehr an das Angebot gedacht, denn es war vernünftiger, erst etwas Distanz zwischen sich und Justin zu legen. Atlantic City wäre ein Abenteuer. Mit Justin zu arbeiten wäre ein Risiko. Vielleicht war beides dasselbe.

Justin fragte sich, warum ihre plötzliche Freundlichkeit ihn so erstaunte. Schließlich hatte er es genau darauf abgesehen. Er wollte sie, er hatte sie vom ersten Moment an gewollt. Und doch hatten die Tage des Streits, des Lachens, der Leidenschaft seinem ganz natürlichen Verlangen einen neuen Aspekt hinzugefügt.

Es fiel ihm nicht mehr so leicht wie früher, seine widerstreitenden Gefühle auf die Machenschaften ihres Vaters zurückzuführen. In Wirklichkeit hatte er in Serena seit Tagen nicht mehr die Tochter von Daniel MacGregor gesehen. Als er auf einen leeren Parkplatz fuhr, beschloss Justin, sie wieder so zu sehen ... wenigstens für den Moment.

„Nun, möchtest du noch mehr Schlüsselanhänger einkaufen, die ‚Für Elise' spielen?" fragte er und stellte den Motor ab. Obwohl er sich gerade vorgenommen hatte, so etwas nicht mehr zu tun, zog er Serena an sich, um ihre Lippen erneut zu schmecken.

„Ich wiederhole mich nie", gab sie zurück, ließ sich jedoch von ihm küssen.

„Nur dieses eine Mal", flüsterte er. „Mach eine Ausnahme, ja?"

Sie lachte leise und erhöhte den Druck ihrer Lippen, bis sie beide vergaßen, dass sie inmitten einer überfüllten Stadt in einem geparkten Wagen saßen. Heute Nacht, dachte sie, als ihre Finger auf der Reise zu seinem Haar über seine Wangen glitten. Es war höchste Zeit, mit der Verstellung aufzuhören und sich zu nehmen, was sie wollte.

„Serena." Halb war es ein Seufzen, halb ein Stöhnen, mit dem er sich von ihr löste.

„Ich weiß." Sie legte den Kopf an seine Schulter. „Offenbar sind wir dazu verurteilt, uns jedes Mal in der Öffentlichkeit zu befinden." Sie atmete hastig durch und sprang aus dem Wagen. „Da wir so lange am Strand waren, muss ich jetzt ganz diszipliniert einkaufen." Justin kam um den Wagen herum und nahm ihre Hand. Serena lächelte, sah die Straße entlang und zeigte auf ein Geschäft. „In dem müsste ich die Souvenirs und den Scotch bekommen."

Bevor sie ihr Ziel erreichten, ließ die glitzernde Auslage eines luxuriösen Juweliers sie stehen bleiben. Ihr langer Seufzer war teils Bewunderung, teils noch unerfüllte Leidenschaft. „Was bringt eine intelligente Frau bloß dazu, von einem Haufen glänzender Steine zu träumen?"

„Ist doch natürlich, oder nicht?" Justin stellte sich neben sie und ließ den Blick über die funkelnden Diamanten und glitzernden Smaragde wandern. „Die meisten Frauen lieben Diamanten. Die meisten Männer auch."

„Unter gewaltigem Druck fest gewordener Kohlenstoff", sagte sie und seufzte erneut. „Gesteinsbrocken aus der Erde. Vor Jahrhunderten haben wir sie als Amulette gegen böse Geister oder als Glücksbringer benutzt. Die Phönizier zogen an die Ostsee, um Bernstein zu finden. Kriege wurden ihretwegen geführt, Länder ausgebeutet ... und irgendwie macht sie das nur noch reizvoller."

„Gibst du diesem Reiz nie nach?“

Serena drehte sich vom Schaufenster weg und lächelte ihn an. „Nein, denn dann habe ich noch etwas, auf das ich mich freuen kann. Ich habe mir vorgenommen, dass meine nächste Reise ein reiner Erholungsurlaub wird. Und dann werde ich mich so gehen lassen, dass es ein gewaltiges Loch in mein Konto reißt. Bis dahin ...“ Sie zeigte auf das benachbarte Geschäft. „Bis dahin werde ich mich mit etwas traditionelleren Souvenirs für meine Brüder und einem Karton Scotch begnügen.“

Justin begleitete sie in den Laden, und Serena vertiefte sich sofort darin, anzusehen, auszuwählen und zu kaufen. Eigentlich hasste sie das Einkaufen, aber wenn sie einmal damit angefangen hatte, nahm sie die Sache ernst. Als Justin davonschlenderte, achtete sie nicht weiter darauf, sondern konzentrierte sich auf die bestickte Tischwäsche.

Nachdem die Souvenirs gekauft und verpackt waren, ging Serena an den Tresen, hinter dem Unmengen von alkoholischen Getränken standen. Ein hastiger Blick auf die Uhr zeigte ihr, dass sie noch zwei Stunden hatte, bevor sie wieder an Bord sein musste. „Ein Kasten Chivas. Zwölf Jahre.“

„Zwei.“

Sie drehte sich zu Justin um. „Oh. Ich dachte schon, ich hätte dich verloren.“

„Hast du gefunden, was du wolltest?“

„Das und mehr“, gestand sie und verzog dabei das Gesicht. „Ich werde mich hassen, wenn ich all das Zeug in meine Koffer packen muss.“ Der Verkäufer stellte zwei Kartons Scotch auf den Tresen. „Meinen liefern Sie bitte auf die ‚Celebration‘.“ Sie holte ihre Kreditkarte heraus und wartete, bis der Mann das Formular ausgefüllt hatte.

„Und meinen auch", fügte Justin hinzu und zählte Geldscheine auf den Tresen.

Serena überlegte, während er die erforderlichen Angaben machte. Seltsam, dachte sie, ich hätte nicht erwartet, dass er Scotch gleich kartonweise kauft. Er trank nie, wenn er spielte. Das gehörte zu dem, was ihr als Erstes an ihm aufgefallen war. Während der gesamten Kreuzfahrt hatte sie ihn nur einmal mit einem Drink in der Hand gesehen, bei dem Picknick in Nassau. Sie unterschrieb den Beleg und steckte sich den Durchschlag in die Tasche.

„Geschafft." Sie schob die Hand in seine und steuerte den Ausgang an. „Seltsam, dass wir die gleiche Sorte Scotch gekauft haben."

„Nicht, wenn man bedenkt, dass wir ihn für ein und denselben gekauft haben", erwiderte er.

Verwirrt sah Serena zu ihm hoch. „Ein und denselben?"

„Dein Vater trinkt keine andere Sorte."

„Woher ...?" Sie schüttelte den Kopf. „Warum solltest du meinem Vater Scotch kaufen?"

„Er hat mich darum gebeten." Er führte sie an einer Gruppe Teenager vorbei.

„Er hat dich gebeten?" Serena musste warten, bis ein anderer Pulk Touristen den Weg freigab. „Was soll das heißen, er hat dich gebeten?"

„Daniel hat noch nie etwas ohne Hintergedanken getan." Justin nahm ihren Arm, um sie über die Straße zu führen, denn sie sah ihn an und nicht die Autos. „Einen Karton Scotch fand ich ganz in Ordnung."

Daniel? dachte Serena und fragte sich, wieso er ihren Vater so einfach beim Vornamen nannte. Dieser nebensächliche Punkt beschäftigte sie, bis sich ihr andere unangenehme Fragen aufdrängten. Sie ignorierte den Strom der

Fußgänger und blieb mitten auf dem Bürgersteig stehen. „Justin, ich glaube, du solltest mir ganz genau erzählen, wovon du redest."

„Ich rede davon, dass ich deinem Vater einen Karton Scotch gekauft habe, weil er so nett war, mir eine Kreuzfahrt mit der ‚Celebration' zu buchen."

„Da musst du etwas verwechselt haben. Mein Vater arbeitet nicht im Reisebüro", erwiderte sie.

Er lachte so laut wie damals, als er ihren Nachnamen erfuhr. „Nein, Daniel macht zwar viel, aber in einem Reisebüro arbeitet er bestimmt nicht. Warum setzen wir uns nicht?"

„Ich will mich nicht setzen." Sie wollte sich losreißen, als er sie in den kühlen Innenhof eines Restaurants führte. „Ich will wissen, wie, zum Teufel, mein Vater dazu kommt, dir deinen Urlaub zu organisieren."

„Ich glaube, ihm schwebte da eher mein Leben vor." Justin fand einen leeren Tisch und schob sie auf einen Stuhl. „Und deins", fügte er beim Hinsetzen hinzu.

Serena roch die frisch gebackenen Leckereien aus der Bäckerei gegenüber, hörte das Geplauder aus dem kleinen Buchladen nebenan. Weil sie am liebsten auf etwas eingeschlagen hätte, faltete sie die Hände auf dem Tisch. „Wovon, zum Teufel, redest du da?"

„Ich habe deinen Vater vor etwa zehn Jahren kennen gelernt." Ohne Hast holte Justin ein Zigarillo heraus und steckte es an. Serena reagierte genauso, wie er es erwartet hatte. Diese Berechenbarkeit verringerte die Anspannung, gegen die er kämpfte, seit sie den Strand verlassen hatten. „Ich kam mit einem geschäftlichen Vorschlag nach Hyannis Port", begann Justin. „Wir pokerten ein wenig und haben seitdem hin und wieder geschäftlich miteinander zu tun. Du hast eine recht interessante Familie." Serena gab keinen Kommentar ab, aber ihre Finger verschränkten sich noch fester.

„Ich habe sie in all den Jahren lieb gewonnen", fuhr er fort. „Immer, wenn ich zu Besuch war, schienst du in der Schule zu sein, aber ich habe einiges gehört ... über Rena. Alan bewundert deinen Verstand, Caine deinen rechten Haken." Obwohl ihre Augen glühten, konnte Justin ein leises Lächeln nicht unterdrücken. „Dein Vater hätte fast ein Denkmal errichtet, als du das Smith College zwei Jahre früher als üblich absolviert hast."

Serena unterdrückte den Wunsch zu fluchen, den Wunsch zu schreien. Seit einem Jahrzehnt wusste dieser Mann über ihr Leben Bescheid, und sie hatte keine Ahnung gehabt. „Du wusstest es", begann sie mit leiser, aber wütender Stimme. „Du wusstest die ganze Zeit, wer ich bin, und hast nichts gesagt. Du hast ein Spielchen mit mir getrieben, dabei hättest du mir nur ..."

„Augenblick." Als sie aufstehen wollte, packte er ihren Arm. „Ich wusste nicht, dass die Blackjack-Geberin namens Serena identisch ist mit Daniels Rena MacGregor, dem Stolz der Familie."

Sie errötete, sowohl vor Zorn als auch vor Verlegenheit. Die meiste Zeit ihres Lebens hatte sie die Prahlerei ihres Vaters amüsant gefunden und ihn dafür geliebt. Jetzt wirkte sie wie ein kalter, harter Schlag ins Gesicht. „Ich weiß nicht, was für ein Spiel du hier ..."

„Daniels Spiel", unterbrach Justin sie. „Erst als du am Strand etwas davon sagtest, dass die MacGregors sich nicht herumkommandieren lassen, wurde mir klar, wer du bist und warum Daniel mich unbedingt zu dieser Reise überreden wollte."

Serena erinnerte sich noch an seine schockierte Miene und beruhigte sich etwas. „Er hat dir das Ticket geschickt und nichts davon gesagt, dass ich auf der ‚Celebration' arbeite?"

„Was glaubst du?" konterte Justin und streifte die Asche vom Zigarillo, ohne Serena aus den Augen zu lassen. „Als ich deinen vollen Namen herausbekam, ging mir auf, dass ich von einem Experten in diese Situation manövriert worden war." Er grinste, fand alles plötzlich wieder lustig. „Ich muss zugeben, es hat mich kurz irritiert."

„Irritiert", wiederholte Serena kein bisschen belustigt. Das kurze Telefonat mit ihrem Vater fiel ihr ein. Er hatte sie ausgehorcht, hatte wissen wollen, ob sein kleines Komplott schon Früchte trug. „Ich werde ihn umbringen", sagte sie leise. Ihr zorniger Blick kehrte zu Justin zurück. „Sobald ich mit dir fertig bin." Sie gönnte sich eine Pause, weil sie am liebsten wieder geschrien hätte. „Du hättest es mir schon vor Tagen sagen können."

„Hätte ich", erwiderte Justin. „Aber da ich mir deine Reaktion ungefähr so vorgestellt hatte, wie sie jetzt ist, habe ich mich dagegen entschieden."

„Du hast dich entschieden?" stieß sie hervor. „Mein Vater hat entschieden. Oh, was für großartige Egomanen ihr Männer doch seid. Vielleicht ist dir nicht aufgegangen, dass ich auch noch auf dem Schachbrett stand." Der Zorn färbte ihr Gesicht rot. „Hast du gedacht, du bekommst mich ins Bett, damit du ihm deine ‚Irritation' zurückzahlen kannst?"

„Du weißt, dass es nicht so war." Justins Ton war so sanft, dass Serena eine scharfe Erwiderung unterdrückte. „Aus irgendeinem Grund vergaß ich immer, wessen Tochter du bist, sobald ich dich berührte."

„Ich sage dir, was ich weiß", sagte sie mit ebenso leiser und bedrohlicher Stimme. „Ihr beide verdient einander. Ihr seid beide arrogante, großspurige, tyrannische Idioten. Was gibt dir das Recht, dich so in mein Leben einzumischen?"

„Dein Vater hat die Einmischung arrangiert", sagte er ruhig. „Der Rest war rein persönlich. Wenn du den alten Teufel umbringen willst, so ist das deine Sache, aber schlag deine Krallen nicht in mich."

„Ich brauche deine Erlaubnis nicht, um ihn umzubringen!" gab sie so laut zurück, dass einige Köpfe sich drehten.

„Ich glaube, genau das habe ich gerade gesagt."

Sie sprang auf und suchte vergeblich nach etwas, womit sie ihn bewerfen konnte. Da es ihr körperlich unmöglich war, ihn in die Luft zu heben und durch die Schaufensterscheibe des Buchladens zu schleudern, war sie ihrem Zorn hilflos ausgeliefert. „Ich fürchte, mir fehlt dein Sinn für Humor", brachte sie nach einem Moment heraus. „Zufällig finde ich das, was mein Vater getan hat, beleidigend und erniedrigend."

Mit dem bisschen Würde, das ihr noch geblieben war, griff sie nach ihren Tüten. „Ich wäre dir dankbar, wenn du dich für den Rest der Fahrt von mir fern halten würdest. Ich glaube, es dürfte mir äußerst schwer fallen, dich nicht über Bord zu werfen."

„Okay", meinte Justin. „Falls du versprichst, mir in zwei Wochen wegen der Stelle in Atlantic City Bescheid zu sagen." Als sie den Mund öffnete, um ihn zu beschimpfen, hob er eine Hand. „Oh nein. Wenn du mir jetzt deine Antwort gibst, ist die Sache endgültig gestorben. Zwei Wochen."

Sie nickte. „Die Antwort bleibt gleich, aber ich kann sie auch vertagen. Auf Wiedersehen, Justin."

„Serena." Sie drehte sich noch einmal um. „Grüße Daniel von mir, bevor du ihn umbringst."

6. KAPITEL

Das Erste, was Serena auf der Fahrt vom Flughafen auffiel, waren die Bäume. Es war einige Zeit her, seit sie Eichen und Ahornbäume und Pinien mit einem Hauch von Herbst gesehen hatte. Es war gerade erst September, aber der Herbst lag schon in der Luft, mit all seiner Kraft und Farbe. Aber obwohl sie den Anblick genoss, kochte sie innerlich.

Hätte man ihr nicht eingeschärft, einen Job stets ordnungsgemäß zu Ende zu bringen, hätte sie nach Justins Geständnis den ersten Flug von St. Thomas genommen. Stattdessen war sie ihren Pflichten an Bord nachgekommen, dabei aber noch wütender und enttäuschter geworden. Sie fühlte sich missbraucht. Justin hatte seinen Teil ihres Abkommens eingehalten und war ihr für den Rest der Kreuzfahrt aus dem Weg gegangen. Vielleicht war das die Ursache dafür, dass Serenas Zorn sich voll auf einen Mann richtete: Daniel MacGregor.

„Das wird dir noch Leid tun", murmelte sie, und der Taxifahrer warf einen hastigen Blick in den Rückspiegel.

Hübsche Lady, dachte er. Reizbar wie eine Hornisse. Er schwieg diskret und bog auf die Straße ein, die am Nantucket Sound entlangführte.

Der erste Anblick des Hauses an der Bucht lenkte Serena von ihren Racheplänen ab. Der graue Stein war mit Glimmer durchsetzt und schien in der Nachmittagssonne zu glänzen. Daniel hatte es nach seinem Geschmack bauen lassen, und mit den beiden Türmen ähnelte es einer Burg. Es gab große Balkone mit Steinbrüstungen und hohe, von Längspfosten gesäumte Fenster. Ein breites Blumenbeet lag halbkreisförmig vor der Vorderfront, an Stelle des Burggrabens, von dem er bestimmt geträumt hatte.

Vom Hauptgebäude gingen zwei flachere Seitenflügel ab. In dem einen war eine Garage für zehn Wagen, die jetzt, wo Alan und Caine fort waren, nur halb genutzt wurde. Der andere beherbergte einen geheizten Pool. Daniels architektonischer Stil mochte eher schlicht sein, aber er wusste Komfort zu schätzen.

Das Taxi hielt vor den Granitstufen und unterbrach Serenas Betrachtung des Hauses, in dem sie aufgewachsen war. Sie überließ es dem Fahrer, die beiden Koffer und den Karton Scotch auszuladen, sammelte ihre diversen anderen Einkäufe zusammen und stieg aus.

Aus alter Gewohnheit starrte sie auf die massive Eichentür, in deren Messingklopfer das Wappen der MacGregors graviert war. Unter dem gekrönten Löwenkopf stand das gälische Motto, das sich mit „Königlich ist mein Geblüt" übersetzen ließ. Wie immer, wenn sie es las, musste sie lächeln. Ihr Vater hatte darauf bestanden, dass sie lernten, es auf Gälisch auszusprechen.

„Stellen Sie sie bitte hier ab, vielen Dank." Noch immer lächelnd bezahlte Serena den Taxifahrer und drehte sich wieder um, um mit dem Familienwappen gegen die Tür zu klopfen. Das dumpfe Geräusch würde durchs Haus hallen, das wusste sie, wie ein Kanonenschuss.

Die Tür öffnete sich und gab den Blick auf eine kleine Frau mit eisgrauem Haar und kantigem Gesicht frei. Ihr Mund klappte auf und betonte das spitze Kinn. „Miss Rena!"

„Lily." Serena umarmte die schmächtige, knochige Frau mit jugendlichem Überschwang. Lily war nicht nur Haushälterin gewesen, sondern auch Serenas Ersatzmutter, wenn Anna im Krankenhaus war. Sie war hervorragend mit den drei lebhaften Kindern fertig geworden, hatte kleinere

Wunden versorgt und Streitigkeiten nicht zu früh geschlichtet.

„Hast du mich vermisst?“ fragte Serena und drückte Lily noch einmal an sich.

„Habe kaum bemerkt, dass Sie weg waren.“ Lily lächelte ihr Willkommen. „Wo ist Ihre Sonnenbräune?“

„In meiner Einbildung.“

„Lily, hat es nicht gerade geklopft?“ Anna MacGregor hielt eine Stickerei in der Hand, als sie den Kopf durch eine Tür steckte und die lange Halle entlangsah. „Rena!“ Mit ausgestreckten Armen kam sie auf ihre Tochter zu. Serena lief zu ihr und schmiegte sich an sie.

Anna war sanft und stark. Hundert Erinnerungen durchströmten Serena. Sie holte tief Luft, inhalierte den Apfelblütenduft, den ihre Mutter trug, seit sie sich erinnern konnte.

„Willkommen zu Hause, Darling. Wir haben dich erst morgen erwartet.“

„Ich habe eine frühere Maschine genommen.“ Serena legte den Kopf auf die Seite, um ihrer Mutter ins Gesicht zu sehen. Die Haut war noch zart und glatt, nur einige kleine Falten verrieten ihr Alter. Annas Gesicht besaß eine jugendliche Sanftheit, die es wohl nie verlieren würde. Die Augen blickten ruhig, spiegelten einen Charakter wider, der sich auch in all den Jahren in Operationssälen und im Angesicht des Todes nicht verändert hatte. Das Haar lag in weichen Wellen, ein tiefes Braun, durchsetzt mit hellem Grau.

„Mom.“ Serena presste ihre Wange noch einmal an die ihrer Mutter. „Wie bleibst du nur so schön?“

„Dein Vater besteht darauf.“

Lachend ergriff Serena eine der kräftigen geschickten Hände ihrer Mutter. „Es ist gut, wieder zu Hause zu sein.“

„Du siehst wundervoll aus, Rena." Anna musterte sie mit einer unbeschwerten Mischung aus mütterlichem Stolz und Professionalität. „Nichts ist besser für den Teint als feuchte Seeluft. Lily, bitte sagen Sie der Köchin, dass Miss Rena hier ist. Das Willkommensessen findet einen Tag früher statt. Du musst mir alles über deine Reisen erzählen", fuhr sie fort und wandte sich wieder ihrer Tochter zu. „Aber wenn du nicht zuerst zu deinem Vater gehst, wird er mir ewig in den Ohren liegen."

Abrupt fiel Serena ihr Ärger wieder ein. Anna sah, wie sie die Augen leicht zusammenkniff. Sie kannte das Zeichen und zog die Augenbrauen hoch.

„Oh, das habe ich vor. Darauf kannst du dich verlassen", beteuerte Serena.

„Etwas, wovon du mir erzählen möchtest?"

„Hinterher." Serena atmete tief durch. „Wenn ich mit ihm fertig bin, wird er deine medizinische Betreuung brauchen."

„Ich verstehe." Anna war klug genug, nicht nachzufragen, und lächelte nur. „Du findest mich im Salon. Wir werden uns in Ruhe unterhalten, wenn du damit fertig bist, deinen Vater anzuschreien."

„Ich bin bald wieder da", murmelte Serena und ging die breite geschwungene Treppe hinauf.

Von der ersten Galerie aus warf sie einen Blick in den Korridor, der links abging. In diesen Räumen schlief die Familie. Serenas altes Kinderzimmer lag hinter der dritten Tür. Der Seitenflügel war ein Irrgarten aus Ecken und Kurven und schattigen Nischen. Sie konnte sich noch erinnern, wie ihr Bruder Caine sich hinter einer ein Meter hohen Bodenvase versteckt und sie beim Hervorspringen fast zu Tode erschreckt hatte.

Serena jagte ihn fast dreißig Minuten durchs Haus, bis der Spaß an der Jagd den Zorn verrauchen ließ. Schließlich ließ er sich von ihr fangen, auf dem Ostrasen, wo er sie ins Gras warf und mit ihr rang, bis sie vor Lachen schwach wurde. Wie alt war ich damals? fragte Serena sich. Acht, neun? Caine musste elf oder zwölf gewesen sein. Plötzlich vermisste sie ihn so sehr, dass es fast körperlich wehtat.

Und Alan, dachte sie auf dem Weg weiter nach oben. Er hatte sie immer beschützt, auf beiläufige, unauffällige Weise. Er war sechs Jahre älter als sie, und vielleicht hatten sie deshalb nie so miteinander gekämpft, wie sie und Caine es immer wieder getan hatten. Als Junge war Alan immer absolut ehrlich gewesen, Caine dagegen war mit der Wahrheit so umgegangen, wie es ihm gerade passte. Aber gelogen hat er nie, erinnerte Serena sich lächelnd. Er war ehrlichen Antworten nur geradezu meisterhaft ausgewichen. Doch auch Alan hatte die Umstände stets zu seinem Vorteil genutzt.

Sie kam zu dem Ergebnis, dass das eine Fähigkeit war, die alle MacGregors auszeichnete. Sie sah die schmale Treppe hinauf, die zum Turmzimmer führte, und schwor sich, dass es einen MacGregor gab, der das noch bedauern würde.

Daniel lehnte sich in seinem Sessel zurück und lauschte der präzisen, aber langweiligen Stimme, die aus dem Telefonhörer kam. Bankiers, dachte er verärgert. Es war ein Fluch, mit ihnen verhandeln zu müssen. Selbst die Tatsache, dass er eine Mehrheitsbeteiligung an der Bank besaß, schützte ihn nicht vor ihnen.

„Gewähren Sie ihnen eine dreißigtägige Verlängerung des Kredits“, befahl er schließlich. „Ja, ich kenne die Zahlen. Die haben Sie mir ja gerade genannt.“ Trottel, fügte er insgeheim hinzu. Ungeduldig trommelte er mit den Fingern auf dem Schreibtisch. Warum konnten Bankiers nicht mehr, als zwei und zwei zusammenzuzählen? „Dreißig Tage", wiederholte er. „Mit dem üblichen Überziehungszins."

Er hörte das dumpfe Geräusch an der Tür und wollte den Störenfried gerade zur Rede stellen, als sie aufging. Schlagartig wich die Verärgerung unbändiger Freude. „Tun Sie's einfach", bellte er in den Hörer und knallte ihn auf die Gabel. „Rena!"

Bevor er sich aus dem Sessel stemmen konnte, war Rena schon bei ihm. Sie baute sich vor dem Schreibtisch auf, schlug mit den Handflächen auf die Platte und beugte sich hinüber.

„Du alter Ziegenbock."

Daniel ließ sich zurückfallen und räusperte sich. Das Öl war also im Feuer. „Du siehst auch gut aus."

„Wie kannst du es wagen!" Sie sprach die Worte langsam und mit präziser Betonung aus. Das nächste Alarmsignal. „Wie kannst du es wagen, mich wie ein leckeres Steak vor Justin Blades Nase baumeln zu lassen?"

„Steak?" Daniel sah sie ungläubig an. Hübsches Mädchen, dachte er stolz. Eine echte MacGregor. „Ich weiß nicht, wovon du redest", fuhr er fort. „Du bist also Justin Blade begegnet. Feiner Junge."

Der Laut, den sie von sich gab, kam tief aus ihrer Kehle. „Du hast mich manipuliert. Hast dir dein kleines Komplott hier in diesem Zimmer ausgedacht, was? Wie ein verrückter König, der eine überzählige Tochter unterzubringen hat. Warum hast du nicht gleich einen Vertrag mit ihm gemacht?" fragte Serena mit immer lauter werdender Stimme. „Eigentlich hätte ich genau das von dir erwartet. ‚Ich, Daniel MacGregor, übergebe hiermit meine einzige Tochter für einen Karton mit zwölf Jahre altem Scotch an

Justin Blade.'" Erneut schlug sie mit der Hand auf den Redwood-Schreibtisch. „Du hättest sogar festlegen können, wie viele Nachkommen ich gebären soll, um den Familiennamen fortzuführen. Es wundert mich, dass du ihm keine Mitgift angeboten hast!"

„Jetzt hör mir mal zu, kleines Mädchen ..."

„Ich bin nicht dein kleines Mädchen." Sie marschierte um den Schreibtisch und drehte seinen Sessel herum, bis Daniel sie ansehen musste. „Es war widerlich. Ich bin noch nie in meinem Leben so sehr erniedrigt worden!"

„Ich weiß nicht, wovon du redest. Ich habe einen Freund überredet, sich auf einer Kreuzfahrt zu erholen."

„Versuche nicht, dich herauszureden." Sie klopfte ihm mit einem schlanken Finger auf die breite Brust. „Du hast ihn auf mein Schiff geschickt. In der Hoffnung, dass wir uns so oft über den Weg laufen, dass deine Investition sich auszahlt."

„Du hättest ihm ja gar nicht zu begegnen brauchen!" donnerte er. „Es ist ein großes Boot."

„Schiff!" donnerte sie zurück. „Es ist ein großes Schiff mit einem kleinen Casino. Du wusstest ganz genau, dass die Wahrscheinlichkeit für dich arbeitet."

„Und? Wo liegt das Problem? Du hast einen jungen Freund von mir getroffen. Du hast schon Hunderte von meinen Freunden getroffen."

Erneut kam der Laut aus ihrer Kehle. Diesmal wirbelte Serena von ihrem Vater weg. An der Ostwand stand ein riesiges Bücherregal. Serena marschierte hinüber und zog einen dicken Band über die Entstehung der amerikanischen Verfassung heraus. Sie klappte ihn auf und legte die Aushöhlung frei, in der sechs Zigarren versteckt waren. Ohne ihren Vater aus den Augen zu lassen, holte sie sie heraus und brach sie in zwei Hälften.

„Rena!“ sagte er mit leisem Entsetzen.

„Immer noch besser, als dich zu vergiften“, erwiderte sie und klopfte sich die Finger ab.

Daniel legte eine Hand aufs Herz und stand auf. Seine Miene war zutiefst betrübt. „Ein trauriger Tag, wenn eine Tochter den eigenen Vater verrät.“

„Verrat?!“ schrie sie und ging wieder auf ihn zu. „Du besitzt die Frechheit, die himmelschreiende Unverfrorenheit, mir Verrat vorzuwerfen?“ Sie rammte die Hände in die Seiten und funkelte ihm an. „Ich weiß nicht, wie Justin darüber denkt, aber ich kann dir sagen, dass ich dein kleines Komplott als Beleidigung empfinde.“

Er registrierte, dass sie Justin beim Vornamen nannte. Vielleicht war die Lage doch nicht so verfahren, wie es aussah. „Das ist nun der Dank dafür, dass ich mich um das Glück meiner Tochter sorge. Nichts ist so spitz wie die Zunge eines undankbaren Kindes.“

„Nur das Schlachtermesser, das mir vorschwebt.“

„Du hattest etwas von Gift gesagt“, erinnerte er sie.

„Ich bin flexibel.“ Sie lächelte genüsslich. „Na ja, damit du nicht denkst, du hättest dein Geld umsonst ausgegeben, werde ich dir sagen, was ich im Hinblick auf Justin beschlossen habe.“

„Na dann ...“ Daniel kehrte an seinen Schreibtisch zurück. Jetzt, wo sie ein wenig getobt und geschrien hatte, würde sie vielleicht etwas vernünftiger sein. Aber um die Zigarren war es trotzdem schade. „Er ist ein feiner Junge; scharfer Verstand, Integrität, Stolz.“ Er faltete die Hände über den Bauch und gab sich großzügig und zur Verzeihung bereit.

„Oh ja, das finde ich auch“, flötete sie in süßlichem Ton. „Und er ist sehr, sehr attraktiv.“

Daniel lächelte erfreut. „Ich wusste doch, dass du ein vernünftiges Mädchen bist, Rena. Du und Justin, ihr liegt mir schon seit langem am Herzen."

„Dann wird es dich freuen, dass ich beschlossen habe, seine Geliebte zu werden."

„Ich kann nicht ..." Daniel verstummte, erst verwirrt, dann verblüfft, schließlich entrüstet. „Das wirst du nicht, zum Teufel! Der Tag, an dem meine Tochter sich ... sich von einem Mann als Gespielin aushalten lässt, ist der Tag, an dem ich ihr zum ersten Mal im Leben den Hintern versohle! Jawohl, Serena MacGregor, den Hintern versohle, ob du eine erwachsene Frau bist oder nicht!"

„Aha, jetzt bin ich also eine erwachsene Frau, ja?" Sie sah ihn durchdringend an. „Vergiss nicht, eine erwachsene Frau entscheidet selbst, wen sie heiratet, wann sie heiratet und ob sie heiratet. Eine erwachsene Frau braucht keinen Vater, der hinter ihrem Rücken unverschämt komplizierte ‚zufällige' Treffen arrangiert. Bevor du das nächste Mal deine Nase in mein Privatleben steckst, denke lieber darüber danach, dass diese Sache auch nach hinten hätte losgehen können."

Stirnrunzelnd musterte er ihr Gesicht. „Also willst du doch nicht seine Geliebte werden?"

Serena warf ihm einen hochmütigen Blick zu. „Wenn ich mir einen Lover nehmen will, nehme ich mir einen, aber ich werde ganz bestimmt nicht die Geliebte eines Mannes."

Zusammen mit der Verunsicherung empfand er auch einen Anflug von Stolz. Er brauchte nur einen Moment, um sich auf den Stolz zu konzentrieren. Daniel schob den vergoldeten Füllfederhalter auf dem Schreibtisch hin und her. „Hast du an meinen Scotch gedacht?"

Sie versuchte wütend auszusehen, doch sein Augenzwinkern ließ es nicht zu. „Welchen Scotch?"

„Ach, Rena."

Serena ging zu ihm und schlang die Arme um seinen Nacken. „Ich vergebe dir nicht", murmelte sie. „Ich tue nur so. Und du musst wissen, dass ich dich kein bisschen vermisst habe." Sie presste die Lippen auf seine Wange.

„Warst schon immer eine respektlose Göre", meinte er und zog sie fest an sich.

Als Serena den Salon betrat, saß ihre Mutter in ihrem Lieblingssessel mit Rosenmuster und arbeitete an ihrer neuesten Stickerei. Auf dem Rosenholztablett neben ihr stand ein zartes Teeservice mit Veilchenmuster. Serena betrachtete die Szene und staunte einmal mehr darüber, dass eine Frau, die eine engagierte und begnadete Chirurgin war, ein solches Hobby hatte. Die Hände, die mit Nadel und Garn eine komplizierte Stickerei schufen, würden am Montag wieder ein Skalpell führen.

„Oh, gut." Anna sah auf, als Serena eintrat. „Ich dachte mir schon, dass ich den Tee gerade zur rechten Zeit bestellt habe. Leg noch ein Stück Holz ins Feuer, Liebes, und dann erzähl mir davon."

Serena ging zum Kamin, und Anna legte ihre Stickerei auf den Beistelltisch. Das Feuer prasselte im Natursteinkamin und flackerte auf, als es frische Nahrung bekam. Serena sah zu, wie das Eichenscheit Feuer fing, und atmete tief durch. Erst jetzt wurde ihr bewusst, wie sehr sie den Geruch des brennenden Holzes vermisst hatte.

„Und ein Wannenbad", sagte sie laut. Lächelnd drehte sie sich zu ihrer Mutter um. „Ist es nicht komisch, dass mir gerade jetzt aufgeht, was für ein Luxus es ist, so lange in der Wanne zu liegen, wie man will? Nach zwölf Monaten in einem Eimer, der als Duschkabine durchgehen will."

„Und du hast jede Minute davon geliebt."

Lachend nahm Serena auf dem Sitzkissen zu Annas Füßen Platz. „Du kennst mich so gut. Es war harte Arbeit und hat viel Spaß gemacht. Aber ich bin froh, zu Hause zu sein.“ Sie nahm die Tasse, die Anna ihr reichte. „Mom, ich weiß genau, ich hätte niemals so viele Leute, so viele verschiedene Leute kennen gelernt, wenn ich es nicht getan hätte.“

„Deine Briefe waren immer voll davon. Eines Tages solltest du sie selbst einmal lesen, damit du dich daran erinnerst.“ Anna schlug die Beine unter und schmunzelte. „Du glaubst gar nicht, wie schwer es war, deinen Vater davon abzuhalten, eine Kreuzfahrt zu machen.“

„Wann hört er endlich auf, sich Sorgen um mich zu machen?“ fragte Serena.

„Nie. Auch so zeigt er dir, dass er dich liebt.“

„Ich weiß.“ Seufzend nippte Serena an ihrem Tee. „Wenn er mich doch nur so leben lassen würde, wie ich will.“

„Warum erzählst du mir nicht, wie du Justin fandest?“ Als Serena aufsah, lächelte Anna nur. „Nein, ich hatte wirklich keine Ahnung, was dein Vater vorhatte. Er war klug genug, mir nichts davon zu erzählen. Deine ... nun ja, Diskussion mit ihm war recht lautstark.“

„Du wirst es nicht glauben!“ Serena sprang auf, ohne den Tee zu verschütten. „Er hat Justin zu der Reise überredet und allen Ernstes gehofft, dass ich mit Sternen in den Augen und Orangenblüten im Gehirn nach Hause komme. Noch nie in meinem Leben war ich so wütend. Ich habe mich so geschämt.“

„Wie hat Justin es aufgenommen?“

Serena schüttelte verächtlich den Kopf. „Ich glaube, nach dem ersten Schock fand er die ganze Sache sehr amüsant. Er hatte keine Ahnung, wer ich war. Bis wir uns eines Tages am Strand stritten und ich meinen vollen Namen nannte."

Am Strand stritten, dachte Anna. Um ein Lächeln zu verbergen, nahm sie einen Schluck Tee. „Ich verstehe. Dein Vater hält sehr viel von ihm, Rena. Ich auch. Ich nehme an, Daniel konnte der Versuchung einfach nicht widerstehen."

„Er macht mich rasend."

„Wer?"

„Justin. Beide", ergänzte sie rasch und stellte hastig ihre Tasse ab. „Er hat es mir erst gesagt, als die Fahrt fast vorüber war, und das auch noch wie beiläufig. Und dabei fing ich gerade an ..."

„Du fingst gerade an?" ermunterte Anna sie behutsam.

„Er ist sehr attraktiv", murmelte Serena. „Ich nehme an, es hat mit seiner rücksichtslosen Art zu tun. Und mit diesem verdammten Charme." Anna war weise genug, ihre Tochter nicht zu unterbrechen. „Selbst wenn er mich wütend machte, weckte er Dinge in mir, die ich lieber schlafen gelassen hätte. Eine solche Leidenschaft habe ich noch nie empfunden. Ich bin nicht sicher, ob ich es je wollte." Sie drehte sich um und sah in den forschenden Blick ihrer Mutter. „Den letzten Tag haben wir zusammen in St. Thomas verbracht. Ich wäre mit ihm ins Bett gegangen – aber dann hat er mir von Dads kleinem Komplott erzählt."

„Und wie fühlst du dich jetzt?"

Serena starrte auf ihre Hände. „Ich will ihn immer noch. Ich weiß nicht, ob es mehr als das ist. Wie könnte es denn, wo wir uns doch kaum zwei Wochen kennen?"

„Rena, traust du deinem Instinkt wirklich so wenig? Warum sollten Gefühle sich nach einem bestimmten Zeitplan entwickeln? Sie sind so individuell wie die Menschen, denen sie gehören. Bevor ich deinen Vater näher kennen lernte, hielt ich ihn für einen eingebildeten, großmäuligen Ochsen." Als Serena zustimmend schmunzelte, lächelte Anna mädchenhaft. „Das war er natürlich auch. Ich habe mich trotzdem in ihn verliebt. Zwei Monate später lebten wir zusammen, und nach einem Jahr waren wir verheiratet." Sie quittierte Serenas schockierte Miene mit einem Nicken.

„Leidenschaft und vorehelicher Sex sind nicht das Privileg deiner Generation, liebes Kind. Daniel wollte gleich heiraten, aber ich war entschlossen, erst mein Medizinstudium abzuschließen. Das Einzige, worin wir uns einig waren, war, dass wir ohne einander nicht mehr leben konnten und wollten."

Serena dachte über die Worte ihrer Mutter nach, während das Feuer hinter ihr laut prasselte. „Woher wusstest du, dass es Liebe war und nicht nur Verlangen?"

„Von all meinen Kindern hast du immer die schwierigsten Fragen gestellt." Anna beugte sich vor und nahm die Hände ihrer Tochter. „Ich bin nicht sicher, ob man das voneinander trennen kann, wenn es um einen Mann und eine Frau geht. Man kann das eine ohne das andere empfinden, aber nicht, wenn es wahre Liebe ist, und auch nicht, wenn es wahres Verlangen ist. Die Leidenschaft, die aufflackert und rasch wieder vergeht, ist nur ein Echo. Keine Substanz, nur ein Resultat. Glaubst du, du hast dich in Justin verliebt, oder hast du Angst davor, dass du es hast?"

Serena öffnete den Mund, schloss ihn wieder und probierte es erneut. „Beides."

Anna drückte Serenas Hand. „Sag deinem Vater nichts davon. Er würde sich etwas darauf einbilden. Und was willst du jetzt unternehmen?"

„Ich habe noch nicht darüber nachgedacht. Ehrlich gesagt, ich habe es verdrängt." Sie zog die Knie an und legte das Kinn darauf. „Aber ich werde ihn wohl wieder sehen müssen. Er hat mir einen Job angeboten."

„So?"

„Ich soll sein Casino in Atlantic City leiten. Ein echter Zufall, denn ich hatte gerade beschlossen, Dad zu fragen, ob ich es schaffen könnte, mein eigenes Hotel mit Casino zu eröffnen."

„Wenn Justin dir eine solche Position anbietet, muss er eine Menge Vertrauen in deine Fähigkeiten haben."

„Ich habe ein Talent entwickelt, mit Menschen umzugehen", fuhr Serena mit der Andeutung eines Lächelns fort. „Im letzten Jahr habe ich mehr gelernt, als Karten zu geben. Im Grunde ist die ‚Celebration' eins der bestgeführten Hotels, die ich je gesehen habe. Und obwohl das Casino klein ist, ist alles Wesentliche vorhanden. Es gibt keinen Teil des Casino-Betriebs, den ich nicht gründlich kennen gelernt habe." Sie verstummte. Ihre Augen weiteten sich. Anna kannte den Blick.

„Was brütest du gerade aus, Rena?"

„Ich überlege gerade, ob ich die Wette erhöhe. Gewinnen, Verlieren oder Unentschieden."

Nachdem er dem Pagen ein Trinkgeld gegeben hatte, zog Justin sich aus und betrat die Duschkabine. Das Auspacken konnte das Zimmermädchen am Morgen übernehmen, und das Casino würde auch einen weiteren Abend ohne ihn überstehen. Er hatte vor, in seiner Suite zu Abend zu essen und dabei alle notwendigen Anrufe in seine anderen Häusern zu erledigen. Mit etwas Glück gab es keine Probleme, die sich nicht mit einem Ferngespräch lösen ließen. Justin hatte andere Dinge im Kopf.

Er drehte an der Armatur, bis das Wasser in pulsierenden

Stößen kam. Serena ist jetzt schon zu Hause, dachte er. Und wie er sie kannte, musste Daniel bereits den Preis für sein Komplott bezahlen. Justin hätte eine Menge dafür gegeben, wenn er das Wiedersehen der beiden hätte belauschen dürfen. Das hätte ihn vielleicht für die beiden letzten, unerträglich langweiligen Tage an Bord der „Celebration" entschädigt.

Seinen Teil des Abkommens einzuhalten war schwieriger gewesen, als Justin erwartet hatte. Zu wissen, dass Serena in seiner Reichweite war, beim Kartengeben in ihrem eleganten Smoking, in dem dünnen Hauch von Seide in ihrer schmalen Koje, hatte ihn fast verrückt werden lassen. Aber er hatte sich von ihr fern gehalten. Abgemacht war abgemacht. Und weil er erkannt hatte, dass sie unter ihrem Zorn wirklich verletzt war. Diese Wunde konnte nur die Zeit heilen, und die musste er ihr geben. Nach zwei Wochen würde es bestimmt einfacher sein, mit ihr zu verhandeln.

Selbst wenn sie sein Angebot ablehnte, womit er eigentlich rechnete, hatte er nicht vor, es dabei zu belassen. Notfalls konnte er sie irgendwie nach Atlantic City locken, und wenn sie erst dort war, konnte er seinen Heimvorteil ausspielen. Justin drehte die Dusche ab und griff nach einem Handtuch.

Unten im Casino brauchte er einen fähigen Manager. In der obersten Etage brauchte er eine Frau. Serena war die Einzige, die beide Anforderungen erfüllte. Er schlang sich das Handtuch um die Hüften und verließ das Bad.

Wie der Rest der Eigentümersuite, so war auch das Schlafzimmer geräumig und elegant eingerichtet. Der zinnfarbene Teppichboden unter seinen Füßen war dicht und warm. Lange senkrechte Jalousien hingen vor der Glastür zum Balkon. Sie öffneten sich auf Knopfdruck und gaben den Blick auf den Atlantik frei. Er warf einen Blick auf das breite, von dunkelblauer Seide bedeckte Bett. Wie viele Frauen hatten darin geschlafen? Justin wusste es nicht, und es war ihm auch egal. Eine Nacht des geteilten Vergnügens, nicht mehr, nicht weniger hatten sie ihm bedeutet.

Er holte einen Hausmantel aus dem Schrank und ließ das Handtuch fallen, während er ihn überstreifte. Es hatte Jahre gegeben, da hatte er in Wohnungen gelebt, die kleiner waren als dieses Schlafzimmer. Trotzdem hatte er Frauen gehabt. Falls er in dieser Nacht eine wollte, brauchte er nur eine Nummer aus seinem Notizbuch auszuwählen und zum Hörer zu greifen. Sein Körper verlangte nach einer. Und doch wusste er zum ersten Mal in seinem Leben, dass irgendeine ihm nicht reichen würde.

Frustriert und rastlos durchstreifte er die Suite. Er hatte allen Grund, sich an der Ostküste aufzuhalten. Das Haus in Atlantic City war sein neuestes, und das Neueste erforderte stets am meisten Aufmerksamkeit. Justin war es nie wichtig gewesen, wo er gerade lebte. Über die Jahre hinweg hatte er sich an den Komfort eines Hotels gewöhnt, in dem jeder Wunsch sich per Knopfdruck erfüllen ließ. Jetzt ertappte er sich dabei, an ein richtiges Zuhause zu denken – etwas Dauerhaftes, mit einem Rasen, der gemäht werden musste, und Luft, die nicht von Hunderten anderer Menschen geteilt wurde.

Justin fuhr sich mit der Hand durchs Haar und fragte sich, woher diese vage Unzufriedenheit kam. Er hatte doch alles, was er je gewollt hatte. Aber er hatte nie nur eine einzige Frau gewollt. Lag es daran, dass er den Mangel an Wärme gespürt hatte, als er diese Räume betrat? Wäre sie hier, gäbe es diese von den Wänden widerhallende Leere nicht. Sie würde sie mit Temperament und Lachen füllen. Mit Leidenschaft.

Warum hatte er ihr zwei Wochen gegeben? Wütend stopfte Justin die Hände in die Taschen des Bademantels. Warum hatte er sie nicht gedrängt, mit ihm herzukommen, sie nicht hergeschleift? Dann wäre er jetzt nicht allein und voller Verlangen nach ihrer Nähe. Er brauchte Kontakt zu ihr – ihre Stimme durchs Telefon. Nein, dachte Justin, nicht ihre Stimme. Das würde die Sache nur noch komplizierter machen. Er ging an den Apparat und wählte Daniel MacGregors Privatanschluss.

„MacGregor."

„Du alter Bastard", sagte Justin in mildem Ton.

„Hallo, Justin." Daniel verdrehte die Augen zur Decke, denn er wusste, dass ihm jetzt die zweite Abreibung des Tages bevorstand. „Wie war deine Reise?"

„Informativ. Ich nehme an, Serena hat bereits mit dir gesprochen?"

„Freut sich riesig, wieder zu Hause zu sein", sagte Daniel und starrte sehnsüchtig auf die zerbrochenen Zigarren auf dem Schreibtisch. „Spricht in den höchsten Tönen von dir."

„Ich wette, das tut sie." Mit einem grimmigen Lächeln setzte Justin sich auf die Couch. „Wäre es nicht einfacher gewesen, mir zu erzählen, dass Serena auf dem Schiff arbeitet?"

„Hättest du die Reise trotzdem gemacht?"

„Nein."

„Siehst du", erwiderte Daniel zufrieden. „Und ich bin sicher, es hat dir gut getan. Du warst verkrampft, Junge, rastlos." Er überlegte, ob er versuchen sollte, sich eine der verstümmelten Zigarren anzustecken. „Und keine Sorge, ich rede mit Rena, beruhige sie etwas."

„Nein, das wirst du nicht. Ich habe hier einen Karton

Scotch als Geisel, Daniel, und den behalte ich, bis ich sicher bin, dass du dich heraushältst."

„Komm schon, Justin, spar dir die Drohungen. Es ist doch nur meine elterliche Sorge um euch beide." Die beiden wissen genau, wo sie einen treffen können, dachte er betrübt. „Warum verlängerst du deinen Urlaub nicht um ein paar Tage und besuchst uns hier, Justin?"

„Serena wird herkommen", antwortete er.

„Zu dir?" Die breite Stirn legte sich in Falten. „Was meinst du damit?"

„Das, was ich gesagt habe."

„Na gut, Junge." Daniel warf sich in die Brust. „Du erklärst mir jetzt besser, was du für Absichten hast."

„Nein." Justins Muskeln entspannten sich etwas. Das Gespräch machte ihm Spaß. Genießerisch lehnte er sich zurück.

„Was soll das heißen, nein?" tobte Daniel. „Ich bin ihr Vater."

„Aber nicht meiner. Du hast mir dieses Blatt in die Hand gegeben, Daniel. Ich spiele die Karten nur aus."

„Jetzt hör mir mal ..."

„Nein", unterbrach Justin ihn ruhig. „Ich sage dir, du sollst aussteigen, Daniel. Serena und ich werden verdoppeln oder verlieren."

„Wenn du dem Mädchen wehtust, häute ich dich bei lebendigem Leib."

Justin lachte. „Falls es je eine Frau gab, die selbst auf sich aufpassen kann, dann Serena MacGregor."

„Stimmt." Der Stolz ließ Daniels Herz anschwellen und lenkte ihn ab. „Das Mädchen ist eine Wucht."

„Falls du natürlich glaubst, sie macht sich hier lächerlich ..."

„Keins meiner Kinder macht sich lächerlich!“ fauchte Daniel.

Justin lächelte triumphierend. „Schön, dann halte dich aus allem heraus.“

Daniel knirschte mit den Zähnen und starrte stirnrunzelnd auf den Hörer.

„Dein Wort darauf, Daniel.“

„Schon gut, schon gut. Du hast es, aber wenn ich höre, dass du ...“

„Gute Nacht, Daniel.“

Justin legte auf. Er hatte es seinem Wohltäter ordentlich heimgezahlt.

7. KAPITEL

Justin hatte seine Bürosuite im Erdgeschoss, mit privatem Fahrstuhl hinauf zu den Räumen im Penthouse. Er fand das sehr praktisch, da seine Arbeitszeit unregelmäßig war und es Zeiten gab, zu denen er keine Lust hatte, den Hotelgästen zu begegnen. Die beiden Fernsehmonitore in den Ecken und der hinter einer Wandtäfelung verborgene Zweiwegspiegel machten es möglich, dass er von seinem Schreibtisch aus alles beobachten konnte.

Weil er in seinen Büros absolut ungestört sein wollte, arbeitete Justin in einem großen Raum ohne Fenster und mit nur einem Eingang. Seine Erfahrung in einer Gefängniszelle hatte ihm eine tief sitzende Abneigung gegen allzu enge Orte hinterlassen, also kompensierte er die Abgeschlossenheit durch eine sorgfältig ausgewählte Inneneinrichtung. Die Möbel waren in hellen Naturtönen gehalten, die Bilder groß und farbenfroh. Eine Wüstenlandschaft im Licht der untergehenden Sonne, die zerklüfteten Gipfel der Rockies, ein Komantschen-Krieger auf einem Pferd in vollem Galopp. Diese Motive vermittelten Justin eine Illusion von Freiheit, die der Rastlosigkeit entgegenwirkte, die ihn manchmal hinter dem Schreibtisch erfasste.

Im Moment ging er eine Jahresbilanz durch, die jeden erfreuen würde, der Anteile an „Blade Enterprises" besaß. Zweimal ertappte Justin sich dabei, etwas zu lesen, ohne es bewusst wahrzunehmen. Jedes Mal zwang er sich, von vorn zu beginnen. Serenas zwei Wochen waren zu Ende, und, wie er entdeckt hatte, auch seine Geduld. Wenn sie nicht innerhalb der nächsten vierundzwanzig Stunden anrief, würde er nach Hyannis Port aufbrechen, um sie an ihren Teil der Abmachung zu erinnern.

Verdammt, ich will ihr nicht nachlaufen, dachte Justin und warf den Bericht auf den Schreibtisch. Er war noch nie im Leben einer Frau nachgelaufen, doch bei Serena war er schon kurz davor gewesen, es zu tun. Er spielte sein bestes Spiel, wenn der Gegner als Erster angriff.

Gegner, wiederholte Justin. Eigentlich sollte er sie so sehen. Es war sicherer so. Aber egal, wie er von ihr dachte, er dachte immerzu an sie. Egal, worauf er sich zu konzentrieren versuchte, sie war immer da und wartete darauf, sich wieder in den Vordergrund zu drängen. Jedes Mal, wenn er kurz davor stand, sich eine Frau zu nehmen, kam ihm Serena in den Sinn, so deutlich, dass er sie fast berühren, fast schmecken konnte. Das Verlangen nach ihr löschte jegliches Verlangen nach einer anderen aus. So ausgehungert und frustriert er auch war, Justin hatte sich befohlen, auf sie zu warten. Jetzt, so entschied er, hatte er lange genug gewartet. Noch bevor diese Nacht vorüber war, würde er sie besitzen.

Als Justin nach dem Hörer griff, um die Fahrt nach Norden zu organisieren, klopfte es an der Tür. „Ja."

Gewarnt durch den Tonfall dieser einzelnen Silbe, steckte seine Sekretärin nur den Kopf durch die Tür. „Entschuldigung, Justin."

Nur mit Mühe ersparte er ihr eine barsche Antwort. „Was ist, Kate?"

„Telegramm." Sie trat ein, eine schlanke, elfenhafte Brünette mit leiser Stimme und statuenhaftem Gesicht. „Und Mr. Streeve hängt draußen herum. Er will, dass Sie seinen Kreditrahmen vergrößern."

Justin nahm das Telegramm knurrend entgegen. „Was braucht er denn?"

„Fünf“, sagte sie und meinte fünftausend.

Justin riss den Umschlag auf und fluchte leise. „Der Idiot weiß nicht, wann er aufhören muss. Wer hat die Aufsicht?“

„Nero.“

„Sagen Sie Nero, dass Streeve noch einen gut hat, aber danach ist Schluss. Mit etwas Glück gewinnt er zweitausend zurück und gibt sich damit zufrieden.“

„Bei seinem Glück wird er versuchen, seine AT&T-Aktien gegen Jetons einzutauschen“, erwiderte Kate. „Nichts ist schlimmer als die verwöhnten Reichen, die zeitweilig unter Bargeldmangel leiden.“

„Wir sind nicht hier, um moralische Urteile zu fällen“, erinnerte Justin sie. „Sagen Sie Nero, er soll ihn im Auge behalten.“

„Okay.“ Achselzuckend schloss Kate die Tür hinter sich.

Abwesend tastete Justin nach dem Knopf, der die Täfelung vor dem Zweiwegspiegel zur Seite gleiten ließ. Vielleicht wäre es ganz vernünftig, Streeve selbst auch im Auge zu behalten. Noch bevor er ihn betätigen konnte, fiel Justins Blick auf den Text des Telegramms.

Habe über dein Angebot nachgedacht. Werde am Donnerstagnachmittag eintreffen, um Konditionen zu besprechen. Bitte arrangiere angemessene Unterbringung.
S. MacGregor

Justin las die kurze Nachricht zweimal, bevor ein Lächeln seine Mundwinkel zucken ließ. Typisch, dachte er. Kurz, auf den Punkt gebracht und herrlich vage. Und im letzten Moment, fügte er hinzu und lehnte sich zurück. Es war schon nach Mittag am Donnerstag. Also kam sie, um über die Konditionen zu reden. In seinem Nacken lockerte sich eine verkrampfte Stelle. Justin holte ein Zigarillo heraus und steckte es nachdenklich an.

Konditionen, dachte er. Ja, sie würden Konditionen besprechen und dabei cool und geschäftsmäßig bleiben.

Er hatte jedes Wort ernst gemeint, als er ihr den Job anbot. Seiner Meinung nach war Serena für den Umgang mit seinem Personal und seinen Gästen hervorragend qualifiziert. Er brauchte jemanden, der selbstständig Entscheidungen treffen konnte, damit er, falls nötig, zu seinen anderen Häusern fahren konnte. Er konnte es sich nicht leisten, seine ganze Zeit in einem einzigen Casino zu verbringen. Justin pustete eine dünne Rauchfahne in den Raum und beschloss, Serena möglichst attraktive Konditionen zu bieten. Und wenn das erst geklärt war ...

Wenn das erst geklärt ist, dachte er, wird sie sich auf privater Ebene mit mir beschäftigen müssen. Seine Augen wurden dunkel, die Lippen schmal. Diesmal gab es keinen Daniel MacGregor, der den wohlwollenden Dritten mit einem As im Ärmel spielte. Heute Abend würden er und Serena ein sehr privates Zwei-Personen-Spiel beginnen. Justin lachte. Gewinnen war sein Geschäft.

Er nahm den Hörer ab und drückte den Knopf, der ihn mit der Rezeption verband.

„Rezeption, Steve am Apparat. Kann ich Ihnen helfen?"

„Hier ist Blade."

Der Hotelangestellte war sofort hellwach. „Ja, Sir."

„Eine Miss MacGregor wird heute Nachmittag einchecken. Serena MacGregor. Sorgen Sie dafür, dass ihr Gepäck in die Gästesuite in meinem Stockwerk gebracht wird."

„Ja, Sir."

„Die Floristin soll einen Strauß Veilchen hinaufschicken."

„Ja, Sir. Eine Karte?"

„Nein."

„Ich werde mich persönlich darum kümmern."

„Gut." Zufrieden legte Justin auf. Jetzt brauchte er nur noch zu warten. Er griff wieder nach dem Bericht für die Aktionäre und schenkte ihm seine volle Aufmerksamkeit.

Serena reichte dem Türsteher die Wagenschlüssel und warf den ersten ausgiebigen Blick auf das „Comanche". Justin hatte nichts Schickes oder Opulentes angestrebt, sondern einen ausgewogenen Kompromiss gefunden. Serena gefiel der Stil, der der Ostküste einen Hauch des Westens brachte. Sie registrierte, dass fast alle Zimmer Meerblick besaßen. Die Auffahrt umrundete einen auf zwei Ebenen verlaufenden, grottenartigen Teich mit eigenem Wasserfall. Auf dem Grund glitzerten Münzen. Offenbar gab es genug Gäste, die ihr Kleingeld für ein wenig Glück im Spiel opferten.

Neben dem Haupteingang stand ein Komantschen-Häuptling mit vollem Kopfschmuck. Kein Supermarkt-Indianer, bemerkte Serena, sondern eine exquisite Skulptur aus weißem, schwarz geädertem Marmor. Sie gab der Versuchung nach und strich mit der Fingerspitze über den glatten Brustkorb. Typisch Justin, dachte sie, nie wählt er das Gewöhnliche. Ihr Blick wanderte zu dem marmornen Gesicht hinauf. Bildete sie es sich nur ein, oder bestand da wirklich eine gewisse Ähnlichkeit? Wenn die Augen grün gewesen wären ... Kopfschüttelnd wandte Serena sich ab.

Während ihr Gepäck entladen wurde, nutzte sie die Wartezeit, um sich die riesigen Reklametafeln anzusehen.

Berühmte Namen in großen Buchstaben, auffällige Neonbilder, reglos im Licht der Nachmittagssonne, ein riesiges Hotel neben dem anderen, Springbrunnen, Verkehr, Lärm. Aber es war nicht so wie in Vegas. Und das lag nicht nur daran, dass die Berge fehlten und sie das Rauschen des

Ozeans in den Ohren hatte. Hier lag noch Jahrmarktsstimmung in der Luft. Dies war noch immer ein Ferienort mit einem Strand vor der Hintertür. Man roch das Glücksspiel, aber es trug die feucht-salzige Gischt des Atlantiks mit sich und das Lachen der Kinder, die am Strand Sandburgen bauten.

Serena schob sich den Riemen ihrer Tasche höher auf die Schulter und folgte ihrem Gepäck nach innen. Es gab keine roten Teppiche oder funkelnde Kronleuchter, sondern ein geschmackvolles Bodenmosaik und indirekte Beleuchtung. Angenehm überrascht registrierte Serena die riesigen Grünpflanzen in den Tontöpfen und die Wandteppiche, die das Leben und die Kultur der Prärie-Indianer zeigten. Justins Herkunft war ihm wichtiger, als er zugab.

Sie schlenderte zur Rezeption. Sie hörte das vertraute Geräusch der Glücksspielautomaten und das Klappern ihrer Absätze auf den Bodenfliesen. Bevor sie sich an den Mann hinter dem Tresen wandte, reichte sie dem Türsteher einen Geldschein.

„Serena MacGregor."

„Ja, Miss MacGregor." Er lächelte ein Willkommenslächeln. „Mr. Blade erwartet Sie. Bringen Sie Miss MacGregors Gepäck in die Gästesuite im Penthouse", befahl er dem Pagen, der bereits an ihrer Seite wartete. „Mr. Blade möchte, dass Sie gleich in sein Büro kommen, Miss MacGregor. Ich zeige Ihnen den Weg."

„Danke." Serena spürte die Aufregung im Bauch, ignorierte sie jedoch. Sie wusste, was sie wollte und wie sie es erreichen würde. Sie hatte zwei Wochen gehabt, um ihre Strategie auszuarbeiten. Auf der langen Fahrt von Massachusetts nach New Jersey war sie alles immer wieder durchgegangen. Ein- oder zweimal wäre sie fast umgekehrt und wieder nach Norden gefahren. Sie ging ein enormes Risiko ein. Sie setzte ihre Zukunft aufs Spiel. Und ihr Herz. Das war unausweichlich. Aber es gab etwas, das sie in Atlantic City wollte – und sein Name war Justin Blade.

Hastig presste sie die Hand auf den Bauch, als könnte sie die Aufregung wegdrücken. Der Angestellte öffnete eine Tür, an der „Privat" stand. Die Brünette am Ebenholz-Schreibtisch sah fragend auf. Dann fiel ihr Blick auf Serena.

„Miss MacGregor", verkündete der junge Mann.

„Ja, natürlich." Kate stand mit einem Nicken auf. „Danke, Steve. Mr. Blade erwartet Sie, Miss MacGregor. Ich sage ihm nur schnell, dass Sie hier sind."

Deshalb war der Chef also so gereizt, folgerte Kate und musterte Serena kühl, während sie nach dem Hörer griff. Sie registrierte das lange goldene Haar, das an den Schläfen mit zwei antiken Elfenbeinkämmen festgehalten wurde, die eleganten, von den außergewöhnlichen violetten Augen noch betonten Gesichtszüge, die schlanke Figur in einem Wildseidenkostüm, dessen Farbe einen Hauch dunkler war als die der Iris. Stil und Klasse, entschied Kate. Und nicht leicht einzuschüchtern, fügte sie hinzu, als Serena ihren prüfenden Blick ruhig und fest erwiderte.

„Miss MacGregor ist hier, Justin. Natürlich." Sie legte auf und schenkte Serena ein Lächeln, das nicht unfreundlich war. „Hier entlang, Miss MacGregor." Kate stand auf, ging vor und öffnete eine weitere Tür. Serena blieb neben ihr stehen.

„Danke, Miss ..."

„Wallace", erwiderte Kate automatisch.

„Danke, Miss Wallace." Serena griff selbst nach der Klinke und schloss die Tür hinter sich.

Kate starrte einen Moment auf den Knauf, bis ihr aufging, wie geschickt sie abgehängt worden war. Eher neugierig als verärgert, kehrte sie an ihren Schreibtisch zurück.

„Serena." Justin lehnte sich im Sessel zurück. Warum hatte er bloß erwartet, dass etwas anders zwischen ihnen sein würde? Irgendwie hatte er geglaubt, er hätte sich auf das Gefühl vorbereitet, das allein schon ihr Anblick in ihm auslöste. Jede Stunde der vergangenen zwei Wochen verschwand in einer einzigen Sekunde.

„Hallo, Justin." Sie betete, dass er ihr nicht die Hand reichen würde, denn ihre war feucht. „Eindrucksvoller Laden."

„Setz dich." Er zeigte auf einen Stuhl vor dem Schreibtisch. „Möchtest du etwas? Kaffee?"

„Nein." Mit einem höflichen Lächeln durchquerte sie den Raum und nahm Platz. „Ich weiß es zu schätzen, dass du dir gleich Zeit für mich nimmst."

Er zog eine Augenbraue hoch. Wir werden uns eine Weile umkreisen, dachte er, wie zwei Boxer, die in der ersten Runde die Deckung des Gegners testen. „Wie war dein Flug?"

„Ich bin gefahren", erwiderte sie. „Das hat mir im letzten Jahr richtig gefehlt. Das Wetter war herrlich", fügte sie hinzu, denn sie war entschlossen, über Belanglosigkeiten zu plaudern, bis ihre Nerven sich beruhigt hatten.

„Und deine Familie?"

„Meinen Eltern geht es gut. Alan und Caine habe ich leider nicht sehen können." Auf Serenas Gesicht zeigte sich ein Anflug des ersten echten Lächelns. „Mein Vater lässt dich grüßen."

„Er weilt also noch unter den Lebenden?"

„Ich habe subtilere Rachemethoden gefunden." Mit

grimmigem Vergnügen dachte sie an die zerbrochenen Zigarren.

„Du gewöhnst dich ans Landleben?" Justin konnte nicht anders und starrte kurz auf ihren Mund. Kein Lippenstift, leicht angefeuchtet.

„Ja, aber nicht an die Arbeitslosigkeit." Sie spürte die Hitze an den Lippen und die Wärme, mit der ihr Bauch darauf reagierte. Am liebsten wäre sie zu ihm gegangen, um sich zu nehmen, was er ihr gab, zu welchen Konditionen auch immer. Sie wollte einfach nur gehalten werden, diese schlanken sensiblen Hände an sich spüren. Sorgfältig faltete sie ihre eigenen auf dem Schoß. „Und genau darüber will ich mit dir reden."

„Die Stelle des Casino-Managers ist noch frei", sagte er sofort, brauchte aber ein wenig Zeit, um den Blick zu ihren Augen zurückkehren zu lassen. „Die Arbeitszeit ist lang, doch ich glaube, du wirst sie nicht so anstrengend finden wie auf dem Schiff. Normalerweise brauchst du nicht vor fünf im Saal zu sein. Natürlich kannst du das flexibel handhaben, wenn du einen freien Abend brauchst. Es gibt eine Menge Papierkram zu erledigen, aber im Wesentlichen hast du mit dem Personal und den Gästen zu tun. Du hast dein eigenes Büro auf der anderen Seite des Empfangsbereichs. Wenn du im Saal nicht gebraucht wirst, kannst du alles auch von dort beaufsichtigen. Es gibt Monitore", fuhr er fort. „Und eine ungehinderte Sicht."

Justin drückte auf einen Knopf, und die Wandtäfelung glitt zur Seite. Serena sah durch die Scheibe auf die Gäste, die wie in einem Stummfilm spielten, sprachen, schlenderten. „Du wirst einen Assistenten haben", sprach Justin weiter. „Er ist kompetent, aber nicht autorisiert, selbstständig Entscheidungen zu treffen. Eine Suite steht dir zur Verfügung.

Wenn ich nicht im Hotel bin, untersteht das Casino allein dir ... im Rahmen der von mir festgelegten Regeln."

„Scheint mir klar genug." Serena nahm die Hände auseinander und entspannte sich. Sie schenkte Justin ein mildes, freundliches Lächeln. „Ich könnte mir durchaus vorstellen, das Casino zu leiten, Justin ... als deine Partnerin."

Sie sah die Verblüffung in seinen Augen aufflackern, aber es war eben nicht mehr als ein kurzes Aufflackern, bevor er sich zurücklehnte. Bei jedem anderen wäre das ein Zeichen der Entspannung gewesen. Bei Justin schien es eher darauf hinzudeuten, dass er in Aktion treten würde. „Meine Partnerin?"

„Im ‚Comanche' von Atlantic City", erwiderte sie ruhig.

„Ich brauche einen Manager für das Casino. Ich brauche keine Partnerin."

„Und ich brauche keinen Job. Oder ein Gehalt, um genau zu sein", konterte sie. „Ich habe das Glück, finanziell unabhängig zu sein, aber Untätigkeit liegt mir nicht. Der Job auf der ‚Celebration' war für mich ein Experiment. Ich brauche kein weiteres. Ich suche nach etwas, bei dem ich mich etwas stärker engagieren kann."

„Du hast einmal gesagt, dass du nach einem Job in einem Casino suchen wolltest, wenn du das Schiff verlässt", wandte er ein.

„Nein." Lächelnd schüttelte sie den Kopf. „Da hast du mich missverstanden. Ich dachte eher daran, meinen eigenen Laden aufzumachen."

„Deinen eigenen Laden?" Er entspannte sich wieder. „Hast du eine Ahnung, was das alles mit sich bringt?"

Ihr Kopf fuhr hoch. „Ich glaube, die habe ich. Ich habe gerade ein Jahr meines Lebens damit verbracht, in einer Art schwimmendem Spielcasino zu arbeiten. Ich weiß, wie eine

Küche geführt wird, um über fünfzehnhundert Leute zu verköstigen, wie für einen ausreichenden Vorrat an Bettwäsche gesorgt wird und wie man einen Weinkeller füllt. Ich weiß, wann ein Geber sich überfordert fühlt und abgelöst werden muss. Und wie ich einem Gast nahe legen muss, sich lieber ein anderes Spiel zu suchen. Auf dem Schiff konnte ich wenig mehr tun als lernen. Und ich lerne sehr schnell."

Justin registrierte die kühle Entschlossenheit in ihrer Stimme und den Augen. Vermutlich schafft sie es wirklich, beschloss er nach einem Moment. Sie hatte den Mut, die Energie und das Kapital. „Wenn ich all das in Betracht ziehe", begann er gedehnt, „warum sollte ich dich als Partnerin akzeptieren?"

Serena stand auf und ging an den Spiegel. „Siehst du die Geberin an Tisch fünf?" Sie klopfte gegen die Scheibe.

Neugierig stellte Justin sich neben sie. „Ja, warum?"

„Sie hat ausgezeichnete Hände – schnell, sicher. Offenbar hat sie einen für sich angenehmen Rhythmus gefunden, ohne dass es so aussieht, als würde sie die Spieler hetzen. Ein Nachmittag mitten in der Woche ist für sie die falsche Arbeitszeit. Geber wie sie brauchst du für die Stoßzeiten. Der Croupier am Crap-Tisch sieht tödlich gelangweilt aus. Entweder du gibst ihm eine Gehaltserhöhung, oder du feuerst ihn."

„Das musst du mir erklären."

Weil seine Stimme einen belustigten Unterton hatte, lächelte Serena. „Sag ihm, er soll etwas freundlicher sein. Wenn er es tut, gib ihm eine Erhöhung, wenn nicht, wirf ihn hinaus. Deine Leute im Casino müssen dieselbe Einstellung widerspiegeln wie der Rest des Hotelpersonals."

„Guter Punkt", gab er zu. „Und ein guter Grund, dich

als Casino-Managerin zu wollen. Aber noch keiner für eine Partnerschaft."

Serena drehte der stillen Welt hinter der Scheibe den Rücken zu. „Also noch ein paar Gründe. Wenn du im Westen oder in Europa gebraucht wirst, wirst du wissen, dass du das hier jemandem anvertraust, der wirklich interessiert ist – nicht nur am Casino, sondern am gesamten Betrieb. Ich habe einige Nachforschungen angestellt", fügte sie hinzu. „Wenn ‚Blade Enterprises' so weiter wächst wie bisher, wirst du Verantwortung abgeben müssen. Es sei denn, du willst vierundzwanzig Stunden am Tag arbeiten und Geld verdienen, ohne deinen Erfolg genießen zu können. Das Geld, das ich investieren würde, verschafft dir genug flüssiges Kapital, um dein Gebot für das Casino in Malta zu erhöhen."

Justins Augenbraue zuckte hoch. „Du hast wirklich Nachforschungen angestellt", kommentierte er trocken.

„Wir Schotten gehen nie blind an Geschäfte heran." Sie lächelte zufrieden. „Der Punkt ist, ich habe keine Lust, für dich oder jemand anderen zu arbeiten. Für die Hälfte der Anteile führe ich das Casino und bügle, falls nötig, noch einige andere Schwächen aus."

„Die Hälfte", murmelte er mit zusammengekniffenen Augen.

„Gleichberechtigte Partner, Justin. Anders bekommst du mich nicht."

Schlagartig kehrte Stille ein. Serena zwang sich, ruhig zu atmen. Er durfte nicht wissen, wie nervös sie war. Und auch nicht, wie leicht es wäre, ihren Stolz zu vergessen und sich in seine Arme zu werfen. Was bei ihrem letzten Treffen begonnen hatte, war während der Trennung vollendet worden. Sie hatte sich in ihn verliebt, obwohl er nicht bei ihr gewesen war, um sie in Versuchung zu führen. Aber das würde er erst erfahren, wenn sie dazu bereit war.

„Falls du noch etwas Zeit brauchst, um darüber nachzudenken ...", sagte sie nach einer Weile, „... ich bin flexibel." Sie ging zum Stuhl und griff nach ihrer Tasche. „Ich hatte ohnehin vor, mir einige andere Häuser anzusehen."

Als Justins Finger sich um ihren Arm legten, drehte Serena sich langsam um. Er ahnte, dass sie nur bluffte, da war sie sicher.

„Wenn ich innerhalb eines Jahres beschließe, dass es nicht zufrieden stellend läuft, werde ich dich auskaufen."

Sie musste ein triumphierendes Lachen unterdrücken. „Einverstanden", erwiderte sie leise.

„Mein Anwalt wird einen Vertrag entwerfen. Bis dahin kannst du dich da drinnen umsehen." Er nickte zum Casino hinüber. „Dir dürfte etwa eine Woche bleiben, um es dir noch anders zu überlegen."

„Ich habe nicht vor, es mir anders zu überlegen, Justin. Wenn ich eine Entscheidung treffe, halte ich daran fest." Serena streckte ihm die Hand hin. „Also abgemacht?"

Justin starrte auf ihre Hand und legte seine darüber. Er hielt sie fest, als würden sie einen Pakt besiegeln, und hob sie dann an die Lippen. „Abgemacht, Serena", sagte er. „Obwohl wir es beide vielleicht noch bedauern werden."

„Ich gehe nach oben und ziehe mich um." Sie entzog ihm ihre Hand. „Heute Abend übernehme ich das Casino."

„Morgen ist früh genug." Justin ging vor ihr zur Tür. Sie griffen gleichzeitig nach dem Knauf, und seine Finger schlossen sich um ihre.

„Ich würde lieber keine Zeit verschwenden", erklärte sie. „Wenn du mich deinem Assistenten und einigen der Croupiers vorstellst, fange ich gleich an."

„Wie du willst."

„Gib mir eine Stunde zum Umziehen und Auspacken." Serena drehte den Knauf, um den Hautkontakt abzubrechen.

„Wir haben noch andere Dinge zu bereden, Serena."

Die Worte schienen über ihre Haut zu streichen. Voller Verlangen drehte sie sich zu ihm um. „Ja", sagte sie leise. „Aber es wäre mir lieber, wenn wir vorher alles Geschäftliche erledigen könnten, damit klar ist, dass das eine nichts mit dem anderen zu tun hat."

Justin ließ ihr Gesicht nicht aus den Augen und nahm den Kragen ihres Kostüms zwischen Daumen und Zeigefinger. „Ich bin mir nicht sicher, ob das eine wirklich nichts mit dem anderen zu tun hat", murmelte er. „Und ob wir beide uns da nicht etwas vormachen."

Der Puls an ihrem Hals begann sichtlich zu hämmern. Dennoch blieb ihre Stimme energisch. „Das werden wir früh genug herausfinden, nicht wahr?"

Lächelnd ließ Justin die Hand sinken. „Ja, das werden wir. Ich sehe dich in einer Stunde."

Es würde harte Arbeit werden, das wurde Serena schnell klar. Mindestens so hart wie auf der „Celebration". Aber diesmal, dachte sie und sah sich in dem überfüllten Casino um, arbeite ich für mich selbst. Sie unterschrieb einen Auszahlungsbeleg, den einer der Croupiers ihr brachte, und genoss es. Ein Teil des Lebens, das um sie herum pulsierte, gehörte ihr.

Es wird eine Weile dauern, bis man mich akzeptiert hat, dachte sie, als sie die neugierigen Blicke des Personals registrierte. Justin hatte sie als seine neue Partnerin vorgestellt, und Serena hatte fast gehört, wie sich in den Köpfen der anderen die Räder drehten. Sie würde einfach beweisen müssen, dass sie für die Position qualifiziert war, unabhängig davon, was zwischen ihr und Justin privat ablief. Regel Nummer eins war Zuversicht. Regel Nummer zwei war Hartnäckigkeit. Wenn man beide Regeln zusammen anwandte, ergab das nach Serenas Meinung eine unschlagbare Kombination – nicht viel anders als die Formel, die sie ihrem Vater gegenüber eingesetzt hatte.

Nero, ihr Assistent, war ein großer ruhiger Afro-Amerikaner, der die Nachricht von Serenas Beteiligung am Hotel mit einem Achselzucken entgegengenommen hatte. Sie erfuhr, dass er in Justins erstem Casino als Rausschmeißer gearbeitet hatte und seitdem in allen möglichen Jobs in Justins diversen Häusern. Ohne viele Worte führte er Serena durchs Casino, erklärte ihr das Nötigste und ließ sie allein. Er war ein Mann, der nicht so schnell zu beeindrucken war, das hatte sie sofort gemerkt.

Serena fing das Zeichen eines Gebers auf und durchquerte den Saal. Schon auf halbem Weg zum Tisch hörte sie eine laute, erregte Stimme. Sie brauchte nur einen Blick, um zu erkennen, dass der protestierende Gast offenbar wenig Glück hatte und sich darüber nicht gerade freute.

„Entschuldigen Sie mich." Sie lächelte den anderen Spielern am Tisch zu und stellte sich neben ihren Angestellten. „Gibt es ein Problem?"

„Das kann man wohl sagen, Sweetheart." Der Mann am Ende des Tischs beugte sich vor und packte ihr Handgelenk. „Wer sind Sie?"

Serena sah erst auf seine Hand, dann in sein Gesicht. „Ich bin die Eigentümerin."

Er lachte hämisch auf und leerte sein Glas. „Ich kenne den Eigentümer, Lady. Er sieht Ihnen absolut nicht ähnlich."

„Mein Partner“, klärte Serena ihn mit einem eisigen Lächeln auf. Aus den Augenwinkeln heraus sah sie, wie Nero sich näherte, und schüttelte fast unmerklich den Kopf. „Kann ich Ihnen irgendwie helfen?“

„Ich habe an diesem Tisch eine ganze Menge verloren“, sagte der wütende Gast. „Meine Freunde hier werden das bestätigen.“

Die anderen Spieler sahen entweder gelangweilt oder verärgert drein. Alle ignorierten den Störenfried.

„Möchten Sie den Rest Ihrer Jetons einlösen?“ fragte Serena höflich.

„Ich will eine Chance, etwas von meinem Geld zurückzugewinnen“, erwiderte er und stellte sein Glas ab. „Aber der Bursche hier will das Limit nicht erhöhen.“

Serena musterte das Pokergesicht des Gebers und registrierte die nur mit Mühe gebändigte Wut in den Augen. „Unsere Geber sind nicht autorisiert, das Limit am Tisch zu erhöhen, Mr. ...“

„Carson, Mick Carson, und ich würde gern wissen, wieso ein Mann in diesem Laden nicht die Chance bekommt, seine Verluste wieder wettzumachen.“

„Wie ich bereits sagte“, erwiderte sie ruhig, „die Geber sind nicht autorisiert, das Limit zu erhöhen. Aber ich bin es. Welcher Betrag schwebt Ihnen vor, Mr. Carson?“

„Schon besser“, sagte er und winkte nach einem weiteren Drink. Serena sah zu der umherstreifenden Kellnerin hinüber und schüttelte leicht den Kopf. „Fünftausend.“ Er grinste. „Das müsste reichen. Ich unterschreibe dafür.“

„Einverstanden. Bringen Sie Mr. Carson seinen Beleg, Nero“, befahl sie ihrem Assistenten, von dem sie wusste, dass er in Hörweite war. „Noch ein Spiel, Mr. Carson. Und fünftausend." Serena warf ihm einen strengen Blick zu. „Und wenn Sie verlieren, ist für heute Schluss."

„Okay, Honey." Er griff erneut nach ihrem Handgelenk und strich mit dem Daumen über den Ärmel des rubinroten Kleids. „Und wenn ich gewinne, wie wär's dann mit einem Drink irgendwo?"

„Überfordern Sie Ihr Glück nicht, Mr. Carson", warnte sie ihn lächelnd.

Schmunzelnd nahm er das Klemmbrett, das Nero ihm reichte, und kritzelte seinen Namen auf das Formular. „Man kann's doch mal versuchen, Honey. Oh nein", fügte er hinzu, als Serena zur Seite ging. „Sie geben."

Wortlos nahm Serena den Platz des Angestellten ein. Erst jetzt sah sie, dass Justin sie aus diskreter Entfernung beobachtete. Verdammt! Ihr Blick traf sich mit seinem, und sie fragte sich, ob die Verärgerung ihr Urteilsvermögen getrübt hatte. Doch dann sagte sie sich, dass es fünftausend wert wäre, einen Typ wie Carson auf friedliche Weise loszuwerden.

„Einsätze?" fragte sie und sah zu den anderen Spielern hinüber, während sie Carson seine Jetons hinzählte. In stummem Einverständnis verzichteten die anderen darauf, sich am Spiel zu beteiligen.

„Nur Sie und ich", sagte Carson und schob seine Jetons über den Tisch. „Auf geht's."

Schweigend gab Serena ihm eine Sieben und eine Zwei. Ein Blick nach unten zeigte ihr, dass sie selbst eine Zwölf hatte und als Nächstes eine Neun kommen würde.

„Hit", sagte Carson und griff nach seinem leeren Glas. Sie drehte eine Dame um. „Reicht mir", meinte er und lächelte ihr kalt zu.

„Neunzehn bei Ihnen." Serena drehte ihre Karte um.

„Zwölf ... fünfzehn", fuhr sie fort, als sie eine Drei aufdeckte. Ohne innezuhalten legte sie eine Fünf auf den Tisch. „Zwanzig." Carson fluchte. „Beehren Sie uns wieder, Mr. Carson", sagte sie mit eisiger Stimme und wartete darauf, dass er aufstand.

Er starrte sie wütend an, während sie seine Jetons einsammelte. Dann sprang er auf und marschierte wortlos aus dem Casino.

„Bitte entschuldigen Sie die kleine Unterbrechung." Serena lächelte in die Runde, bevor sie dem Geber zunickte.

„Das haben Sie richtig gut gemacht, Miss MacGregor", murmelte Nero, als sie an ihm vorbeiging.

Serena blieb stehen und drehte sich um. „Danke, Nero. Und nennen Sie mich Rena." Sein ernstes Gesicht leuchtete auf. Sie bekam es noch mit, bevor sie zu Justin ging. „Du warst kurz davor, mich einliefern zu lassen, was?" fragte sie ihn leise.

Justin sah zu ihr hinunter und wickelte sich das Ende einer Locke um den Finger. „Weißt du, ich wollte dich aus einer Reihe von Gründen hier haben. Das eben war einer davon."

Sie lachte erfreut. „Wenn ich nun verloren hätte?"

Justin zuckte mit den Schultern. „Dann hättest du eben verloren. Trotzdem hättest du eine ziemlich kritische Situation mit minimalem Aufsehen entschärft. Und mit Stil", murmelte er, den Blick auf ihr Gesicht gerichtet. „Ich bewundere deinen Stil, Serena MacGregor."

„Eigenartig." Schon während die Veränderung in ihr ablief, spürte sie sie – die Wärme, die Weichheit. Das Wollen. „Ich habe immer deinen bewundert."

„Du bist müde." Justins Daumen strich unter ihrem Auge entlang, wo sich der Hauch eines Schattens bildete.

„Etwas“, gab sie zu. „Wie spät ist es?“

„Ungefähr vier.“

„Kein Wunder. Das Problem in diesen Läden ist, dass man nicht mehr weiß, wann Tag und wann Nacht ist.“

„Du hast heute schon mehr geleistet, als du musst“, sagte er und führte sie durch den Saal. „Was du jetzt brauchst, ist ein gutes Frühstück.“

„Mmm.“

„Ich nehme an, das heißt, du bist hungrig.“

„Ich hab’s gar nicht gemerkt, aber jetzt, wo du es erwähnst, glaube ich, ich verhungere.“ Serena warf einen Blick über die Schulter, als er sie durch die Tür zu seinen Büros schob. „Geht es zum Restaurant nicht in die andere Richtung?“

„Wir werden oben in meiner Suite frühstücken.“

„Oh, Augenblick.“ Lachend blieb sie stehen. „Ich glaube, das Restaurant wäre viel vernünftiger.“

Justin musterte sie einen Moment und griff in die Tasche.

„Justin ...“

„Kopf, meine Suite, Zahl, das Restaurant.“

Skeptisch streckte sie die Hand aus. „Lass mich die Münze sehen.“ Sie nahm sie ihm ab und inspizierte beide Seiten. „Okay, ich bin zu hungrig, um mich zu streiten. Wirf sie schon.“

Mit einem kurzen Daumenschnippen tat er es. Serena wartete, bis die Münze auf seinem Handrücken lag, sah hin und stieß einen Seufzer aus.

„Wir nehmen den Fahrstuhl“, sagte Justin.

8. KAPITEL

„Trotzdem werde ich dich eines Tages noch besiegen“, sagte Serena gähnend, als Justin den Knopf fürs Penthouse drückte. „Und wenn ich das tue, wird es dich mehr als ein Frühstück kosten.“ Sie ließ den Blick über die Rauchglaswände wandern. „Weißt du, vorhin in deinem Büro habe ich den Fahrstuhl kaum bemerkt.“

„Er ist meine Fluchtroute“, erwiderte er, und als sie ihn fragend ansah, lächelte er. „Wir alle brauchen gelegentlich eine.“

„Ich nehme an, von dir habe ich es nicht erwartet.“ Sie musste an den Zweiwegspiegel denken und seufzte. „Gehen sie dir manchmal auf die Nerven, Justin, all die Leute, von denen du nur durch eine dünne Wand getrennt bist?“

„Früher nicht, aber in letzter Zeit schon“, gab er zu. „Vermutlich hast du dich auf dem Schiff ähnlich gefühlt. Deshalb bist du bestimmt auch an Deck gegangen, wenn alle anderen schliefen.“

Sie hob die Schultern. „Na ja, wenn ich hier leben will, werde ich mich wohl an das Drumherum gewöhnen müssen.“ Als die Tür beiseite glitt, ging Serena hindurch. „Justin, wie schön du es hier hast.“

In seinen Privaträumen waren die Farben kräftiger, indigoblaue Akzente auf den Kissen einer niedrigen Couch, Chartreuse-Grün im Schirm einer Glasleuchte. Als Gegengewicht gab es Kreidezeichnungen in Pastelltönen und einen alten Spiegel mit Fassettenschliff und vergoldetem Rahmen.

„Hier kann man sich entspannen“, entschied Serena und griff nach der geschnitzten Figur eines Falken im Sturzflug.

„Mit all den persönlichen Dingen wirkt es gar nicht wie eine Hotelsuite."

Es war seltsam, aber ihre Hände an etwas zu sehen, das ihm gehörte, verlieh den Räumen erstmals eine gewisse Intimität. Für Justin war die Suite immer nur eine bequeme Unterkunft gewesen, mehr nicht. Ein Ort, an dem er sich aufhielt, wenn er nicht arbeitete. Er hatte ähnliche Räume in anderen Hotels. Sie waren komfortabel, privat und, so wurde ihm plötzlich bewusst, sehr leer. Bis jetzt.

„Meine Suite ist natürlich auch sehr nett", fuhr Serena fort und berührte oder inspizierte, was immer ihr vor die Finger kam. „Aber ich werde mich wohler fühlen, wenn ich erst meine persönlichen Dinge um mich herum ausgebreitet habe. Ich glaube, ich bitte meine Mutter, mir meinen Schreibtisch und ein paar andere Stücke zu schicken." Als sie sich umdrehte, sah sie, dass Justin sie auf seine gewohnt stille Art beobachtete. Sie fühlte sich plötzlich nervös und stellte die kleine kobaltblaue Glasschüssel rasch wieder hin.

„Was für einen Ausblick hast du von hier?" Sie ging ans Fenster und machte gerade den ersten Schritt auf die flache Plattform davor, als sie bemerkte, dass der Glastisch bereits gedeckt war. Sie nahm die Glocke von einem der Teller und sah ein herzhaftes mexikanisches Omelette, Schinkenspeck und ein Weizen-Muffin. Sie lüftete den Deckel einer Silberkanne, und der Duft von frischem Kaffee füllte den Raum. Neben dem Tisch stand in einem eisgefüllten Kübel Champagner.

„Man stelle sich das mal vor", murmelte Serena und nahm die einzelne Rose aus der Kristallvase. „Sieh dir an, was die gute Fee dagelassen hat, Justin. Erstaunlich!"

„Und dabei wird behauptet, Wunder gehörten der Vergangenheit an."

„Willst du ein echtes Wunder hören?" fragte sie und hielt die Rose an die Nase. „Es ist ein Wunder, dass ich dir diesen Kaffee nicht über den Kopf schütte."

„Ich ziehe es vor, ihn innerlich zu nehmen", murmelte er und ging zu ihr. „Gefällt dir deine Rose?"

„Dies ist das zweite Mal, dass du mir ein Essen arrangierst, ohne mich vorher zu fragen", begann sie.

„Das letzte Mal warst du auch hungrig", erinnerte er sie.

„Das ist nicht der Punkt."

„Was denn?"

Serena holte verärgert Luft und wurde vom Aroma des warmen Essens überwältigt. „Vor einer Minute wusste ich es noch", flüsterte sie. „Wie hast du es geschafft, das alles herzubekommen? Frisch und warm, meine ich."

„Ich habe den Zimmerservice angerufen, bevor ich ins Casino ging, um nachzusehen, ob du gerettet werden musst." Er drapierte ein Tuch um die Flasche und zog den Korken heraus.

„Sehr schlau." Serena ergab sich dem Hunger und nahm Platz. „Champagner zum Frühstück?"

„Dies ist die beste Zeit dafür." Justin füllte zwei Gläser, bevor er sich zu ihr setzte.

„Falls ich beschließe, deine Arroganz zu übersehen", sagte Serena und schnitt in ihr Omelette, „finde ich das hier wirklich sehr nett von dir – wenn auch etwas hinterhältig."

„Gern geschehen", murmelte er und hob sein Glas.

Nach dem ersten Bissen schloss Serena in stummer Anerkennung die Augen. „Und mit einem leeren Bauch ist es einfach, Arroganz zu übersehen. Justin, dies ist das beste Omelette, das je gemacht wurde."

„Ich werde dein Lob an den Chefkoch weitergeben."

„Mmm. Morgen werde ich mir die Küche und den

Nachtclub ansehen müssen“, sagte sie nach dem nächsten Bissen. „Ich habe gesehen, dass du Chuck Rosen für eine Woche hier hast. Da dürfte kein Platz leer bleiben.“

„Ich habe mit ihm einen zweijährigen Exklusiv-Vertrag.“ Justin brach ein Muffin in zwei Hälften. „Er garantiert mir in allen Hotels ausverkaufte Säle.“

„Das war eine sinnvolle Investition“, meinte Serena. „Weißt du ...“ Sie hob ihr Glas und musterte ihn über den Rand hinweg. „Du bist genau das, wofür ich dich damals gehalten habe, als du zum ersten Mal an meinen Tisch kamst. Und trotzdem bist du ganz anders, als ich dachte.“

Justin nippte an seinem Champagner, bevor er ihren Blick erwiderte. „Für was hast du mich denn gehalten?“

„Für einen professionellen Glücksspieler. Und das stimmte ja auch. Aber ...“ Serena verstummte und trank erneut. Justin hat Recht, dachte sie. Noch nie hatte Champagner ihr besser geschmeckt. „Ich habe dich nicht für einen Mann gehalten, der eine Kette von derartigen Hotels aufbaut und führt.“

„Nein?“ Amüsiert spielte er mit seinem Essen und beobachtete sie dabei. „Für was dann?“

„Ich glaube, für eine Art Nomade. Was angesichts deiner Herkunft ja auch teilweise stimmt. Aber ich konnte mir dich nicht als Mann vorstellen, der sich der Verantwortung stellen will, die solche Hotels mit sich bringen. Du bist eine interessante Mischung, Justin, aus Rücksichtslosigkeit und Verantwortungsgefühl. Aus hart und ...“, sie griff nach der Rose, „... süß.“

„Das hat mir noch niemand vorgeworfen“, murmelte Justin und füllte ihr Glas wieder auf.

„Was?“

„Süß zu sein.“

„Na ja, es gehört nicht gerade zu deinen dominierenden Eigenschaften“, gab sie zu. „Deshalb bringt es mich vermutlich auch immer durcheinander, wenn es durchkommt.“

„Es bereitet mir Vergnügen, dich durcheinander zu bringen.“ Sein Finger strich über ihren Handrücken. „Ich habe in mir eine gewisse ... Schwäche für Verletzlichkeit entdeckt.“

Entschlossen nahm sie einen weiteren Schluck. „Ich bin normalerweise überhaupt nicht verletzlich.“

„Nein“, stimmte er zu. „Vielleicht ist es deshalb umso reizvoller, dir deine gewohnte Selbstsicherheit zu nehmen. Dein Puls wird schneller, wenn ich dich hier berühre“, flüsterte er und strich mit einem Finger über die Unterseite ihres Handgelenks.

Ein wenig unsicher stellte Serena ihr Glas ab. „Ich sollte jetzt gehen.“

Aber er stand mit ihr auf, und jetzt waren seine Finger mit ihren verschränkt. Sein Blick war, als er sich mit ihrem traf, sehr ruhig und sehr zuversichtlich. „Ich habe mir heute Nachmittag etwas versprochen, Serena“, erklärte er leise. „Dass ich mit dir schlafen werde, noch bevor diese Nacht vorüber ist.“ Justin machte einen Schritt auf sie zu und nahm ihre andere Hand. „Bis die Sonne aufgeht, bleibt uns noch eine Stunde.“

Es war das, was sie wollte. Ihr Körper schmerzte vor Verlangen. Und doch wäre sie zurückgewichen, wenn seine Hände ihre nicht in so festem Griff gehalten hätten. „Justin, ich will nicht bestreiten, dass ich dich auch will, aber ich finde, wir sollten uns noch etwas Zeit lassen.“

„Vernünftig“, stimmte er zu und zog sie in die Arme. „Die Zeit ist abgelaufen.“ Er unterbrach ihr protestierendes Lachen mit den Lippen.

Es gab kein Essen, das diesen Hunger hätte stillen können. Sein Mund wurde hart und alles verschlingend, noch bevor Serena reagieren oder sich befreien konnte. Als er ihren Körper an seinen presste, wusste sie instinktiv, dass er diesmal keinen Widerstand dulden würde. Sie schmeckte seine Lippen und schmeckte die Hast. Sie fühlte die festen Konturen seines Körpers und fühlte Verlangen.

Als seine Zunge nach ihrer tastete, war es keine Verführung, kein behutsames Testen, sondern das verzweifelte Verlangen nach Intimität. Jetzt, schien er ihr zu sagen. Es gibt kein Zurück mehr. Was vor Wochen mit einem langen kühlen Blickkontakt begonnen hatte, würde nun seinen Höhepunkt erreichen. Es wird passieren, dachte Serena benommen, weil keiner von uns eine andere Antwort darauf will.

Während sich in ihr die Leidenschaft immer drängender auszubreiten begann, spürte Serena eine leise Freude. Sie liebte. Und Liebe, das ging ihr jetzt auf, war das ultimative Abenteuer. Sie nahm sein Gesicht zwischen die Hände, löste die Lippen behutsam von seinen und sah ihm in die Augen, in die das Verlangen nach ihr eine ungewohnte Wärme gezaubert hatte.

Sie brauchte einen Moment, nur einen Moment, um einen klaren Kopf zu bekommen, um das, was sie sagen wollte, ohne die Hitze der Leidenschaft sagen zu können. Zärtlich strich sie mit den Fingerspitzen über seine Wangenknochen. Sein Herz hämmerte an ihren Brüsten, während ihres sich zu beruhigen begann. Ein Lächeln glitt über die Lippen, die noch warm von seinen waren.

„Dies hier“, erklärte sie ihm leise, „ist das, was ich will, wofür ich mich entscheide.“

Justin sagte nichts, sondern starrte sie nur an. Die

schlichten Worte waren noch verführerischer als ihr Sommerduft, als der heiß pulsierende Geschmack ihres Munds. Diese Worte schwächten ihn, legten Verletzlichkeiten bloß, an die er nie gedacht hatte. Plötzlich durchströmte ihn weit mehr als nur Leidenschaft. Er tastete nach ihrer Hand, hob sie an den Mund, presste die Lippen auf die Handfläche.

„Seit Wochen denke ich nur noch an dich", sagte er. „Will nur noch dich." Er strich mit der Hand an ihrem Haar entlang, bevor er hineingriff und die Hand zur Faust ballte. Wann hatte er je ein so großes Verlangen gespürt? „Komm ins Bett, Serena, ich halte es ohne dich nicht mehr aus."

Ihr Blick war ruhig, als sie ihm ihre Hand reichte. Wortlos gingen sie ins Schlafzimmer. Der Raum lag im Schatten, nur der milde Schimmer des Lichts, das das Ende der Nacht verkündete, lag darin. Und es war still, so still, dass Serena hören konnte, wie ihr Atem schneller ging. Als sie merkte, dass Justin sich von ihr löste, blieb sie entschlossen stehen, obwohl die Nervosität ihre Haut prickeln ließ.

Er wird nicht sanft sein, dachte sie, als sie sich an den Druck seiner Lippen und Hände erinnerte. Als Liebhaber würde er zugleich erregend und erschreckend sein. Sie hörte ein raues Kratzen und sah, wie ein Streichholz aufflammte und er es an den Docht einer Kerze hielt. Schatten tanzten an den Wänden.

Ihr Blick richtete sich wie von einem Magneten angezogen auf ihn. Im gelben Licht der flackernden Kerze besaß sein Gesicht eine gefährliche Schönheit. Er schien jetzt mehr zu seinen indianischen Vorfahren zu gehören als in die Welt, die sie verstand. Und in diesem Moment wurde ihr klar, warum die entführte Frau ihren Entführer erst bekämpft hatte und dann freiwillig bei ihm geblieben war.

„Ich will dich sehen“, flüsterte Justin und zog sie in den Kerzenschein. Überrascht nahm er das Zittern wahr, das sie durchlief. Nur Momente zuvor hatte sie noch so stark, so selbstsicher gewirkt. „Du zitterst.“

„Ich weiß.“ Sie holte tief Luft und atmete rasch wieder aus. „Es ist kindisch.“

„Nein.“ Er spürte einen Anflug von Macht. Serena MacGregor war keine Frau, die wegen eines Mannes zitterte. Aber seinetwegen erbebte ihr Körper, während ihre Augen aufleuchteten. Justin nahm ihr Haar in die Hand und zog ihren Kopf nach hinten. Im wechselnden Licht glitzerten seine Augen vor wilder, fast ungezügelter Begierde. „Nein“, wiederholte er, bevor er ihren Mund an seinen drückte.

Sie schien mit ihm zu verschmelzen. Justin fühlte, wie sie in seinen Armen ganz weich, vollkommen geschmeidig wurde. Für den Moment würde er die Kapitulation akzeptieren, doch bald würde er mehr wollen, viel mehr. Sein Mund lag noch auf ihrem, als er sie auszuziehen begann. Ohne an das empfindliche Material zu denken, zerrte er an ihrer Kleidung und liebkoste die Haut, die er Stück für Stück freilegte.

Serena erschauerte und tastete nach seinen Hemdknöpfen, als ihr Kleid nach unten glitt und sich um ihre Füße legte.

Er hatte gewusst, dass sie etwas Weiches und Zartes darunter trug. Mit einer Fingerspitze streifte er die dünnen Träger ihres Hemdchens von den Schultern. Aber er zog es ihr nicht aus – noch nicht. Er wollte die Seide zwischen sich und ihr spüren. Er verstreute heiße Küsse auf ihrem Gesicht, während sie versuchte ihn auszuziehen. Ihre Finger glitten über seine Haut und entrangen ihm ein Stöhnen, das er dämpfte, indem er den Mund an ihren Hals presste.

Und dann lag sie unter ihm auf dem Bett, mit nicht mehr als einem Hauch von Stoff zwischen ihnen. Er fühlte eine Verrücktheit, ein quälendes Verlangen, sie sofort zu nehmen, und unterdrückte es. Ihre Brust war klein und fest in seiner Hand und drückte gegen die Seide, als er einen wilden Kuss nach dem anderen auf ihre Lippen regnen ließ. Keuchend schmiegte sie sich an ihn, und er nahm ihr erregtes Aufstöhnen in sich auf, während ihre hastigen Bewegungen seine Leidenschaft noch wachsen ließen. Dann glitt er an ihr hinab, um ihre in Seide gehüllte Knospe zwischen die Lippen zu nehmen.

Serena bog sich ihm entgegen. Hundert unerwartete Empfindungen ließen ihren Körper erbeben. Sie war gefangen in einer Welt aus Seide und Feuer. Bei jeder ihrer Bewegungen liebkoste die Tagesdecke ihre bloßen Beine und den Rücken, und das Rascheln war wie ein Versprechen. Ihre Haut war wie versengt, wo immer er sie berührt hatte, als hätte er die winzige goldene Flamme der Kerze in den Fingerspitzen. Mit der Zunge befeuchtete er die Seide über der sich ihm entgegenreckenden Brustspitze, und sie spürte, wie das Feuer in sie eindrang. Er flüsterte ihren Namen, und sie hörte es wie eine Stimme aus großer Ferne.

Als hätte er die Geduld verloren, zog er ihr das Hemd bis zur Taille hinunter, um ungehindert an ihre nackte Haut zu gelangen. Sie presste ihn noch fester an sich, und ihre Hände waren jetzt nicht weniger fordernd als seine. Obwohl ihr Mund danach verlangte, ihn zu schmecken, kostete ihr Körper es aus, als seine Lippen hungrig über ihre Haut glitten. Jetzt gab es für sie nur das sinnliche Vergnügen, das Erlebnis nicht nachlassender Leidenschaft. Verschwunden waren die Hemmungen und Regeln, an ihre Stelle trat die Hemmungslosigkeit, die sie bisher nur in ihren Träumen erahnt hatte.

Erst jetzt wurde ihr bewusst, dass es vieles gab, was sie nicht wusste, was sie nie gefühlt hatte. Mit jeder Sekunde kam eine neue Entdeckung. Als sein Mund nur Millimeter über dem Rand der Seide verharrte, spürte sie eine so tiefe Begierde, wie sie sie noch nie erlebt hatte. Ihre Fantasie befreite sich aus den Fesseln der Vernunft, und sie brauchte sich nur auszumalen, wie sie ihn in sich spürte, und schon wurde das Verlangen geradezu schmerzhaft. Wie im Rausch klammerte sie sich an seine Schultern.

„Nimm mich", verlangte sie keuchend. „Justin, nimm mich jetzt."

Aber er trieb sie in noch größere Höhen, als hätte er ihr Flehen nicht gehört. Er streifte die Seide nach unten, liebkoste die freigelegte Haut mit den Lippen, den flachen Bauch, die weiche Rundung der Hüfte, die straffen Muskeln an der Innenseite des zitternden Oberschenkels.

Serena wand sich, schrie auf, wurde in den reißenden Strom der Leidenschaft geworfen. Er war unerbittlich, als Liebhaber so erschreckend, wie sie befürchtet hatte, und so erregend, wie sie es sich erträumt hatte.

Sie war alles, was er wollte, willig und vollkommen außer Kontrolle. Wie verzweifelt in ihrem Verlangen hielt sie sich an ihm fest und grub die langen, eleganten Fingernägel in seine Haut. Er konnte ihr Stöhnen hören, die unverständlichen Worte, die sich ihrer Kehle entrangen, und trieb sie weiter. Ihre Haut war feucht, ihre Hüften bogen sich ihm entgegen, bis sie ihm ganz gehörte. Und irgendwie wusste er in diesem Moment, dass noch niemand sie so genommen hatte. Er kämpfte darum, diese Macht über sie noch eine Weile zu behalten. Serena packte seine Hüften und raubte ihm den letzten Rest an Beherrschung.

Im ersten Lichtstrahl des Tages war ihr Gesicht wie

Porzellan. Ihre Augen waren geschlossen, die Lippen leicht geöffnet, um den zittrigen Atem hindurchzulassen. Halb verrückt vor Verlangen schwor er sich, dass kein anderer Mann sie so sehen würde, wie er sie in diesem Moment sah.

„Sieh mich an", verlangte Justin mit vor Leidenschaft rauer Stimme. „Sieh mich an, Serena."

Sie öffnete die Augen, ihr Blick war verschwommen und dunkel.

„Du bist meine Frau", flüsterte er, und als er es bewies, hätte er fast die Kontrolle über sich verloren. „Jetzt gibt es für dich kein Zurück mehr."

„Für dich auch nicht." Ihr Blick schien nichts mehr wahrzunehmen, als sie sich zusammen zu bewegen begannen.

Justin versuchte zu begreifen, was sie gesagt hatte, aber sie bewegte sich schneller. Er vergrub sein Gesicht in ihrem Haar und taumelte dem Wahnsinn entgegen.

Der Tagesanbruch strömte in einer Flut aus goldenem und roséfarbenem Licht durch das breite Fenster. Justins Kopf lag noch an ihrem Hals, als Serena beobachtete, wie die Strahlen über seinen Rücken wanderten. Sie fand, dass es so aussah, wie sie sich fühlte. Hell und lebendig und frisch. Gab es eine schönere Art, die Sonne aufgehen zu sehen, als Körper an Körper mit dem Geliebten? Schlaf ... danach hatte sie nicht das geringste Verlangen. Sie wusste, sie hätte noch stundenlang so daliegen können, im Licht der heller werdenden Sonne, mit dem leisen Geräusch seines Atems im Ohr. Sie seufzte zufrieden und strich mit beiden Händen über seinen Rücken.

Die Berührung ließ Justin den Kopf heben. Sein Gesicht

war ihrem ganz nah, als er sie ansah und sein Blick alles in sich aufsog, bis es für ihn nur noch ihr von der Liebe weiches und gerötetes Gesicht gab. Ohne ein Wort senkte er den Mund auf ihren und küsste sie mit jener schmetterlingshaften Leichtigkeit, die er so selten einsetzte. Behutsam, fast ehrfürchtig ließ er die Lippen über ihre Augenlider, ihre Schläfen, ihre Wangen gleiten, bis Serena unerwartete Tränen in sich aufsteigen fühlte. Unter seinem fühlte ihr Körper sich entspannt und frei an.

„Ich dachte, ich wüsste, wie es sein würde", flüsterte er und legte die Lippen an ihre. „Ich hätte ahnen müssen, dass mit dir nichts so ist, wie ich es erwarte." Er hob den Kopf und strich mit der Fingerspitze unter ihrem Auge entlang. „Du solltest schlafen."

Lächelnd schob sie ihm das Haar aus der Stirn. „Ich glaube nicht, dass ich je wieder schlafen werde. Ich weiß, dass ich nie wieder einen Sonnenaufgang verpassen will."

Er küsste sie noch einmal, glitt von ihr und zog sie dicht an seine Seite. „Ich will dich bei mir haben, Serena."

Zufrieden schmiegte sie sich an ihn. „Ich bin bei dir."

„Ich will, dass du mit mir lebst", ergänzte er und hob ihr Kinn an, um ihr in die Augen sehen zu können. „Hier. Zu wissen, dass du ein paar Türen weiter bist, reicht mir nicht." Er verstummte, und sein Daumen tastete sich über ihre Lippen. „Man wird unten reden, Fragen stellen."

Serena legte den Kopf an seine Schulter und strich über seine Brust. „Das Gerede wird nicht aufhören, wenn man deinen Namen erst mit Daniel MacGregors Tochter in Verbindung bringt."

„Nein." Sie hörte den veränderten Tonfall und wusste, dass seine Augen unergründlich sein würden, wenn sie jetzt hineinsah. „Die Presse würde die Beziehung interessant finden. Angesichts meiner Herkunft und meines Rufs – im Gegensatz zu deinem."

„Justin ..." Sie ließ einen Finger bis zu seinem Bauch gleiten und wieder zurück. „Bittest du mich darum, mit dir zu leben, oder warnst du mich davor?"

Er schwieg, während Serenas Hand Kreise auf seiner Brust zog. „Beides", sagte er schließlich.

„Ich verstehe. Nun ja ..." Sie drehte den Kopf, um an seinem Hals knabbern zu können. „Ich schätze, ich sollte darüber nachdenken." Ihre Hand legte sich wieder auf seinen Bauch, und sie fühlte, wie sein Körper mit einem Zittern reagierte. „Und die Vor- und Nachteile abwägen", fuhr sie fort und verstreute Küsse an seinem Kinn. „Ich nehme nicht an, du könntest die Vorteile noch einmal mit mir durchgehen?" Lächelnd presste sie die Lippen auf seine. „Nur, um mein Gedächtnis aufzufrischen."

„Wenn es dir hilft, eine intelligente Entscheidung zu treffen", sagte er und ließ die Hand über ihre Hüfte gleiten.

„Mmm-hmm." Sie fand die äußerst empfindliche Stelle unter seinem Ohr. „Wusstest du, dass ich in meinem letzten Jahr im College die Beste des Debattier-Teams war?"

„Nein." Seine Augen schlossen sich, als das berauschende Gefühl, verführt zu werden, Besitz von ihm ergriff.

„Gib mir ein Thema", sagte sie, und ihre Fingerspitzen wanderten über seine Rippen nach unten, „und die Zeit für ... Nachforschungen", fügte sie mit einem zärtlichen Biss in seinen Hals hinzu. „Dann könnte ich die Argumente beider Seiten vertreten. Wie ich es sehe ..." Sie seufzte vor Vergnügen, als ihre Lippen sich auf den zuckenden Puls an seinem Halsansatz legten. „Mit dir zu leben würde eine Menge Unbequemlichkeiten mit sich bringen." Seine Hand verließ ihre Hüfte, glitt zwischen ihre Schenkel. Serena entzog sich ihm, indem sie weiter nach unten rutschte.

„Serena ..."

„Nein, ich bin dran", erinnerte sie ihn und ließ die Zunge über seine Brust streichen. „Ich würde auf meine Privatsphäre verzichten müssen. Und auf eine Menge Schlaf", sagte sie und genoss es, wie sein Atem bei ihren kühnen Erkundungen schneller wurde. „Ich würde es riskieren, zum Gegenstand von Spekulationen zu werden. Nicht nur bei meinen neuen Angestellten, sondern auch bei der Presse."

Als seine Muskeln sich unter ihren Händen und ihren suchenden Lippen strafften und bewegten, verlor sie die Konzentration. Wie die Marmorstatue des Häuptlings, dachte sie und spürte die Hitze, die sich in ihr ausbreitete. „Mit dir könnte ich unmöglich zusammenleben", schloss sie, während die Schönheit seines nackten Körpers sie staunen ließ. „Du bist anstrengend, provozierend, und weil ich dich so unglaublich attraktiv finde, hätte ich keinen Moment Ruhe mehr."

Sie schmiegte sich an ihn, gönnte ihrem Körper das Vergnügen, sich an seinem zu reiben. Ihr Lächeln wurde verführerisch, als sie sah, dass sein Blick auf ihrem Gesicht ruhte. „Nenne mir einen einzigen überzeugenden Grund, warum ich trotz all dieser Einwände mit dir zusammenleben sollte."

Sein Atem ging schneller, aber er konnte nichts dagegen tun. Die Hand in ihrem Haar war nicht gerade sanft, aber auch dagegen konnte er nichts tun. „Ich will dich."

Serena senkte die Lippen, bis sie nur einen Fingerbreit von seinen entfernt waren. „Beweise es mir", verlangte sie.

Noch während ihr Mund die geringe Entfernung zu seinem überwand, rollte Justin sich unsanft auf sie. Er kam so schnell und heftig zu ihr, dass sie aufschrie. Der Aufschrei ging rasch in ein Stöhnen über, als er ihr zeigte, wie sehr er sie wollte. Voller Gier nahm er sie in Besitz, doch der Hunger schien sich nicht stillen zu lassen. Ihre Arme und Beine schlangen sich um ihn, und er war unfähig, zu atmen oder sich zu befreien. Und es war ihr Name, der ihm immer wieder durch den Kopf ging.

Serena. Der Name hallte so laut in ihm, dass sein Körper zu vibrieren schien, und er wiederholte ihn so oft, bis er zu explodieren drohte. Dann zerstob das Wort in winzige Fragmente. Er wusste, dass er diesen Namen nie wieder loswerden würde.

Benommen schlief er ein, mit ihr verschmolzen, körperlich wie geistig.

Das Telefon weckte Justin kaum vier Stunden später. Neben ihm bewegte Serena sich. Sie seufzte und murmelte etwas Wütendes. Ohne den Arm von ihren Schultern zu nehmen, griff er nach dem Hörer.

„Ja?" Er sah nach unten. Serena hatte die Augen geöffnet und starrte ihn an. Er strich mit den Lippen über ihr Haar. „Wann?" Sie sah, wie er erstarrte, und stützte sich auf einen Ellbogen. „Haben Sie evakuiert? Nein, ich kümmere mich darum ... Ich bin in ein paar Minuten unten."

„Was ist?"

Justin war schon aus dem Bett und eilte zum Schrank. „Bombendrohung in Vegas." Er griff sich, was ihm als Erstes zwischen die Finger kam – Jeans und ein Cashmere-Pullover.

„Oh Gott!" Serena setzte sich auf, suchte nach ihrer Wäsche. „Wann?"

„Der Anrufer sagte, die Bombe würde um drei Uhr dreiundfünfzig Ortszeit detonieren, es sei denn, wir zahlen eine Viertelmillion in bar. Da bleibt uns verdammt wenig Zeit", murmelte er und zog die Jeans an. „Sie evakuieren noch."

„Du wirst doch nicht bezahlen." Mit Wut in den Augen streifte Serena sich das Hemd über.

Justin musterte sie schweigend, dann lächelte er – kalt und schneidend. „Ich werde nicht bezahlen."

Als er ins Nebenzimmer eilte, folgte sie ihm. „Ich komme nach, sobald ich angezogen bin."

„Es gibt für dich nichts zu tun."

Die Fahrstuhltür hatte sich bereits geöffnet, als sie nach seinem Arm griff. „Ich werde bei dir sein."

Einen Moment entlang entspannte seine Miene sich. „Dann beeile dich." Er küsste sie und betrat die Kabine.

Weniger als zehn Minuten später eilte Serena durch den Empfangsbereich und in Justins Büro. Er sah hoch, als sie hereinkam, nickte aber nur und sprach weiter ruhig in den Hörer. Kate stand neben dem Schreibtisch, die Hände verschränkt, das sonst so gefasste Gesicht voller Sorge.

„Miss MacGregor", sagte sie, ohne den Blick von Justin zu nehmen.

„Könnten Sie mir kurz sagen, was passiert ist, bitte?"

„Irgendein Spinner behauptet, er hätte irgendwo im Hotel in Vegas eine Bombe versteckt. Angeblich kann er sie per Funk zünden und will sie in ...", Kate sah auf die Uhr, „... einer Stunde und fünfzehn Minuten hochgehen lassen. Sie evakuieren gerade, und die Sprengstoffexperten der Polizei durchkämmen das Gebäude, aber ..."

„Aber?" drängte Serena.

„Haben Sie eine Ahnung, wie groß das Hotel ist?" fragte Kate mit bebender Stimme. „Wie klein und tödlich eine Bombe sein kann?"

Wortlos ging Serena zur Bar am anderen Ende des Zimmers und goss Brandy in einen Schwenker. Sie kehrte zu Kate zurück und drückte ihn ihr in die Hand. „Trinken Sie“, befahl sie.

Kate hob den Schwenker und leerte ihn. „Danke.“ Sie presste die Lippen zusammen und sah Serena wieder an. „Tut mir Leid. Mein Mann hat in Vietnam einen Arm verloren – eine Bombenfalle. Das hier ...“ Sie stieß den Atem aus. „Das hier bringt alles wieder zurück.“

„Kommen Sie, setzen Sie sich“, sagte Serena und schob Kate behutsam auf die Couch. „Wir können nichts tun, nur warten.“

„Justin wird nicht zahlen.“

„Nein.“ Serena warf ihr einen überraschten Blick zu. „Finden Sie, er sollte?“

Kate fuhr sich mit der Hand durchs Haar. „Ich bin in solchen Dingen nicht objektiv, aber ...“ Sie sah Serena an. „Er hat so viel zu verlieren.“

„Er verliert mehr, wenn er zahlt.“ Serena drehte sich um und stellte sich hinter Justin. Sie berührte ihn nur einmal, ganz kurz, mit der Hand an der Schulter. Vor Kates Augen griff er nach oben und nahm Serenas Finger zwischen seine. Die Geste sagte mehr als tausend Worte.

Er liebt sie, dachte Kate verblüfft. Nie hätte sie gedacht, dass Justin Blade sich und seine Gefühle einer Frau ausliefern würde. Sie musterte sein Gesicht und fragte sich, ob er es überhaupt wusste.

„In den Lagerräumen im Keller ist eine Sprengladung hochgegangen.“ Justin ließ den Hörer kurz auf die Schulter sinken.

„Oh Gott, ist jemand verletzt?“

Er sah Serena an, und seine Augen verrieten nicht, was in

ihm vorging. „Nein. Auch der Schaden hält sich in Grenzen. Er hat die Polizei angerufen und gesagt, damit wolle er zeigen, dass er nicht blufft. Er will, dass das Geld um drei Uhr fünfzehn Vegas-Zeit übergeben wird."

Serena ließ die Hand auf seinen Arm gleiten. „Was denkst du, Justin?"

„Ich denke, dass er vielleicht hinter mehr her ist als nur einer Viertelmillion. Als er im Hotel anrief, hat er mich verlangt."

Serenas Besorgnis wuchs. „Viele Leute wissen, dass dir das ‚Comanche' gehört. Oder es ist jemand, der mal für dich gearbeitet hat, oder jemand, der einen deiner Angestellten kennt."

Er hielt den Hörer wieder ans Ohr. „Wir werden abwarten müssen", sagte er zu ihr, und Serena hörte aus den ruhigen Worten etwas Neues heraus. Etwas Drohendes, etwas, das nach Gewalt und Rache klang. „Wie viele Leute sind noch drin?" fragte er in die Muschel. „Nein, ich will sofort informiert werden, sobald alle draußen sind."

„Ich hole Kaffee", sagte Serena.

„Nein." Kate schüttelte den Kopf und stand auf. „Das übernehme ich. Bleiben Sie bei ihm."

Serena sah auf die goldene Uhr auf seinem Schreibtisch. Zehn Uhr fünfundvierzig. Sie befeuchtete sich die Lippen, umklammerte die Rückenlehne seines Sessels und wartete.

Auch Justins Blick wanderte zur Uhr. Weniger als eine Stunde, dachte er. Und er war hilflos. Wie konnte er erklären, dass das Hotel für ihn mehr war als Beton und Steine? Es war sein erster Besitz, sein erstes Zuhause, nachdem seine Eltern gestorben waren. Es symbolisierte seine Unabhängigkeit, seinen Erfolg, sein Erbe. Jetzt konnte er nur untätig zusehen und abwarten, bis es in die Luft gejagt wurde.

War das der Grund für das Gefühl, dass die Drohung ihm selbst galt? Justin rieb sich den Nacken. Ja, die Erklärung machte Sinn. Aber sein Instinkt sagte ihm, dass mehr dahinter steckte.

„Vielleicht ist es doch ein Bluff." Serenas Stimme klang ruhig und stark. Justin streckte die Hand aus und wartete, bis sie um den Sessel kam und ihre hineinlegte.

„Das glaube ich nicht."

Sie nahm seine Hand zwischen ihre. „Es wäre falsch zu zahlen. Du tust das Richtige, Justin."

„Ich kann nicht anders." Er konzentrierte sich wieder auf die Stimme am anderen Ende. „Gut. Gäste und Personal sind draußen", informierte er Serena.

Sie setzte sich auf die Armlehne. Gemeinsam starrten sie auf die Uhr.

Kate kehrte mit dem Kaffee zurück, aber keiner trank ihn. Während die Minuten vergingen, spürte Serena die Anspannung, die Justin verströmte. Er saß schweigend da, den Hörer in der Hand. Sie versuchte sich vorzustellen, wie schwierig es war, ein Hotel von der Größe des „Comanche" in Las Vegas nach einer Bombe abzusuchen. Hunderte von Zimmern, dachte sie, Tausende von Ecken und Schränken. Hilflos fragte sie sich, ob das Geräusch der Explosion wohl übers Telefon zu hören sein würde. Und wie oft Justins Schicksal von den Launen der Glücksgöttin abgehangen hatte. Diesmal, dachte sie und legte ihm die Hand wieder auf die Schulter, sind wir ihr beide ausgeliefert.

Weil ihr Blick auf seiner Hand ruhte, bekam Serena es sofort mit, als die Finger zuckten und dann erstarrten.

„Ja."

Serena biss sich auf die Lippe, während Justin der Stimme aus Las Vegas zuhörte.

„Ich verstehe. Nein, nicht, dass ich wüsste. Ja, ich bin so bald wie möglich dort. Danke." Er legte den Hörer auf und sah Serena an. „Sie haben die Bombe gefunden."

„Gott sei Dank." Sie legte die Stirn an seine.

„Nach dem, was ich gerade gehört habe, hätte sie das Casino und das halbe Erdgeschoss in Schutt und Asche gelegt. Kate, buchen Sie mir einen Platz in der nächsten Maschine nach Vegas."

„Justin." Serena erhob sich von der Armlehne und stellte fest, dass ihre Knie weich waren. „Haben sie schon eine Ahnung, wer es ist?"

„Nein." Erst jetzt bemerkte er den Kaffeebecher auf dem Schreibtisch. Er leerte ihn halb. „Ich muss hin, das Hotel wieder in den Normalzustand versetzen und mit der Polizei reden. In ein paar Tagen bin ich zurück." Er stand auf und griff nach ihren Schultern. „Wie es aussieht, muss meine neue Partnerin schon jetzt ihre Feuertaufe bestehen."

„Ich schaffe es." Sie stellte sich auf die Zehenspitzen und küsste ihn. „Und ich werde gut auf unser Hotel aufpassen."

„Da bin ich sicher", sagte er, bevor er sie an sich zog. „Es gefällt mir nicht, dich gerade jetzt allein zu lassen."

„Ich werde hier sein, wenn du zurückkommst." Sie nahm sein Gesicht zwischen die Hände. „Keine Sorge. Komm einfach nur bald zurück."

Er senkte den Mund auf ihren. „Schlaf dich aus", schlug er vor.

„Oh nein, dies ist mein erster voller Tag im neuen Job." Sein Gesicht war ausdruckslos, aber sie spürte die Anspannung in ihm. Serena verzichtete auf die endlosen Fragen, die sie ihm stellen wollte. Stattdessen lächelte sie und löste sich von ihm. „Ich habe einiges zu erledigen. Ich will eine Tour durchs Hotel machen, die Küche inspizieren, die Unterlagen in meinem Büro durchgehen, einige Sachen in unsere Suite bringen lassen."

Das „Unsere" traf ihn mit aller Wucht, machte ihn fast ein wenig benommen. „Tu das als Erstes", sagte er und griff wieder nach ihren Händen. „Ich will wissen, dass du in meinem Bett liegst, Serena. Ich ..."

„Ihre Maschine geht in fünfundvierzig Minuten, Justin", unterbrach Kate ihn von der Bürotür her. „Sie werden sich beeilen müssen, wenn Sie sie noch bekommen wollen."

„Okay. Lassen Sie einen Wagen vorfahren."

„Justin." Leise lachend versuchte Serena ihm ihre Hände zu entziehen. „Du brichst mir die Finger." Etwas in seinem Blick, halb stürmisch, halb misstrauisch, ließ ihr das Lächeln vergehen. „Was ist denn?"

Hatte er ihr sagen wollen, dass er sie liebte? Ein Anflug von Panik stieg in ihm auf. Hätte er die Worte fast ausgesprochen, ohne dass ihm bewusst war, was er da eigentlich sagte? „Wenn ich zurück bin", sagte er nur.

„Okay." Und weil sie die Anspannung aus seiner Miene vertreiben wollte, lächelte sie wieder. Dann schlang sie die Arme um seinen Hals und küsste ihn. „Und fühle dich ohne mich bitte elend."

„Ich werde mein Bestes tun. Kate hat meine Nummer, falls du mich brauchst."

„Justin, Ihr Wagen wartet."

„Ja, ich komme." Er gab Serena einen letzten, stürmischen Kuss. „Denke an mich", befahl er, bevor er davoneilte.

Sie atmete tief durch und setzte sich in seinen noch warmen Sessel. „Habe ich eine andere Wahl?" fragte sie sich laut.

9. KAPITEL

Während der nächsten Tage vertiefte Serena sich in den Betrieb des „Comanche". Es ist immerhin, so überlegte sie, meine erste große Investition, die Vater nicht für mich ausgewählt hat. Und eine, der sie sofort auf den Grund gehen wollte. Sie störte sich nicht an den fragenden Blicken und dem Gemurmel hinter vorgehaltenen Händen, während sie das Hotel inspizierte und die Unterlagen durchging. Sie hatte das erwartet. Sie verbrachte die Tage damit, das Gebäude vom Keller bis zum Dach kennen zu lernen, und die Abende im Casino oder in ihrem Büro. Die Nächte verbrachte sie allein in Justins Suite.

In dieser Zeit fand sie zweierlei heraus. Das „Comanche" war perfekt organisiert und beherbergte Gäste, die Geld zum Ausgeben hatten. Es bot ihnen das Beste – für einen gewissen Preis. Und zweitens war Justins Abwesenheit ein Glück im Unglück.

Sie war so beschäftigt, dass sie kaum dazu kam, ihn zu vermissen. Erst spät abends, wenn sie allein war, wurde Serena richtig bewusst, wie sehr sie ihn schon brauchte. Ein Wort, eine Berührung, seine Nähe. Aber nur ohne ihn hatte sie die Chance, sowohl sich als auch dem Personal zu beweisen, dass sie das Hotel leiten konnte. Serena nutzte diese Chance.

Ihr Hintergrund half ihr dabei. Sie war es gewöhnt, in guten Hotels zu verkehren, und wusste, was ein anspruchsvoller Gast zwischen dem Einchecken und dem Auschecken erwartete. Das Jahr auf der „Celebration" hatte sie die andere Seite des Hotelbetriebs kennen lernen lassen. Sie kannte die Probleme des Personals – von Erschöpfung über Langeweile bis hin zum Schwund in der Wäschekammer. Am ersten Tag hatte sie Nero und Kate für sich eingenommen. Am zweiten den Chefkoch, den Nacht-Manager und die Hausdame. Und jeden davon verbuchte sie für sich als großen Sieg.

Am eleganten Pecan-Schreibtisch in ihrem Büro ging Serena die Einteilung ihrer Croupiers für diese Woche durch. Direkt vor ihr war der Zweiwegspiegel geöffnet, und das gesamte Casino bot sich ihr dar. Irgendwie genoss sie das Gefühl, zugleich davon isoliert zu sein und doch am Geschehen hinter der Scheibe teilnehmen zu können.

Nach den Maßstäben des Casinos hatte der Arbeitstag gerade erst begonnen, und sie hatte vor, sich noch zwei Stunden am Schreibtisch aufzuhalten. Wenn man sie irgendwo brauchte, würde man sie rufen. Danach würde sie sich im Hotel umsehen. Wenn sie bis zur Erschöpfung arbeitete, geriet sie nicht in Versuchung, zum Hörer zu greifen und Justins Nummer in Vegas zu wählen.

Er war ein Mann, der Raum brauchte, der keine Versprechungen machte und auch keine erwartete. Das durfte sie nicht vergessen, wenn sie bei ihm etwas erreichen wollte. Serena rieb sich den Nacken und starrte auf den Plan vor ihr. Wenn sie noch einen zusätzlichen Croupier als Springer einstellten, wäre alles etwas einfacher. Sie könnten die Einteilung flexibler handhaben und ...

„Ja, herein." Serena sah nicht hoch, sondern ging weiter die Liste durch. Mit einem Springer würden sich die Schichten anders organisieren lassen. Dann landeten plötzlich Veilchen auf dem Papier vor ihr.

„Ich dachte mir, damit errege ich vielleicht deine Aufmerksamkeit."

Serenas Herz schlug schneller, und sie sah hoch. „Justin!" Sie sprang auf und warf sich in seine Arme.

Als sein Mund sich auf ihren senkte, ging ihm auf, dass er noch nie eine so spontane, ungehemmte Freude auf ihrem Gesicht gesehen hatte. Freude darüber, dass er da war. Die Müdigkeit vom langen Flug, die Anspannung der vergangenen Tage verschwanden schlagartig. „Was hat eine Frau bloß an sich", fragte er sie, „dass man sie so gern in den Armen hält?"

Lächelnd legte sie den Kopf nach hinten und musterte ihn. „Du siehst müde aus", sagte sie besorgt. Ihre Finger strichen über die Falten, die der Stress an seinen Mundwinkeln hinterlassen hatte. „Ich habe dich noch nie müde gesehen. War es sehr schlimm?"

„Ich habe schon angenehmere Zeiten verbracht." Er zog sie wieder an sich, wollte sie fühlen, ihren Duft in sich aufnehmen. Er beschloss, ihr erst später von der Nachricht zu erzählen, die er erhalten hatte. Ein weiterer Drohbrief, ohne Details oder Begründung, nur das Versprechen, dass die Sache noch nicht ausgestanden war. „Ich habe getan, was du von mir verlangt hast", sagte er und strich mit der Hand über die glatte Haut, die der tiefe Rückenausschnitt ihres Kleides freilegte.

„Mmm. Was?"

„Ich habe mich ohne dich elend gefühlt."

Anders als er erwartet hatte, lachte sie nicht, sondern legte die Arme noch fester um seinen Nacken. Sie unterdrückte die Tränen und presste die Lippen gegen seinen Hals. „Du hast nicht angerufen. Ich habe gewartet", flüsterte sie. Entsetzt über ihre Offenheit, stieß Serena sich von ihm ab und schluckte die Tränen herunter.

„Nein, ich habe es nicht so gemeint, wie es sich anhörte. Ich weiß, dass du beschäftigt warst." Sie hob die Hände und ließ sie hilflos wieder sinken. „Und ... und ich war es auch.

Es gab eine Million Dinge ...“ Sie drehte sich um und tastete nach den Papieren auf dem Schreibtisch. „Wir sind beide erwachsen. Und unabhängig. Uns gegenseitig anzuketten wäre das Letzte, was wir brauchen.“

„Du redest zu viel, wenn du nervös bist“, stellte er fest.

Serena wirbelte herum und funkelte ihn wütend an. „Hör auf, dich über mich lustig zu machen.“

„Eigenartig, dass ich diesen mörderischen Blick vermisst habe“, sagte er und ging zu ihr. Er nahm ihr Gesicht zwischen die Hände und sah ihr in die Augen. Serena spürte, wie ihre Verärgerung sich legte und nichts als eine erregende Mattheit zurückblieb. „Serena“, sagte er seufzend, als sein Mund sich auf ihren legte.

Der zärtliche Kuss wurde schnell hungrig. Sie spürte das Verlangen, das er verströmte. Ihre Lippen lösten sich nur voneinander, um Neues zu wagen und noch mehr Vergnügen aneinander zu finden. Die Sehnsucht, die sich in einer ganzen Woche aufgestaut hatte, entlud sich mit einer solchen Intensität, dass sie beide nur noch aus glühenden Lippen und gierig tastenden Händen zu bestehen schienen. Justin presste sie an sich. Keine Frau, dachte er wie benommen, hat mich je so leiden lassen.

„Ich will dich, Serena. Ich will dich so sehr, dass ich an nichts und niemand anderes denken kann.“

Sie rieb ihre Wange an seiner, doch die Bewegung hinter der Scheibe störte sie plötzlich. „Es ist kindisch“, gab sie zu, „aber ich fühle mich so ... beobachtet.“ Sie wollte lachen, doch der Blick aus seinen Augen ließ ihr Herz noch heftiger klopfen. „Warum schließt du die Scheibe nicht“, flüsterte sie, „und liebst mich?“ Als es klopfte, stöhnte sie enttäuscht auf.

Justin schob sie von sich und legte ihr die Hände auf die

Schultern. „Fast hätte ich es vergessen. Ich habe dir ein Geschenk mitgebracht."

„Sag ihnen, sie sollen wieder gehen", schlug Serena vor. „Und gib mir das Geschenk später." Sie griff nach seinen Händen. „Sehr viel später."

Erneut klopfte es. „Komm schon, Justin, du hattest deine zehn Minuten."

„Caine?" Justin sah, wie Verblüffung und Freude sich auf Serenas Gesicht ablösten. „Caine."

Justin küsste sie auf die Nase und nahm die Hände von ihren Schultern. „Warum lässt du sie nicht herein?"

Serena eilte zur Tür und riss sie auf. „Caine! Alan!" Mit einem Freudenschrei umarmte sie sie beide. „Was tut ihr hier?" fragte sie und gab jedem von ihnen einen Kuss. „Bricht ohne euch denn nicht alles zusammen?"

„Selbst Staatsdiener brauchen hin und wieder ein paar freie Tage", erwiderte Caine und hielt Serena von sich ab, um sie lächelnd zu betrachten.

Er hat sich kaum verändert, dachte sie. Obwohl beide Brüder die Größe ihres Vaters geerbt hatten, war Caine schlank und langgliedrig. Fast dünn, stellte Serena mit schwesterlicher Objektivität fest. Aber er hatte ein faszinierendes Gesicht, markant, voller Kanten, mit einem eindrucksvollen Grinsen, das er zu seinem Vorteil einsetzte, und Augen, die fast so blau waren wie ihre eigenen. Das Haar fiel ihm in lockeren Wellen ums Gesicht, blond mit einem Hauch von Rot. Serena begriff, warum man ihm nachsagte, dass er als Mann im Umgang mit Frauen ebenso erfolgreich war wie als Jurist mit Richtern und Geschworenen.

„Hmm. Hat sich gar nicht so schlecht entwickelt, unsere Schwester, was, Alan?"

Mit hochgezogener Augenbraue wandte Serena sich

ihrem ältesten Bruder zu. „Nein“, erwiderte er und schenkte ihr das ernste Lächeln, das so gut zu seiner nachdenklichen Miene passte. Er sieht mehr wie Heathcliff, der Held aus „Sturmhöhen“, aus, dachte sie, nicht wie ein US-Senator. „Aber ein bisschen mager ist sie noch.“ Er nahm ihr Kinn zwischen die Finger und drehte ihr Gesicht hin und her. „Hübsches Mädchen“, erklärte er mit dem perfekt imitierten Brummen ihres Vaters.

„Vielleicht hättest du Arlene Judson doch heiraten sollen“, sagte sie in süßlichem Ton. Dann legte sie einen Arm um jeden ihrer Brüder. „Ich freue mich ja so, euch zu sehen.“

Justin saß auf einer Schreibtischecke und beobachtete sie. Zwischen den beiden hoch gewachsenen Männern sah sie sehr klein aus. Aber zum ersten Mal bemerkte er die Ähnlichkeit zwischen ihr und Caine – die Form des Munds, die Nase, die Augen. Alan war die größere, rauere Version von Anna, aber allen dreien hatte Daniel seinen Stempel aufgedrückt. Jetzt, wo er die drei zusammen sah, fragte Justin sich, warum er Serena nicht gleich erkannt hatte.

Vielleicht lag es daran, dass sie jetzt als Familie vor ihm standen. Und Serena als Schwester. Er dachte an Diana und verspürte einen Anflug von Bedauern. Aber er hatte alles getan, was er konnte. Trotzdem würde er nie erfahren, wie es war, eine so grundlegende, lebenslange Beziehung zu einem Menschen haben. Ebenso wenig wie es gelingen würde, in Serenas Herzen den Platz einzunehmen, der ihrer Familie gehörte.

„Wie lange bleibt ihr?“ fragte Serena, als sie die beiden ins Büro zog.

„Nur übers Wochenende“, erwiderte Alan, während Caine sich rasch, aber gründlich in ihrem Büro umsah.

„Also hast du dir doch einen Partner genommen“, sagte

er zu Justin. „Nachdem du Dad so oft abgewiesen hattest, waren wir etwas überrascht."

„Ich war überzeugender", sagte Serena einfach.

Caine warf Justin einen Blick zu, der nur deshalb keine Fragen stellte, weil er die Antworten bereits kannte. Nur eine Warnung lag darin, subtil, aber eindeutig.

„Ihr habt mir immer noch nicht gesagt, wieso ihr hier seid." Serena ging zu Justin, während Caine sich auf einen Stuhl fallen ließ und Alan zur Scheibe ging, um ins Casino zu schauen.

„Wir haben von der Bombendrohung in Vegas gehört", antwortete Alan. „Ich habe Justin angerufen. Er meinte, du würdest dich über einen Besuch freuen. Und ..." Er sah seinen Bruder an und grinste. „Caine und ich dachten, wenn wir kommen, taucht Dad nicht oft auf."

„Als ich ihn das letzte Mal gesprochen habe", sagte Caine, „hat er etwas davon gesagt, dass ihm ein paar Wochen am Meer gut tun würden."

Serena gab einen Laut von sich, der irgendwo in der Mitte zwischen Lachen und Stöhnen lag. „Ich nehme an, ihr habt von seinem letzten kleinen Komplott gehört."

„Offenbar hat es ganz gut funktioniert", stellte Alan fest, als er sah, wie Justins Hand sich in Serenas Nacken legte.

„Ich war versucht, mehr zu zerbrechen als nur ein paar Zigarren", murmelte sie und starrte auf den Summer, der auf ihrem Schreibtisch ertönte. „Tisch sechs. Nein", fügte sie hinzu und berührte Justins Schulter, als er aufstehen wollte. „Ich kümmere mich schon darum. Warum geht ihr drei nicht nach oben? Ich komme nach, sobald ich hier unten alles in Ordnung gebracht habe."

„Wäre es sittenwidrig, in einem Casino zu spielen, das zur Hälfte meiner Schwester gehört?" fragte Caine sich laut.

„Nicht, wenn du so miserabel spielst wie immer", erwiderte Serena beim Hinausgehen.

Caine streckte die langen Beine aus. „Nur weil ich mich beim Pokern immer habe schlagen lassen."

„Du hast sie gewinnen lassen? Dass ich nicht lache", sagte Alan. „Sie hat dich jedes Mal massakriert. Du hast am Telefon nicht viel erzählt, Justin", fuhr er fort und kehrte der Scheibe den Rücken zu. „Kannst du über das reden, was in Vegas passiert ist?"

Achselzuckend holte Justin ein Zigarillo aus der Tasche. „Es war eine selbst gemachte Bombe, sehr kompakt. Sie befand sich unter einem der Keno-Tische. Das FBI überprüft ehemalige Angestellte, Stammkunden, die viel Geld verloren haben, und Erpresser, die mit ähnlichen Methoden gearbeitet haben. Ich bezweifle allerdings, dass es etwas bringt. Es hat einige Drohanrufe gegeben, aber die konnten sie nicht zurückverfolgen, und ich habe die Stimme nicht erkannt. Wir haben nicht sehr viele Spuren."

Er steckte sich das Zigarillo an und ließ seinen Blick über Alans Schulter dorthin wandern, wo Serena mit einem Gast stand. „Es ist unmöglich, jeden aufzuspüren, der in einem meiner Casinos Geld verloren hat. Wenn das überhaupt das Motiv für den Bombenanschlag war."

„Du glaubst nicht daran?" fragte Caine. Sein Blick folgte dem von Justin.

„Nur eine Vermutung", murmelte Justin und stand auf. „Vor zwei Tagen kam eine weitere Drohung, nichts Konkretes, aber genug, um mich wissen zu lassen, dass er noch etwas anderes versuchen will."

„Kein Wo, Wann oder Wie?" warf Caine ein.

„Nein." Justin lächelte grimmig. „Natürlich könnte ich meine Hotels schließen und abwarten." Er zog heftig am

Zigarillo. „Aber das werde ich bestimmt nicht tun." Nur mit Mühe bekam er die ohnmächtige Wut unter Kontrolle. Er wurde beschattet. Er wusste es so sicher, als hätte er den Schatten hinter sich gesehen. „Ich will, dass Serena nach Hause fährt und dort bleibt, bis diese Sache ausgestanden ist. Ihr beide müsstet es schaffen, sie dazu zu bringen."

Caines Antwort bestand aus einem kurzen Lachen. Alan warf Justin einen ruhigen Blick zu. „Sie würde es tun", sagte er, „wenn du sie begleiten würdest."

„Verdammt, Alan, ich werde mir kein bequemes Loch suchen und mich verstecken, während jemand mit meinem Leben spielt."

„Aber Serena?" konterte er.

„Sie hat eine halbe Beteiligung an einem meiner fünf Hotels", erwiderte Justin gepresst. „Falls diesem hier etwas passiert, deckt die Versicherung ihre Verluste ab." Sein Blick wanderte wieder zur Sichtscheibe. „Für mich steht mehr als eine Investition auf dem Spiel."

„Du bist ein Narr, wenn du denkst, bei Rena wäre es nicht mehr", murmelte Alan.

Justin wirbelte zu ihm herum und ließ dem angestauten Zorn freien Lauf. „Ich sage dir, ich habe in dieser Sache ein schlechtes Gefühl. Jemand ist hinter mir her, und Serena ist in meiner Nähe in Gefahr. Ich will sie in Sicherheit wissen, wo ihr nichts passieren kann. Um Gottes willen, sie ist eure Schwester!"

„Und was ist sie für dich?" fragte Caine leise.

Wütend sah Justin ihn an. Hundert Flüche zitterten auf seinen Lippen. Er blickte direkt in die dunklen Augen, die Serenas so ähnlich waren. „Alles", sagte er, bevor er wieder ins Casino sah. „Verdammt, sie ist alles für mich."

„So, das wäre geklärt", sagte Serena, als sie wieder ins

Büro gerauscht kam. „Ich habe gerade …“ Sie verstummte, da die Spannung im Raum wie eine Wand vor ihr aufragte. Langsam sah sie von einem Mann zum anderen, dann ging sie an ihren Brüdern vorbei zu Justin. „Was ist denn?“

„Nichts.“ Justin zwang sich zur Ruhe, drückte das Zigarillo aus und nahm ihre Hand. „Hast du schon zu Abend gegessen?“

„Nein, aber …“

Absichtlich sah er an ihr vorbei zu Alan und Caine hinüber.

„Wir lassen etwas nach oben bringen. Es sei denn, ihr zieht den Speisesaal vor.“

„Ich glaube, ich werde mal mein Glück probieren.“ Caine stand auf. „Alan wird mich davon abhalten, ein Monatseinkommen zu verspielen. Hast du Tipps für mich, Rena?“

„Bleib bei den Vierteldollar-Automaten“, sagte sie und verzog den Mund.

„Wie wenig Vertrauen du in mich hast“, murmelte er und zog zärtlich an ihrem Ohr. „Wir sehen uns morgen.“

„Spät“, fügte Alan hinzu und öffnete die Tür. „Vor drei Uhr bekomme ich ihn bestimmt nicht aus dem Casino.“

Serena wartete, bis die Tür sich hinter ihnen schloss. „Justin, was geht hier vor?“

„Ich bin müde“, sagte er und griff nach ihrem Arm. „Lass uns nach oben gehen.“

„Justin, ich bin kein Dummkopf.“ Rasch führte er sie in sein Büro und in den Fahrstuhl. „Als ich hereinkam, war mir, als würde gleich etwas explodieren. Bist du böse auf Alan und Caine?“

„Nein. Es ist nichts, was dich betrifft.“

Die kalte Antwort ließ sie trotzig erstarren. „Justin, ich

will mich nicht in deine Privatangelegenheiten einmischen, aber da es offenbar meine Brüder betrifft, finde ich, dass ich ein Recht auf eine Erklärung habe."

Er erkannte den Schmerz und den Zorn. Er wollte beide vertreiben, Serena in die Arme nehmen und ihre Fragen auf eine Weise verhindern, die seine eigene Anspannung abbauen würde. Doch als die Fahrstuhltür aufging, zwang Justin sich, sachlich zu denken. Er konnte ihren Schmerz und ihren Zorn für sich ausnutzen.

„Es hat nichts mit dir zu tun", wiederholte er wie beiläufig. „Warum bestellst du nicht etwas beim Zimmerservice? Ich brauche eine Dusche." Ohne ihre Antwort abzuwarten, ging er ins Bad.

Serena war zu verblüfft, um zu reagieren, und starrte ihm einfach nach. Was hatte sich seit ihrer stürmischen Begrüßung geändert? Warum behandelte er sie jetzt wie eine Fremde? Oder noch schlimmer, wie eine bequeme Geliebte, die ein Mann je nach Stimmung nehmen oder wegschieben konnte? Sie versuchte zornig zu werden, fand aber nur Trauer. Sie hatte das Risiko gekannt, das sie eingegangen war. Wie es aussah, hatte sie das Spiel verloren.

Nein. Sie ballte die Fäuste und schüttelte den Kopf. Nein, so einfach war sie nicht abzuschieben. Sollte er duschen und essen, und dann würde sie ihm genau erklären, was sie erwartete. Und zwar ruhig, fügte sie auf dem Weg zum Telefon hinzu. Verärgert wählte sie die Nummer des Zimmerservice.

„Hier ist Miss MacGregor. Ich möchte ein Steak und einen Salat."

„Natürlich, Miss MacGregor. Wie möchten Sie Ihr Steak?"

„Verbrannt", murmelte sie.

„Wie bitte?“

Nur mit Mühe bekam sie sich in den Griff. „Es ist für Mr. Blade“, erklärte sie. „Sie wissen sicher, wie er es möchte.“

„Natürlich, Miss MacGregor. Ich werde sein Abendessen sofort hinaufschicken.“

„Danke.“ Für Justin Blade springen sie alle, dachte sie grimmig und legte auf. Dann ging sie zur Bar und machte sich einen starken Drink.

Als Justin aus dem Schlafzimmer kam, saß Serena auf der Couch. Der Kellner servierte gerade die Mahlzeit auf dem Tisch. Justin trug nur einen Bademantel, der sich am Hals öffnete, als er die Hände in die Taschen steckte. „Isst du nicht?“ fragte er und deutete zu dem einzelnen Gedeck hinüber.

„Nein.“ Sie nippte an ihrem Drink. „Iss ruhig.“ Sie holte einen Geldschein aus dem Portemonnaie und reichte ihn dem Kellner. „Danke.“

„Danke, Miss MacGregor. Guten Appetit, Mr. Blade.“

Als die Tür sich schloss, nahm Justin am Tisch Platz. „Ich dachte, du hast noch nicht gegessen.“

„Ich bin nicht hungrig“, erwiderte sie nur.

Achselzuckend machte Justin sich über den Salat her und schmeckte überhaupt nichts. „Offenbar hat es keine großen Probleme gegeben, während ich fort war.“

„Nichts, womit ich nicht fertig geworden wäre. Obwohl ich ein paar Änderungsvorschläge habe, finde ich, dass im Hotel und im Casino alles recht reibungslos läuft.“

„Du hast dein Geld gut investiert.“

„So könnte man es sehen.“ Serena legte einen Arm auf die Lehne. Die Pailletten ihrer Jacke glänzten im milden Licht.

Justin sah sie an und hätte nichts lieber getan, als ihr die

Jacke auszuziehen, und die dünne schwarze Seide, die sie darunter trug. Um sich wieder in ihr zu verlieren, in der weichen weißen Haut, in den Massen goldenes Haars. Er rammte seine Gabel in ein Stück Fleisch.

„Das Hotel scheint in diesem Jahr die Flaute überwunden zu haben“, sagte er unbeschwert. „Ich finde es unnötig, dass wir beide uns vierundzwanzig Stunden darum kümmern.“ Er bekam keinen Bissen mehr herunter und goss sich Kaffee ein. „Vielleicht solltest du überlegen, ob du nicht nach Hause fährst.“

Ihr Glas stoppte auf halbem Weg zu den Lippen. „Nach Hause?“ wiederholte sie tonlos.

„Im Moment wirst du hier nicht gebraucht“, fuhr er fort. „Eigentlich wäre es praktischer, wenn du nach Hause fahren würdest. Oder wohin du möchtest. Dann kommst du zurück und löst mich ab, wenn ich fort muss.“

„Ich verstehe.“ Ohne hinzusehen stellte sie das Glas ab und stand auf. „Ich habe nicht vor, mich zum stillen Partner degradieren zu lassen, Justin.“ Ihre Stimme war kräftig und klar, aber selbst von der anderen Seite des Raums konnte er ihre Augen schimmern sehen. „Und auch nicht zum Übergepäck. Es wäre sehr einfach, zu unserer ursprünglichen Abmachung zurückzukehren und den Fehler einer einzigen Nacht zu vergessen.“ Weil sie merkte, dass ihre Hand zu zittern begann, griff sie nach ihrem Glas und leerte es. „Ich werde meine Sachen packen und wieder in meine eigene Suite ziehen.“

„Verdammt, Serena, ich will, dass du nach Hause fährst.“ Als er sah, wie sie gegen die Tränen kämpfte, zog sich in ihm etwas zusammen. Justin stieß sich vom Tisch ab und ging zu ihr. „Ich will dich hier nicht haben.“

Er hörte, wie sie den Atem anhielt, aber ihr verschwommener Blick wurde dadurch klar. Er fand die Augen mit dem verletzten Ausdruck tausendmal schlimmer.

„Du brauchst nicht grausam zu sein, Justin", flüsterte sie. „Du hast dich deutlich ausgedrückt. Ich verschwinde aus deinen Räumen, aber mir gehört die Hälfte des Hotels, und ich werde bleiben."

„Ich habe den Vertrag noch nicht unterschrieben", erinnerte er sie.

Schweigend starrte sie ihn an. „Du willst mich unbedingt loswerden", murmelte sie. „Mein Fehler." Serena betrachtete das leere Glas in ihrer Hand. „Wenn ich klug gewesen wäre, hätte ich erst mit dir geschlafen, nachdem alles unterschrieben war."

Erregt entriss er ihr das Glas und schleuderte es durchs Zimmer. Es zerbarst an der Wand. „Nein!" Er zog sie an sich, vergrub das Gesicht in ihrem Haar und fluchte leise. „So kann ich es nicht. Ich will nicht, dass du das denkst."

Serena wehrte sich nicht, stand nur steif da. „Bitte lass mich gehen."

„Serena, hör mir zu. Hör mir zu", wiederholte er, bevor er ihr die Hände auf die Schultern legte und sie ansah. „Bevor ich Vegas verließ, kam ein Brief. Er war an mich persönlich adressiert. Wer immer diese Bombe gelegt hat, er will mich wissen lassen, dass er mit mir noch nicht fertig ist. Er wird wieder zuschlagen – irgendwann, irgendwo. Hier geht es um mehr als Geld, das fühle ich. Es ist persönlich, verstehst du? Du bist bei mir nicht in Sicherheit."

Sie starrte ihn an, während die Worte durch ihren Schmerz schnitten. „Du hast das alles zu mir gesagt, weil du glaubst, dass ich in Gefahr bin, wenn ich bleibe?"

„Ich will dich in Sicherheit wissen."

Serena streifte seine Hände von ihren Schultern. „Du bist

kein bisschen besser als mein Vater“, fuhr sie ihn an. „Ihr arrangiert mein Leben mit euren kleinen Komplotten und Manövern. Hast du eine Ahnung, was du mir angetan hast?“ Erneut stiegen die Tränen in ihr auf, und sie unterdrückte sie. „Wie sehr du mich verletzt hast? Hast du je daran gedacht, mir ganz einfach die Wahrheit zu sagen?“

„Die habe ich dir gesagt“, gab er zurück und kämpfte gegen das Gefühl von Schuld und Verlangen. „Wirst du jetzt fahren?“

„Nein.“

„Serena, um Gottes willen ...“

„Du erwartest, dass ich meine Sachen packe und davonlaufe?“ unterbrach sie ihn und schob ihn wütend von sich. „Dass ich mich verstecke, weil jemand vielleicht eine Bombe ins Hotel legt, irgendwann? Verdammt, Justin, für mich steht hier ebenso viel auf dem Spiel wie für dich.“

„Das Hotel ist komplett versichert. Falls etwas passiert, wirst du deine Investition nicht verlieren.“

Seufzend schloss sie die Augen. „Du Dummkopf.“

„Serena, sei vernünftig.“

Als ihre Augen sich öffneten, war wieder Zorn in ihnen. „Du bist vernünftig, nehme ich an.“

„Es ist mir verdammt egal, ob ich vernünftig bin oder nicht!“ gab er zurück. „Ich will dich irgendwo haben, wo niemand dir etwas tun kann. Wo ich weiß, dass du in Sicherheit bist.“

„Wissen kannst du gar nichts!“

„Ich weiß, dass ich dich liebe!“ Er packte ihre Schultern und schüttelte sie. „Ich weiß, dass du mir mehr bedeutest als alles andere in meinem Leben, und ich werde keinerlei Risiko eingehen.“

„Wie kannst du dann von mir verlangen, dass ich fortgehe?“ schrie sie. „Menschen, die einander lieben, gehören zusammen.“

Sie starrten sich an, als jedem von ihnen bewusst wurde, was er gerade gesagt hatte. Justins Griff wurde sanfter, dann sanken seine Hände herab. „Tu es für mich, Serena.“

„Alles andere“, antwortete sie. „Das nicht.“

Er drehte sich um und ging ans Fenster. Draußen versank die Sonne im Meer. Aufblitzendes Feuer, goldene Funken – wie die Frau hinter ihm. „Ich habe noch nie jemanden geliebt“, murmelte Justin. „Meine Eltern, meine Schwester vielleicht, aber die gehören schon lange nicht mehr zu meinem Leben. Ich habe es ohne sie geschafft. Ich glaube nicht, dass ich es ohne dich schaffen könnte. Schon der Gedanke, dass dir etwas passieren kann, macht mir Angst.“

„Justin.“ Sie ging zu ihm, schlang die Arm um ihn und legte die Wange an seinen Rücken. „Du weißt, dass es keine Garantien gibt, nur Chancen.“

„Ich habe mein Leben lang auf Chancen gesetzt. Bei dir nicht.“

„Ich treffe noch immer meine eigenen Entscheidungen“, erinnerte sie ihn. „Daran kannst du nichts ändern, Justin. Ich kann es nicht zulassen. Sag es mir noch einmal“, verlangte sie, bevor er antworten konnte. „Aber schrei mich diesmal nicht an. Ich bin für Romantik so anfällig wie jeder andere Mensch.“

Justin drehte sich um und strich mit der Fingerspitze über ihre Lippen. „Ich dachte immer, ‚ich liebe dich‘ klingt so abgegriffen – bis jetzt.“ Seine Lippen traten an die Stelle der Fingerspitze, ebenso zärtlich. „Ich liebe dich, Serena.“

Sie seufzte, als sie spürte, wie er ihr die Jacke von den Schultern streifte. „Justin“, flüsterte sie, während er sie auf die Arme hob.

„Hm?"

„Lass uns meinem Vater nichts davon sagen. Ich hasse es, wenn er triumphiert."

Lachend legte er sie aufs Bett.

Er würde sie ganz zärtlich lieben. Das nahm er sich vor, als er an den Schmerz in ihren Augen dachte. Sie war ihm wertvoll, lebenswichtig, ein permanenter Teil seiner Gedanken. Sie war weich und warm, als sie ihn an sich zog. Er wollte sie zärtlich lieben, aber sie brachte ihn um den Verstand.

Ihre Hände schoben bereits seinen Bademantel beiseite, strichen über die Haut. Ihre Lippen rasten schon über sein Gesicht, knabberten an seinen – herausfordernd, quälend, fordernd. Justin streifte das Kleid an ihrem Körper hinab, lauschte dem leisen, heiseren Lachen, das ihn verrückt machte. Vielleicht tat er ihr weh, aber seine Hände waren außer Kontrolle. Sie wollten berühren, besitzen. Doch sie wand sich nur unter ihm, voller Verlangen, hemmungslos, bis ihm das Blut in den Ohren rauschte. Er murmelte etwas in der Sprache seiner Vorfahren – Drohungen, Versprechungen, Worte von Liebe und Krieg, die er nicht mehr voneinander trennen konnte.

Serena hörte sie, die Worte, die wie eine erotische Brise über ihre Haut strichen. Jetzt hatte er nichts mehr von dem weltgewandten Spieler an sich, jetzt war er nur noch wild und ungezähmt. Und er gehört mir, dachte sie, als seine Hände sie eroberten. Sie nahm seinen Duft wahr, einen Duft, der durch kein Parfüm verfälscht wurde, und vergrub das Gesicht an seiner Schulter, um ihn ganz in sich aufzunehmen. Doch sein Hunger gönnte ihr keine Pause. Heiß und offen senkte sein Mund sich auf ihren und verlangte nicht Kapitulation, sondern Kampf.

Begehre mich, schien er zu sagen. Brauche mich. Sie antwortete mit einer Flut von Leidenschaft, die sie beide mitriss und ihnen den Atem raubte. Sie hatte gedacht, er hätte ihr in der ersten Nacht alles gezeigt, was es zu wissen, zu genießen gab. Wie konnte es so viel mehr geben? Und wie konnte es dennoch das Versprechen geben, dass noch lange nicht alle Geheimnisse aufgedeckt waren? Er schien einen endlosen Vorrat an Energie und Verlangen zu besitzen. Wie von der ersten Minute an, so forderte er sie auch jetzt heraus, es ihm gleichzutun.

Er berührte sie, und in ihr fanden hundert winzige, aber heftige Explosionen statt. Während ihr Körper erbebte, verblasste alles, was sie sich als junges Mädchen unter der Liebe vorgestellt hatte. Es wurde bedeutungslos, denn allein das hier war es, wofür sie geschaffen war: der Sturm und die Wildheit.

Mit noch immer geschlossenen Augen streckte Serena sich genießerisch. „Ich fühle mich wundervoll!“ Selbst in ihren eigenen Ohren klang ihre Stimme wie das Schnurren einer zufriedenen Katze.

„Und ich finde dich so“, sagte Justin und strich mit der Hand an ihr entlang.

Lachend setzte sie sich auf und hob beide Arme über den Kopf. Im Halbdunkel sah er, wie das Haar auf ihren nackten Rücken fiel. „Nein, wirklich ... wenn ich nur nicht solchen Hunger hätte.“

„Du hast gesagt, du seist nicht hungrig“, erinnerte er sie, bevor er den Arm um ihre Taille legte und sie wieder aufs Bett zog.

„War ich auch nicht.“ Sie rollte sich auf ihn. „Aber jetzt bin ich es.“ Sie verstreute Küsse auf seinem Gesicht und knabberte an seiner Lippe. „Ausgehungert.“

„Du kannst den Rest von meinem Steak haben."

„Das ist kalt", beschwerte sie sich. Leise lachend presste sie den Mund an seinen Hals. „Fällt dir nichts anderes ein?"

Er streichelte ihr Haar und legte ihren Kopf an seine Schulter. „Soll ich den Zimmerservice anrufen?"

Sie seufzte. „Noch nicht. Ich liebe dich, Justin."

Er schloss die Augen und legte den Arm fester um sie. „Ich habe mich schon gefragt, wann du mir das endlich sagen würdest."

„Habe ich es noch nicht erwähnt?" Lächelnd stützte Serena sich auf seine Brust. „Wie wär's damit? Ich liebe dich", begann sie und unterstrich jedes Wort mit einem Kuss. „Ich himmle dich an. Ich bin von dir fasziniert. Ich bin verrückt nach dir."

„Das könnte für den Anfang reichen." Er hob ihre Hand an die Lippen und küsste die Finger. „Serena ..."

„Nein." Rasch legte sie ihm die Hand auf den Mund. „Nicht schon wieder. Ich gehe nirgendwohin, und ich will mich nicht mit dir streiten, Justin. Nicht jetzt, nicht heute Abend." Sie legte die Wange an seine. „Es kommt mir vor, als hätte ich mein gesamtes Leben auf das hier gewartet. Alles, was vorher war, erscheint mir wie ein Vorspiel. Es klingt verrückt, aber ich glaube, als ich dich das erste Mal sah, wusste ich, dass alles sich verändern wird." Lachend löste sie sich von ihm. „Und ich habe mich immer für viel zu realistisch gehalten, um an Liebe auf den ersten Blick zu glauben."

„Dein Realismus hat die Dinge beträchtlich verlangsamt", erwiderte er.

„Im Gegenteil", sagte sie mit einem überlegenen Lächeln. „Er hat sie herrlich beschleunigt. Ich hatte mir vorgenommen, deine Geschäftspartnerin zu werden, damit wir die gleiche Ausgangsposition hatten. Und danach wollte ich dich davon überzeugen, dass du ohne mich nicht leben kannst."

„Und hast du es?"

Sie lächelte stolz. „Es hat funktioniert."

„Vielleicht bist du mir etwas zu frech, Serena." Er zog zärtlich an ihrem Haar und stand auf.

„Wohin willst du?"

„Ich will dir etwas Wind aus den Segeln nehmen." Justin zog eine Schublade auf und holte eine kleine Schachtel heraus. „Das habe ich in St. Thomas für dich besorgt."

„Ein Geschenk?" Sie kniete sich aufs Bett und streckte die Hand aus. „Ich lebe für Geschenke."

„Gierige kleine Hexe", sagte er und ließ die Schachtel auf ihre Hand fallen.

Ihr Schmunzeln erstarb, als sie sie öffnete. Zwei winzige Windrädchen aus Amethysten und Diamanten funkelten ihr entgegen und fingen selbst im matten Licht des Morgengrauens Feuer. Serena erinnerte sich daran, wie sie im von der Sonne beschienenen Schaufenster des Juweliers ausgesehen hatten. Zaghaft tastete sie mit der Fingerspitze nach ihnen, als wäre die Hitze, die sie verströmten, real und nicht nur eine Illusion.

„Justin, sie sind wunderschön", flüsterte sie und sah ihn an. „Aber warum?"

„Weil sie dir stehen und du sie dir nicht selbst gönnen wolltest. Und ..." Seine Hand legte sich auf ihre Wange. „Ich hatte bereits beschlossen, dass ich dich nicht mehr aus meinem Leben lasse. Wenn du nicht gekommen wärst, hätte ich dich geholt."

„Und wenn ich nicht freiwillig mitgekommen wäre?" fragte sie lächelnd.

„Ich habe dich gewarnt. Es ist eine alte Tradition in meiner Familie." Er schob ihr das Haar hinter die Ohren. „Leg sie an. Ich habe mich die ganze Zeit gefragt, wie sie an dir wohl aussehen."

Serena nahm sie aus der Schachtel und befestigte sie an den Ohren. „Ich will sie auch sehen." Justin hielt sie mit einem Blick zurück.

Ihre Haut war hell und makellos. Mit nicht mehr als dem Funkeln der Juwelen bekleidet, sah sie aus wie eine exotische Fantasie. Das in seinen Augen aufflackernde Verlangen rief ihr eigenes wach. Ihre Lippen öffneten sich, und sie streckte die Arme nach ihm aus.

10. KAPITEL

Serena streckte sich genießerisch und überlegte, ob sie aufstehen sollte. Wenn Justin nicht schon nach unten gegangen wäre, hätte die Vorstellung, den Morgen im Bett zu verbringen, weit mehr Reiz besessen. Sie lag inmitten der zerknüllten Laken – auf der Stelle, die sie miteinander geteilt hatten, aneinander geschmiegt, die gesamte Nacht hindurch.

Er ist noch immer besorgt, dachte sie. Obwohl er ihr zum Abschied nicht mehr als einige Koseworte ins Ohr geflüstert hatte, hatte Serena die nur mit Mühe unter Kontrolle gehaltene Anspannung in ihm gespürt. Solange Justin davon überzeugt war, dass die in Vegas gelegte Bombe gegen ihn persönlich gerichtet und nicht mehr als ein Vorspiel gewesen war, würde sie ihn nicht beruhigen können. Sie konnte nur bei ihm bleiben und ihm beweisen, dass sie nicht in Gefahr schwebte.

Männer, dachte Serena mit einem milden Lächeln. Egal, wie liberal sie waren, sie akzeptierten einfach nicht, dass Frauen selbst auf sich aufpassen konnten. In Massachusetts herumzusitzen, während der Mann, den sie liebte, in New Jersey blieb, war das Letzte, was sie tun würde. Es wäre auch vollkommen unlogisch, sagte Serena sich und stand auf. Sie glaubte an das, was sie Justin am Abend zuvor ins Gesicht geschrien hatte: Menschen, die einander liebten, gehörten zusammen.

Justin würde vermutlich erst dann wieder ruhig werden, wenn die Polizei den Bombenleger gefasst hatte, und das konnte noch Monate dauern – wenn er überhaupt jemals geschnappt wurde. Vielleicht hatte er schon aufgegeben. Oder er wartete, Tage, Wochen, Monate, bis er erneut zuschlug.

Sie holte einen Morgenmantel aus dem Schrank. Der Drohbrief war wahrscheinlich aus reiner Frustration abgeschickt worden, nachdem der Erpressungsversuch fehlgeschlagen war. Das machte jedenfalls mehr Sinn als die Theorie eines persönlichen Rachefeldzugs gegen Justin.

Er ist einfach nicht objektiv, entschied Serena und knotete den Morgenmantel zu. Die Hotels waren so sehr Teil von ihm, dass er sie nicht von außen betrachten konnte – als Gebäude, die eine Menge Geld wert waren. Der Mann hatte seine Karte ausgespielt und verloren. Er musste wissen, dass die Behörden nach ihm suchten und dass Justin seine eigenen Sicherheitsmaßnahmen verschärfen würde. Nur Feiglinge legen Bomben, überlegte sie. Ein Feigling riskierte es nicht, geschnappt zu werden. Irgendwann würde Justin die Logik schon begreifen.

Als es an der Tür klopfte, sah Serena automatisch auf die Uhr neben dem Bett. Es war zu früh für das Zimmermädchen. Sie ging ins Wohnzimmer. Wer konnte das ... ? Ihre Hand erstarrte am Türknauf, als ihr Justins Worte durch den Kopf gingen: „Jemand ist hinter mir her. Du bist in Gefahr."

Beunruhigt sah Serena durch den Türspion. Na also, dachte sie, als ihre Nervosität sich schlagartig legte. Mach dich nicht lächerlich. Sie öffnete die Tür und lächelte ihren Bruder an.

„Du musst dein Geld ja ziemlich schnell verspielt haben, wenn du jetzt schon auf bist", begrüßte sie ihn.

Caine starrte sie kurz an, bevor er die Suite betrat. „So früh ist es gar nicht mehr", wandte er ein und sah sich suchend um. „Ich bin hier, um mit Justin zu reden."

„Du hast ihn knapp verfehlt." Serena schloss die Tür und warf ihr vom Schlaf zerzaustes Haar nach hinten. „Er ist vor etwa fünfzehn Minuten in sein Büro gegangen. Wo ist Alan?“

Caines Zuneigung zu Justin kämpfte mit der Tatsache, dass Serena seine Schwester war. Meine kleine Schwester, verdammt, dachte er. Und jetzt stand sie in Justins Privatsuite, mit nichts an als dem kurzen Morgenmantel aus Seide, den er ihr letzte Weihnachten geschenkt hatte. „Der frühstückt“, sagte Caine und ging im Zimmer umher.

„Na, du warst morgens stets als Erster auf“, erinnerte Serena sich. „Ich fand das immer eine entsetzliche Angewohnheit von dir. Möchtest du Kaffee? Der gehört zu den wenigen Grundnahrungsmitteln, die in der Küche vorhanden sind.“

„Ja. Gern.“ Caine hatte den Schock, dass seine Schwester eben nicht nur seine Schwester war, noch immer nicht verdaut. Kopfschüttelnd folgte er ihr.

Die Küche war geräumig und edel eingerichtet. Fußboden und Wände waren weiß, die Schränke glänzend schwarz. Serena schaltete die Kaffeemaschine ein und zeigte mit der freien Hand auf den Frühstückstresen. „Setz dich doch.“

„Du scheinst dich hier ja auszukennen“, hörte Caine sich sagen.

Sie warf ihm einen belustigten Blick zu, der ihn wütend machte. „Ich wohne hier.“

Caine glitt auf einen der Hocker. „Justin arbeitet schnell, was?“

„Für einen liberalen Staatsanwalt war das eine ziemlich chauvinistische Bemerkung“, meinte Serena und füllte Kaffeepulver in den Filter. „Man könnte auch sagen, ich arbeite schnell.“

„Du hast ihn erst vor einem Monat kennen gelernt.“

„Caine." Serena drehte sich um und legte den Kopf auf die Seite. „Erinnerst du dich an Luke Dennison?"

„An wen?"

„Er war unser Kleinstadt-Casanova, als ich fünfzehn war", erinnerte sie ihn. „Du hast ihn dir auf dem Kinoparkplatz geschnappt und ihm gesagt, dass du ihm sämtliche Knochen brichst, wenn er mich anfasst."

Sie sah, wie Caine sich grinsend daran erinnerte. „Hat er doch nicht, oder?"

„Nein." Sie ging zu ihm und packte seine Ohren. „Ich bin keine fünfzehn mehr, Caine, und Justin ist nicht Luke Dennison."

Er beugte sich vor, griff nach ihren Ohren und zog sie behutsam zu sich heran. „Ich liebe dich", sagte er und küsste sie brüderlich.

„Dann freue dich für mich. Justin ist alles, was ich will."

Caine ließ sie los und richtete sich auf. „Genau das hat er von dir auch gesagt."

Er registrierte, wie ihre Augen vor Freude aufleuchteten. „Wann?" fragte sie.

„Gestern. Als er Alan und mich bat, dir klarzumachen, dass du nach Hause fahren musst." Caine hob eine Hand, als aus ihrer Freude Verärgerung wurde. „Bring mich nicht um, Rena. Wir haben uns beide geweigert."

Serena stieß den angehaltenen Atem aus. „Justin ist überzeugt, dass es dem Bombenleger um mehr als Erpressung geht. Deshalb hat er sich in den Kopf gesetzt, dass ich hier nicht in Sicherheit bin." Frustriert hob sie die Hände. „Er will die ganze Sache einfach nicht logisch und praktisch sehen."

„Er liebt dich."

Der Sturm um sie herum legte sich schlagartig. „Ich

weiß. Umso mehr Grund habe ich, bei ihm zu bleiben. Sag mir ...“, sie lehnte sich mit dem Rücken an den Tresen, „... was würdest du tun?“

„Wenn ich Justin wäre, würde ich alles tun, damit du abreist. Wenn ich du wäre“, fuhr er fort, bevor sie schreien konnte, „würde ich hart bleiben.“

„Es gibt nichts Schlimmeres als einen analytischen Juristenverstand“, murmelte Serena, während der Kaffee durchzulaufen begann. „Na schön. Warum erzählst du mir nicht, wie es dir selbst so ergangen ist? Irgendwelche faszinierenden neuen Frauen – oder lässt die Arbeit dir keine Zeit?“

„Ich schaffe es schon, mir etwas freie Zeit für die Erholung zu reservieren“, meinte er und handelte sich von Serena ein Schnauben ein. „Ich habe beschlossen, wieder als selbstständiger Anwalt zu arbeiten.“

Sie war gerade dabei, zwei Becher herauszuholen, und drehte sich überrascht um. „Kommt das nicht etwas plötzlich?“

„Eigentlich nicht.“ Er nahm einen Becher schwarzen Kaffee entgegen. „Ich überlege schon eine ganze Zeit. Alan ist der Politiker. Er hat die Geduld dafür.“ Achselzuckend nippte Caine an dem heißen Gebräu. „Mir fehlt der Gerichtssaal. Die Bürokratie lässt mir nicht genug Zeit dafür.“

„Ich habe immer gern zugesehen, wenn du eine Verhandlung hattest“, erinnerte Serena sich. Sie setzte sich ihm gegenüber an den Tresen. „Dein Stil hatte etwas Tödliches, wie ein Wolf, der ein Lagerfeuer umkreist und langsam die Geduld verliert.“

Caine lachte. „Da ist sie wieder, die blühende Fantasie der MacGregors.“

„Wer verunglimpft hier den Namen der Familie?“ fragte Alan vom Durchgang her.

Serena drehte sich mit einem warmen Lächeln zu ihm um. Ihr Blick änderte sich ein wenig, als sie den Mann neben ihrem Bruder erblickte.

„Alan hat sich beschwert, dass man ihn allein gelassen hat“, sagte Justin. „Gibt es noch Kaffee?“

„Ich habe ihn gerade gemacht.“ Sie streckte ihm die Hand hin, als er hereinkam. Justin nahm sie und küsste die Finger, bevor er an die Kaffeemaschine ging.

„Alan?“

Er sah seine Schwester an. „Ja, bitte?“

„Caine hat mir noch nicht erzählt, wie viel er gestern Abend verloren hat“, begann Serena, als Alan sich an den Tresen stellte.

„Oh, so viel Pech hatte er gar nicht.“ Er warf seinem Bruder einen viel sagenden Blick zu, den Caine ohne jede Regung erwiderte.

Serena zog eine Braue hoch. „Ich hoffe, du hast dein Glück nicht bei einer meiner Geberinnen probiert.“

„Bei der kleinen Blonden“, berichtete Alan mit strahlendem Grinsen. „Die mit den großen braunen Augen.“

„Caine!“ Serena sah ihn halb verblüfft, halb entsetzt an. „Sie ist gerade mal einundzwanzig.“

„Ich weiß gar nicht, wovon er redet.“ Caine nippte ruhig an seinem Kaffee. „Alan hat die ganze Zeit versucht, einer Rothaarigen in einem offenherzigen Kleid mit seinen Ansichten zur Außenpolitik zu imponieren.“

„Na ja.“ Serena sah Justin an, der frischen Kaffee geholt hatte. „Mir scheint, weder das Personal noch die Gäste sind vor diesen beiden sicher.“

„Du kannst sie heute Abend bei der Dinner-Show im Auge behalten.“ Justin reichte Alan einen Becher, bevor er im Kühlschrank nach Sahne suchte.

„Ich hätte euch warnen sollen“, sagte Serena zu ihren Brüdern und legte ihre Hand in Justins. „Er hat die Angewohnheit, Dinge zu arrangieren, ohne jemanden zu fragen. Aber was mich betrifft“, fügte sie lächelnd hinzu, „ich würde gern zur Dinner-Show gehen. Lena Maxwell hat heute ihren ersten Auftritt.“ Sie starrte auf ihre Fingernägel. „Ich nehme an, wir könnten Justin dazu überreden, euch mit ihr bekannt zu machen. Falls ihr überhaupt mitkommen wollt.“

„Wann beginnt die Show?“ fragten Alan und Caine wie aus einem Mund.

Lachend stand Serena auf. „Jämmerlich. Lass eine sexy Brünette vor ihren Nasen baumeln, und schon folgen sie dir überallhin. Ich muss jetzt duschen und mich anziehen.“ Sie stellte sich auf die Zehenspitzen, um Justin einen Kuss zu geben. „Ich bin in einer halben Stunde unten.“

Als sie hinausging, hörte sie Caines Frage: „Wo genau probt Lena Maxwell heute Nachmittag, Justin?“

Unter der Dusche musste Serena lachen. Wenn Caine es sich in den Kopf setzte, Lena Maxwell aufzuspüren, brauchte er Justin nicht, um mit ihr ein privates Gespräch zu führen. Caine MacGregor mangelte es keineswegs an Charme.

Sie dachte daran, wie er reagiert hatte, als er sie in Justins Suite vorfand. Eigentlich musste sie ihm eher dankbar sein. Er spielte nur den brüderlichen Beschützer. Und auch der lange, ruhige Blick, den Alan ihr zugeworfen hatte, war ihr nicht entgangen. Vermutlich würden ihre Brüder, sobald sie allein waren, ausgiebig über ihre Beziehung zu Justin diskutieren.

Sie würden noch ein paar skeptische Bemerkungen machen, dann jedoch ihre Entscheidung voll und ganz akzeptieren. So war es zwischen den Geschwistern immer gewesen.

Das Wasser strömte Serena heiß über den Körper. Einen Moment lang tat Justin ihr Leid. Er hatte die Geborgenheit, die Eingebundenheit in eine Familie nie gekannt. Vielleicht würde er es sich von ihr zeigen lassen. Vielleicht würden sie eines Tages Kinder haben.

Serena steckte den Kopf in den Wasserstrahl. Sie dachte einmal wieder zu weit voraus. Viel zu weit. Er liebte sie, aber das hieß nicht, dass er heiraten und Kinder mit ihr haben wollte. Er war so lange allein gewesen, und ihre Liebe war so neu. Kinder würden ein Zuhause bedeuten, und er hatte sich nie für eins entschieden. Er hatte einen Lebensstil ohne Beständigkeit gewählt. Und der Nomade in ihm war ein Teil dessen, was ihn für sie attraktiv machte. Es war dumm, von Veränderungen zu träumen, wenn sie erst seit kurzer Zeit unter einem Dach lebten.

Und doch hatte er zweimal von seiner Schwester gesprochen, und jedes Mal hatte Serena einen Anflug von Bedauern bei ihm gespürt. Justin hatte seiner Familie nicht den Rücken gekehrt, sondern war von den Umständen gezwungen worden, ohne sie auszukommen. Falls er eines Tages eine haben wollte, würde sie für ihn da sein. Das nahm Serena sich fest vor.

Sie stieg aus der Duschkabine und schlang sich ein Handtuch ums Haar. Sie begann zu summen, als sie sich mit der duftenden Lotion einrieb. Währenddessen überlegte sie, was sie sich für den heutigen Tag alles vorgenommen hatte, und beschloss, alles zu erledigen, bevor sie sich für die Dinner-Show umzog. Aber das würde sie kaum schaffen, wenn sie noch länger im Badezimmer herumstand. Hastig schlüpfte sie in den Morgenmantel. Auf dem Weg ins Schlafzimmer nahm sie das Handtuch wieder ab.

Als die Tür zum Wohnzimmer aufging, stockte ihr der Atem. „Justin!“ Sie fuhr sich mit der Hand durchs feuchte Haar. „Du hast mich erschreckt. Ich dachte, du wärst schon fort.“

Er steckte die Hände in die Taschen und musterte sie von Kopf bis Fuß. „Nein.“

Wie kommt es, dass er zwar schon jeden Teil meines Körpers berührt hat, mich aber mit diesem Blick vollkommen hilflos machen kann? dachte sie. „Wo sind Alan und Caine?“

„Nach unten gegangen. Wo sie vermutlich gerade um Lena konkurrieren.“

„Schade, dass ich das verpasse“, entfuhr es ihr.

„Was tust du gerade?“

„Ich ziehe mich an“, erwiderte sie lachend. „Wonach sieht es denn aus?“

„Scheint mir reine Zeitverschwendung zu sein, denn ich werde dir alles wieder ausziehen, was du jetzt anziehst.“

Sie warf ihm einen koketten Blick über die Schulter zu. „Ich könnte mir vorstellen, dass Kate es seltsam findet, wenn ich nur im Morgenmantel in mein Büro komme.“

Er setzte sein kühles Lächeln auf. „Du kommst gar nicht erst aus diesem Zimmer heraus.“

„Justin, sei nicht kindisch.“ Serena öffnete den Schrank und begann ihre Sachen durchzugehen. „Ich habe vor dem Abendessen noch ein Dutzend Dinge zu erledigen, und ...“ Das letzte Wort blieb ihr im Hals stecken, als er sie packte und aufs Bett warf.

Dann sah er nickend zu ihr hinunter. „Ich mag es, wie du in einem zerwühlten Bett aussiehst.“

„Ach wirklich?“ Serena stemmte sich hoch, bis sie vor ihm kniete. „Ich würde gern wissen, wie du auf die Idee kommst, du könntest mich einfach so herumwerfen.“ Als sie die Hände auf die Hüften stützte, glitt ihr der Morgenmantel von einer Schulter. „Es ist zwar nicht das erste Mal“, sie erinnerte sich an das Bad im Ozean, „aber wenn du glaubst, du könntest daraus eine Gewohnheit machen ...“

„Ich weiß, niemand kommandiert eine MacGregor herum“, murmelte er und schob einen Finger in den Kragen des Morgenmantels.

„Richtig.“ Sie stieß seine Hand fort und schaffte es dabei, den Mantel noch weiter auseinander fallen zu lassen. „Also denk einfach daran, wenn dich das nächste Mal der wilde Drang packt, mich herumzuschubsen.“

„Das werde ich. Entschuldigung.“ Lächelnd hielt er ihr die Hand hin. Serena war zwar misstrauisch, ergriff sie aber dennoch und wollte vom Bett klettern. In der nächsten Sekunde lag sie auf dem Rücken, unter ihm.

„Justin!“ Sie unterdrückte ein Lachen und versuchte ihn von sich zu schieben. „Hörst du jetzt endlich auf? Ich muss mich anziehen.“

„Nein, du musst dich ausziehen. Lass mich dir helfen.“ Mit einer Handbewegung schlug er den Morgenmantel ganz auseinander.

„Stopp!“ Belustigt, frustriert und erregt wehrte sie ihn ab. „Justin, ich meine es ernst! Das Zimmermädchen kann jede Minute hereinkommen.“

„Die kommt erst heute Abend.“ Er fand eine Stelle, unten an den Rippen, und hörte voller Freude, wie sie aufstöhnte. „Ich habe extra angerufen.“

„Du ...“ Sein Geständnis gab ihr die Energie zu einem

neuen Befreiungsversuch. „Du hast es schon wieder getan!" Fast hätte sie die Arme frei bekommen, doch dann presste er sie auf die Matratze. „Auf die Idee, dass ich Pläne habe, bist du gar nicht gekommen, was? Dass ich den Nachmittag vielleicht nicht mit dir im Bett verbringen will?"

„Ich dachte mir, meine Chancen stehen so gut, dass ich einfach versuche, dich dazu zu überreden", konterte er.

„Oh!" Sie trat nach ihm, bis er ihre Beine zwischen seine klemmte.

„Okay, wir ringen erst. Wer zuerst drei Runden gewinnt, ist Sieger."

„Das ist nicht komisch", sagte sie und schluckte ein Kichern herunter. „Ich meine es wirklich ernst."

„Tödlich ernst." Er rollte sich herum, bis sie auf ihm lag. „Die erste Runde geht an dich." Bevor sie Atem holen konnte, war sie wieder unter ihm. „Und zwei an mich."

„Sicher." Serena pustete sich das feuchte Haar aus den Augen. „Ein echt fairer Kampf, wenn ich halb nackt bin und du vollständig angezogen bist."

„Du hast Recht." Er bedeckte ihr Gesicht mit Küssen. „Warum änderst du das nicht? Meine Hände haben zu tun."

Unwillkürlich stöhnte sie auf, als er sie über ihren Körper gleiten ließ. „Foul", sagte sie atemlos. „Justin ..."

„Aufhören?" fragte er halbherzig, den Blick durchdringend auf ihr Gesicht gerichtet, während seine Fingerspitzen die Überzeugungsarbeit leisteten.

„Nein." Sie wühlte in seinem Haar und zog seinen Kopf dichter, bis ihre Lippen sich fanden.

Es war immer gleich, immer einzigartig. Jedes Mal, wenn sein Mund ihren berührte, spürte sie den bis ins Mark dringenden Hitzeschock. Und doch war der Reiz jedes Mal so frisch, als hätte sie ihn noch nie erlebt. Serena vergaß, dass sie ihn ausziehen sollte, und lag einfach nur da und genoss die erste Woge des Vergnügens.

Justin spürte ihre Kapitulation, eine Kapitulation, von der er wusste, dass sie nur das Vorspiel zu atemloser Erregung und hektischem Verlangen war. Er genoss das berauschende Gefühl, sie total zu beherrschen. Jetzt gehörte sie ihm, eine starke, vitale Frau, die ihm für einige herrliche Momente vollkommen ausgeliefert war. Das Wissen machte ihn sanft, und er liebkoste sie zärtlicher, als er es je für möglich gehalten hatte. Liegt es an der Liebe? fragte er sich und ließ die langen schlanken Finger über ihre Haut gleiten.

Seine Lippen berührten ihre und dämpften den leisen Laut des Vergnügens, der sich ihr entrang. Ihre Augen waren noch nicht ganz geschlossen, und ihre Blicke begegneten sich. Als er den Umriss ihres Munds mit der Zunge nachzog, zuckten ihre Lider. Seine Lippen rieben sich an ihren, kosteten den Geschmack aus. Dann registrierte er, dass seine Hände sich nicht mehr bewegten. Seine gesamte Existenz schien sich auf die Begegnung von Mund und Mund zu konzentrieren. Aus der Macht, die er verspürt hatte, wurde Verletzlichkeit, keine geringere Kapitulation als die, die Serena ihn hatte merken lassen. Er fühlte sich plötzlich schwach. Und furchtlos.

„Ich liebe dich", flüsterte er gegen ihren Mund. „Ich wusste gar nicht, wie sehr." Der Kuss war intensiv und langsam und erregender als alles, was er bisher erlebt hatte.

Dann suchte ihre Zunge nach seiner, sie glitt zwischen seinen Lippen hindurch, um alles zu erschmecken und zu ertasten. Als ein Beben seinen Körper durchlief, wusste er, dass ihre Kapitulation vorüber war.

Serena schob die weiche Wolle seines Pullovers am Oberkörper hinauf und über die Schulter, so dass sie gezwungen waren, sich voneinander zu lösen, wenn auch nur kurz. Ihre Hände hasteten über seine Haut, berührten, rieben, forderten. Er konnte sie vor seinem geistigen Auge sehen, weich und weiß vor seiner dunkleren Haut, mit glänzenden Nägeln, die sich in der Erregung in ihn bohrten.

Er drehte den Kopf, um zärtlich in ihre Schulter zu beißen, und wurde von ihrem Duft überwältigt. Ein Duft, der ihn an schwüle Sommernächte und wilde Liebe im hohen Gras denken ließ. Er ließ Küsse bis zur Innenseite ihres Ellbogens hinabregnen, wo ihr heftiger Puls den Duft nur noch intensivierte. Als er den Mund auf die helle Haut presste, bog ihr Körper sich ihm entgegen, angetrieben von der Leidenschaft.

Serena rollte sich herum, bis sie Seite an Seite lagen, und schlang die Arme um ihn. Sie fühlte weder die zerknüllten Laken unter ihnen noch die kühle Seide des Morgenmantels, der ihr zwischen die Beine gerutscht war. Alles, was sie fühlte, war sein fester, heißer Körper und die feucht prickelnde Spur, die sein Mund auf ihr hinterließ.

Als er an ihr hinabglitt, bot sie ihm all die geheimen Stellen dar, die er für sie beide entdeckt hatte. Niemand sonst würde in ihr je diesen gewaltigen, unwiderstehlichen Hunger auslösen. Mit einem plötzlichen Energieausbruch schob sie sich über ihn. Ihr Mund wurde noch gieriger, ihre Hände wurden noch schneller und geschickter. Er stöhnte, griff in ihr nasses Haar. Der Laut ließ sie sich nur noch rascher bewegen. Er ist wunderschön, so wunderschön, mehr konnte sie nicht denken, als sie ihn berührte und schmeckte und wieder berührte.

Ein dünner Schweißfilm glänzte auf seiner Haut. Serena konnte das Salz schmecken, als sie die harte Brust, die von der gezackten Narbe gezeichneten Rippen und die schmalen Hüften erkundete.

Dann packte seine Hand sie, und sie wurde nach oben gezogen, bis sein Mund sich auf ihren legen konnte. Sie schmeckte ihn und fühlte sich wie berauscht. Ihr Körper schien ohne ihr Wissen zu handeln und glitt abwärts, bis sie spürte, wie er ganz zu ihr kam. Das Gefühl ließ sie erbeben, sie schrie auf und bog sich nach hinten. Aber Justin richtete sich mit ihr auf, die Hände noch in ihrem Haar, den Mund noch mit ihrem verbunden. Sie konnte nicht atmen, doch noch während sie nach Luft rang, fand ihr Körper seinen eigenen ungestümen Rhythmus.

Ihre Arme hielten ihn gefangen, seine sie. Der wechselseitige Griff wurde noch fester, als sie gemeinsam die Momente der Ekstase erlebten, und dann fielen sie wie ein einziger Körper aufs Bett zurück.

„Ich scheine nie genug von dir bekommen zu können", brachte Justin flüsternd heraus. „Nie genug."

„Das darfst du auch nicht." Serena ließ den Kopf auf die Schulter fallen. „Du darfst nie genug bekommen."

Ruhig lagen sie da, bis der Atem gleichmäßiger wurde und das Zittern sich legte. Ihre Handfläche lag auf seinem Herzen, und sie fühlte, wie das Klopfen langsamer und kräftiger wurde.

„Es gibt nur dich", sagte Justin, als er die Wucht der Liebe in sich spürte. „Es gibt in meinem Leben nur dich."

Serena hob den Kopf und sah ihn an. „Liebe, die nicht Verrücktheit ist, ist keine Liebe." Lächelnd strich sie über seine Wangenknochen. „Das habe ich bisher nie verstanden. Jetzt tue ich es. Ich weiß, dass ich nie wieder normal sein will."

Er legte sich ihren Finger an die Lippen. „Also wählt die intelligente Serena MacGregor den Wahnsinn."

Sie rümpfte die Nase und verschränkte die Arme auf seiner Brust. „Meine Intelligenz spielt hierbei keine Rolle."

„Sie fasziniert mich", erwiderte Justin. „Und sie ist ein Teil von dir, den ich noch nicht richtig erforscht habe. Wie intelligent bist du eigentlich?"

Sie zog eine Augenbraue hoch. „Das", sagte sie spitz, „ist eine abstrakte Frage."

„Aha, du willst ihr also ausweichen." Lächelnd strich er das Haar von ihren Schultern. „Wie viele akademische Grade hast du?"

„Deine erste Frage hat mit der zweiten nichts zu tun. Wie intelligent bist du?"

„Intelligent genug, um es zu merken, wenn meine Fragen mit Gegenfragen beantwortet werden", sagte er sanft. „Kein brennendes Verlangen, wie deine Brüder in die Politik oder die Justiz zu gehen?"

„Nein."

„Nero findet, du hast Klasse."

„Ein echter Menschenkenner. Warum hast du ihn nicht zum Manager gemacht?" fragte sie.

„Er war nicht interessiert. Aber ich schicke ihn im nächsten Jahr nach Malta."

„Bis dahin hast du das Casino dort gekauft?"

„Sehr bald schon." Nachdenklich musterte er sie. „Ich werde einen Partner brauchen."

Ihre Augen leuchteten auf. „Wirklich? Dann sollte ich mein Gebot wohl gleich abgeben."

Seine Hand legte sich um ihren Nacken. „Je früher, desto besser."

Als das Telefon läutete, stieß er eine Verwünschung aus. „Blade." Er hörte Kates zitternde Stimme und bemühte sich, ruhig zu bleiben. Serena sollte nichts merken. „Gut, Kate.

Ich bin gleich unten." Er legte auf und küsste Serena auf den Kopf. „Ich werde unten gebraucht. Bleib ruhig hier. Du hattest seit über einer Woche keinen freien Tag mehr." Hastig zog er sich an. „Ich bin bald zurück. Bestelle uns doch einfach den Lunch."

Serena verschloss ihre Gedanken vor dem Papierkram auf ihrem Schreibtisch. „Na gut, eine Stunde."

Kate wartete auf Justin, als er aus dem Fahrstuhl kam, und reichte ihm einen schlichten weißen Umschlag. „Steve hat ihn an der Rezeption gefunden. Er ist wie der in Vegas, nicht wahr?"

„Ja", erwiderte Justin tonlos, bevor er einen Brieföffner vom Schreibtisch nahm und den Umschlag aufschlitzte. Er zog die Nachricht heraus und entfaltete sie.

Es ist noch nicht vorbei. Sie haben einen Preis zu zahlen.

„Verständigen Sie die Sicherheitsleute", sagte er zu Kate. „Und die Polizei."

11. KAPITEL

Serena starrte entsetzt auf ihr Haar, das zu einer zerzausten Masse getrocknet war. Hastig griff sie nach der Bürste. Sie beugte sich vor, biss die Zähne zusammen und begann den Kampf mit den verknoteten Strähnen.

„Autsch! Augenblick", rief sie, als es leise an der Tür klopfte. Ohne das Bürsten einzustellen, ging sie hinüber. Justin würde Augen machen, wenn er sie so sah. Warum kam er auch so früh zurück?

„Darf ich Ihre Zimmer sauber machen?" Ein schlanker Junge von etwa zwanzig lächelte sie schüchtern an. „Ich kann auch später ..."

„Nein, nein, kommen Sie herein." Serena öffnete die Tür weit genug, dass er seinen Wagen hereinrollen konnte. „Sie sind neu hier, nicht?"

„Ja, Ma'am, dies ist mein erster Tag."

Deshalb ist er so nervös, dachte sie. Sie zeigte mit der Bürste zum Durchgang. „Warum fangen Sie nicht einfach in der Küche ..."

Irgendetwas legte sich ihr über Mund und Nase. Serena war zu überrascht, um Angst zu empfinden. Sie griff nach der Hand und holte Luft, um zu schreien. Dabei inhalierte sie etwas ekelhaft Süßliches. Um sie herum begann sich alles zu drehen. Sie erkannte den Duft und kämpfte noch hektischer gegen die weißen Nebelschwaden an, die vor ihren Augen trieben.

Oh Gott, nein. Ihre Arme fielen nach unten, die Bürste entglitt ihren schlaffen Fingern. Justin ...

„Der Umschlag wurde an der Rezeption gefunden", berichtete Justin Lieutenant Renicki. „Niemand hat gesehen, wer ihn dort deponiert hat. Es war Auscheck-Zeit, und das Personal war beschäftigt."

„Nun, dumm ist er nicht." Der Lieutenant ließ den schlichten Bogen in einen Plastikbeutel gleiten. „Ich muss die Sache natürlich dem FBI übergeben, aber vorläufig werde ich Ihnen ein paar Leute in Zivil hier lassen." Renicki sah zu, wie Justin sich mit absolut ruhigen Händen ein Zigarillo ansteckte. „Haben Sie Feinde, Mr. Blade?"

Justin lächelte. „Sieht so aus."

„Jemanden, von dem Sie mir erzählen möchten?"

„Nein."

„Ist dies die erste Drohung, die Sie seit Ihrer Rückkehr aus Nevada erhalten haben?"

„Ja."

Lieutenant Renicki unterdrückte ein Seufzen. Bei Menschen wie Blade kam er sich vor wie ein Zahnarzt, der an einem besonders hartnäckigen Zahn zog. „Kürzlich jemanden gefeuert oder angeheuert?"

Justin drückte auf einen Knopf. „Kate, fragen Sie in der Personalabteilung nach, wen wir in den letzten zwei Monaten eingestellt oder entlassen haben. Dann besorgen Sie mir einen Ausdruck von den anderen Hotels."

„Tolle Sache, diese Computer", meinte der Lieutenant anschließend. „Ich werde Ihre Sicherheitsmaßnahmen überprüfen. Wenn er eine Bombe legen will, muss er erst einmal ins Hotel."

„Kein Problem", erinnerte Justin ihn. „Er braucht sich nur an der Rezeption einzutragen."

„Stimmt." Renicki sah dem davondriftenden Tabakqualm nach. „Sie könnten schließen."

„Nein."

„Habe ich mir gedacht." Der Polizist stand auf. „Ich melde mich wieder bei Ihnen, wenn ich das Empfangspersonal befragt habe."

„Danke, Lieutenant." Justin wartete, bis die Tür sich geschlossen hatte, und drückte das Zigarillo so heftig aus, dass es zerbrach. Serena würde nach Hyannis Port zurückkehren, und wenn er sie persönlich fesseln und in ein Flugzeug setzen musste.

Er drückte erneut auf den Knopf der Sprechanlage. „Kate, ich gehe nach oben. Stellen Sie alle Anrufe dorthin durch."

Als Justin kurz darauf das Wohnzimmer der Suite betrat, erwartete er, Serena schon beim Lunch vorzufinden. Dass der Tisch leer war, überraschte ihn nur wenig. Schließlich war er länger als die versprochene Stunde fortgeblieben. Er rief ihren Namen und ging zum Badezimmer.

Der leiseste Hauch ihres Dufts hing in der Luft. Justins Unruhe wuchs. Sei kein Idiot, sagte er sich. Es gibt tausend Gründe, warum sie die Suite verlassen haben kann. Vielleicht besorgt sie sich gerade in der Boutique ein neues Kleid.

Justin bückte sich nach der kleinen Bürste mit dem emaillierten Griff und starrte sie an. Dann griff er nach dem Telefonhörer. „Rufen Sie Serena MacGregor aus."

Mit der Bürste in der Hand wartete er. Ihre paillettenbesetzte Jacke hing über der Couch. Sie hatte sie gestern Abend aufgesammelt. Warum ließ sie die Bürste auf dem Boden liegen?

„Miss MacGregor meldet sich nicht, Sir."

Er packte den Griff der Bürste so fest, dass er abzubrechen drohte. „Rufen Sie Alan oder Caine MacGregor aus."

„Caine MacGregor."

„Hier ist Justin. Ist Serena bei dir?"

„Nein, Alan und ich waren ..."

„Habt ihr sie gesehen?" unterbrach Justin ihn.

„Seit heute Morgen nicht mehr." Zum ersten Mal seit zehn Jahren hörte Caine in Justins Stimme einen Anflug von Panik. Ein eisiges Gefühl lief ihm den Rücken herunter. „Warum?"

Justins Kehle war wie zugeschnürt. „Sie ist fort."

Caine merkte, wie der Hörer in seiner Hand feucht wurde. „Wo bist du?"

„Oben."

„Wir kommen hoch."

Minuten später ließ Justin Serenas Brüder ein. „Hast du nachgefragt, ob sie ihren Wagen genommen hat?" fragte Caine sofort.

„Nein." Fluchend griff Justin nach dem Hörer.

„Ihr Wagen ist noch da", verkündete er kurz darauf.

„Vielleicht macht sie einen Spaziergang am Strand", meinte Alan.

„Wir waren vor einer halben Stunde zum Lunch verabredet", sagte Justin tonlos. „Das hier habe ich an der Tür gefunden."

Alan nahm die Bürste. Er hatte Serena das antike Stück zum sechzehnten Geburtstag geschenkt, und sie hing sehr daran.

„Habt ihr euch gestritten?"

Justin wirbelte herum.

„Justin", sagte Caine rasch. „Rena ist äußerst temperamentvoll. Vielleicht ist sie wortlos aus dem Hotel gestürmt, um sich am Strand etwas abzukühlen."

„Nein, wir haben uns nicht gestritten", erwiderte Justin

gepresst. „Ich bekam einen Anruf von unten. An der Rezeption lag ein Umschlag für mich. Ein weiterer Drohbrief."

In diesem Moment läutete das Telefon, als wollte es ein Ausrufezeichen ans Ende seiner Worte setzen. Justin riss den Hörer hoch. „Serena", begann er.

„Suchen Sie schon nach ihr?" Die Stimme war gedämpft und geschlechtslos. „Ich habe Ihre Squaw, Blade." Mit leisem Klicken wurde die Verbindung unterbrochen.

Volle zehn Sekunden stand Justin reglos da. Er hatte einen Kupfergeschmack im Mund und wusste, dass es die Angst war. „Er hat sie", hörte er jemanden sagen. Dann ging ihm auf, dass es seine eigene Stimme war. In blinder Wut riss er das Telefon aus der Wand und schleuderte es durchs Zimmer. „Der Hundesohn hat sie!"

„Gehen wir es gemeinsam noch einmal durch", sagte Lieutenant Renicki.

Justin sah von Caine, der aus dem Fenster starrte, zu Alan, der im Sessel saß und die Bürste in seinen Händen betrachtete, und schließlich zum Lieutenant hinüber. „Serena und ich waren hier oben zum Lunch verabredet. Ich habe mich verspätet. Als ich kam, war sie fort. Ich fand die Bürste auf dem Boden und ließ Serena ausrufen. Als sie sich nicht meldete, ließ ich ihre Brüder ausrufen. Vor fünfzehn Minuten kam dann der Anruf."

„Was hat der Kidnapper genau gesagt?"

„Er sagte, er habe meine Squaw."

Caine wirbelte herum. „Verdammt, das hier bringt uns nicht weiter! Warum suchen Sie nicht nach ihr?"

Lieutenant Renicki musterte ihn aus müden Augen. „Genau das tun wir, Mr. MacGregor."

„Er wird wieder anrufen", sagte Alan leise. „Er weiß bestimmt, dass Justin und wir jede Summe aufbringen können, um Rena zurückzubekommen." Sein Blick wanderte vom Lieutenant zu Justin. „Falls Geld sein Motiv ist."

„Davon müssen wir vorläufig ausgehen, Senator", erwiderte Renicki. „Wir werden Ihr Telefon abhören müssen, Mr. Blade."

„Tun Sie alles, was erforderlich ist."

„Wo ist der Brandy?" fragte Caine.

„Wie?"

„Du brauchst einen Drink."

Justin schüttelte den Kopf.

„Ich werde mir jedenfalls einen genehmigen, bevor ich Mom und Dad anrufe", meinte Caine.

Die beiden Apparate in der Suite läuteten. Ohne auf Lieutenant Renickis Ja oder Nein zu warten, ging Justin in die Küche. „Blade." Verzweifelt schloss er die Augen und streckte die Hand mit dem Hörer aus. „Für Sie", sagte er zum Lieutenant.

„Meine Männer haben in der Garage den Rollwagen eines Zimmermädchens gefunden", berichtete Renicki kurz darauf. „Darin lag ein mit Äther getränkter Lappen. Offenbar hat er sie so ungesehen aus dem Hotel bekommen." Caines Finger schlossen sich so fest um das Glas, dass sie weiß hervortraten. In Alans Augen trat ohnmächtige Wut. Nur an Justin nahm der Lieutenant keinerlei Veränderung wahr. „Wir haben Ihre Beschreibung von Miss MacGregor, Mr. Blade, aber ein Foto wäre hilfreich."

Justin erstarrte, als der Schmerz sich vom Bauch bis in den Hals hinein ausbreitete. „Ich habe keins."

„Aber ich." Alan griff nach seiner Brieftasche.

„Wenn er anruft, halten Sie ihn möglichst lange in der

Leitung, Mr. Blade“, fuhr Renicki fort. „Und verlangen Sie, mit Miss MacGregor zu sprechen, bevor Sie sich auf etwas einlassen.“

„Und wenn er sich weigert?“

„Dann weigern Sie sich zu verhandeln.“

Justin setzte sich. Sonst wäre er auf und ab gegangen und hätte schnell die Kontrolle über sich verloren. „Nein.“

„Justin“, mischte Alan sich ein. „Der Lieutenant hat Recht. Wir müssen sicher sein, dass er Rena wirklich in seiner Gewalt hat und sie unverletzt ist.“

Sie haben einen Preis zu zahlen. Die Worte gingen Justin nicht aus dem Kopf. Nicht Serena, dachte er verzweifelt. Gott, nicht Serena. „Wenn ich mit ihr gesprochen habe“, begann er, „werde ich seine Bedingungen erfüllen. Ich werde nicht verhandeln. Und ich werde nicht auf Zeit spielen.“

„Es ist Ihr Geld, Mr. Blade.“ Lieutenant Renicki lächelte matt. „Hören Sie genau hin, wenn er wieder anruft. Vielleicht erkennen Sie etwas wieder. Eine Formulierung, die Art, wie er ein bestimmtes Wort ausspricht.“

Es klopfte. Der Lieutenant ging an die Tür und sprach leise mit einem seiner Leute. Caine hielt Justin einen Brandy hin. Justin schüttelte zum zweiten Mal den Kopf.

„Sie kriegen ihn“, sagte Caine.

Langsam hob Justin den Blick. „Und wenn sie ihn haben“, sagte er ruhig, „werde ich ihn umbringen.“

Serena fühlte sich wund und zerschlagen, als sie stöhnend erwachte. Hatte sie verschlafen? Sie musste ins Casino und ... nein, Justin. Justin wollte zum Lunch nach oben kommen, und sie hatte noch nicht einmal den Zimmerservice angerufen.

Sie musste aufstehen, aber ihre Augen ließen sich nicht

öffnen. Und ihr war übel. Krank, dachte sie benommen. Aber sie war nie krank. Die Tür, dachte sie. Jemand an der Tür. Erneut stieg die Übelkeit auf und mit ihr die Angst. Serena nahm alle Kraft zusammen und schlug die Augen auf.

Der Raum war klein und düster. Vor einem der Fenster hing ein Rollo. Ein billiger Schrank stand an der Wand. Ein verstaubter Spiegel. Ein Schaukelstuhl mit gerader Lehne. Keine Lampe, nur eine von der Decke baumelnde Glühbirne. Da sie nicht brannte und von außen etwas Licht hereindrang, wusste Serena, dass es Tag war. Aber sie hatte keine Ahnung, welcher Tag es war.

Irgendwann hatte jemand die Wände gelb gestrichen, doch inzwischen wirkten sie eher wie die vergilbten Seiten eines sehr alten Buchs. Serena lag mitten auf einem Doppelbett, und als sie den rechten Arm zu bewegen versuchte, stellte sie fest, dass sie mit Handschellen an den Bettpfosten gefesselt war. In diesem Moment überlagerte die Angst die Benommenheit.

Der Junge mit dem Rollwagen. Äther. Oh Gott, wie hatte sie nur so dumm sein können? Justin hatte sie gewarnt ... Justin, dachte sie und biss sich auf die Lippe. Suchte er nach ihr? Hatte er die Polizei alarmiert? Vielleicht dachte er, sie hätte das Hotel verlassen, um etwas zu erledigen.

Ich muss hier raus, sagte Serena sich und kroch nach hinten, um an den Handschellen zu zerren. Der Junge musste etwas mit der Bombe in Vegas zu tun haben. Unglaublich. Er hatte so harmlos ausgesehen. Als sie Schritte hörte, wartete sie reglos.

Perfekt geplant, dachte Terry, als er den Hörer auflegte. Die Frau aus Blades Suite zu entführen war riskant gewesen, aber es hatte sich gelohnt. Besser als die Bombe, entschied er.

Er hatte ihnen zu viel Zeit gelassen, und sie hatten die Bombe gefunden, weil er niemandem hatte wehtun wollen. Nur Blade. Aber das hier, das war perfekt.

Sie war wirklich wunderschön. Blade würde bezahlen, um sie zurückzubekommen. Doch bevor er zahlte, würde er leiden. Dafür würde Terry sorgen. Er war schlau. Noch während Justin in Vegas war, hatte er sich auf den Weg nach Atlantic City gemacht. Serena war ihm im Casino aufgefallen – und er hatte erfahren, dass sie Justins Partner war. Einige beiläufige Fragen, und schon hatte er gewusst, dass sie für ihn weit mehr als das war. Danach hatte Terry seinen Plan geschmiedet.

Zuerst hatte er Angst gehabt. Eine Frau aus einem Hotel zu holen war sehr viel schwieriger, als eine Bombe hineinzubekommen. Aber niemand achtete auf die Leute in den schlichten weißen Uniformen des Zimmerpersonals. Nach kurzer Zeit wusste er, dass es von den Büros aus einen privaten Zugang zu den Wohnquartieren gab. Vermutlich ein Fahrstuhl mit direkter Verbindung. So war es bei den Reichen üblich.

Die Uniform zu stehlen war einfach. Niemandem fiel ein harmlos aussehender junger Mann auf. Er beobachtete, wie der Mann vom Empfang den Umschlag in Blades Büro brachte, und wartete. Er gab Justin volle zehn Minuten, um nach unten zu gehen. In einem Vorratsraum im dritten Stockwerk zog er sich um, dann schnappte er sich einfach einen der Rollwagen vom Korridor.

Als die Frau ihm die Tür öffnete, hätte er fast die Nerven verloren. Aber er dachte einfach an Blade. Der Rest war leicht. Er brauchte keine fünf Minuten, um ihren leblosen Körper im Rollwagen zu verstauen und in die Tiefgarage zu schaffen. Mit Serena auf dem Rücksitz, versteckt unter einer

Wolldecke, fuhr er davon. Aber jetzt war sie schon so lange bewusstlos. Vielleicht hatte er zu viel Äther genommen, oder ... Dann hörte er sie stöhnen. Terry stand auf, um ihr eine Tasse Tee zu machen.

Als er die Tür öffnete, saß sie ans Kopfteil gelehnt und starrte ihn an. Aber sie sah nicht so verängstigt aus, wie er erwartet hatte. Ob sie unter Schock stand?

„Wenn Sie schreien“, sagte er, „muss ich Sie knebeln. Das würde ich ungern tun.“

Serena sah die Tasse in seiner Hand. Die Tasse zitterte. Ein nervöser Kidnapper war gefährlicher als ein ruhiger. „Ich werde nicht schreien.“

„Ich habe Ihnen Tee gebracht.“ Er kam ein wenig näher. „Vielleicht ist Ihnen etwas übel.“

Vielleicht war es besser, wenn sie sich ängstlicher gab, als sie war. Innerlich zwang sie sich zur Ruhe. Sie musste wissen, wo er die Schlüssel für die Handschellen hatte.

„Bitte ...“ Sie ließ die Stimme zittern. „Darf ich das Badezimmer benutzen?“

„Okay. Ich werde Ihnen nicht wehtun“, sagte er, bevor er den Tee abstellte und einen Schlüssel aus der Tasche seiner Jeans holte. Er steckte ihn ins Schloss. „Wenn Sie schreien oder wegzulaufen versuchen, muss ich Sie daran hindern.“ Er löste die Handschelle von ihrem Handgelenk. „Haben Sie verstanden?“

Serena nickte. Er war kräftiger, als er aussah.

Schweigend führte er sie in das kleine Badezimmer. „Ich warte vor der Tür“, warnte er. „Wenn Sie vernünftig sind, wird Ihnen nichts passieren.“

Im Bad suchte sie sofort nach einer Fluchtmöglichkeit, aber es gab nicht einmal ein Fenster. Keine Waffe. Nichts. Nur eine Handtuchstange, die sich nicht lockern ließ. Sie musste einen anderen Weg finden. Sie würde einen anderen Weg finden.

Serena ließ kaltes Wasser ins Waschbecken laufen und bespritzte sich das Gesicht. Sie durfte den Mann nicht unterschätzen. Er war gefährlich, weil er ebenso verängstigt war wie sie. Also musste sie sich noch ängstlicher geben. Sie würde sich zusammenkauern und weinen. Er durfte nicht merken, dass sie bei der erstbesten Gelegenheit fliehen wollte. Aber zunächst musste sie herausbekommen, was er vorhatte.

Sie öffnete die Tür und ließ sich an den Handgelenken packen. „Bitte, was wollen Sie tun?"

„Ich werde Ihnen nicht wehtun", wiederholte Terry und zerrte sie zum Bett. „Er wird bezahlen."

„Wer?"

Sie sah die Wut in seinen Augen, als er die Handschelle wieder zuschnappen ließ. „Blade."

„Mein Vater ist reicher", begann sie hastig. „Er ..."

„Blade wird zahlen", unterbrach er sie scharf.

„Haben Sie ... haben Sie die Bombe in Vegas gelegt?"

Terry reichte ihr den Tee. „Ja."

Sein Blick war so hasserfüllt, dass sich ihr der Magen umdrehte. „Warum?" fragte sie leise.

„Er hat meinen Vater getötet", erwiderte Terry und verließ den Raum.

Als das Telefon läutete, zuckten alle zusammen. Justin eilte an den Apparat. „Halten Sie ihn so lange wie möglich hin", befahl einer der Detectives. „Und Sie müssen mit ihr reden, bevor Sie verhandeln."

Wortlos griff Justin nach dem Hörer. Das Tonband lief unhörbar mit. „Blade."

„Wollen Sie Ihre Squaw zurück, Blade?"

Eine junge Stimme. Verängstigt. Dieselbe Stimme, die er auf den Polizeibändern in Las Vegas gehört hatte. „Wie viel?"

„Zwei Millionen, in bar. Kleine Scheine. Ich lasse Sie wissen, wann und wo."

„Lassen Sie mich mit Serena reden."

„Vergessen Sie's."

„Woher weiß ich, dass Sie sie wirklich haben?" fragte Justin. „Woher weiß ich, dass sie ...", er musste die Worte herauszwingen, „... noch am Leben ist?"

„Ich denke darüber nach."

Die Leitung wurde unterbrochen.

Serena kauerte sich unter der Decke zusammen. Ihr war kalt, aber die Kälte hatte nichts mit der Temperatur zu tun. „Er hat meinen Vater getötet." Konnte es der Sohn des Mannes sein, der Justin vor all den Jahren angegriffen hatte? Der Hass musste sich in ihm aufgestaut haben, seit er ein kleiner Junge war. Serena fröstelte und zog sich die Decke fester um die Schultern.

Sie schloss die Augen und konzentrierte sich. Es war fast still, kein Verkehrslärm. Leises Rauschen. War das der Ozean? Oder der Wind? Wie weit außerhalb der Stadt waren sie? Würde man sie hören, wenn sie die Tasse durchs Fenster warf und schrie? Noch während sie ihre Chancen abwog, kehrte Terry zurück.

„Ich habe Ihnen ein Sandwich mitgemacht."

Er wirkte noch nervöser als zuvor. Sie musste ihn zum Reden bringen. „Bitte lassen Sie mich nicht allein." Sie packte seinen freien Arm und sah ihn flehentlich an.

„Sie werden sich besser fühlen, wenn Sie gegessen

haben“, murmelte er und hielt ihr das Sandwich unter die Nase. „Sie brauchen keine Angst zu haben. Ich tue Ihnen nichts, wenn Sie keine Tricks versuchen.“

„Ich habe Sie gesehen“, sagte sie und ging das Risiko bewusst ein. „Wie können Sie mich gehen lassen?“

„Ich habe Pläne.“ Rastlos ging er auf und ab. Er ist nicht groß, dachte sie, ich könnte es schaffen. „Wenn ich denen sage, wo Sie sind, bin ich längst weg. Mit zwei Millionen Dollar werde ich mir ein bequemes Versteck suchen können.“

„Zwei Millionen“, flüsterte sie entsetzt.

„Keine Sorge, er wird bezahlen.“ Terry lachte.

„Sie sagten, er hätte Ihren Vater getötet.“

„Er hat ihn ermordet.“

„Aber er wurde freigesprochen“, protestierte sie.

„Alles nur Politik, hat meine Mutter mir erzählt. Sie haben ihn freigelassen, weil er ein armer Indianerjunge war. Sein Anwalt hat die Zeugen bestochen.“

Seine Mutter musste ihn jahrelang zur Rache getrieben haben. Mit ein paar Worten von ihr war das nicht zu ändern. Hatte seine Mutter ihm auch von Justins Narbe erzählt? Oder davon, dass sein Vater betrunken gewesen und von seinem eigenen Messer getötet worden war? „Es tut mir Leid“, sagte sie matt.

„Jetzt bezahlt er dafür.“

„Bitte, wie ist Ihr Name?“ fragte sie.

„Terry.“

Serena setzte sich auf. „Terry, Justin hat bestimmt die Polizei informiert. Man sucht sicher schon nach mir.“

„Man wird Sie nicht finden. Ich habe diese Wohnung schon vor sechs Monaten gemietet, als Blade das Hotel eröffnet hat. Das alte Ehepaar, dem sie gehört, ist in Florida.

Die beiden haben mich nicht gesehen, nur den Scheck, den ich ihnen geschickt habe."

„Terry ..."

„Hören Sie, Ihnen wird nichts passieren. Zehn Stunden nach der Geldübergabe werde ich Blade wissen lassen, wo Sie sind." Er stürmte aus dem Raum, bevor sie noch mehr sagen konnte.

„Was ist das überhaupt für ein Laden, in dem ein Mann meine Tochter in einen Korb legen und mit ihr verschwinden kann?" fuhr Daniel MacGregor die kleine Gruppe in der Suite an.

„Daniel." Anna saß neben Justin auf der Couch. Ihre sanfte Ermahnung half nicht. Daniel ging fluchend ans Fenster. Sie legte ihre Hand auf Justins. „Justin ..."

Kopfschüttelnd stand er auf und ging zum ersten Mal in den sechs Stunden der Angst ins Schlafzimmer. Ihr Morgenmantel lag noch dort, wo sie ihn hingelegt hatte. Er brauchte ihn nur aufzuheben, um ihren Duft in sich aufzunehmen. Das Etui mit den Ohrclips, die er ihr geschenkt hatte, stand offen auf der Kommode. Er wusste noch, wie die Steine am Abend zuvor gefunkelt hatten – als Serena nackt auf seinem Bett kniete und die Arme nach ihm ausgestreckt hatte.

Angst und Zorn wüteten in ihm, bis seine Haut nasskalt war. Nur der Regen war zu hören. Wenige Stunden zuvor hatte Serena diesen Raum noch mit ihrem Lachen und ihrer Leidenschaft erfüllt. Dann hatte er sie verlassen. Er hatte ihr nicht gesagt, dass er sie liebte oder ihr einen Abschiedskuss gegeben.

Hinter ihm öffnete sich die Tür. „Was ich gesagt habe, tut mir Leid, Justin", meinte Daniel leise.

„Daniel, ich liebe sie", erwiderte er nur.

„Ja, das sehe ich."

„Was immer er verlangt, ich werde es tun."

Daniel nickte und streckte die Hand aus. „Komm, die Familie sollte gemeinsam warten."

12. KAPITEL

Es war dunkel, als Serena fühlte, wie sie wachgerüttelt wurde.

„Sie werden telefonieren“, erklärte Terry ihr und schaltete die Deckenbeleuchtung ein.

Sie hielt sich schützend den Arm vor die Augen.

„Er dürfte jetzt genug geschwitzt haben“, fuhr ihr Entführer fort und schloss den mitgebrachten Apparat an. „Sagen Sie ihm, Sie sind in Ordnung, mehr nicht.“ Er begann zu wählen. „Wenn er sich meldet, sagen Sie ihm, Sie sind unverletzt und bleiben das auch, wenn er bezahlt. Verstanden?“

Nickend nahm Serena den Hörer entgegen.

Justin meldete sich beim ersten Läuten. „Blade.“

Sie schloss die Augen. „Justin.“

„Serena! Bist du in Ordnung? Hat er dir etwas getan?“

„Ich bin in Ordnung, Justin. Keine Narben.“

„Wo bist du?“ begann er, doch Terry hielt ihr den Mund zu und entriss ihr den Hörer.

„Wenn Sie sie zurückwollen, bringen Sie das Geld zusammen. Zwei Millionen, kleine Scheine, unmarkiert. Ich sage Ihnen, wo Sie es deponieren sollen. Und kommen Sie allein, Blade, wenn Sie nicht wollen, dass ihr etwas passiert.“

Terry legte auf und ließ Serena los. Schluchzend vergrub sie das Gesicht im Kissen.

„Sie ist in Ordnung.“ Betont sorgfältig legte Justin den Hörer auf die Gabel. „Sie ist in Ordnung.“

„Gott sei Dank.“ Anna nahm seine Hände. „Was jetzt?“

„Ich besorge das Geld und deponiere es, wo immer er will.“

„Wir markieren die Scheine.“ Lieutenant Renicki stemmte sich aus dem Sessel. „Einer meiner Männer wird Sie bei der Übergabe observieren."

„Nein."

„Hören Sie, Mr. Blade", begann er geduldig. „Es gibt keine Garantie, dass er Miss MacGregor gehen lässt, wenn er das Geld hat. Wahrscheinlich wird er eher ..."

„Nein", wiederholte Justin. „Keine Beschattung, Lieutenant."

„Na gut. Wir bauen einen Sender in die Tasche."

„Und wenn er ihn findet?" konterte Justin. „Nein. Ich will kein Risiko eingehen."

„Mrs. MacGregor." Renicki sah Anna an. „Wir wollen Ihre Tochter gesund zurück, wie Sie. Lassen Sie uns Ihnen helfen."

„Markieren Sie das Geld", sagte Caine. „Und holen Sie ihn sich, sobald Rena in Sicherheit ist. Bei Gott, ich würde ihn gern selbst anklagen", fügte er erregt hinzu.

„Dann hoffen Sie, dass er nur wegen Entführung und Erpressung, nicht wegen Mordes vor Gericht kommt", gab der Lieutenant zurück. „Hören Sie, Blade. Sie mögen uns Cops nicht, vielleicht wegen Ihrer alten Sache. Aber es wäre vernünftiger, mit der Polizei zusammenzuarbeiten als mit dem Entführer."

Nein, dachte Justin, ich traue der Polizei wirklich nicht. Er erinnerte sich an die endlosen Verhöre, während seine Wunde zu einer Narbe verheilt war. Vielleicht beging er einen Fehler. Vielleicht sollte er ...

Narben. Keine Narben!

„Oh Gott", flüsterte er. „Oh mein Gott!"

„Was ist?" Annas Finger gruben sich in seinen Arm.

Er sah sie an. „Ein Geist", murmelte er und schüttelte die Panik ab, bevor er sich Renicki zuwandte. „Serena hat versucht, mir etwas mitzuteilen. Sie sagte: ‚Keine Narben'. Der Mann, den ich in Nevada getötet habe, hat mir ein Messer in den Leib gerammt. Serena kennt die Geschichte."

Der Lieutenant eilte bereits ans Telefon. „Erinnern Sie sich an seinen Namen?"

Wie hätte er den je vergessen können? „Charles Terrance Ford", erwiderte er. „Er hatte Frau und Sohn. Sie hat den Jungen jeden Tag mit in den Gerichtssaal gebracht." Er hatte jetzt fast blaue Augen. Blasse, verwirrte Augen. Übelkeit stieg in ihm auf.

„Diesmal trinkst du", befahl Caine und drückte ihm einen Brandy in die Hand.

Justin starrte auf den Schwenker und schüttelte den Kopf. „Kaffee", murmelte er und ging in die Küche. Caine folgte ihm und schob ihm einen Becher zu.

„Ich wusste es." Justin starrte auf den schwarzen Kaffee. „Ich wusste, dass jemand hinter mir her ist. Ich wusste, dass Serena in Gefahr ist, und habe sie nicht weggeschickt."

Caine setzte sich auf einen Hocker. „Ich kenne und liebe Rena ihr ganzes Leben lang. Niemand, absolut niemand zwingt sie zu etwas."

„Ich hätte sie nur zu begleiten brauchen." Justin trank, ohne zu schmecken.

„Und er wäre euch gefolgt."

Justin knallte den Becher auf den Tresen. „Ich bekomme sie zurück, Caine", sagte er mit eisiger Ruhe. „Nichts wird mich davon abhalten."

„Sein Name ist Terry Ford", verkündete Lieutenant Renicki und steuerte die Kaffeemaschine an. „Hat vor fünf Tagen einen Flug von Vegas gebucht, nach Atlantic City. Wir bekommen eine Beschreibung. Wir überprüfen sämtliche Hotels, Motels, Strandpensionen, möblierte Wohnungen.

Aber ich bezweifle, dass er unter seinem Namen abgestiegen ist." Er tat Zucker in den Kaffee. „Seine Mutter hat vor drei Jahren wieder geheiratet. Wir suchen sie." Der Lieutenant nahm Caine gegenüber Platz. „Mr. Blade, wie bekommen Sie das Lösegeld zusammen?"

„Das Geld wird morgen früh um acht in meinem Büro sein."

Renickis buschige Brauen hoben und senkten sich wieder. „Keine Probleme?"

„Nein."

„Okay, sagen Sie ihm neun Uhr. Das gibt uns etwas Zeit."

Um sechs Uhr am nächsten Morgen läutete das Telefon. Anna und Daniel schreckten aus dem Halbschlaf auf der Couch hoch. Alan zuckte im Sessel zusammen. Caine holte sich gerade einen Kaffee und blieb im Durchgang stehen. Justins Hand schoss vor. Seit Stunden starrte er den Apparat an.

„Blade."

„Haben Sie das Geld?"

„Es wird um neun Uhr hier sein."

„Zwei Blocks vom Hotel ist rechts eine Tankstelle. Seien Sie um neun Uhr fünfzehn in der Telefonzelle. Ich rufe Sie an."

Als Terry auflegte, war er so nervös, dass er fast den kleinen Tisch umgestoßen hätte. Mit den Handballen rieb er sich die geröteten Augen. Warum erregte diese Frau bloß sein Mitleid? Schließlich lebte sie mit einem Mörder zusammen. Seine Mutter würde sie als Schlampe bezeichnen, aber selbst in Pullover und Jeans verströmte diese Serena Klasse. Und gestern Abend ... Seufzend starrte er auf die Schlafzimmertür. Sie hatte so hilflos ausgesehen.

Es tat ihm Leid, ihr das antun zu müssen. Aber es ging nicht anders. Bald würde er das Geld haben, und jeden Dollar davon würde er für die Rache an Justin Blade ausgeben.

Als die Tür aufging, hob Serena den Kopf. Sie setzte eine zutiefst verängstigte Miene auf und klammerte sich an ihre innere Kraft. „Bitte, mein Arm tut weh. Ich muss ihn in der Nacht verdreht haben."

„Tut mir Leid." Unentschieden stand er in der Mitte des Raums. „Ich mache Ihnen Frühstück."

„Bitte", sagte sie, bevor er gehen konnte. „Mir tut vom Liegen alles weh. Könnte ich mich irgendwo hinsetzen?" Als er zögerte, schluchzte sie auf. „Sie sind doch viel kräftiger als ich."

„Ich nehme Sie mit in die Küche. Wenn Sie etwas versuchen, muss ich Sie wieder herbringen und knebeln."

„Bitte lassen Sie mich nur eine Weile aufstehen."

Terry schloss die Handschellen auf, packte ihren Arm und zog sie durchs Haus. Sämtliche Jalousien waren geschlossen. Wo war sie? Wo konnte sie hin, wenn sie flüchtete? Hatte er einen Wagen? Bestimmt. Wenn sie an die Schlüssel kam ...

„Setzen Sie sich", befahl er und schob sie auf einen wackligen Stuhl am Küchentisch. Dann bückte er sich und fesselte ihr Fußgelenk mit den Handschellen ans Tischbein. „Ich hole Ihnen Kaffee."

„Danke." Ihr Blick wanderte durch den Raum, auf der Suche nach einer Waffe.

„Heute Abend sind Sie hier weg", sagte Terry, während er den Kaffee eingoss, ohne sie aus den Augen zu lassen. „Er besorgt schon das Geld. Vermutlich hätte ich das Doppelte fordern können."

„Sie werden damit nicht glücklich werden."

„Er wird unglücklich sein", konterte Terry. „Das zählt."

„Terry, warum verschwenden Sie Ihr Leben? Sie müssen doch intelligent sein, sonst hätten Sie dies alles nicht planen können. Warum setzen Sie diese Intelligenz nicht sinnvoller ein? Wenn Sie mich gehen lassen, könnte ich Ihnen helfen. Meine Mutter ..."

„Ich will Ihre Hilfe nicht", presste er hervor. „Ich will Blade. Ich will, dass er vor mir kriecht."

„Justin wird nicht kriechen", entgegnete sie müde.

„Lady, ich habe ihn am Telefon gehört. Für Sie würde er in die Hölle und zurück kriechen."

„Terry ..."

„Halten Sie den Mund!" schrie er. „Meine Mutter hat als Kellnerin in einem schäbigen Schnellrestaurant geschuftet, während Blade immer reicher wurde, anstatt in einer Zelle zu verrotten. Ich habe ein Recht auf das Geld." Serena senkte den Blick. „Haben Sie Hunger?"

Sie wollte Nein sagen, doch dann würde er sie wieder ins Schlafzimmer schließen. Also nickte sie nur und überlegte angestrengt. Sie musste es riskieren. Wenn er ihr das nächste Mal die Handschellen abnahm, würde sie kämpfen. Mit etwas Glück würde sie ihn überraschen und es ins Freie schaffen. Vielleicht würde ihr jemand helfen.

Als sie wieder hochsah, hatte Terry eine schwere gusseiserne Pfanne in der Hand. Ohne groß nachzudenken, stöhnte Serena auf und glitt zu Boden.

„He!" Er ließ die Pfanne fallen und versuchte sie an den Schultern anzuheben. „Was ist? Sind Sie krank?"

„Ich fühle mich so schwach", flüsterte sie, als ihre Finger sich um den Griff der Pfanne schlossen. Sie ließ ihren Körper schlaff werden, bis sein Gesicht über ihres gebeugt war. Dann schlug sie mit aller Kraft zu. Die Pfanne traf ihn an der Schläfe, und er sackte zusammen.

Erst lag Serena reglos da, dann unterdrückte sie die Angst, ihn getötet zu haben, und wand sich unter ihm hervor. Sie tastete nach seinem Puls. „Gott sei Dank", murmelte sie, als sie ihn fand. Hastig richtete sie sich auf und wühlte in seiner Tasche nach dem Schlüssel.

Sie löste die Handschelle, stopfte sie in die Gesäßtasche und stand auf. Dann zerrte sie Terry an den Schultern durch die Küche. Als sie das Schlafzimmer erreichte, war sie schweißnass. Sie würde es nicht schaffen, ihn aufs Bett zu legen, also ließ sie ihn, wo er war, und fesselte ihn mit den Handschellen an den Bettpfosten.

Auf dem Weg zum Telefon ließ die Schwäche Serena taumeln. Sie durfte jetzt nicht ohnmächtig werden. Hastig nahm sie ab und wählte.

Als das Telefon läutete, zuckte Anna zurück und ließ den Arm sinken, den sie tröstend um Justin gelegt hatte.

Justin riss den Hörer von der Gabel. „Blade."

„Justin."

„Serena!" Er hörte, wie Anna den Atem anhielt. „Bist du in Ordnung?"

„Ja, ja, ich bin in Ordnung. Justin ..."

„Bist du sicher? Wieso lässt er dich telefonieren?"

Sie zwang sich zur Geduld. „Er hat keine andere Wahl. Er ist bewusstlos an den Bettpfosten gefesselt."

Caine packte seinen Arm, aber Justin schüttelte ihn ab. „Was hast du gesagt?"

„Ich sagte, ich habe ihn bewusstlos geschlagen und an den Bettpfosten gefesselt."

Die Erleichterung war so gewaltig, dass er lachen musste.

„Und ich mache mir Sorgen um dich“, sagte Justin und ließ sich aufs Sofa fallen. Er starrte in vier zutiefst besorgt blickende Augenpaare. „Sie hat ihn bewusstlos geschlagen und an den Bettpfosten gefesselt.“

„Eine echte MacGregor!“ schrie Daniel begeistert und riss Anna in seine Arme. „Womit hat sie ihn geschlagen?“

„Ist das mein Vater?“ wollte Serena wissen.

„Ja. Er fragt, womit du ihn geschlagen hast.“

„Mit einer gusseisernen Pfanne.“ Sie merkte, dass ihre Beine zitterten, und setzte sich auf den Fußboden.

„Mit einer Pfanne“, gab Justin weiter.

Daniel küsste Anna, legte den Kopf an ihre Schulter und weinte.

„Justin, könntest du mich abholen?“ bat Serena. „Ich habe eine grauenhafte Nacht hinter mir.“

„Wo bist du?“

„Ich weiß es nicht.“ Sie legte die Stirn auf die Knie und unterdrückte die Tränen, die ihr plötzlich zu kommen drohten. „Warte. Ich ziehe die Jalousien hoch und sehe nach. Rede einfach weiter.“

„Deine Familie ist hier“, sagte er. „Deine Mutter plant das Abendessen. Was möchtest du?“

„Einen Cheeseburger.“ Sie öffnete die erste Jalousie. „Einen Cheeseburger und literweise Champagner. Ich glaube, ich bin östlich der Stadt, in der Nähe des Strands. Ich sehe einige Holzhäuser. Ich war noch nie hier.“ Sie biss sich auf die Lippe. „Ich weiß einfach nicht, wo ich bin.“

„Gib mir die Telefonnummer, Serena.“ Hastig schrieb er sie auf, als sie sie ablas. „Ich bin bald bei dir. Halte durch.“

„Das werde ich.“ Das Tageslicht tat ihr irgendwie gut. „Beeil dich. Sag allen, sie sollen sich keine Sorgen machen.“

„Serena, ich liebe dich."

Erneut wurden ihr die Augen feucht. „Komm her und zeig's mir", sagte sie, bevor sie auflegte.

Justin reichte Lieutenant Renicki den Zettel. „Finden Sie heraus, wo sie ist."

Der Lieutenant las die Nummer und wählte. „Mit einer Pfanne, was?" Er lachte anerkennend. „Nicht schlecht."

„Eine MacGregor", erklärte Daniel stolz und putzte sich die Nase.

„Ein kleines Strandhaus östlich der Stadt", verkündete Lieutenant Renicki wenige Minuten später und eilte zur Tür. „Kommen Sie mit?" fragte er Justin.

„Wir kommen alle mit."

Serena stand fröstelnd in der offenen Tür. Dann sah sie die Wagenkolonne. Wie eine Prozession, dachte sie und hätte am liebsten geweint. Nein, sie wollte Justin nicht mit tränenfeuchtem Gesicht gegenübertreten. Sie straffte die Schultern.

Er hielt vor den beiden Streifenwagen, sprang hinaus und eilte zu ihr. „Serena." Er zog sie an sich, hob sie hoch. Sie vergrub das Gesicht an seinem Hals. „Bist du in Ordnung?" fragte er, doch bevor sie antworten konnte, lagen seine Lippen auf ihren.

Er zittert ja, dachte sie und presste ihn an sich. Sie legte alles an Wärme und Liebe in den Kuss. „Dir ist kalt", murmelte er. „Hier, nimm meine Jacke." Als er sie auszuziehen begann, nahm Serena sein Gesicht zwischen die Hände.

„Oh Justin", flüsterte sie und streichelte seine Sorgenfalten fort.

„Komm schon, lass mich sie ansehen." Daniel legte ihr

die Hände auf die Schultern. „Du hast ihn also mit einer Bratpfanne k.o. geschlagen, kleines Mädchen?"

Sie sah seine rot geränderten Augen und küsste ihn. „Sie war gerade zur Hand. Sag bloß, du hast dir Sorgen um mich gemacht?"

„Natürlich nicht. Meine Tochter kann auf sich aufpassen. Aber deine Mutter hat sich Sorgen gemacht."

Lieutenant Renicki beobachtete, wie Serena von einem Familienmitglied zum anderen wanderte. Er nahm sich vor, Justin im Auge zu behalten, wenn Terry Ford herausgebracht wurde. „Wir brauchen Ihre Aussage, Miss MacGregor", sagte er und stellte sich unauffällig neben Justin.

„Nicht jetzt", sagte Justin.

Der Lieutenant nickte nur. „Vielleicht können Sie später aufs Revier kommen." Er spürte, wie Justin sich verkrampfte, und sah zur Tür. Zwei Uniformierte führten Terry ins Freie. „Ruhig, Mr. Blade", murmelte er. „Ihre Lady hat für heute genug durchgemacht."

Terrys Kopf fuhr hoch. Justin erinnerte sich an die Augen. Er hatte sie jeden Tag im Gerichtssaal gesehen. Er kann nicht älter als drei gewesen sein, dachte Justin. Ein Baby. Serenas Hand tastete nach seiner, als Terry über die Schulter zu ihnen zurücksah.

„Er tut mir Leid", flüsterte sie. „So Leid."

Justin nahm sie in die Arme. „Mir auch."

„Kommt schon, bringen wir das Mädchen nach Hause", sagte Daniel.

„Justin fährt sie." Anna nahm Daniels Arm und führte ihn zum zweiten Streifenwagen. „Der Rest von uns plant das Abendessen."

„Sie hatte nicht einmal Schuhe an den Füßen", klagte Daniel, als er in den Wagen geschoben wurde.

„Ich spendiere dir eine Zigarre, wenn du die beiden jetzt allein lässt", sagte Caine beim Einsteigen.

„Ich fahre dich nach Hause." Justin knöpfte ihr seine Jacke bis zum Hals zu.

„Lass uns an den Strand gehen." Sie legte den Arm um seine Taille. „Ich muss mich bewegen."

„Du bist barfuß."

„Genau richtig für den Strand. Du hast nicht geschlafen", sagte sie, als sie den Sand erreichten.

„Stimmt." Justin zögerte. „Ich habe ihm etwas Lebenswichtiges geraubt. Und er mir." Er blieb stehen, zog sie an sich und starrte aufs Meer hinaus. „Mich wundert, dass er eine so kleine Summe verlangt hat."

„Klein?" Sie zog eine Augenbraue hoch. „Für die meisten sind zwei Millionen eine ganze Menge."

„Für etwas Unbezahlbares?" Er nahm ihr Gesicht zwischen die Hände und küsste sie. „Serena." Seine Lippen wanderten über ihr Gesicht und kehrten immer wieder zu ihrem Mund zurück. „Ich war nicht sicher, ob ich dich je wieder so halten würde. Ich musste immerzu daran denken, was er dir antun könnte – und ich ihm, wenn ich ihn habe."

„Er hätte mir nicht wehgetan. Deshalb konnte ich ihm auch so leicht entkommen."

„Nein, es war alles meine ..."

„Hör auf, Justin", unterbrach sie ihn scharf. „Du bist nicht schuld, und ich werde mir nicht anhören, wie du dir Vorwürfe machst. Was heute passiert ist, fing schon vor langer Zeit an. Jetzt ist es vorbei."

„Irgendwie habe ich es vermisst, von dir angefaucht zu werden", murmelte er.

„Masochist. Weißt du ...", sie schmiegte sich an ihn, „...

ich hatte etwas Zeit, um über unsere Beziehung nachzudenken."

„So?"

„Ja, ich finde, wir sollten unsere Grundregeln ändern."

Erstaunt sah er sie an. „Ich wusste gar nicht, dass wir welche hatten."

„Ich habe nachgedacht." Sie ging ans Wasser, stellte fest, dass es eisig war, und wich zurück.

„Und?" Er nahm ihre Schultern und drehte sie zu sich um.

„Und ich finde, die momentane Situation ist nicht sehr praktisch."

„In welcher Hinsicht?"

„Ich finde, wir sollten heiraten", sagte sie ganz sachlich.

„Heiraten?" Justin starrte sie an. Sie stand barfuß im kalten Sand, in einer viel zu großen Jacke, das Haar im Wind, und erklärte ihm, dass sie heiraten sollten. Noch vor einer Stunde hatte sie einen Kidnapper mit einer Pfanne k.o. geschlagen. So hatte er es sich nicht vorgestellt. Er hatte sich ausgemalt, sie selbst zu fragen, im Bett, warm und erfrischt von der Liebe. „Heiraten?" wiederholte er.

„Ja, wie ich höre, macht man das noch. Ich bin jetzt bereit, vernünftig zu sein."

„Das bist du." Er nickte und fragte sich, was sie vorhatte.

„Da es mein Vorschlag ist, regeln wir es auf deine Weise." Sie wühlte in der Tasche und holte eine Münze heraus.

Lachend griff Justin danach. „Serena, wirklich ..."

„Oh nein, es ist meine Münze und ich werfe sie. Kopf, wir heiraten. Zahl, wir heiraten nicht." Bevor er etwas sagen konnte, segelte die Münze durch die Luft. Sie fing sie auf, legte sie sich auf den Handrücken und hielt sie ihm hin. „Kopf."

Er betrachtete die Münze. Dann steckte er die Hände in die Taschen und sah Serena in die Augen. „Sieht aus, als hätte ich verloren."

„Sieht so aus." Sie ließ die Münze zurück in die Tasche gleiten.

„Wie wär's mit drei Versuchen?"

Ihre Augen blitzten auf. „Vergiss es", sagte sie und ging weiter. Sie schrie auf, als Justin sie auf die Arme hob. „Du willst schummeln", begann sie, bevor er sie mit einem Kuss zum Schweigen brachte.

„Ich schummle nie", versprach er und knabberte an ihrer Lippe, während er sie zum Wagen trug. „Lass mich einen Blick auf die Münze werfen."

Sie schlang die Arme um seinen Nacken, und ihre Augen lachten in seine. „Nur über meine Leiche."

– ENDE –

Nora Roberts

Lebe die Liebe

Roman

Aus dem Amerikanischen von
Ursel von der Heiden

MIRA®

1. KAPITEL

Nachdenklich blickte Diana aus dem kleinen Flugzeugfenster auf die sonnenbeschienenen Wolken und überlegte zum wiederholten Male, ob es wirklich richtig war, dieser Einladung zu folgen. In einer halben Stunde sollte die Maschine bereits landen, und noch immer plagten sie Zweifel.

Fast zwanzig Jahre waren vergangen, seit sie ihren Bruder zum letzten Mal gesehen hatte. In ihrer Erinnerung war er immer noch der Teenager von sechzehn Jahren, zu dem sie als kleines Mädchen bewundernd aufgeblickt hatte. Sechs Jahre alt war sie damals gewesen, und für sie hatte es kein anderes Vorbild als ihren Bruder gegeben.

Wenn sie die Augen schloss, sah sie Justin wieder vor sich. Ein gut aussehender junger Mann mit scharf geschnittenem Gesicht, schwarzem Haar, das ihm immer ein wenig wild in die Stirn fiel, und kühlen grünen Augen, die sehr selbstsicher und mit einer Spur Arroganz in die Welt blickten. Justin Blade – der Einzelgänger.

Diana lehnte sich in ihren Sitz zurück und rief sich die Ereignisse von vor zwanzig Jahren wieder in Erinnerung. Als ihre Eltern starben, hatte Justin sich rührend um sie gekümmert, ohne dass er ihr in dem Durcheinander ihrer kindlichen Gefühle wirklich hätte beistehen können. Sie konnte nicht verstehen, dass ihre Eltern niemals zurückkommen würden, und glaubte fest daran, dass alles wieder so werden könnte wie früher, wenn sie nur recht lieb wäre, keine Dummheiten mehr anstellte und in der Schule besser aufpassen würde.

Aber dann war Tante Adelaide gekommen, und Justin war aus ihrem Leben verschwunden. Lange hatte sie geglaubt, dass ihr Bruder nun auch im Himmel sei, weil er ihre Tränen und ihre immer wieder gleich lautenden Fragen nicht mehr hatte ertragen können. Ihre Tante hatte sie mit an die Ostküste genommen, in eine ihr völlig fremde Welt. Von Justin hatte sie nie wieder etwas gehört.

Und jetzt war er verheiratet. So sehr Diana sich auch bemühte, sie konnte sich ihren Bruder einfach nicht als Ehemann vorstellen. In all den Jahren hatte sie beinahe vergessen, dass sie überhaupt einen Bruder hatte. Und nun wartete nicht nur er auf Diana, sondern auch Serena MacGregor, ihre Schwägerin.

Die MacGregors aus Hyannis Port. Natürlich kannte sie diesen Namen. Tante Adelaide hatte dafür gesorgt, dass sie gesellschaftlich auf dem Laufenden war – und dazu gehörte selbstverständlich auch, dass sie diese Familie kannte, die zu den ältesten im Land gehörte.

Daniel MacGregor war das Oberhaupt, ein gebürtiger Schotte und eine bekannte Größe in der Finanzwelt. Anna MacGregor, seine Frau, war eine hoch angesehene Ärztin, und Alan, der älteste Sohn, hatte bereits Karriere als Senator gemacht.

Und dann gab es da noch Caine MacGregor, den jüngeren Sohn. Über ihn hatte Diana in Harvard mehr gehört, als ihr lieb war. Er hatte die berühmte Universität einige Jahre vor ihr durchlaufen, war wie sie selbst Jurist geworden. Genau ein Jahr, bevor sie ihr Studium begann, hatte er seines abgeschlossen und war jetzt bereits dabei, sich einen Namen als Anwalt zu machen.

Ganz zu Anfang, als sie noch ein Neuling in Harvard gewesen war, hatte Diana eine Unterhaltung zwischen zwei Studentinnen mit angehört, die sich einige pikante Einzelheiten aus Caine MacGregors Leben erzählt hatten, die darauf schließen ließen, dass er seine Zeit nicht nur über Büchern und in Hörsälen verbrachte.

Ja, und dann war da noch ihre Schwägerin Serena. Sie hatte genauso wenig versagt wie ihre Brüder. Das lag offenbar im Blut der MacGregors, die, nach allem, was man so hörte, die geborenen Sieger waren. Serena hatte ebenfalls ein Studium absolviert, es mit Auszeichnung abgeschlossen und die nächsten Jahre damit verbracht, alle möglichen akademischen Grade zu erringen. Zumindest von ihrem Ehrgeiz her schien sie zu Justin Blade zu passen.

Diana erinnerte sich wieder an die Hochzeit der beiden und überlegte für einen Moment, ob sie zu der Feier gegangen wäre, wenn sie zu der Zeit in Amerika gewesen wäre. Ja, entschied sie ganz spontan, ja, ich wäre hingegangen. Und wenn es nur aus Neugierde gewesen wäre. War es nicht auch vornehmlich Neugierde, die sie jetzt nach Atlantic City fliegen ließ?

Andererseits hätte sie Serenas Einladung kaum ausschlagen können, ohne einen kindischen oder zumindest unhöflichen Eindruck bei ihrer Schwägerin zu hinterlassen. Und wenn es etwas gab, das Tante Adelaide ihr eingebläut hatte, so war es die Einsicht, dass eine Dame sich niemals kindisch oder unhöflich benehmen durfte.

Schnell schob Diana die Gedanken an ihre Tante beiseite und holte den Brief von Serena aus der Tasche.

Liebe Diana,

ich war so enttäuscht, als ich im letzten Herbst zu unserer Hochzeit erfuhr, dass du in Paris warst und nicht an der Feier teilnehmen konntest. Ich habe mir immer eine Schwester gewünscht, aber leider haben mir meine Eltern diesen Wunsch nicht erfüllt. Daher ist es für mich jetzt doppelt traurig, dass ich eine – zumindest angeheiratete – Schwester habe und sie noch nicht einmal kennen lernen konnte.

Justin spricht oft von dir, aber natürlich ist das kein Ersatz dafür, dich endlich einmal zu sehen, zumal seine Erinnerungen sich nur auf das kleine Mädchen beschränken, das du damals warst. Ich lege diesem Brief ein Flugticket bei und hoffe sehr, dass du es benutzen und zu uns kommen wirst. Justin und du, ihr beide habt Jahre aufzuholen, in denen ihr euch nicht gesehen habt, und ich möchte endlich die Schwester kennen lernen, die ich mein Leben lang vermisst habe.

Liebe Grüße, Serena

Diana seufzte und steckte den Brief wieder in ihre Handtasche. Sie kannte diese Frau überhaupt nicht, aber allein der warmherzige, freundliche Ton des Briefes hatte sie neugierig darauf gemacht, sie kennen zu lernen.

Eigentlich war Serena nicht der Typ Frau, den sie an der Seite ihres Bruders erwartet hatte. Zu ihm passte wohl eher eine kühle, nur auf Vorteil bedachte Frau. Stimmt das wirklich? korrigierte Diana sich sofort. Schließlich wusste sie gar nicht, wie Justin sich entwickelt hatte, zu welcher Art Mann er geworden war.

Wenn es wirklich Zeiten gegeben hatte, in denen sie sich nach ihrem Bruder gesehnt hatte, so waren diese lange vorbei. Sie hatte die Sehnsucht nach ihm begraben müssen, um in der Welt ihrer Tante überleben zu können. Wenn Tante Adelaide wüsste, dass sie jetzt unterwegs war, um ihren Bruder in seinem Hotel zu treffen, in dem er das meiste Geld mit dem angeschlossenen Spielcasino machte, würde sie wohl voller Entsetzen die Hände über dem Kopf zusammenschlagen. Unausweichlich würde dann ein längerer Vortrag darüber folgen, in welchen Kreisen eine Dame verkehren dürfe und in welchen nicht.

Mit einem Lächeln blickte Diana wieder hinaus in die Wolken. Heute konnten ihr die Vorträge ihrer Tante nichts mehr anhaben. Mittlerweile war sie erwachsen und konnte selbst entscheiden, was für sie gut war und was nicht. Sie würde ihren Bruder wieder sehen, ihre Schwägerin kennen lernen und dann zurück nach Boston fahren und ihr gewohntes Leben weiterführen. Sie brauchte niemanden mehr zu fragen und niemandem Rechenschaft abzulegen über die Art und Weise, wie sie lebte und wie sie vor allem ihre Karriere vorantrieb.

Ein neues Jahr hatte gerade begonnen und damit für Diana auch ein neuer Abschnitt ihres Lebens. Der erste, in dem sie für sich allein verantwortlich war. Sie war gespannt auf alles Neue, das ihr begegnen würde.

Sicher ist sie gar nicht in der Maschine, überlegte Caine, als er auf das Flughafengebäude zuging. Er wusste nicht, woher seine Schwester die feste Überzeugung nahm, dass Diana ihre Einladung annehmen würde, schließlich hatte sie auf ihren Brief überhaupt keine Antwort bekommen. Nur widerwillig hatte er sich von Rena dazu überreden lassen, für sie die Rolle des Chauffeurs zu übernehmen, nachdem sie im Hotel durch unvorhergesehene Terminverschiebungen festgehalten worden war.

Es wäre ihm wesentlich lieber gewesen, er hätte seine erste freie Woche seit Monaten mit Skifahren in Colorado verbringen können, statt ausgerechnet im Januar an die eisige Atlantikküste zu fahren. Aber nach den schrecklichen Vorfällen vor einigen Monaten konnte er seiner Schwester einfach keinen Wunsch abschlagen und hatte sich daher ohne Murren bereit erklärt, sie in Atlantic City zu besuchen und dabei zu sein, wenn sie zum ersten Mal ihrer Schwägerin begegnete.

Der Wind pfiff ihm um die Ohren, als er die Tür zur Ankunftshalle öffnete. Eine hübsche Blondine in einem auffälligen Fuchsmantel kam ihm entgegen, und er hielt ihr die Tür auf. Die Frau zögerte einen Augenblick, musterte ihn von oben bis unten und lächelte Caine dann viel sagend zu. Er erwiderte dieses Lächeln eher amüsiert und ging weiter.

Caine war an diese Blicke von gut aussehenden Frauen gewöhnt. Sie schmeichelten ihm, brachten ihn aber nicht weiter aus der Ruhe. Seine Wirkung auf Frauen war vornehmlich auf seinen athletischen Körperbau, die breiten Schultern und schmalen Hüften zurückzuführen. Sein Gesicht mit den hohen Wangenknochen, der geraden Nase und den tiefblauen Augen hatte sehr markante, männliche Züge, die auf sehr viel Selbstsicherheit und Durchsetzungsvermögen schließen ließen. Seine blonden Haare waren vom Wind zerzaust und verstärkten noch den wilden, ungebärdigen Eindruck.

Caine ging durch die große Halle zur Anzeigetafel, auf der der Flug aus Boston bereits angezeigt wurde. Der Ausgang für diesen Flug lag ganz in der Nähe, und so setzte er sich in einen der Sessel, steckte sich eine Zigarette an und wartete auf eine Frau, die er gar nicht kannte und von der er auch nicht annahm, dass sie überhaupt auftauchen würde.

Als die Maschine aufgerufen wurde, beugte er sich etwas vor und nahm die ersten Passagiere in Augenschein, die sich bereits hinter der großen Glasscheibe um das Gepäckband versammelten. Er nahm sich vor, wirklich zu warten, bis auch der letzte Fluggast herausgekommen war, und dann zum Hotel zurückzufahren.

Es würde ihm Leid tun, seine Schwester enttäuschen zu müssen, aber schließlich hätte sie von Anfang an nicht fest damit rechnen dürfen, dass Diana tatsächlich kam. Den Rest des Nachmittags konnte er dann in Ruhe im Fitnessraum des Hotels verbringen und die ersten freien Stunden seit langer Zeit genießen. Seitdem er sich als Rechtsanwalt mit eigener Kanzlei niedergelassen hatte, war ihm kaum eine freie Stunde geblieben.

Das wird jetzt anders, versprach er sich selbst. In dieser Woche wollte er ausspannen und den voll bepackten Schreibtisch in seiner Kanzlei völlig vergessen.

Caine erkannte sie sofort. Die hohen Wangenknochen, die beinahe bronzefarbene Haut, die dunklen, leicht schräg gestellten Augen – das alles ähnelte Justin so sehr, dass man es gar nicht übersehen konnte. Wenn auch der indianische Einschlag bei Justins Schwester beinahe noch deutlicher zu sehen war. Die Augenlider schienen halb geschlossen, die Nase war schmal und gerade, der Mund weich geschwungen und leidenschaftlich.

Oder auch eigensinnig, dachte Caine und stand auf, um ihr entgegenzugehen. Es war ein Gesicht, das ein Mann leicht einordnen konnte – hübsch, ansprechend, sexy. Aber trotzdem war es kein Allerweltsgesicht, das man sah und schnell wieder vergaß. Selbst auf den ersten Blick wusste Caine, dass er sich immer daran erinnern würde.

Als sie ihre Tasche auf die andere Schulter hängte, schwang ihr dichtes schwarzes Haar mit. Es ging ihr fast bis zu den Schultern, die Spitzen waren leicht nach innen gedreht, und in ihrer Stirn hingen einige Ponyfransen, die das schmale Gesicht hübsch umrahmten.

Unbemerkt ließ Caine seinen Blick über Dianas schlanke Figur wandern. Sie hatte schmale Hüften, der Gürtel ihres Mantels betonte die Taille, während ihre Schultern unter dem dicken Stoff breit und kräftig erschienen. Sie bewegte sich mit der Geschmeidigkeit einer Tänzerin, und als Caine sich ihr in den Weg stellte, hielt sie grazil mitten in der Bewegung inne und sah ihn an. Ihr Blick hatte nichts gemein mit dem der Frau vorhin im Fuchsmantel. Keine abschätzende Musterung, noch nicht einmal sonderliches Interesse war daraus zu lesen.

„Entschuldigen Sie bitte." Diana wollte schon an ihm vorbeigehen und ließ keinen Zweifel daran, dass er ihr im Weg stand.

„Diana Blade?"

Erstaunt sah sie ihn an. „Ja?"

„Ich bin Caine MacGregor, Renas Bruder."

Das ist er also, Caine MacGregor, dachte Diana und nahm die Hand, die er ihr entgegenstreckte.

„Rena wollte Sie selbst abholen", sagte Caine und nahm den Blick immer noch nicht von ihrem Gesicht, „aber dann hielt sie im Hotel etwas auf." Er griff nach ihrem Koffer. „Ich habe nicht damit gerechnet, dass Sie kommen würden."

„So?" Diana ging neben ihm her auf den Ausgang zu. „Und Ihre Schwester?"

Irgendetwas in ihrem Blick ließ Caine nicht so höflich und freundlich zu ihr sein, wie er das sonst Fremden gegenüber für selbstverständlich hielt. „Sie war sicher, dass Sie kommen würden", sagte er und zuckte abschätzig mit den Schultern. „Rena meint immer, alle Leute müssten so enge Familienbande haben wie sie selbst."

Diana blieb abrupt stehen und sah ihm voll ins Gesicht. „Sie mögen mich nicht, nicht wahr?"

Caine wich ihrem Blick aus. „Wie kommen Sie darauf? Schließlich kennen wir uns ja noch gar nicht. Im Übrigen würde ich vorschlagen, dass wir die Formalitäten lassen, da wir doch jetzt quasi miteinander verwandt sind. Ich heiße Caine."

Diana zögerte nur einen Augenblick. „Okay, Caine. Mich würde interessieren, woran du mich erkannt hast."

„Du hast sehr viel Ähnlichkeit mit Justin."

„Wirklich?"

Nachdenklich ging sie neben ihm her, die Augen gesenkt. Ihr fiel gar nicht auf, dass Caine sie sehr genau betrachtete. „Die Familienähnlichkeit ist unverkennbar", sagte er, griff nach ihrem Arm und führte sie aus dem Flughafengebäude in die eisige Winterluft hinaus. „Justin wird sich freuen, dich nach so vielen Jahren wieder zu sehen."

„Ja, vermutlich", gab Diana einsilbig zur Antwort. „Kennst du ihn schon länger?"

„Ja, seit über zehn Jahren. Er war schon lange mein Freund, bevor er mein Schwager wurde."

Diana wollte ihn schon ausfragen über ihren Bruder, aber dann unterdrückte sie diesen Wunsch. Es war besser, wenn sie sich selbst ein Bild machte. Völlig ohne Einwirkung und Beeinflussung anderer.

„Wohnst du auch im ‚Comanche'?" fragte sie stattdessen.

„Ja, für eine Woche."

Als sie auf den Parkplatz kamen, schlug Diana den Kragen ihres Wintermantels hoch. Der Wind pfiff eisig vom Meer her, der Himmel war von schnell dahintreibenden Wolken bedeckt, und der hart gefrorene Boden zeigte überall noch Reste von Schnee.

„Nicht gerade die beste Zeit, um den Urlaub am Meer zu verbringen", sagte sie.

„Die meisten Leute, die jetzt hier sind, kommen nicht des Meeres wegen, sondern um zu spielen. Wenn sie erst einmal in den Casinos sind, hat das Wetter keine Bedeutung mehr."

Diana reichte ihm nur bis zur Schulter. Sie musste den Kopf in den Nacken legen, um ihn anzusehen. „Bist du auch deswegen hier – um im Spiel dein Glück herauszufordern?"

„Nein, nicht unbedingt." Caine sah sie an. Der wolkenverhangene Himmel spiegelte sich in ihren dunklen Augen. „Ich habe nichts gegen ein Spielchen dann und wann, aber der wirkliche Spieler in unserer Familie ist Rena."

„Dann passt sie zu Justin."

Caine stellte den Koffer ab und holte die Autoschlüssel aus der Tasche. „Ich überlasse es dir, das herauszufinden." Dann packte er ihr Gepäck in den Kofferraum und schloss ihr die Beifahrertür auf. „Diana ..." Er legte ihr die Hand auf den Arm und hielt sie fest.

Noch nie hatte jemand ihren Namen so ausgesprochen – sanft, beinahe zärtlich hatte es geklungen. Erstaunt sah sie zu ihm auf. Er stand ganz nah vor ihr, und plötzlich strich er mit einem Finger die Ponyfransen aus ihrer Stirn. Diese merkwürdige Berührung überraschte Diana so sehr, dass sie stehen blieb und kein Wort sagte.

„Diana, es gibt Dinge im Leben, die sind ganz anders, als es zuerst den Anschein hat."

„Ich verstehe nicht. Was willst du damit sagen?"

Einen Augenblick lang standen sie in der kalten Winterluft. Vom Flugfeld her hörten sie den Lärm der landenden und startenden Maschinen. Diana war es, als könnte sie die Wärme seiner Hand durch den dicken Mantelstoff hindurch spüren. Seine Augen blickten sie so sanft an, wie es eigentlich gar nicht zu dem harten, männlichen Gesicht passte.

Für einen Moment vergaß sie den Ruf, den Caine MacGregor wegen seinen ständig wechselnden Frauenbekanntschaften hatte. Am liebsten hätte sie sich an ihn geschmiegt und ihn um Rat und Trost gebeten – obwohl sie nicht hätte sagen können, wovor er sie beschützen sollte.

„Du bist sehr hübsch", murmelte Caine und nahm den Blick nicht von Dianas Gesicht. „Gib Justin eine Chance, ja?"

Völlig verwirrt sah sie ihn an. „Aber habe ich das denn nicht schon getan, indem ich gekommen bin?"

„Vielleicht." Caine ließ sie los und ging hinüber zur Fahrerseite.

„Du scheinst nicht davon überzeugt zu sein." Diana setzte sich und schlug die Tür zu.

„Nun, ich würde eher meinen, dass deine Neugierde dich hierher gebracht hat."

„Zumindest kann man dir keine mangelnde Offenheit nachsagen", erwiderte Diana schmunzelnd.

Nur kurz sah Caine zu ihr hinüber und lächelte. Dann drehte er den Zündschlüssel, und der schwere Jaguar startete. „Wir sollten versuchen, Freunde zu sein", sagte er und wechselte abrupt das Thema. „Wie war es in Paris?"

Diana lehnte sich in ihrem Sitz zurück und beschloss, auf dieses unverfängliche Thema einzugehen. „Ziemlich kalt und ungemütlich."

„Ich kenne da ein kleines Café in der Rue du Four." Caine lenkte den schweren Wagen geschickt durch den dichten Verkehr. „Dort gibt es die besten Soufflés diesseits und jenseits des Atlantiks."

„Du meinst das ‚Henri'?"

Überrascht sah er sie an. „Ja, kennst du es?"

Diana nickte lächelnd. „Henri" war ein winzig kleines

Lokal, in dem nur einige Tische Platz hatten. Tante Adelaide wäre niemals auch nur über die Schwelle geschritten, aber Diana hatte es genossen, so oft sie in Paris war, wenigstens einmal für ein oder zwei Stunden dorthin zu gehen. Seltsam, dass Caine MacGregor es ebenfalls kannte. „Bist du häufig in Paris?"

„Nein, früher während meiner Studienzeit einige Male, aber jetzt nicht mehr."

„Meine Tante lebt jetzt dort. Ich war mit ihr drüben und habe geholfen, ihre neue Wohnung einzurichten."

„Du wohnst in Boston, habe ich gehört? In welchem Stadtteil?"

„Ich bin gerade in meine eigene Wohnung gezogen. In der Charles Street."

„Die Welt ist doch klein", murmelte Caine. „Da sind wir ja beinahe Nachbarn. Was tust du in Boston?"

Diana legte ihre langen Beine übereinander und sah ihn von der Seite an. „Dasselbe wie du." Caine zog überrascht die Brauen hoch. „Erinnerst du dich noch an Professor Whiteman?" fuhr sie fort. „Er hat eine sehr hohe Meinung von dir."

Caine blickte kurz zu ihr hinüber. „Nennt man ihn immer noch Skelett?"

„Natürlich. Das gibt wohl eine Studentengeneration an die nächste weiter."

Caine lachte und schüttelte den Kopf. „So, dann hast du also Jura in Harvard studiert. Es scheint, dass wir beide doch mehr Gemeinsamkeiten haben, als zunächst angenommen. Eine Familie, eine Uni, derselbe Beruf. Wo arbeitest du?"

„Bei Barclay, Stevens und Fitz."

„Hm, gute Kanzlei."

Diana lachte und lehnte sich wieder in ihren Sitz zurück.

„Ja, und vor allem bekomme ich dort ungeheuer interessante und wichtige Fälle. Vorige Woche zum Beispiel musste ich den Sohn eines Senators verteidigen, der der festen Überzeugung ist, dass Geschwindigkeitsbegrenzungen für ihn nicht gelten." Sie war sichtlich amüsiert über den Fall.

„Immerhin hast du die Möglichkeit, dich in zehn oder zwanzig Jahren hochzuarbeiten – falls dir das nicht zu lange dauert."

„Nein, ich habe andere Pläne", sagte Diana leise und blickte wieder zum Fenster hinaus. Sobald sie genug Erfahrung in dieser bekannten Kanzlei gesammelt hatte, wollte sie sich selbstständig machen. Das hatte sie sich fest vorgenommen, und es passierte immer wieder, dass sie bereits jetzt davon träumte. Ein hübsches, elegant eingerichtetes Büro, eine eigene Sekretärin ...

„Und die wären?" unterbrach er ihre Gedanken.

Diana zögerte einen Moment. Schließlich kannte sie ihn erst seit etwa einer halben Stunde. Warum also sollte sie ihm ihre Karten offen legen? „Ich möchte mich auf Strafrecht spezialisieren."

„So? Und warum?"

„Weil mich das am meisten interessiert", antwortete Diana. „Außerdem liebe ich die Auseinandersetzung vor Gericht."

Caine war überrascht. Offensichtlich hatte er sie doch falsch eingeschätzt. Hinter der ruhigen, beinahe uninteressierten Fassade dieser Frau steckte wohl viel mehr. „Meinst du, du schaffst das?"

„Ein Student im zweiten Semester könnte die Fälle bearbeiten, die mir im Moment auf den Tisch kommen", sagte Diana mit fester Stimme. „Ich kann viel mehr, das weiß ich, und ich werde es beweisen!"

„An mangelndem Selbstbewusstsein leidest du offenbar nicht." Um seine Mundwinkel spielte ein Lächeln, als er den schweren Wagen von der Straße in die Zufahrt zum Hotel lenkte. „Dann werden wir wohl Kollegen, ich habe mir nämlich den gleichen Weg vorgenommen."

Diana sah ihn mit einem abschätzenden Blick an. „Schön. Dann werden wir ja sehen, wer von uns beiden besser ist."

Caine lächelte nur, und zum ersten Mal spürte sie etwas von der Energie, die diesem Mann nachgesagt wurde. Nun, sie hatte keine Angst, und sie brauchte sich vor ihm nicht zu verstecken. Wenn Diana sich auf einem Gebiet völlig sicher war, dann war das ihr Beruf. Caine MacGregor würde ihren Namen in den nächsten Jahren vielleicht häufiger hören, als ihm lieb war. Sie würde dafür sorgen, dass er sich an diese Unterhaltung erinnerte, wenn es soweit war.

„Miss Blades Gepäck ist im Kofferraum", sagte Caine und gab dem Portier die Wagenschlüssel. „Rena will dich bestimmt sofort sehen." Er griff nach Dianas Arm und führte sie zum Hoteleingang. „Das heißt, wenn du nicht zuerst in dein Zimmer möchtest, um dich frisch zu machen."

„Nein." Diana fiel sofort auf, dass er seine Schwester, nicht aber Justin erwähnt hatte.

„Okay, dann komm mit."

Sie sah sich in der eleganten Hotelhalle um. „Das gehört also alles Justin?"

„Nein, eigentlich nur die Hälfte", berichtigte Caine, während er sie zum Aufzug führte. „Rena ist im vorigen Jahr als gleichberechtigter Partner eingestiegen."

„So? Haben die beiden sich dabei kennen gelernt?"

„Nein." Caine lachte und sah, dass Diana ihm einen erstaunten Blick zuwarf. „Rena wird dir bestimmt erzählen, wie Justin und sie sich kennen gelernt haben. Aber ich fürchte, du musst erst meinem Vater vorgestellt werden, bevor du das verstehst.“ Plötzlich wurde er wieder ernst, sah sie nachdenklich an und spielte gedankenverloren mit einer Strähne ihres Haares. „Wenn ich es mir richtig überlege“, sagte er langsam, „wäre es vielleicht doch besser, du würdest meinen Vater nie kennen lernen. Sonst bin ich schneller in einer ähnlichen Situation, als mir lieb ist.“ Er sah ihren Augen an, dass sie kein Wort verstanden hatte, aber er machte keine Anstalten, das Geheimnis aufzuklären. „Du bist sehr hübsch, Diana“, murmelte er stattdessen.

Es war die Art, wie er ihren Namen aussprach, die Diana kleine Schauer über den Rücken jagte und sie veranlasste, seinem Blick nicht zu begegnen.

Sie erinnerte sich wieder an den Ruf, den Caine in der Uni gehabt hatte. Demnach hatte er häufig genug Gelegenheit gefunden, seine Verführungstaktik zu vervollkommnen.

„Du bist auch heute noch ziemlich bekannt in Harvard“, sagte sie und sah zu ihm auf. „Und das bezieht sich nicht nur auf deine juristischen Leistungen.“

„Wirklich?“ Er lächelte amüsiert. „Darüber musst du mir unbedingt mehr erzählen.“

„Ich glaube kaum, dass das nötig ist.“ Diana trat aus dem Aufzug hinaus und blieb dann stehen. „Obwohl ich zugeben muss, dass ich mich manchmal gefragt habe, ob diese Geschichte in der Bibliothek wirklich passiert ist.“

„Hm.“ Mühsam beherrscht rieb er sein Kinn und sah sie aufrichtig an. „Euer Ehren, da möchte ich von meinem Recht der Aussageverweigerung Gebrauch machen.“

„Feigling.“ Sie sagte das ein wenig zu frech und zu herausfordernd.

Er steckte den Schlüssel, den Serena ihm mitgegeben

hatte, in die Tür des Penthouse und zögerte dann. „Bist du wirklich neugierig?“

Diana zuckte mit den Schultern. Offenbar war es ihm überhaupt nicht peinlich, dass sie davon angefangen hatte. „Nun, eine Champagner-Orgie zwischen Gesetzbüchern ... Du musst zugeben, das ist nicht alltäglich – vorausgesetzt, es hat sich wirklich so abgespielt.“

Caine schloss die Tür auf. „In Wahrheit war es Bier, kein Champagner. Du siehst, im Nachhinein wird so etwas immer viel zu sehr aufgebauscht.“ Er lächelte ihr freundlich zu. „Man soll nicht immer alles glauben, was so erzählt wird.“

„Da hast du wohl Recht.“ Diana schob die Tür auf und ging an ihm vorbei.

Sie wusste nicht, was sie erwartet hatte, aber jedenfalls nicht diese gemütliche, unaufdringliche Einrichtung in der Wohnung ihres Bruders. Vor ihr lag ein großer Raum, dessen gegenüberliegende Wand aus Glas bestand und den Blick freigab auf den winterlichen Atlantik. Die Einrichtung bestand aus wenigen, ausgesucht eleganten Möbelstücken, bequemen Polstermöbeln und einigen wunderschönen Teppichen, die farblich mit dem Bezug der Polster harmonierten.

Entsprach das dem Geschmack ihres Bruders oder zeigte sich hier Serenas Handschrift? Wieder einmal wurde Diana bewusst, wie fremd Justin ihr doch war und wie wenig sie von ihm wusste. Hätte sie nicht doch lieber auf diese Reise verzichten sollen? Bestimmt war es besser, wenn sie gar nicht erst versuchen würde, die Lücke der Jahre zu schließen, in denen sie sich nicht gesehen hatten. Plötzlich stieg Panik in ihr auf. Sie drehte sich um und wollte aus dem Raum fliehen – aber da stand Caine vor ihr. Er schien ihre

Gedanken erraten zu haben, sah sie eindringlich an und rührte sich nicht vom Fleck.

„Vor wem willst du weglaufen?“ fragte er ganz ruhig und hielt sie an den Armen fest. „Vor Justin oder dir selbst?“

„Das geht dich gar nichts an“, antwortete Diana aggressiv.

Schweigend hielt er ihre Arme umklammert. Wenn sie wütend ist, ist sie noch hübscher, dachte er und blickte in ihr Gesicht. Wie würde sie wohl reagieren, wenn man diesen Panzer knackte, den sie um sich herum aufgebaut hatte? Zeugte dieser weich geschwungene Mund wirklich von Leidenschaft? Bisher hatte er immer Frauen bevorzugt, die ohne viel nachzudenken auf sein Spiel eingingen, die keine großen Ansprüche stellten und die er nachher schnell wieder vergessen konnte. Bei Diana war das anders. Es reizte ihn, hinter diese Fassade zu schauen.

Einen Augenblick lang zögerte er. Sollte er es jetzt schon ausprobieren? Er brauchte sie nur etwas enger an sich zu ziehen. Wie würde sie reagieren?

Diana spürte die Spannung, die zwischen ihnen herrschte. Entsetzt stellte sie fest, dass sie sich am liebsten an ihn geschmiegt hätte, dass sie sich danach sehnte, ihn zu küssen.

In diesem Augenblick hörte sie ein Geräusch, und geistesgegenwärtig schob Caine ihr den Mantel von den Schultern, als hätte ihre Nähe keinen anderen Grund gehabt.

Als sie ihren Kopf drehte, sah sie an einer Seite des Raumes eine Aufzugtür aufgehen, und heraus trat eine schlanke, blonde Frau.

„Diana.“ Mit ausgestreckten Armen kam Serena auf sie zu und umarmte sie. „Ich bin so glücklich, dass du gekommen bist!“ Sie hielt ihre Schwägerin an den Händen fest und sah sie lächelnd an. „Du bist sehr hübsch, Diana“, sagte sie und wandte sich an ihren Bruder. „Und sie hat Ähnlichkeit mit Justin, findest du nicht auch?“

Caine nickte nur und steckte sich eine Zigarette an.

Etwas verlegen trat Diana einen Schritt zurück. „Ich danke dir für die Einladung, Serena.“

„Das ist die erste und letzte förmliche Einladung gewesen, die ich dir geschickt habe“, antwortete Serena lächelnd. „Schließlich sind wir jetzt eine Familie, nicht wahr? Caine, wie wäre es mit einem Drink? Diana, was möchtest du?“

„Einen Sherry vielleicht“, antwortete Diana und trat nervös etwas näher an die hohe Glaswand. „Das Hotel ist sehr schön, Serena. Caine hat mir erzählt, dass Justin und du jetzt Partner seid?“

„Ja, das stimmt. Außerdem haben wir gerade ein Hotel auf Malta gekauft. Die anderen kenne ich noch nicht, aber irgendwann werde ich es bestimmt schaffen, sie mir anzusehen.“ Sie nahm das Glas, das ihr Bruder ihr reichte, und setzte sich.

„Übrigens, Diana und ich sind in Boston praktisch Nachbarn“, mischte Caine sich in die Unterhaltung ein und ging hinüber zu Diana, um ihr ein Glas zu geben.

„Oh, wirklich?“

Ihre Blicke begegneten sich, als Diana das Glas nahm und dabei kurz Caines Hand streifte. Nur zu gern hätte sie sich gesagt, dass diese Spannung vorhin zwischen ihnen nur auf ihre etwas überreizten Nerven zurückzuführen war, aber als sie in seine Augen blickte, war sie sich da nicht mehr so sicher.

„Ja.“ Abrupt drehte sie sich zur Seite und schaute Serena an. „Das ist wirklich Zufall, nicht wahr?“

„Wahrscheinlich schon mehr als ein Zufall.“ Caines Stimme war so leise, dass wohl nur Diana das gehört hatte. „Außerdem haben wir auch noch denselben Beruf“, sagte er lauter.

„Du bist Rechtsanwältin?“ Serena sah, wie ihre Schwägerin Caine mit den Augen folgte, und lächelte. Offenbar hatte ihr Bruder die kurze Zeit seit ihrer Ankunft gut genutzt.

„Ja, ich habe einige Jahre nach Caine in Harvard studiert. Man erinnerte sich übrigens noch sehr gut an ihn.“

Serena lachte laut auf. „Das wundert mich gar nicht, schließlich kenne ich doch meinen Bruder.“

„Reizend, wie du über mich denkst“, brummte Caine.

Die beiden sind sich sehr nah, dachte Diana und spürte so etwas wie Neid. Sie kam sich vor wie ein Eindringling. „Serena, ich habe mich wirklich sehr über deine Einladung gefreut“, begann sie stockend. „Aber bist du sicher, dass Justin mich tatsächlich sehen will?“

„Er weiß gar nicht, dass du hier bist.“ Als sie Dianas entsetzten Blick bemerkte, fuhr sie schnell fort: „Ich wusste ja gar nicht, ob du überhaupt kommen würdest, Diana. Und da wollte ich ihm eine Enttäuschung ersparen.“

„Meinst du, es wäre eine Enttäuschung für ihn geworden?“ Diana hatte die Frage sehr leise gestellt und nahm noch einen Schluck von ihrem Drink.

„Du kennst ihn nicht“, antwortete Serena. „Aber ich kenne ihn.“ Der kühle Blick, mit dem Diana sie daraufhin musterte, erinnerte Serena noch mehr an ihren Mann. Schnell stellte sie ihr Glas auf den Tisch und ging auf ihre Schwägerin zu. „Diana, ich kann mir vorstellen, was jetzt in dir vorgeht. Bitte, mach es ihm nicht so schwer. Er ...“

Als sie das Geräusch des Aufzugs hörte, brach sie ab.

Verflixt, Justin kam zu früh! Sie hatte erst noch mit Diana etwas reden wollen, bevor die beiden sich begegneten.

Diana war plötzlich wie erstarrt und hatte nur noch Augen für die Aufzugtür, die in diesem Augenblick aufging. Serena warf ihrem Bruder einen hilflosen Blick zu, aber er antwortete nur mit einem lässigen Schulterzucken.

„Da bist du ja." Justin ging direkt auf seine Frau zu und sah Diana gar nicht, die sich mit einigen Schritten bis ans Fenster zurückgezogen hatte. „Ich habe dich schon gesucht."

„Justin ..." Serena kam nicht dazu, mehr zu sagen. Er hatte sie schon in die Arme genommen und verschloss ihren Mund mit einem Kuss.

Wie groß er ist! Das war das Erste, was Diana durch den Kopf schoss. War das wirklich ihr Bruder? Dieser selbstbewusste, elegante Mann, der nur wenige Schritte von ihr entfernt stand, hatte wenig gemein mit dem zurückhaltenden, etwas eckigen Jungen, der sie auf seine Schultern genommen hatte, wenn ein Zirkus in die Stadt kam, damit sie besser sehen konnte. Warum kam ihr ausgerechnet dieses Bild jetzt in den Sinn?

„Justin", begann Serena atemlos, als er sie endlich wieder freigegeben hatte. „Wir sind nicht allein."

Er warf einen Blick auf Caine und zog seine Frau dann noch enger an sich. „Caine, du störst. Merkst du das nicht?"

„Justin." Halb lachend presste Serena ihre Hände gegen seine Brust und deutete mit dem Kopf zum Fenster.

Justin folgte ihrem Blick, wandte sich dann aber sofort wieder seiner Frau zu. „Ich habe gar nicht bemerkt, dass Caine jemanden mitgebracht hat", sagte er lächelnd und strich Serena übers Haar.

Er erkennt mich nicht mehr, dachte Diana und umfasste

ihr Glas so krampfhaft, dass ihre Hände wehtaten. Wir sind wie zwei Fremde, die auf der Straße aneinander vorbeigehen würden.

Plötzlich zog Justin die Brauen zusammen, seine Hand lag immer noch auf dem Kopf seiner Frau, aber seine Finger griffen plötzlich so fest zu, dass es schmerzte. Ganz langsam ließ er sie los, und aus seiner Miene sprach ein ungeheures Staunen. „Diana?"

Sie stand ganz still, die Hände immer noch um ihr Glas verkrampft. „Justin."

Mit wenigen Schritten war er bei ihr. Es schien, als wollte er sie in die Arme nehmen, aber dann blieb er vor ihr stehen und sah sie nur an. Er konnte es nicht fassen. Das war nicht das kleine Mädchen, das er getröstet hatte. Vor ihm stand eine erwachsene Frau mit den Augen ihres Vaters. Er starrte sie an. Ihr Gesicht war wie eine Maske, völlig ausdruckslos.

„Du hast keinen Pferdeschwanz mehr", sagte er und wusste genau, wie albern das klang.

„Ja, schon seit einigen Jahren nicht." In diesem Augenblick erinnerte Diana sich wieder an die Höflichkeitsregeln, die ihre Tante ihr bei jeder Gelegenheit eingebläut hatte. „Du siehst gut aus, Justin", sagte sie und lächelte höflich.

Spätestens jetzt wusste er, dass er keine spontane Reaktion von seiner Schwester erwarten konnte. „Du auch", erwiderte er steif. „Wie geht es Tante Adelaide?"

„Gut. Sie lebt jetzt in Paris. Dein Hotel ist sehr schön."

„Danke." Er lächelte gequält und steckte die Hände in die Taschen seines Jacketts. „Ich hoffe, du bleibst eine Weile."

„Ja, eine Woche." Mittlerweile schmerzten ihre Hände so sehr, dass sie den Griff um das Glas lockerte. „Ich habe dir noch gar nicht zu deiner Hochzeit gratuliert, Justin. Ich hoffe, du bist glücklich."

„Ja, das bin ich."

Jetzt fand es Serena an der Zeit, dieser steifen, unerfreulichen Unterhaltung ein Ende zu setzen. „Diana, komm, setz dich."

„Sei mir nicht böse, Serena, aber wenn es dir nichts ausmacht, möchte ich lieber meine Sachen auspacken."

„Natürlich." Justin hatte geantwortet, bevor Serena noch protestieren konnte. „Aber du wirst doch mit uns zu Abend essen, nicht wahr?"

„Ja, gern."

„Ich zeige dir dein Zimmer." Caine trank sein Glas aus und stellte es auf den Tisch.

„Danke." Diana ging durch das Zimmer und warf Serena noch einen freundlichen Blick zu. „Bis später."

Sie sah den Augen ihrer Schwägerin an, dass sie mit dem Fortgang der Dinge überhaupt nicht einverstanden war. „Gut. Wenn du noch irgendetwas brauchst, dann sag es mir bitte. Abendessen um acht Uhr, ja?"

Diana nickte nur und folgte Caine durch die Tür, die er für sie offen hielt. Schweigend gingen sie den Flur entlang. Diana konnte es nicht erwarten, bis sie endlich allein war und sich gehen lassen konnte.

Caine nahm den Schlüssel und öffnete die Zimmertür. Diana ging an ihm vorbei und drehte sich dann noch einmal um. Sie wollte sich bei ihm bedanken und verabschieden, aber stattdessen trat er ebenfalls ins Zimmer und blieb vor der geschlossenen Tür stehen. „Setz dich."

„Caine, wenn es dir nichts ausmacht, so möchte ich ..."

„Hat dir der Sherry nicht geschmeckt?"

Verständnislos sah Diana ihn an und merkte erst da, dass

sie immer noch das halb volle Glas in der Hand hielt. Schnell stellte sie es ab und sah sich in dem Zimmer um. „Sehr hübsch“, sagte sie, obwohl sie kaum wahrnahm, wie ihre Umgebung aussah. „Danke, dass du mich hierher gebracht hast, Caine. Jetzt möchte ich bitte auspacken.“

„Setz dich, Diana. Ich werde nicht eher gehen, bis du dich beruhigt hast.“

„Aber wieso? Mit mir ist alles in Ordnung. Ich bin nur etwas müde von der Reise, und daher möchte ich ...“

„Ich habe dich beobachtet.“ Caine ließ sich nicht aus der Ruhe bringen. Er kam auf sie zu, nahm sie bei den Schultern und drückte sie in einen Sessel. „Wenn du noch fünf Minuten länger in dem Raum gestanden hättest, wärst du umgefallen.“

„Unsinn!“

„Wirklich?“ Er nahm ihre Hand zwischen seine und hielt sie fest. „Deine Hände sind eiskalt. Du kannst vielleicht mit deinen Augen lügen, Diana, aber deine Hände verraten dich. Hättest du es ihm nicht etwas leichter machen können?“

„Nein!“ Sie atmete tief durch, und als sie weitersprach, klang ihre Stimme weniger aggressiv. „Warum hätte ich das tun sollen?“ Sie entzog ihm ihre Hand und stand auf. „Bitte, lass mich jetzt allein.“

Sie standen jetzt nah voreinander. Caine hob seine Hand und strich mit den Fingerspitzen ganz zart über ihre Lippen. „Eigensinnig bist du“, murmelte er und strich ihr eine Haarsträhne von der Wange. „Schon als ich dich vorhin am Flughafen sah, hab ich das gewusst. Warum kommst du ihm nicht etwas entgegen, Diana? Warum machst du es dir selbst so schwer, indem du deine Gefühle so unterdrückst?“

„Meine Gefühle gehen dich gar nichts an!“ So böse ihre Stimme geklungen hatte, so viel Hilflosigkeit lag in ihren

Augen. Caine sah, dass sie mit aller Kraft gegen die aufsteigenden Tränen ankämpfte. „Lass mich allein."

Ehe Diana noch protestieren konnte, fühlte sie sich plötzlich von seinen Armen umfangen. Jetzt konnte sie nicht mehr widerstehen. Sie lehnte ihren Kopf gegen seine Brust und weinte hemmungslos.

2. KAPITEL

Das Meer war grau und wild, kleine Schaumkronen tanzten auf den Wellen. Die Luft war schneidend kalt und roch nach Schnee.

Diana hatte ihren Mantel bis obenhin zugeknöpft und hielt ihr Gesicht dem kalten Wind entgegen. Unter ihren Füßen knirschte der Sand. Jetzt, kurz nach Sonnenaufgang, war weit und breit noch kein Mensch zu sehen. Diana genoss die Einsamkeit an diesem winterlichen Strand.

Wenn sie so zurückdachte, war sie eigentlich selten in ihrem Leben wirklich ohne Gesellschaft gewesen. In ihrem Herzen hatte sie sich oft einsam gefühlt, trotz der vielen Menschen um sie herum.

Tante Adelaide hatte in ihrem großen Haus auf Beacon Hill dafür gesorgt, dass Diana neben den unzähligen Stunden, in denen die Tante ihr gutes Benehmen und gesellschaftlichen Schliff beigebracht hatte, möglichst häufig von Menschen umgeben war, die zu den Spitzen der Gesellschaft zählten.

Diana lächelte traurig, als sie daran zurückdachte. Schon sehr früh war ihr damals der Grund für das Verhalten ihrer Tante klar geworden. Sie hatte Angst, dass bei ihrer Nichte das Blut der Blades, Indianerblut, die Oberhand gewinnen könnte. Ihre Vorfahren hatten dem Stamm der Komantschen angehört, und Tante Adelaide war fest davon überzeugt, dass diese Herkunft keinen guten Einfluss auf eine junge Dame der Gesellschaft ausüben konnte.

Zuerst hatte Diana sich gefügt, hatte alles getan, um ihre Tante nicht zu verärgern und sich wirklich zu dem wohlgeratenen Mädchen erziehen zu lassen, das Tante Adelaide anstrebte. Was hätte sie auch sonst tun können? Es gab für sie keine andere Möglichkeit, niemanden, der sie sonst aufgenommen hätte. Während der ganzen Jahre hatte Diana immer die Angst begleitet, auch die Tante noch zu verlieren, nachdem schon ihre Eltern und dann auch Justin sie verlassen hatten.

Im Laufe der Zeit hatte sie gelernt, ihre Angst zu unterdrücken und ihre Gefühle so zu kontrollieren, dass sie gewappnet war gegen die Kritik der Tante und ihre eigene Unsicherheit. Selbst als Kind hatte sie schon begriffen, dass ihre Tante sie nicht aus Liebe zu sich genommen hatte, sondern einfach aus einem Pflichtgefühl heraus.

Diana war die Tochter von Adelaides Halbschwester, einer hübschen, dunkelhaarigen Frau mit heller Haut aus der zweiten Ehe ihres Vaters, die er mit einer Halbindianerin eingegangen war – einer Indianerin vom Stamme der Komantschen. Adelaide hatte die Halbschwester akzeptiert, aber sie hatte nie eine Gelegenheit ausgelassen, auf die Schande hinzuweisen, die ihr Vater damit über den guten Namen ihrer Familie gebracht hatte.

Bei Dianas Erziehung hatte sie mit aller Gewalt versucht, die in ihren Augen negativen Einflüsse des Indianerblutes, das in Dianas Adern floss, auszumerzen. Sie war von der fixen Idee besessen, den Fehler ihres Vaters in den Augen der Gesellschaft dadurch wieder wettzumachen, dass sie aus Diana eine Dame machte, bei der nichts mehr an indianische Einflüsse erinnerte.

Als kleines Mädchen hatte Diana gelernt, die strenge Erziehung über sich ergehen zu lassen und unziemliche Fragen zu unterdrücken. Sie hatte sehr schnell herausgefunden, welche Fragen sie nicht aussprechen durfte, weil sie bei Tante Adelaide auf eisige Ablehnung stießen und nur noch eine weitere, endlose Erklärung darüber nach sich zogen, was ein wohlerzogenes junges Mädchen zu tun und zu unterlassen hatte.

Diana hatte sich immer mehr zurückgezogen. Die Leere in ihrem Leben hatte sie versucht mit Lernen auszufüllen, und ihre Erfolgserlebnisse bestanden ausschließlich in den guten Noten, die sie nach Hause brachte.

Im Laufe der Jahre hatte die Erziehung Wirkung gezeigt. Die kühle, distanzierte, etwas arrogante Art war ihr zur zweiten Natur geworden, und die Sehnsucht nach Liebe und Anerkennung hatte sie so weit in den Hintergrund gerückt, dass sie beinahe vergessen war.

Wenn bei manchen Gelegenheiten wirklich einmal der Verdacht in ihr aufkeimte, dass das Leben noch mehr zu bieten habe, dann verdrängte sie diesen Gedanken schnell wieder. Wenn sie nur dem einmal eingeschlagenen Weg folgte und so funktionierte, wie die Tante das immer von ihr gefordert hatte, dann konnte nichts passieren. Ihr Ehrgeiz würde sie siegen lassen und ihr am Ende zu der Karriere verhelfen, die sie anstrebte.

Trotzdem gab es Dinge in ihrem Leben, bei denen die Tante die Hände über dem Kopf zusammengeschlagen hätte. Niemals wäre es ihr in den Sinn gekommen, dass ihre Nichte nicht nur in Vier-Sterne-Restaurants ging, sondern sich auch einmal in einer kleinen Pizzeria wohl fühlte, dass sie sich Filme ansah, die den hohen kulturellen Ansprüchen der Tante niemals genügt hätten, dass sie Sportwagen liebte und ab und zu ein deftiges Essen mit einem großen Bier.

Lächelnd blieb Diana stehen, steckte die kalten Hände tief in ihre Manteltaschen und sah hinaus auf das wilde Meer. Warum fühlte Justin sich ausgerechnet hier wohl?

Langsam ging sie weiter, den Kopf gesenkt. Wie wenig wusste sie doch von dem Mann, der ihr am Abend zuvor beim Dinner gegenübergesessen hatte. Er hatte sehr ruhig und beherrscht gewirkt, trotzdem hatte Diana gespürt, dass unter dieser ruhigen Oberfläche etwas brodelte. Sie hatten wenig miteinander gesprochen, und selbst die unmissverständliche Bitte in Serenas Blick hatte Diana nicht dazu bringen können, mehr als nur eine seichte, nichts sagende Unterhaltung zu führen.

Sicherlich war das völlig unverständlich für Serena. Aber was wusste diese Frau schon von ihren Gefühlen. Serena MacGregor war sehr behütet in einer liebevollen Familie aufgewachsen. Sie hatte nie um Liebe und Anerkennung betteln müssen, als sie noch ein kleines Mädchen war. Und diese Verbindung zur Familie war nie abgerissen. Allein schon die herzliche Art, wie Serena und Caine miteinander umgingen ...

Caine! Diana seufzte und schlug wegen der eisigen Kälte den Mantelkragen hoch. Sie konnte diesen Mann nicht einordnen, nachdem sie ihn jetzt kennen gelernt hatte. Er entsprach einfach nicht dem Bild, das sie sich von ihm während ihres Studiums in Harvard gemacht hatte. Nie hätte sie ihm zugetraut, dass er sich so einfühlsam um jemanden kümmern konnte, wie er es gestern getan hatte, nachdem er sie auf ihr Zimmer geführt hatte.

Und trotzdem ... Ähnlich wie bei Justin wurde sie auch bei Caine das Gefühl nicht los, dass unter der sanften Oberfläche ein Vulkan verborgen war. Nachdem ihre Tränen versiegt waren, hatte sie sich in seinen Armen nicht mehr wohl gefühlt, dabei hatte er ihr nur sehr leicht und tröstend immer wieder übers Haar gestrichen. Mit keiner Geste hatte Caine versucht, die Situation für sich auszunutzen. Warum also hatte sie es trotzdem so eilig gehabt, sich aus seinen Armen zu lösen?

„Stehst du immer so früh auf? Andre gehen gerade jetzt erst zu Bett."

Erschrocken drehte Diana sich um – und stand vor Caine. Er trug Jeans und eine Lederjacke. Der eisige Wind schien ihm nichts auszumachen. „Ich wollte mir den Sonnenaufgang ansehen", sagte Diana und sah hinauf in den wolkenverhangenen Himmel. „Scheint nicht so, dass ich damit Glück habe."

„Lass uns ein bisschen laufen." Er nahm ihre Hand, bevor sie noch protestieren konnte. „Bist du gern am Strand?"

Diana lief neben ihm her und fühlte sich seltsam entspannt. Sie war froh, dass Caine nicht vom letzten Abend anfing. „Eigentlich nicht. Ich habe nie zu den Leuten gehört, die sich stundenlang in den Sand legen und sonnenbaden können. Allerdings muss ich sagen, dass ich keine Ahnung hatte, wie schön es hier im Winter ist. Kommst du oft?"

„Nein. Jetzt bin ich zwar zum zweiten Mal innerhalb kurzer Zeit hier, aber das liegt nur daran, dass Alan und ich sofort zu Justin geflogen sind, als Rena vor einigen Monaten entführt wurde."

Diana blieb stehen und sah ihn entsetzt an. „Was sagst du da?"

„Wusstest du das etwa nicht?"

„Nein, vermutlich war ich damals gerade in Europa. Was ist passiert?"

„Oh, das ist eine lange Geschichte." Caine hielt immer noch ihre Hand fest und ging weiter, den Kopf gesenkt. „Kurz vorher gab es eine Bombendrohung in Justins Hotel in Las Vegas. Während er noch versuchte, die Sache zu klären, kam eine weitere Drohung. Diesmal schriftlich, adressiert an ihn. Justin versuchte Serena davon zu überzeugen, dass es für sie besser sei, das Hotel zu verlassen.

Aber ..." Caine hob den Kopf, sah sie an und lächelte. „Nun, Serena ist wohl genauso dickköpfig wie du. Auf jeden Fall wollte sie nicht abreisen. Ja, und als Justin unten im Hotel mit der Polizei sprach, ist der Kidnapper bis zu ihr vorgedrungen."

Das Lächeln war aus seinem Gesicht verschwunden. Er sah starr geradeaus, als er weitersprach. „Er hatte sie beinahe vierundzwanzig Stunden in seiner Gewalt. Mit Handschellen war sie an ein Bett gekettet. Er forderte von Justin zwei Millionen Dollar."

„Oh, nein! Das ist ja furchtbar." Aus Dianas Gesicht war alle Farbe gewichen.

„Es war das erste Mal, dass Justin völlig die Beherrschung verlor, so lange ich ihn kenne", sagte Caine leise. „Er hat nicht geschlafen in dieser Nacht, verweigerte jegliche Nahrung und saß bewegungslos neben dem Telefon. Als der Entführer sich dann meldete, wussten wir endlich, wer er war – allerdings machte das die Sache beinahe noch schlimmer."

„Wieso?"

Caine blieb stehen und sah sie einen Moment lang nachdenklich an. Es war an der Zeit, dass sie es erfuhr. „Justin war achtzehn Jahre alt, als er eine Schlägerei in einem Lokal hatte. Der andere, der Justin angegriffen hatte, wollte nicht mit einem Indianer zusammen sein Bier trinken."

Dianas dunkle Augen wurden noch eine Spur dunkler. „Ich kann mir vorstellen, was dann passierte."

„Der Mann zog plötzlich ein Messer und verletzte Justin. Er trug eine lange Wunde am Oberkörper davon." Caine sah, wie sich ihr Gesicht schmerzhaft verzog, trotzdem erzählte er weiter. „Der Mann wurde mit seinem eigenen Messer erstochen, und Justin wurde des Mordes angeklagt."

Voller Entsetzen sah Diana ihn an. „Willst du damit sagen, dass Justin verurteilt wurde?"

„Er wurde freigesprochen, nachdem die Zeugen aus dem Lokal für ihn ausgesagt hatten. Aber vorher hat er einige Monate lang in Untersuchungshaft gesessen."

„Das hat mir meine Tante nie erzählt", flüsterte Diana. „Kein Wort hat sie je darüber verloren."

„Du warst damals erst acht Jahre alt, Diana. Wie hättest du ihm helfen können?"

Oh doch, das hätte ich, überlegte Diana und dachte dabei an das große Haus ihrer Tante, an die vielen einflussreichen Bekannten, die in dem Haus ein- und ausgegangen waren.

„Bei der Entführung stellte sich dann heraus, dass der Mann, der Serena in seiner Gewalt hatte, der Sohn des Mannes war, den Justin erstochen hatte. Seine Mutter hatte ihm all die Jahre immer wieder eingehämmert, dass Justin seinen Vater vorsätzlich umgebracht habe. Sie hatte den Zeugenaussagen nie geglaubt, dass Justin keine Schuld traf. Dem jungen Mann ging es gar nicht um Serena, er wollte nur deinen Bruder mit dieser Entführung strafen."

Plötzlich erschien das Meer Diana nicht nur wild, sondern gefährlich und böse. „Justin hat also das Lösegeld gezahlt?"

„Er wollte, ja, aber dann ist es doch nicht dazu gekommen. Er wollte gerade mit dem Koffer voll Geld das Haus verlassen und zu dem vereinbarten Treffpunkt fahren, da rief Serena an. Es war ihr gelungen, den Mann mit einem Trick zu überlisten. Sie hat ihm mit einer Bratpfanne eins über den Schädel gezogen, so dass er bewusstlos wurde."

Ein kleines Lächeln spielte um Dianas Lippen. „Wirklich? Das hätte ich ihr gar nicht zugetraut."

Caine erwiderte ihr Lächeln. „Sie ist stärker und zäher, als sie aussieht."

Diana schüttelte den Kopf und ging weiter. „Und was ist aus dem Jungen geworden?"

„Er wird Ende dieses Monats vor Gericht gestellt. Serena zahlt seine Anwaltskosten."

Überrascht sah Diana auf. „Weiß Justin davon?"

„Natürlich."

„Ich glaube nicht, dass ich so großmütig sein könnte."

„Justin ist es auch nicht leicht gefallen, dazu seine Zustimmung zu geben. Aber nachdem wir Serena erst einmal gesund und unversehrt zurück hatten, konnte er ihr nichts abschlagen. Meine erste Reaktion war auch, dass der Junge für die nächsten Jahre hinter Gitter gehört."

„Bei dir hätte der Junge wohl kaum eine Chance", sagte Diana und sah ihn von der Seite an. „Ich habe einige deiner Reden vor Gericht gelesen. Du gehst ganz schön hart ran, mein Lieber."

„Das gehört dazu. Schließlich musst du das doch kennen."

„Du vergisst, dass Barclay, Stevens und Fitz eine sehr vornehme Kanzlei ist. ‚Meine sehr verehrte Miss Blade'", ahmte Diana die hohe Stimme von Mr. Barclay nach, „‚ein Mitglied unserer Kanzlei wird niemals laut im Gerichtssaal, das haben wir nicht nötig.' Höchstens mal auf dem Golfplatz", fügte Diana mit einem grimmigen Lächeln hinzu.

Lachend legte Caine seinen Arm um ihre Schulter. „Und? Hast du dich immer daran gehalten?"

„Nein, absolut nicht. Wenn Tante Adelaide nicht so eng mit Mrs. Barclay befreundet wäre, hätte ich diesen Job wahrscheinlich schon gar nicht mehr."

„Dann verstehe ich nicht, warum du immer noch dort bist."

„Ich bin ein ziemlich geduldiger Mensch." Diana fühlte sich wohl im Schutz seines Armes. Ohne weiter darüber nachzudenken, schmiegte sie sich etwas enger an ihn. „Zuerst war meine Tante gar nicht damit einverstanden, dass ich Jura studieren wollte. Erst als sie es bewerkstelligt hatte, dass ich nachher den Posten in der Kanzlei bekommen konnte, war sie beruhigt. Der Name ist über die Grenzen der Stadt hinaus bekannt und hat einen sehr guten Ruf. Das allein war für sie Grund genug, doch ihre Zustimmung zu dem Studium zu geben."

„Hast du eigentlich Angst vor deiner Tante?"

Zu ihrem eigenen Erstaunen verärgerte die Frage Diana nicht – im Gegenteil, sie konnte sogar darüber lachen. „Vor Tante Adelaide? Nein! Ich verdanke ihr allerdings einiges."

„Wirklich?" Seine Stimme war so leise, als hätte er die Frage mehr sich selbst gestellt. „Mein Vater sagt immer, dass man sich innerhalb einer Familie nichts schulde, da es ganz selbstverständlich sei, dass man sich untereinander helfe und liebe."

„Er kennt eben Tante Adelaide nicht", antwortete Diana trocken. „Oh, sieh nur, die Möwen!" Sie zeigte nach oben, wo einige über ihren Köpfen wie in einer Formation hinaus aufs Meer flogen. „Als ich vorhin auf meinem Balkon stand, ist eine so nah an mir vorbeigekommen, dass ich sie beinahe hätte berühren können. Ich möchte wissen, warum ihre Schreie sich immer so traurig anhören." Diana schauderte, und unwillkürlich zog er sie fester an sich.

„Ist dir kalt?"

„Ja, ein wenig." Sie sah zu ihm auf und lächelte.

Diana spürte Caines Atem auf ihrem Gesicht. Sie sahen

einander in die Augen, und sie nahm kaum wahr, dass er auch den anderen Arm um sie legte und sie näher zu sich zog. Das Rauschen der Wellen, die gegen den Strand schlugen, verstärkte noch das Gefühl der Einsamkeit. Ihr war, als ständen sie auf einer einsamen Insel weit ab von jeder Zivilisation. Ihre Hände strichen über das kühle Leder seiner Jacke.

Diana spürte die Flocken auf ihrem Gesicht, bevor sie sie sah. „Es schneit."

„Ja."

Caines Augen kamen immer näher. Seine Lippen berührten schon fast ihren Mund, als er plötzlich zögerte. Es war Diana, die schließlich auch die letzte Distanz noch überwand.

Langsam, ganz zärtlich strichen seine Lippen über ihren Mund, und dann zog er sie so fest an sich, bis ihre Körper eng aneinander gepresst verharrten. Beinahe unmerklich wurde sein Kuss drängender, leidenschaftlicher.

Das Rauschen der Wellen war immer noch in ihren Ohren. Als Caine ihren Mund freigab und seine Lippen über ihr kaltes Gesicht strichen, hörte sie ihn ihren Namen murmeln. Mit beiden Händen hielt er ihren Kopf umfangen, als seine Zunge spielerisch ihr Ohr berührte und sie seinen heißen Atem spürte.

Diana zitterte vor Erregung, presste sich noch fester an ihn und drehte ihren Kopf, bis ihre Lippen seinen Mund fanden. Diesmal war ihr Kuss nicht sanft, sondern voller Begierde. Diana spürte die Kälte nicht mehr, ihr ganzer Körper brannte. Flüchtig dachte sie daran, dass noch kein Mann ein solches Feuer in ihr entfacht hatte.

Plötzlich bekam sie Angst – Angst vor der eigenen Leidenschaft, die ihr nur zu deutlich zeigte, wie schnell sie die Kontrolle über sich verlor. Sie stemmte die Hände gegen seine Brust und löste sich von ihm.

Caine sah sie an und streckte eine Hand aus, um zärtlich ihre Wange zu streicheln. Diana wich einen Schritt zurück, und er sah Zorn in ihren dunklen Augen.

„Was ist los, Diana? Etwas spät für diese Reaktion, findest du nicht?"

„Aber nicht zu spät!" schoss sie zurück. „Ich habe keine Lust, in deine Sammlung aufgenommen zu werden."

„Diana, du wolltest doch nicht alles glauben, was man sich so über mich erzählt." Bevor sie noch ausweichen konnte, hatte Caine mit einer Hand in ihr dichtes Haar gegriffen. „Weißt du, das hier ist eigentlich nicht die richtige Umgebung für dich. Du gehörst irgendwohin, wo die Sonne strahlend scheint, in einem bunten, durchschimmernden Kleid ..."

„Vielen Dank! Aber ich bin lieber so angezogen, dass ich in einen Gerichtssaal passe", unterbrach Diana ihn und kämpfte gegen das Verlangen an, ihr Gesicht in seine Hand zu schmiegen, die immer noch mit ihrem Haar spielte.

„Vielleicht hast du Recht", sagte er nachdenklich und ließ sie nicht aus den Augen. „Wahrscheinlich ist es das, was mich an dir so fasziniert, dass ich mir dich in beiden Umgebungen sehr gut vorstellen kann."

„Ich will dich gar nicht faszinieren, Caine." Sie bemühte sich, ihn so ruhig und gefasst wie möglich anzusehen. „Das Einzige, woran ich im Moment interessiert bin, ist, ins Hotel zurückzugehen, bevor ich zur Eissäule gefriere."

„Komm, ich bring dich hinein." Er griff nach ihrem Arm.

„Das ist nicht nötig", widersprach sie sofort.

Caine blieb stehen und sah sie an. „Ich kann ja auch zehn

Schritte vorgehen oder zurückbleiben, wenn dir das lieber ist." Ein Lächeln zuckte um seine Mundwinkel. „Du bist mir doch nicht etwa böse, weil ich dich geküsst habe, oder? Schließlich gehören wir jetzt zu einer Familie, und da darf man sich doch schon mal einen freundschaftlichen Kuss geben."

„Das hatte weder etwas mit Freundschaft noch mit familiären Banden zu tun", widersprach Diana leise.

Er nahm ihre Hand und führte sie an seine Lippen. „Meinst du nicht?" fragte er leise, und in seine Augen trat ein amüsiertes Flackern. „Nun, vielleicht sollten wir es dann noch einmal versuchen ..."

„Nein!"

„Gut", gab er sofort friedfertig nach und griff wieder nach ihrem Arm. „Dann lass uns wenigstens zusammen frühstücken."

„Ich bin nicht hungrig."

„Nur gut, dass du nicht unter Eid stehst", murmelte er und zog sie mit sich. „Allzu viel hast du gestern Abend auch nicht gegessen. Aber bitte, wenn du nicht willst ... Dann trink wenigstens eine Tasse Kaffee und sieh mir dabei zu, wie ich frühstücke. Ich bin nämlich hungrig wie ein Bär."

Sie stiegen gemeinsam die Stufen vom Strand zum Hoteleingang hinauf. Oben angekommen, griff Caine plötzlich zu, und ehe Diana protestieren konnte, hatte er sie auf die Arme genommen und trug sie über die Terrasse zur Tür.

„Caine, lass mich runter. Was sollen denn die Leute denken?"

Er tat, als hätte er ihren Protest gar nicht gehört.

„Lass mich runter. Es ist so glatt, wenn du jetzt ausrutscht, brechen wir uns beide das Genick."

„Diana, hast du denn überhaupt nichts übrig für Romantik?"

„Caine!" Sie hämmerte mit den Fäusten gegen seine Schulter. „Du wirst mich nicht in den Speisesaal tragen, hast du gehört? Caine!"

„Meinst du nicht?" Lächelnd ging er auf die Tür zu. „Um was wollen wir wetten?" Mit dem Fuß stieß er die Tür auf und nahm Richtung auf den Speisesaal. Der Ober verzog keine Miene. „Einen Tisch für zwei", sagte Caine und trug Diana an ihm vorbei.

Es gab niemanden in dem gut gefüllten Saal, der nicht aufsah, als Caine Diana quer durch die Reihen trug und erst neben einem Stuhl in der Ecke auf ihre Füße setzte. Aus den Augenwinkeln bemerkte Diana, wie eine ältere Frau ihren Mann am Ärmel zupfte und verblüfft zu ihr herüberstarrte.

„Ich bringe Ihnen sofort die Karte", sagte der Ober und verschwand.

„Danke", sagte Caine und setzte sich Diana gegenüber.

„Das wirst du mir büßen", zischte sie ihm zu und tat so, als würde sie die neugierigen Blicke der anderen Gäste überhaupt nicht sehen.

„Macht nichts, das war es mir wert." Caine zog seine Lederjacke aus und hängte sie hinter sich über die Stuhllehne. „Bist du sicher, dass du nur Kaffee möchtest, Liebes?"

Diana überhörte die Anrede und nickte. „Benimmst du dich eigentlich häufig so unmöglich?"

„Meistens. Bist du übrigens am frühen Morgen immer so hübsch?"

„Caine, spar dir deinen Charme." Diana ließ den schweren Wintermantel von ihren Schultern gleiten und öffnete die gelbe Angorajacke, unter der eine Bluse zum Vorschein kam.

„Ich nehme die Pfannkuchen", hörte sie Caine seine Bestellung aufgeben, „und nachher dann Eier und Schinken. Die Dame möchte nur Kaffee."

„Isst du immer so viel?" fragte Diana verblüfft, als der Ober wieder gegangen war.

„Es gibt Tage, an denen kann ich froh sein, wenn ich schnell zwischendurch ein trockenes Sandwich essen kann", antwortete er. „Darum schlage ich richtig zu, wenn sich einmal die Gelegenheit dazu ergibt."

„Bist du denn jetzt schon so überlastet in deiner neuen Kanzlei?"

„Ich kann mich nicht beklagen, zumal ich bisher noch keinen Assistenten habe, der mit einspringen könnte."

„Ein Ein-Mann-Büro also?"

„Nicht ganz. Eine Sekretärin habe ich immerhin, aber die ist ziemlich unordentlich und langsam. Außerdem interessiert sie sich mehr für ‚Dallas' und ‚Denver' als für die Arbeit."

Diana lächelte. „Nun, dann muss sie aber auf anderem Gebiet Qualitäten haben."

„Wo denkst du hin? Sie ist siebenundfünfzig, steif wie eine Gouvernante, und Schreibmaschine schreiben kann sie auch nicht."

„Trotzdem", sagte Diana, und plötzlich blitzten ihre dunklen Augen, „ich wünschte, ich wäre schon so weit, eine eigene Kanzlei zu haben. Aber leider würden im Moment die Klienten bei mir noch nicht Schlange stehen."

„Jeder muss klein anfangen, Diana. Und da du Herausforderungen offensichtlich so sehr liebst, versuch es doch einfach."

„Hast du schon einmal jemanden verteidigt, von dem du wusstest, dass er schuldig war?" Diese heikle Frage hatte sie sich auch gestellt.

„Jeder hat das Recht auf eine faire Verhandlung und Unterstützung durch einen Anwalt." Caine nahm einen Schluck von dem heißen Kaffee. „Als Rechtsanwalt ist man verpflichtet, in jedem Fall sein Bestes zu geben und kann dann nur hoffen, dass am Ende die Gerechtigkeit siegen wird. Das ist nicht immer der Fall, da das ganze Rechtssystem von Menschen erdacht wurde, und Menschen sind nun einmal nicht unfehlbar. Aber immerhin ..." Er zuckte mit den Schultern und sah Diana an. „Es ist besser als gar nichts."

Diana blickte ihn nachdenklich an. „Du bist ganz anders, als ich es mir vorgestellt hatte."

„So? In welcher Beziehung?"

„Ich dachte, du wärst härter, unbeugsamer. Ein Anwalt, der sich stur nach den Regeln richtet, für den das Recht nur schwarz oder weiß ist – ohne Grautöne."

„Hast du mich wirklich für einen solchen Idioten gehalten?"

Diana lachte laut auf, als sie sein verdutztes Gesicht sah.

„Du solltest viel häufiger lachen", sagte Caine plötzlich ganz ernst. „Nimm das Leben ein wenig leichter und reagiere spontaner, ohne vorher alles genau zu durchdenken."

„Das müsste ich erst lernen", antwortete Diana ganz impulsiv und wunderte sich im selben Augenblick, dass sie das wirklich gesagt hatte. Wieder einmal musste sie feststellen, dass dieser Mann in der Lage war, ihren sorgsam aufgebauten Schutzwall mit einer Bemerkung einzureißen.

„Da kommt dein Frühstück", lenkte sie schnell ab, als der Ober auf den Tisch zukam. „Ich bin gespannt, ob du das alles schaffen kannst."

Caine hatte den Blick nicht von ihr genommen. Da saß ihm eine Frau gegenüber, die er nicht einordnen konnte, die immer wieder neue, überraschende Seiten offenbarte und die ihn neugierig machte. Einerseits war sie stark und selbstständig, andererseits jedoch zeigte sie in manchen Situationen eine Verletzlichkeit, die ganz ungewöhnlich war. Immer mehr wuchs in ihm der Wunsch, Diana richtig kennen zu lernen, hinter die Fassade zu schauen, die sie so sorgsam aufgebaut hatte.

Diana Blade war die erste Frau in Caines Leben, die ihn sicherlich für eine lange Zeit faszinieren und beschäftigen könnte. Er brannte darauf, ihr zu zeigen, dass das Leben nicht nur aus festgefahrenen Bahnen und Regeln bestand.

„Möchtest du?" Er hielt ihr die Gabel mit einem großen Stück Pfannkuchen entgegen.

„Hast du Angst, du schaffst es nicht?"

Caine lächelte nur und schob ihr die Gabel in den Mund.

„Hm, schmeckt gut", sagte Diana und verdrehte die Augen.

„Hier seid ihr also. Ich habe euch schon überall gesucht." Serena kam lächelnd auf ihren Bruder und ihre Schwägerin zu. „Ist das nicht unglaublich?" fragte sie und wies auf Caines Teller. „Und dabei nimmt er nie auch nur ein Gramm zu. Beneidenswert!" Sie gab Diana einen Kuss auf die Wange. „Gut geschlafen?"

„Ja, danke. Mein Zimmer ist übrigens sehr schön."

„Hast du schon gefrühstückt?" fragte Caine seine Schwester.

„Gibst du mir was ab?"

„Nein."

„Das dachte ich mir! Aber lass nur, ich habe schon gefrühstückt. Diana, hast du schon Pläne für heute gemacht? Ich würde mich freuen, wenn du gleich einmal zu mir ins Büro kommen könntest."

„Nein, ich habe noch keine Pläne."

„Vielleicht hättest du Lust, den Fitnessraum und das Schwimmbad zu benutzen? Wenn du zu mir kommst, führe ich dich zuerst einmal herum", bot Serena an.

„Danke. Ich komme nachher."

Serena warf noch einen Blick auf ihren Bruder. „Und glaub bitte höchstens, allerhöchstens die Hälfte von dem, was er dir erzählt", riet sie Diana und lief lachend weg, als Caine Anstalten machte, ihr den Kaffeelöffel an den Kopf zu werfen.

„Deine Schwester hatte ich mir auch ganz anders vorgestellt", sagte Diana und sah hinter ihrer Schwägerin her.

„Na, dann muss dein Besuch ja eine herbe Enttäuschung für dich sein. Machst du dir eigentlich immer eine genaue Vorstellung von Menschen, bevor du sie überhaupt kennen gelernt hast?"

„Ja, ich glaube schon. Aber das ist doch wohl nicht ungewöhnlich, oder?"

Caine antwortete nicht auf ihre Frage. „Wie hast du dir Serena denn vorgestellt?"

„Ich weiß nicht so recht ..." Diana nahm das Stück Schinken, das Caine ihr anbot. „Sie macht einen so zarten, zerbrechlichen Eindruck, dass man schon zweimal hinsehen muss, um festzustellen, dass sie stärker und widerstandsfähiger ist, als es zunächst den Anschein hat. Jedenfalls hatte ich von Justins Frau ein anderes Bild, obwohl ich zugeben muss, dass ich mir meinen Bruder eigentlich überhaupt nicht als Ehemann vorstellen konnte."

„Es könnte sein", antwortete Caine leise, „dass Justin ebenfalls ganz anders ist, als du meinst."

„Ich glaube, ihn kenne ich am allerwenigsten."

Caine aß eine Weile schweigend weiter, bevor er ihr antwortete. „Um jemanden wirklich kennen zu lernen, muss man das auch wollen."

„Ich glaube nicht, dass du mir auf diesem Gebiet Ratschläge erteilen kannst", schoss Diana plötzlich kühl zurück. „Du hattest eine glückliche, geborgene Kindheit, nicht wahr? Da war deine Familie, die dich liebte, und du hast dir nie die Frage zu stellen brauchen, wohin du eigentlich gehörst. Du hast kein Recht, mein Verhalten zu kritisieren, solange du dich überhaupt nicht in meine Situation hineinversetzen kannst."

Caine lehnt sich zurück und zündete sich eine Zigarette an. „Habe ich das wirklich getan?"

„Meinst du, es wäre so leicht, zwanzig Jahre einfach zu vergessen?" fragte sie, ohne auf seine Bemerkung einzugehen. „Ich habe ihn damals so nötig gebraucht, aber er war nicht da. Heute brauche ich ihn nicht mehr."

„Warum bist du dann überhaupt gekommen?"

„Weil ich sehen wollte, was aus ihm geworden ist, und weil ich damit die Erinnerungen an einen Jungen von sechzehn oder siebzehn verdrängen wollte. Wenn ich wieder zurückfahre, habe ich mein Ziel erreicht und kann ihn getrost für immer vergessen."

Langsam blies Caine den Rauch seiner Zigarette aus und sah sie eindringlich an. „Diana, du kannst mich nicht davon überzeugen, dass du so kalt und stahlhart bist. Schließlich habe ich dich gestern in deinem Zimmer gesehen, nachdem du Justin zum ersten Mal wieder begegnet warst."

„Das ist vorbei."

„Es passt dir nicht, dass ich gesehen habe, wie du die Fassung verloren hast, nicht wahr?" Noch ehe Diana ihm eine schnippische Antwort geben konnte, hatte Caine über den Tisch hinweg ihr Handgelenk umfasst und hielt es eisern fest. „Wenn du wirklich zu den Siegern gehören willst, Diana, dann musst du dir abgewöhnen, ständig davonzulaufen."

„Ich laufe nicht davon!"

„Du willst weglaufen, seit du aus dem Flugzeug gestiegen bist", widersprach er. „Deine Gefühlswelt ist in Unordnung geraten, aber du bist zu dickköpfig, dir das selbst einzugestehen."

„Wie ich bin", zischte sie ihm drohend zu, „geht dich überhaupt nichts an."

„Die MacGregors halten sehr viel von Familienbanden. Und als meine Schwester deinen Bruder geheiratet hat, bist du automatisch ein Mitglied unserer Familie geworden. Insofern geht es mich sehr wohl etwas an."

„Ich pfeif auf deinen brüderlichen Rat."

Caine lächelte und ließ ihr Handgelenk los. „Meine Gefühle für dich haben nichts mit denen eines Bruders zu tun, Diana. Ich glaube, das weißt du sehr genau."

Diana stand abrupt auf. „Mir wäre lieber, du würdest überhaupt nichts für mich empfinden."

„Zu spät." Caine lehnte sich zurück und zog in aller Ruhe an seiner Zigarette. „Ich habe viel schottisches Blut in den Adern, Diana, und von daher glaube ich an die Fügungen des Schicksals."

Diana nahm ihren Mantel und hängte ihn sich über die Schultern. „In der Sprache der Utah-Indianer heißt Komantsche Feind." Ihre dunklen Augen blitzten, und ihr herrischer, kühler Gesichtsausdruck schien den ganzen Stolz ihrer Vorfahren widerzuspiegeln. „Es war nie leicht, uns zu unterwerfen."

Lächelnd drückte Caine seine Zigarette aus. Der Kampf mit dieser Frau versprach interessant zu werden.

3. KAPITEL

Während der nächsten Tage stellte Diana fest, dass das Hotel sehr gut geleitet wurde und es höchsten Ansprüchen entsprach. Justin hatte viel erreicht in diesen zwanzig Jahren, das musste sie anerkennen, und in dieser Anerkennung war sogar eine Spur Bewunderung. Nur das angeschlossene Casino übte keinerlei Anziehungskraft auf Diana aus. Sie war keine Spielernatur.

Justin verhielt sich ihr gegenüber sehr höflich, wann immer sie sich über den Weg liefen, aber im Grunde ließ er genauso viel Vorsicht walten wie Diana auch.

Trotz dieser Distanziertheit zwischen ihnen lernte sie ihren Bruder mit jedem Tag besser kennen. Der clevere Geschäftsmann in ihm ließ es beinahe unmöglich erscheinen, dass er im Grunde seines Herzens ein Spieler war – aber einer, der seine Leidenschaft für das Spiel voll unter Kontrolle hatte und nie ein Risiko einging. Diana fand schnell heraus, dass Justin sich zu einem Mann entwickelt hatte, der ihre ganze Zuneigung als Bruder verdient hätte, wären da nicht die letzten zwanzig Jahre gewesen, in denen er sich überhaupt nicht um sie gekümmert hatte.

Caine sah sie selten in diesen Tagen, und das war Diana nur recht. In viel zu kurzer Zeit hatte er sie so gut durchschaut wie noch keiner vor ihm. Er hatte sie weinen sehen und sie getröstet. Aber noch häufiger dachte sie an den Morgen am Strand. Viel häufiger, als ihr lieb war.

Mit Schaudern dachte sie zurück an die Leidenschaft, die er in ihr geweckt hatte. Ein Blick von ihm genügte schon, oder auch die Art, wie er ihren Namen aussprach, selbst wenn noch unzählige andere Menschen dabei waren. Nur zu gut konnte Diana sich vorstellen, was erst passieren würde, wenn sie beide allein wären.

Immer, wenn sie daran dachte, stieg Zorn in ihr hoch. Hatte sie doch während der langen Jahre bei ihrer Tante so gut gelernt, ihre Stimmungen und Gefühle im Zaum zu halten, so dass man sie ihr nicht ansehen konnte. Warum nur gelang ihr das nicht, wenn dieser Mann in ihrer Nähe war?

Wenn sie wieder in Boston war, würde es sich gar nicht vermeiden lassen, dass sie sich ab und zu über den Weg liefen. Nachdenklich stand Diana vor dem Spiegel und strich mit beiden Händen durch ihre dichten Haare. Aber dort würde sie ihm anders begegnen können – als Kollegin. In Boston war Justin weit weg und somit die Möglichkeit gering, dass Caine sie noch einmal so schutzlos und verletzlich erleben würde.

Es war schon schlimm genug, dass sie hier so die Kontrolle über sich verloren hatte. Das sollte ihr nicht noch einmal passieren. Wenn sie ihr Leben so weiterleben wollte, wie sie es sich vorgenommen hatte, dann brauchte sie einen klaren Kopf und keine Gefühlsausbrüche.

Caine hatte eine Leidenschaft in ihr geweckt, die Diana gar nicht empfinden wollte. Er hatte Wünsche in ihr entstehen lassen, die gefährlich waren und ihr geordnetes Leben durcheinander brachten. Das durfte sie nicht zulassen.

Trotzdem bin ich froh, dass ich diese Reise gemacht habe, dachte Diana und begutachtete sich noch einmal im Spiegel. Ihre Neugier war gestillt, sie wusste jetzt, was aus Justin geworden war.

Und Serena? Noch nie war ihr jemand auf Anhieb so sympathisch gewesen wie ihre Schwägerin. Diana gestand sich ein, dass sie sie vom ersten Augenblick an gemocht hatte, und ihre Gespräche während der letzten Tage hatten nur dazu beigetragen, das freundschaftliche Gefühl für sie noch zu verstärken. Serena könnte die Freundin werden, die sie bisher nie gehabt hatte.

Diana griff nach ihrer Tasche und verließ das Zimmer. Bevor sie zu einem Spaziergang am Strand aufbrach, wollte sie ihre Schwägerin schnell noch in ihrem Büro besuchen. Vom Fenster aus hatte sie gesehen, dass Caine schon einige Zeit zuvor das Hotel verlassen hatte. Während der letzten Tage hatte Diana es immer so einzurichten verstanden, dass sie ihm möglichst nicht begegnete. Man soll das Schicksal nicht herausfordern, sagte sie sich.

Als sie durch das Casino ging, fiel Diana wieder einmal auf, dass dieser riesige Saal genauso wie das Hotel selbst ohne Plüsch und glitzernde Kronleuchter eingerichtet war. Serena hatte ihr gesagt, dass die unauffällige elegante Ausstattung dieses und aller anderen Hotels, die Justin besaß, auf seinen Geschmack zurückzuführen sei. Welch ein Unterschied zu dem kleinen Haus mit der windschiefen Eingangstür und der winzigen Veranda, das sie mit ihren Eltern in Nevada bewohnt hatten.

Sie hatten beide einen langen Weg zurückgelegt. Diana erinnerte sich nur zu gut an das große, elegante Haus ihrer Tante mit den vielen Antiquitäten, den teuren Möbeln und dem gut geschulten Personal. Ihr Blick ging noch einmal durch das Casino. Die Roulette-Tische, dunkel gekleidete Croupiers, blitzende Spielautomaten – und über allem der Geruch nach teurem Whisky und Tabak. Ja, sie hatten wirklich beide einen langen Weg zurückgelegt, aber trotzdem war sie nie in ihrem Leben glücklicher gewesen als in dem kleinen Haus in Nevada.

In Gedanken versunken betrat Diana die Hotelhalle und stand plötzlich vor ihrem Bruder.

„Diana.“ Justin griff nach ihrem Arm und hielt sie fest.

Wie hübsch sie ist, dachte er wieder einmal. Das Herz tat ihm weh, als er ihr freundlich distanziertes Lächeln sah. Er konnte nicht an sie herankommen, das hatte er schon bemerkt, als er ihr zum ersten Mal oben im Penthouse wieder begegnet war.

„Guten Morgen, Justin. Ich wollte gerade bei Serena hineinschauen, falls sie nicht zu beschäftigt ist.“

Wie kühl er mich ansieht, dachte sie, und wie wenig er den indianischen Einschlag verleugnen konnte.

„Sie brütet gerade über dem Terminplan“, sagte Justin und sah, dass sie ihn immer noch anstarrte. „Ist etwas nicht in Ordnung, Diana?“

„Ich musste gerade wieder an die Geschichte denken, dass einer unserer Vorfahren eine weiße blonde Frau verschleppt haben soll.“ Diana zog die Stirn kraus und versuchte sich an die Geschichte zu erinnern, die man ihnen als Kinder so oft erzählt hatte. „Schließlich ist sie freiwillig bei dem Mann geblieben, erinnerst du dich? Es ist doch seltsam, dass sich die grünen Augen über all die Generationen weitervererbt haben, nicht wahr?“

„Und du hast die Augen unseres Vaters“, sagte Justin leise. „Dunkle, geheimnisvolle Augen.“

Diana räusperte sich und straffte die Schultern. „Ich kann mir unseren Vater gar nicht mehr vorstellen“, antwortete sie kühl. Für einen Augenblick glaubte sie, einen leisen Seufzer gehört zu haben, aber Justins Gesichtsausdruck blieb unverändert.

„Sag Serena, dass ich noch eine Verabredung habe. In einigen Stunden bin ich wieder zurück.“

Plötzlich fühlte Diana sich schuldig. Sie musste ihn zurückhalten, ihm etwas Nettes sagen. „Justin.“ Er drehte sich wieder zu ihr um. „Ich ... ich habe das nicht gewusst, die Geschichte mit deinem Prozess. Es tut mir Leid."

„Das ist lange her", antwortete er ruhig. „Du warst damals noch ein Kind."

„Ich war von dem Augenblick an kein Kind mehr, als du weggegangen bist." Ohne noch auf seine Antwort zu warten, drehte Diana sich um und ging in Serenas Büro.

„Diana." Lächelnd sah Serena ihrer Schwägerin entgegen. „Ich hoffe, du brauchst jemanden, der dich unterhält. Das würde mich von diesem Papierwust befreien."

„Und ich hatte schon Angst, ich würde dich stören."

„Es gibt Tage, an denen lasse ich mich nur zu gerne stören." Sie blickte in Dianas Gesicht und wusste sofort, dass etwas nicht in Ordnung war. „Diana, was hast du?"

„Nichts." Sie drehte sich um und sah durch die große Glaswand, die von der Casinoseite her verspiegelt war. „Ich könnte hier nie arbeiten, weil ich ständig das Gefühl hätte, mitten in einer großen Party am Schreibtisch zu sitzen."

„Daran gewöhnt man sich. Das ist nur eine Sache der Konzentration."

„Justin lässt dir ausrichten, dass er in einigen Stunden zurück sein wird."

Das ist es also, dachte Serena und stand auf. Sie ging zu Diana und legte ihr beide Hände auf die Schultern. „Diana, bitte, sprich dich aus. Ich liebe Justin, aber das heißt absolut nicht, dass ich nicht verstehen könnte, wie du dich fühlst."

„Ich hätte nicht kommen sollen." Diana schüttelte den Kopf und sah ihre Schwägerin traurig an. „Jetzt, wo ich so nah bei ihm bin, fallen mir Dinge ein, die ich längst vergessen glaubte. Serena, ich wusste nicht, dass ich meinen Bruder immer noch liebe. Und das tut weh."

„Liebe tut manchmal weh", antwortete Serena leise und

legte einen Arm um Dianas Schultern. „Du musst nur etwas Geduld haben. Lass dir selbst und auch Justin Zeit."

„Aber ich kann ihm nicht verzeihen, dass er mich im Stich gelassen hat, Serena. Ich kann nicht vergessen, dass ich all die Jahre ohne ihn auskommen musste."

„Diana, kannst du dir denn nicht vorstellen, dass es für ihn genauso schlimm war?"

Dieser Aspekt schien ebenso neu wie überflüssig zu sein. „Aber im Gegensatz zu mir hatte er damals die Wahl, er hätte mich nicht allein lassen müssen", sagte sie traurig.

„Du warst sechs, er sechzehn Jahre alt, das darfst du nicht vergessen", antwortete Serena, hin und her gerissen zwischen der Liebe zu ihrem Mann und dem Verständnis für Diana. „Was hätte er anderes tun sollen?"

„Er hat mir nicht einmal geschrieben, mich angerufen oder gar besucht. Nicht ein einziges Mal in zwanzig Jahren." Als Diana das zum ersten Mal aussprach, was sie bisher nur immer wieder gedacht hatte, stieg die ganze Verzweiflung wieder in ihr hoch. „Ich habe gehofft, dass er zurückkommen würde, wenn ich nur all das tat, was man von mir verlangte. Ich wurde zu einem Musterkind, lernte mich zu benehmen und zu beherrschen, war gut in der Schule ... Und die ganze Zeit über habe ich nur darauf gewartet, dass Justin endlich zurückkäme. Aber nichts passierte. Er hat bestimmt noch nicht einmal an mich gedacht."

„Das ist nicht wahr." Serena griff nach Dianas Armen und hielt sie fest. „Diana, du verstehst das völlig falsch."

„Du bist es, die das völlig falsch versteht", wiederholte Diana ironisch. „Nein, ich verstehe gar nichts falsch. Du kannst dir ja nicht vorstellen, wie es ist, wenn einem alles genommen wird, man nirgendwo mehr hingehört. Wenn man weiß, dass man nur auf die Gnade anderer angewiesen ist, wenn jeder Bissen, den man isst, jedes Kleid, das man trägt, seinen Preis hat."

„Was meinst du denn, wem du das Essen und die Kleider zu verdanken hast?" fragte Serena plötzlich ganz ruhig.

„Oh, das weiß ich nur zu gut. Sie hat keine noch so kleine Gelegenheit ausgelassen, um mich das spüren zu lassen. Tante Adelaide gehört nicht zu den Menschen, die helfen, ohne viel Aufhebens darum zu machen."

„Justin hat das alles bezahlt." Serena konnte sich einfach nicht mehr zurückhalten. Die Worte waren ihr schneller herausgeschlüpft, als sie es eigentlich gewollt hatte. „Er hat deiner Tante jeden Monat einen Scheck geschickt, und zwar von dem Zeitpunkt an, als sie dich aufgenommen hat, bis zum Ende deines Studiums in Harvard. Zu Anfang waren es Schecks über recht geringe Beträge, aber Justin arbeitete sich schnell hoch, und entsprechend höher wurden die Schecks. Deine Tante hat dich damals aufgenommen, weil dein Bruder versprochen hatte, für dich zu bezahlen. Und er hat bezahlt, Diana – mit mehr als nur Geld. Seine damaligen Lebensumstände sind für dich nicht vorstellbar."

Diana stand wie erstarrt da. Ihr war, als hätte ihr Herz aufgehört zu schlagen. Sie konnte nicht fassen, was sie da gehört hatte. „Er hat dafür bezahlt?" Ihre Stimme klang rau. „Justin hat Tante Adelaide Geld für mich geschickt?"

„Etwas anderes konnte er dir nicht geben. Verflixt, Diana, du bist doch Anwältin. Kannst du dir nicht vorstellen, was aus dir geworden wäre, wenn Justin nicht dafür gesorgt hätte, dass deine Tante dich aufnahm?"

Pflegeeltern, dachte Diana. Vielleicht sogar ein Kinderheim. „Sie hätte ihn doch auch aufnehmen können."

Serena sah sie fragend an. „Meinst du, dazu wäre sie bereit gewesen?"

Diana presste ihre Fingerspitzen an die Stirn. Plötzlich hatte sie rasende Kopfschmerzen. „Nein. Aber später, als ich älter geworden war, hätte er sich doch wenigstens melden können."

„Er dachte, dass du glücklich wärst bei deiner Tante. Außerdem ... was hätte er dir stattdessen bieten können? Ein Leben wie die Zugvögel, von einem Hotel zum anderen. Glaub mir, er ist immer nur davon ausgegangen, was für dich das Beste wäre."

„Warum hat er mir das nicht selbst erzählt?"

„Warum sollte er? Meinst du, er will deine Dankbarkeit?" fragte Serena ungeduldig. „Hast du denn immer noch nicht begriffen, was für eine Art Mann er ist? Er wird sehr böse werden, wenn er erfährt, dass ich es dir gesagt habe", fügte sie ruhiger hinzu. „Ich hätte es auch nicht getan, wenn du nicht zugegeben hättest, dass du ihn immer noch liebst." Voller Mitleid sah Serena auf ihre Schwägerin. Das Gesicht war ganz heiß, die Hände zitterten. Sie streckte ihre Hände nach ihr aus. „Diana ..."

„Nein." Sie trat einen Schritt zurück. „Und das ist wirklich die Wahrheit?"

„Natürlich. Was hätte ich für ein Interesse daran, dich zu belügen?"

Diana lachte auf. „Nein, du nicht, aber alle anderen haben mich mein Leben lang belogen."

„Komm, wir gehen nach oben und trinken etwas."

„Nein." Diana nahm ihre Tasche und ging zur Tür. „Serena, ich bin dir sehr dankbar, dass du mir das erzählt hast. Es wurde Zeit, dass ich es endlich erfahre."

Als Diana die Tür hinter sich ins Schloss zog, ließ Serena sich mit einem tiefen Seufzer in ihren Schreibtischsessel fallen. War es vielleicht doch falsch gewesen, dass sie ihre

Schwägerin so einfach damit überfallen hatte? Sie wollte schon wieder aufstehen und hinter ihr herlaufen, aber dann hielt sie sich doch zurück. Wenn Diana jetzt überhaupt jemanden sehen wollte, dann bestimmt nicht sie. Serena griff nach dem Telefonhörer.

„Caine MacGregor, bitte", sagte sie plötzlich sehr bestimmt.

Eine Stunde war bereits vergangen, aber Diana hatte sich immer noch nicht wieder unter Kontrolle. Ihre Gedanken drehten sich im Kreis. Alles, was sie bisher als Tatsache angesehen hatte, war nun völlig auf den Kopf gestellt. Es blieb ihr nichts anderes übrig, als Justin noch einmal zu sehen und dann endgültig zu verschwinden.

Entschlossen stand sie auf, nahm ihren Koffer und begann zu packen. Sie hoffte nur, dass noch einige Stunden vergehen würden, bis sie Justin wieder sah. Vielleicht hatten bis dahin ihre Kopfschmerzen nachgelassen und sie konnte wieder klarer denken.

Zuerst überhörte sie das Klopfen an ihrer Zimmertür, aber schließlich öffnete sie dann doch.

„Caine." Diana blieb in der Tür stehen und machte keine Anstalten, ihn hereinzubitten.

„Diana." Besorgt sah er sie an und ging dann einfach auf sie zu, so dass sie den Weg freigeben musste.

„Caine, ich bin beschäftigt."

„Lass dich nicht stören", antwortete er und ging hinüber zum Fenster. Er sah den halb gepackten Koffer. „Hast du deine Pläne geändert?"

„Wie du siehst." Diana faltete einen Pullover und legte ihn in den Koffer. „Serena hat dir bestimmt von unserem Gespräch erzählt."

„Sie hat mir nur gesagt, dass du sie ziemlich aufgeregt verlassen hast."

Diana merkte, dass ihre Hände leicht zitterten, als sie eine Bluse zusammenfaltete. „Du wusstest natürlich, dass Justin all die Jahre meinen Lebensunterhalt bezahlt hat, nicht wahr?"

„Ich habe es von Serena erfahren, nachdem sie dir die Einladung geschickt hatte. Justin hat das mir gegenüber nie erwähnt." Langsam kam er durch den Raum und hob den Ärmel eines Kleides hoch, das Diana über das Bett gelegt hatte. „Warum läufst du weg, Diana?"

„Ich laufe nicht weg." Wütend warf sie die Bluse in den Koffer.

„Aber du packst."

„Das ist nicht dasselbe. Ich bin sicher, Justin wird froh sein, wenn ich weg bin."

„Wie kommst du darauf?"

Diana stützte beide Hände in die Seiten und sah ihn zornig an. „Lass mich allein, Caine."

„Auf wen bist du eigentlich wütend, Diana?"

„Ich bin nicht wütend!" Diana drehte sich um, ging zum Schrank und riss einige Kleider so heftig von ihren Bügeln, als könnte sie daran ihren ganzen Zorn auslassen. „Alle haben mich belogen!" Sie warf die Türen mit einem lauten Knall zu und drehte sich wieder herum. „All die Jahre hat sie mich in dem Glauben gelassen, dass ich ihr alles zu verdanken hätte, und ich habe mich bemüht, all das wieder gutzumachen. Dabei steckte hinter allem Justin – nicht sie."

Ihre Hände zerknüllten den Stoff der Kleider, ohne dass es ihr bewusst wurde. „Sie konnte noch nicht einmal seinen Namen aussprechen. Immer wieder hat sie mir eingetrichtert, dass ich die ersten sechs Jahre meines Lebens vergessen müsse. Mein indianisches Blut sei schlecht, hat sie gesagt, das müsse unterdrückt werden. Alles, was ich über mein Volk weiß, habe ich mir heimlich in Museen und aus Büchern zusammengesucht. Sie hat mir alles genommen – meine Herkunft, den Stolz auf meine Abstammung, alles! Und während ich Ballettstunden nahm, saß mein Bruder im Gefängnis."

Caine kam langsam auf sie zu. Er sah, wie sie gegen die aufsteigenden Tränen ankämpfte. „Aber Diana, er hat es ja so gewollt. Er wollte doch, dass es dir gut ging."

Diana warf die Kleider aufs Bett. „Die meiste Zeit meines Lebens habe ich damit verbracht, ihm heimlich Vorwürfe zu machen und mich einer Frau gegenüber erkenntlich zu zeigen, die es gar nicht verdient hatte. Ich habe die Kleider getragen, die ihr gefielen, mich mit den Jungen getroffen, die sie für mich ausgesucht hatte, und schließlich habe ich sogar den Beruf ergriffen, den sie gnädig erlaubte." Sie lachte verzweifelt auf und schlug beide Hände vors Gesicht. „Jetzt stellt sich plötzlich heraus, dass ich von völlig falschen Voraussetzungen ausgegangen bin. Ich weiß überhaupt nicht mehr, was ich glauben soll und wohin ich eigentlich gehöre."

Caine wartete einen Augenblick, bis sie die Hände wieder vom Gesicht nahm. „Aber warum spielt es eine solche Rolle, von wem das Geld nun tatsächlich gekommen ist?" fragte er dann mit ruhiger, sanfter Stimme.

„Verstehst du das denn nicht? Ich habe versucht, das wieder gutzumachen, was meine Tante für mich getan hat. Dabei stellt sich jetzt heraus, dass sie es gar nicht verdient hat."

Caine trat schnell auf sie zu und ergriff ihre Arme. „Diana, nun wach aber auf", herrschte er sie an. „Du hast herausgefunden, dass deine Tante dir gegenüber nicht ganz ehrlich war, aber du hast ebenso herausgefunden, dass dein Bruder dich in all den Jahren nicht vergessen hat, wie du angenommen hattest. Wieso hat das einen Einfluss darauf, wer oder was du bist?“

„Aber siehst du denn nicht ein, wie sehr ich belogen worden bin?“

„Nun kennst du die Wahrheit – und was willst du damit anfangen?“

Mit einem Mal wich aller Zorn aus ihrem Gesicht und machte einer großen Traurigkeit Platz. „Oh, Caine! Ich war so hässlich zu ihm, so kalt. Je größer die Sehnsucht in mir wurde, ihn zu umarmen, freundlich zu ihm zu sein, desto mehr habe ich mich zurückgezogen.“

Er gab ihr einen sanften Kuss auf die Stirn. „Aber das kannst du doch wieder in Ordnung bringen, Diana.“

„Nein.“ Sie löste sich abrupt aus seiner Umarmung und nahm die Kleider wieder auf, die sie aufs Bett geworfen hatte. „Sobald ich mich einigermaßen gesammelt habe, werde ich zu ihm gehen.“ Sie warf ihm einen kurzen Blick zu. „Es scheint so, dass du dir angewöhnst, immer dann zur Stelle zu sein, wenn ich die Fassung verliere. Ich weiß nicht, ob mir das gefällt.“

„Das weiß ich auch nicht“, murmelte er, griff nach ihr und drehte sie zu sich herum. „Ich kann es nicht ertragen, wenn du traurig bist.“ Mit beiden Händen umfasste er Dianas Kopf, seine Daumen streichelten ihre Wangen.

„Nicht, bitte.“ Ihre Stimme war nur ein Flüstern, als ihre Blicke sich trafen.

Langsam kam sein Mund immer näher, bis er ihre Lippen berührte. Diana wusste, dass sie sich eigentlich wehren, ihn zurückstoßen müsste, aber stattdessen legte sie ihre Arme um seinen Nacken und zog ihn noch ein wenig fester an sich.

Caines Hände glitten unter ihren Pullover und streichelten ihren Rücken. Er wusste mit Frauen umzugehen, aber seine größte Anziehungskraft lag wohl darin, dass er genauso gerne Vergnügen bereitete, wie er es selber empfing. Er kannte alle Tricks, aber jetzt, mit einer Frau wie Diana in seinen Armen, vergaß er sie. Er presste sie an sich, und sein Mund küsste sie so leidenschaftlich, dass Diana leise aufstöhnte.

Sie schmiegte sich an ihn, ihre Hände massierten und streichelten seinen Rücken, und ehe Caine es begriff, war er derjenige, der verführt wurde – nicht umgekehrt.

Diana spürte ihren Körper erzittern. Ihr Verstand war ausgeschaltet, es gab nur noch die Leidenschaft und das Verlangen nach mehr. Sie spürte seinen Mund, seinen Körper, aber das war ihr zu wenig.

Seine Hände strichen außen an ihren Brüsten entlang, verweilten für einen Moment an ihrer schmalen Taille und glitten dann weiter über ihre Hüften. Es war, als wollte er ihre schlanke Figur mit geschlossenen Augen modellieren. Auch wenn sie nackt gewesen wäre, hätte sein Eindruck von ihr nicht intensiver sein können.

Schließlich löste er sich von ihren Lippen und sah sie an. „Diana, ich will dich.“ Seine Stimme klang rau. „Jetzt, Diana.“

Sie wusste nicht, ob es der Klang seiner Stimme war, der Blick seiner Augen, in denen sein Verlangen sich spiegelte, sie wusste nur, dass sie plötzlich Angst hatte.

„Nein ...“ Sie befreite sich aus der Umarmung und trat einen Schritt zurück. „Nein, Caine, ich will nicht. Nicht jetzt und nicht mit dir.“

„Verdammt, Diana!“ Er griff nach ihr und riss sie herum.

„Nein!“ Sie presste die Hände gegen seine Brust und hielt ihn so auf Abstand. „Ich bin völlig durcheinander, Caine. Alles geht viel zu schnell, ich weiß gar nicht mehr, was ich denken soll. Eines allerdings weiß ich genau: Ich will nicht eingereiht werden in die Sammlung des Caine MacGregor.“

Caine zog die Brauen zusammen, aber er versuchte nicht mehr, Diana an sich zu ziehen. „Immer noch diese alten Vorurteile?“

„Caine, ich bin dabei, mich endlich auf eigene Füße zu stellen, und ich werde dir nicht gestatten, alles noch komplizierter zu machen.“

„Okay, Diana. Tu, was du für richtig hältst. Boston ist nicht so groß, als dass wir uns ständig aus dem Weg gehen könnten. Und denk daran, dieser Fall ist absolut noch nicht abgeschlossen.“

„Ist das eine Drohung, Herr Rechtsanwalt?“

Caine lächelte. „Nein, ein Versprechen.“ Mit einer Hand griff er nach ihrem Kinn und gab ihr einen brüderlichen Kuss auf die Wange. Dann drehte er sich um und ging aus dem Zimmer.

Diana sah auf den halb gepackten Koffer und seufzte. Das hatte ihr gerade noch gefehlt! Als ob nicht alles schon verworren genug wäre in ihrem Leben. Wie hatte das nur passieren können? Daran konnten nur ihre aufgewühlten Gefühle nach dem Gespräch mit Serena schuld sei. Es hatte nichts mit Caine zu tun – bestimmt nicht!

Sie schloss die Augen und atmete tief durch. Wenn sie ihm in Boston wirklich wieder begegnen würde, dann würde er nicht mehr so ein leichtes Spiel mit ihr haben.

Sie schob den Gedanken an Caine beiseite und versuchte

sich auf das zu konzentrieren, was sie als Nächstes tun musste. Justin. Das war jetzt wichtiger. Bevor sie es sich noch anders überlegen konnte, ging sie aus dem Zimmer und machte sich auf den Weg zum Penthouse.

Wahrscheinlich ist er noch gar nicht wieder zurück, dachte Diana, als sie an die Eingangstür klopfte. Nun, dann würde sie eben hinuntergehen in sein Büro und dort auf ihn warten. Sie wollte es auf jeden Fall so schnell wie möglich hinter sich bringen.

Justin öffnete die Tür. Er hatte sich nur ein Hemd übergeworfen, und seine Haare waren noch feucht vom Duschen. „Diana? Suchst du Serena?"

„Nein, ich ..." Sie konnte den Blick nicht von der Narbe wenden, die sich quer über seine Rippen zog. „Darf ich hereinkommen?"

„Natürlich." Er ließ sie eintreten und schloss die Tür. Justin sah, wie Diana nervös ihre Finger ineinander verschränkte und mitten im Raum stehen blieb. „Möchtest du einen Kaffee? Oder lieber einen Drink?"

„Nein, danke. Gar nichts."

„Setz dich doch, Diana."

„Nein, ich ..." Sie verstummte und musste sich räuspern.

„Was ist los?"

Am liebsten wäre ihr gewesen, sie hätte ihren Bruder nicht ansehen müssen bei dem, was sie ihm sagen wollte. Es kostete sie viel Überwindung, ihn offen anzusehen. „Ich möchte mich bei dir entschuldigen."

Überrascht sah Justin sie an, während er sein Hemd zuknöpfte. „Weshalb?"

„Für alles, was ich seit meiner Ankunft hier gesagt und getan habe."

Weder seinem Gesicht noch seinen Augen konnte sie

ansehen, was er dachte. Vermutlich machte das einen erfolgreichen Spieler aus. „Es gibt keinen Grund für eine Entschuldigung."

„Justin." Sie machte einige Schritte auf ihn zu, blieb dann aber wieder stehen. „Seltsam, ich verdiene mein Geld damit, dass ich immer die richtigen Worte finde, nur jetzt wollen sie mir einfach nicht einfallen."

„Diana, mach es dir doch nicht so schwer." Justin wollte schon seine Hände ausstrecken, um sie zu berühren, aber dann steckte er sie doch in die Taschen.

Sie nahm all ihren Mut zusammen. „Justin, ich schulde dir sehr viel."

Immer noch bewegte sich nichts in seinem Gesicht. „Nein, das stimmt nicht. Du schuldest mir gar nichts."

„Doch, alles", widersprach Diana. „Justin, warum hast du mir das nie gesagt? Ich hatte ein Recht darauf, es zu erfahren."

„Was zu erfahren?"

Diana spürte heißen Zorn in sich aufsteigen. Sie trat noch einen Schritt näher und fasste mit beiden Händen nach seinem Hemd. „Hör endlich auf, mich wie ein kleines Kind zu behandeln, Justin!"

Plötzlich wurden seine Gesichtszüge weich, und zum ersten Mal nach all den Jahren strich er ihr wieder mit der Hand übers Haar, wie er es früher so oft getan hatte. „Ich weiß nicht, wie ich es dir erklären soll, Diana. Du warst damals ein kleines Mädchen ..."

„Ich weiß, Justin. Alles, was du für mich getan hast ..."

„War ganz selbstverständlich", unterbrach er sie.

Verzweifelt suchte Diana nach den richtigen Worten. Wie konnte sie ihn um seine Liebe bitten? Würde er sie nicht vielleicht sogar auslachen? „Ich wollte dir danken", brachte sie schließlich stockend über die Lippen.

„Du brauchst mir nicht zu danken, Diana. Das habe ich getan, weil ich dich liebe."

Verblüfft starrte sie ihn an. Hatte sie ihn richtig verstanden? Wollte er gar keine Dankbarkeit, sondern bot ihr stattdessen seine Liebe an?

„Justin, willst du mein Freund sein?"

Tränen brannten in seinen Augen. Schnell griff er nach ihren Händen und zog sie an die Lippen. „Ich habe meine kleine Schwester immer geliebt, und von heute an sind wir auch Freunde."

„Ja, von heute an." Sie nahm seine Hand zwischen ihre und strahlte ihn an. Sie hatte ihren Bruder zurück.

4. KAPITEL

Es war bitterkalt, und Diana hatte die Heizung in ihrem Wagen voll aufgedreht, während sie ihn durch den dichten Verkehr lenkte. Die entgegenkommenden Scheinwerfer blendeten sie so sehr, dass sie ihre Augen zusammenkniff. Ihre Füße waren kalt, und vermutlich würde die Heizung erst dann den Innenraum des Autos aufgewärmt haben, wenn sie bereits das Restaurant erreicht hatte.

Sie war froh, dass sie die Einladung von Matt Fairman zum Abendessen angenommen hatte. Als stellvertretender Staatsanwalt war er besonders gut informiert, und es konnte nichts schaden, wenn sie sich diese Kenntnisse zumindest teilweise zunutze machte.

Es war Diana bisher immer gelungen, zu Matt ein freundschaftliches Verhältnis aufrechtzuerhalten, ohne ihn als Mann zu nah an sich herankommen zu lassen. Und so würde sie es auch heute halten.

So viel Matt auch immer erfuhr, ebenso gern gab er auch Informationen weiter. Wenn sie ihm nachher erzählte, dass sie sich selbstständig gemacht hatte, dann würde diese Neuigkeit in den einschlägigen Kreisen schneller die Runde machen, als wenn sie eine ganzseitige Anzeige in der Zeitung aufgab.

Noch in der Woche nach ihrer Rückkehr aus Atlantic City hatte Diana bei Barclay, Stevens und Fitz gekündigt. Das war ihre Art, endgültig der Bevormundung durch ihre Tante zu entfliehen.

In den zwei Wochen, die seitdem vergangen waren, hatten sie manchmal Zweifel geplagt, ob sie nicht doch zu voreilig gewesen war. Bei Barclay hatte sie zumindest ihr monatliches Gehalt bezogen und sich nicht darum zu kümmern brauchen, neue Fälle zu bekommen. Aber sie hatte diese Sicherheit ganz bewusst aufgegeben und glaubte auch jetzt noch – trotz gelegentlicher Zweifel –, dass ihre Entscheidung richtig war. Es war der letzte Schritt zur Unabhängigkeit.

An manchen Tagen, wenn ihre Stimmung auf dem Nullpunkt war, sah sie sich zusammen mit einem weiteren Anwalt an einem leeren Schreibtisch sitzen und darauf warten, dass endlich das Telefon schellte und jemand ihre Hilfe brauchte – und sei es auch nur wegen eines Bußgeldbescheides der Verkehrspolizei. In guten Tagen jedoch verstärkte sich ihre Überzeugung, dass sie es schaffen und die Karriereleiter emporsteigen würde.

Nur eines tat ihr Leid: Dass sie nicht noch länger hatte bei Justin bleiben können, nachdem sie sich endlich ausgesprochen hatten. Diana hatte es nicht abwarten können, nach Boston zurückzufahren und Barclay die Kündigung zu präsentieren. Es war nur gut, dass Justin Verständnis gezeigt hatte. Er wusste, dass der Ärger über die Lügen ihrer Tante noch frisch sein musste, damit sie diesen Schritt wagte.

Aber es gab noch einen Grund, warum Diana einige Tage früher aus Atlantic City abgereist war: Caine MacGregor. Dieser Mann war gefährlich für sie. Wenn sie noch daran gezweifelt hatte, so waren diese Zweifel ausgeräumt worden bei der Begegnung mit ihm in ihrem Zimmer, bevor sie zu Justin ging.

Es war nicht nur die körperliche Anziehungskraft, die er auf sie ausübte. Diana ahnte, dass mehr dahinter steckte, aber sie hatte nicht den Mut, sich das einzugestehen oder gar in ihrem Inneren nachzuforschen. Eine Affäre mit Caine MacGregor war für sie völlig unmöglich.

Sie verdrängte die Gedanken an Caine und versuchte sich auf das Nächstliegende zu konzentrieren. Zuerst einmal musste sie jetzt ein geeignetes Büro finden, dann galt es daranzugehen, die noch recht kleine Liste von Klienten zu vergrößern.

Diesmal war sie völlig auf sich allein gestellt – ohne Hilfe von Tante Adelaide. Der Gedanke daran stachelte sie an. Sie würde es schaffen, auch wenn der Weg bis zu dem Erfolg, den sie anstrebte, gewiss nicht leicht sein würde.

Vor dem Restaurant angekommen, fand Diana auf dem überfüllten Parkplatz des Hotels auf Anhieb noch eine Lücke. Sie betrachtete das als gutes Omen, schlug den Mantelkragen hoch und machte sich durch den eisigen Wind auf den Weg zum Eingang.

Der Empfangschef half ihr aus dem Mantel. „Mein Name ist Diana Blade, ich bin mit Mr. Fairman verabredet. Ist er schon da?“

„Nein, Miss Blade, leider noch nicht.“

„Wenn er kommt, würden Sie ihm bitte sagen, dass ich in der Hotelhalle auf ihn warte?“ Unschlüssig blickte sie sich um, aber dann ging sie kurz entschlossen hinüber in die Halle, wo in einem großen Kamin ein einladendes Feuer brannte. Sie fand noch einen freien Sessel, der allerdings weiter von dem wärmenden Feuer entfernt stand, als sie sich gewünscht hätte.

Am liebsten hätte sie die Füße untergezogen und die nächste Stunde damit verbracht, nur in die Flammen zu schauen. Eines Tages, sagte sie sich, werde ich ein Haus haben mit einem solchen Kamin. Ich werde mich der Länge nach davor legen und dem Knistern zuhören, wenn das Holz langsam in den Flammen verbrennt.

Diana kuschelte sich tiefer in den bequemen Sessel. Ich

werde sentimental, dachte sie und lächelte. Ein Blick auf die Uhr zeigte ihr, dass sie noch etwas Zeit hatte bis zu ihrem Treffen mit Matt. Es würde reichen, noch einen Drink zu nehmen.

Diana wollte gerade aufstehen und hinüber zur Bar gehen, als ein Hausboy einen Wagen mit Flaschen neben ihren Sessel schob.

„Der Herr möchte Ihnen gerne einen Drink ausgeben, Miss Blade."

„Welcher Herr?" Diana drehte sich um und spürte plötzlich, dass ihr Herz schneller schlug. Er hatte Recht behalten, es war unmöglich, sich in Boston ständig aus dem Weg zu gehen. „Hallo, Caine."

„Diana." Er nahm ihre Hand und führte sie an die Lippen. „Darf ich mich zu dir setzen?"

„Das kann ich wohl kaum abschlagen." Diana zeigte auf die beiden Gläser, die der Boy mittlerweile mit Champagner gefüllt hatte.

Der Anzug steht ihm genauso gut wie die Jeans und Lederjacke, dachte Diana und verwarf diesen Gedanken schnell wieder. „Wie geht es dir?"

„Gut, danke."

Er lehnte sich in seinen Sessel zurück und betrachtete sie über den Rand seines Glases hinweg. Er erkannte das türkisfarbene Seidenkleid wieder, das Diana trug. Es war eines von denen, die sie wütend in ihrem Zimmer übers Bett geworfen hatte. Die Farbe stand ihr ausgezeichnet.

Diana wurde es unbehaglich unter seinem Blick. „Bist du allein hier?"

„Hm."

„Ich treffe mich mit Matt Fairman. Du kennst ihn doch sicher, oder?"

„Ja, ich kenne ihn. Hast du dich entschlossen, für den Staatsanwalt zu arbeiten, nachdem du Barclay verlassen hast?"

„Nein, ich ..." Verblüfft hielt Diana inne. „Woher weißt du, dass ich bei Barclay gekündigt habe?" Ihr Erstaunen konnte sie nicht verbergen.

„Ich habe mich erkundigt", antwortete Caine. „Und welche Pläne hast du jetzt?"

Diana zögerte einen Augenblick. „Ich werde meine eigene Kanzlei aufmachen."

„Wann?"

„Sobald ich das Nötige vorbereitet habe."

„Hast du schon ein Büro?"

„Nein, noch nicht." Sie hatte die Brauen zusammengezogen und beschäftigte sich angelegentlich mit ihrem Glas. Sie hatte nicht vor, ihre Probleme ausgerechnet mit ihm zu besprechen. Sie zuckte mit den Schultern und tat so, als wäre das die kleinste Schwierigkeit. „Ich werde schon etwas finden, das nicht zu teuer ist. Immerhin kann ich mir morgen bereits drei Objekte ansehen."

Caine beobachtete sie aufmerksam. „Ich wüsste da etwas für dich."

„Wirklich?"

„Das Haus liegt auf der anderen Flussseite, nur einige Blocks vom Gericht entfernt." Er nahm den Blick nicht von ihr. Zu gerne wäre er aufgestanden und hätte sie in die Arme geschlossen. Aber mehr noch als sein Verlangen hatte ihm seine Besorgnis zu schaffen gemacht, nachdem er erfahren hatte, dass Diana ihre Stelle gekündigt hatte. „Das Büro liegt in einem zweigeschossigen Haus", fuhr er fort. „Ein renovierter Altbau mit Empfangsraum, Konferenzzimmern und Büros."

„Das hört sich gut an. Ich frage mich nur, warum der Immobilienmakler es mir nicht angeboten hat.“ Wenn es wirklich so aussah, wie Caine es beschrieben hatte, dann würde wohl auch die Miete für sie zu hoch sein. Diana hatte sich fest vorgenommen, das Sparkonto, das ihre Tante ihr eingerichtet hatte, nicht anzurühren. Meine Tante, dachte sie plötzlich. Ich muss wohl besser sagen, Justin. Aber wie dem auch sei, das Geld wollte sie dazu nicht benutzen. „Woher weißt du davon?“

„Ich kenne den Hausbesitzer“, antwortete Caine und schenkte sich von dem Champagner nach.

Plötzlich wurde Diana hellhörig. „Soll das heißen, dass du der Hausbesitzer bist?“

„Gut geraten“, sagte Caine und prostete ihr zu.

Sie lehnte sich zurück und schlug die Beine übereinander. „Wenn dir ein solches Haus gehört, warum benutzt du es dann nicht selbst?“

„Tu ich doch. Habe ich dir übrigens schon gesagt, dass dir diese Farbe hervorragend steht?“

Aber so schnell ließ Diana sich nicht ablenken. „Und warum glaubst du, dass ich an deinem Büro interessiert wäre?“

„Ich bin so ausgelastet, dass ich keine neuen Fälle mehr annehmen kann.“ Sein Ton war plötzlich geschäftsmäßig, so dass Diana ihn irritiert ansah. „Ich habe schon Klienten wegschicken müssen, weil ich es einfach nicht schaffe.“

Sie verstand nicht, was Caine meinte. „Und? Was hat das mit mir zu tun?“

„Wärst du interessiert?“

„An deinen Klienten? Aber wieso?“

„Indem sie deine Klienten werden.“

Es fiel ihr schwer, darauf eine Antwort zu finden. Das war die Starthilfe, die sie brauchte, aber ... „Ich bin nicht daran interessiert, mit dir eine Partnerschaft einzugehen, Caine."

„Das brauchst du ja auch gar nicht."

Erstaunt sah sie ihn an. „Jetzt verstehe ich gar nichts mehr. Könntest du mir das bitte einmal erklären?"

„Ich habe in meinem Haus noch ein leeres Büro, das du mieten könntest. Außerdem habe ich einige Fälle auf dem Tisch, die ich an dich weiterleiten könnte. Also eine ganz einfache kaufmännische Gleichung von Angebot und Nachfrage."

Diana schwieg. Ihre Augen waren halb geschlossen, aber Caine wusste genau, dass dieser schläfrige Eindruck täuschte. Sie dachte sehr intensiv über sein Angebot nach. Das gab ihm Gelegenheit, sie noch genauer zu betrachten.

Eigentlich war sie noch hübscher, als er sie in Erinnerung hatte. Dabei waren erst zwei Wochen vergangen, seit er sie zuletzt gesehen hatte.

Während dieser Zeit hatte Caine immer wieder dem Wunsch widerstanden, Diana anzurufen. Erst heute Abend, als er sich endlich eingestanden hatte, dass er die Gedanken an sie nicht vertreiben konnte, hatte er nach dem Telefon gegriffen. Ihr Anrufbeantworter hatte ihm gesagt, wo sie zu finden war. Erst auf der Fahrt hierher war dieser Vorschlag in Caines Kopf entstanden und immer präziser geworden. Wenn sie zustimmte, würde er sie täglich sehen können. Allerdings war er sich noch nicht darüber im Klaren, ob das ein Vorteil oder ein Nachteil war.

„Caine", hörte er dann wieder ihre Stimme. „Das klingt alles sehr gut, aber ich muss dir dazu noch eine Frage stellen."

„Und die wäre?"

„Warum tust du das?"

Mit dieser Zusatzfrage hatte er nicht gerechnet. Um Zeit zu gewinnen, holte er seine Zigarettenschachtel hervor und zündete sich eine Zigarette an. „Nun, den rein geschäftlichen Grund habe ich dir ja bereits genannt. Der persönliche wäre, dass wir beide Kollegen sind."

„Und verwandt, das wolltest du doch sagen, oder?"

„Ich würde es eher kollegiale Unterstützung nennen."

Diana lächelte. „Das würde ich auch vorziehen."

„Denk darüber nach." Caine griff in seine Jackentasche und zog eine Visitenkarte hervor. „Hier ist die Adresse. Komm doch morgen einfach mal vorbei und sieh dir alles an."

Er stand auf und gab ihr die Karte. „Seide ist der ideale Stoff für deine Figur", sagte er leise, als er neben ihrem Sessel stand und auf sie hinabsah. „Ich habe viel an dich gedacht während dieser zwei Wochen, Diana." Seine Stimme war noch leiser geworden, trotzdem hatte sie keine Mühe, ihn durch das Stimmengewirr der anderen Gäste zu verstehen. Es war, als wäre außer ihnen kein Mensch in der Halle. „Ich habe daran gedacht, wie deine Lippen sich anfühlen, wie dein Körper sich gegen meinen presst ..."

„Hör auf, Caine – bitte." Flehentlich sahen die dunklen Augen ihn an.

„Ich möchte dich lieben, Diana. Stundenlang und immer wieder, bis du an nichts anderes mehr denken kannst als an mich."

Diana entzog ihm ihre Hand. „Caine, es hat keinen Zweck."

„Oh doch", widersprach er zärtlich.

Ihre Hände zitterten leicht, als sie nach dem Champagnerglas griff. „Ich brauche ein Büro, und ich brauche Klienten – mehr nicht."

„Das geschäftliche Angebot besteht auch weiterhin, Diana, aber das hat nichts mit uns privat zu tun."

Diana hatte sich wieder so weit gefasst, dass sie ihn ansehen konnte. Ihre Augen blitzten ärgerlich. „Caine MacGregor, geht das nicht in deinen Kopf, dass ich keine private Beziehung mit dir will?"

„Nun gut, wenn du dir dessen so sicher bist, dann kannst du das Büro bei mir ja durchaus nehmen. Oder solltest du etwa Angst davor haben, ständig in meiner Nähe zu sein?"

Das Blitzen in ihren Augen verstärkte sich noch. „Ich habe keine Angst vor dir."

„Gut, dann sehe ich dich also morgen", sagte er lächelnd. „Fairman ist gerade gekommen. Ich lass dich jetzt allein und wünsche dir einen vergnüglichen Abend." Mit diesen Worten verabschiedete er sich dann.

Irritiert sah Diana ihm nach. Zur Hölle mit diesem Mann, der sie so leicht aus der Ruhe bringen konnte! Wütend nahm sie seine Visitenkarte und riss sie entzwei. Sollte er sich doch sein Büro und seine Klienten an den Hut stecken!

Also doch Angst? fragte plötzlich eine kleine Stimme in ihrem Inneren. Diana stutzte, nahm die beiden Stücke der Visitenkarte wieder aus dem Aschenbecher und steckte sie in ihre Handtasche.

Nein, sie hatte keine Angst vor diesem Frauenhelden! Morgen würde sie sich das Büro ansehen, und wenn es ihr gefiel und die Kosten vertretbar waren, dann würde sie es mieten.

Am nächsten Morgen sah sich Diana zwei der Adressen an, die der Makler ihr genannt hatte. Das erste Büro kam überhaupt nicht in Frage, das zweite war schon eher nach ihrem Geschmack.

Als sie wieder in ihrem Auto saß, legte sie die Notiz mit der dritten Adresse zur Seite und nahm stattdessen die beiden Hälften der Visitenkarte. Kurz entschlossen fuhr sie los.

Sie würde ganz objektiv entscheiden und sich dabei überhaupt nicht von der Tatsache beeinflussen lassen, dass das Haus Caine gehörte.

Vielleicht hatte sie Glück und traf Caine gar nicht an. Es wäre ihr nur recht, wenn die Sekretärin sie stattdessen herumführen und ihr alles zeigen würde.

Als Diana das Haus sah, war es Liebe auf den ersten Blick. Eine wunderschöne alte Villa in einem großen Garten. Ein verwunschener Platz zwischen all den langweiligen Hochhäusern. Das Äußere war sehr geschmackvoll renoviert worden, der dazugehörige kleine Parkplatz an die Hausseite verbannt, wo er den harmonischen Eindruck der Fassade nicht stören konnte.

Das Gericht war noch nicht einmal eine Meile von hier entfernt. Besser hätte es also gar nicht liegen können. Trotzdem, ermahnte Diana sich selbst, auch wenn es von innen genauso schön ist, kann es immer noch an der Miete scheitern.

Die Eingangstür war aus schwerem, geschnitztem Holz. Rechts daneben war ein kleines Messingschild angebracht: Caine MacGregor, Rechtsanwalt. Es fiel Diana nicht schwer, sich darunter ein ähnliches mit ihrem Namen vorzustellen.

Der Empfangsraum war ganz in silbergrauen und blassen rosa Farben gehalten. Auf dem niedrigen Couchtisch stand eine Vase mit einem bunten Blumenstrauß. Auf dem glänzenden Holzfußboden lag ein großer Perserteppich, dessen Farben auf dem Holz besonders leuchteten.

Hinter einem ausladenden Schreibtisch aus dunklem Holz saß eine Frau in mittleren Jahren, den Telefonhörer zwischen Wangen und Schulter eingeklemmt, während ihre Finger über die Tastatur der Schreibmaschine glitten. Der Schreibtisch war voll beladen mit Akten und Büchern.

Die Frau lächelte Diana zu und wies mit dem Kopf hinüber zu der Sitzgruppe. „Nein, tut mir Leid, vor nächster Woche Mittwoch kann ich Ihnen keinen Termin bei Mr. MacGregor geben.“ Sie unterbrach ihr Tippen und nahm einen dicken Terminkalender zur Hand. „Um Viertel nach eins. Ja, Mrs. Patterson, das ist der frühestmögliche Termin. Wie meinen Sie? Ja, ich werde mich melden, falls sich doch eine Möglichkeit ergibt.“ Sie notierte die Uhrzeit in dem Kalender und begann dann sofort wieder zu tippen. „Gut, Mrs. Patterson, ich werde es Mr. MacGregor sagen. Auf Wiederhören.“ Sie legte den Hörer auf und sah zu Diana hinüber. „Guten Tag, kann ich Ihnen helfen?“

„Ich bin Diana Blade ...“

„Oh ja“, unterbrach sie sofort und stand auf. „Mr. MacGregor hat mir gesagt, dass Sie heute vorbeikommen würden. Ich bin Lucy Robinson.“

Diana nahm die ausgestreckte Hand und wies hinüber zum Schreibtisch. „Sie sind wohl sehr beschäftigt, Miss Robinson. Vielleicht sollte ich ein andermal wiederkommen.“

„Nein, nein, nicht nötig. Kommen Sie nur. Mr. MacGregor hat noch einen Termin. Sie wollen sicher zuerst Ihr Büro sehen.“

Bevor Diana ihr noch sagen konnte, dass es sich keineswegs bereits um ihr Büro handelte, war Caines Sekretärin schon auf dem Weg in die erste Etage. „Miss Robinson ...“

„Nennen Sie mich ruhig Lucy. Wir sind hier nicht so formell, mehr wie eine Familie."

Familie, dachte Diana. Überall, wo Caine auftauchte, war dieses Wort nicht fern.

„Unten haben wir noch ein Konferenzzimmer und eine kleine Küche", erklärte Lucy ihr. „Meist haben wir gar keine Zeit, in der Mittagspause rauszugehen. Können Sie kochen?"

„Ich fürchte, nicht sehr gut."

„Schade." Lucy blieb auf der obersten Stufe stehen. „Caine und ich sind nämlich auch keine geborenen Hausfrauen." Völlig unbefangen musterte sie Diana, aber es war eine so freundliche Neugier, dass sie nicht unangenehm war. „Er hat mir gar nicht gesagt, dass Sie so hübsch sind. Woher kennen Sie Caine?"

„Mein Bruder hat seine Schwester geheiratet."

„Ach ja, richtig. Caine erwähnte so etwas." Sie ging voraus und öffnete die erste Tür. „Das ist Caines Büro. Ihres ist gleich hier hinten."

Diana ging ihr nach. „Das ist wirklich ein sehr hübsches Haus. Caine hat wohl nicht sehr viel daran verändern müssen, oder?"

„Nein, nur einige Wände mussten herausgenommen werden."

„Arbeiten Sie schon lange für ihn?"

„Ja, schon eine ganze Weile. Als er sich selbstständig machte, hat er mich gefragt, ob ich mit ihm gehen würde. Natürlich hab ich ja gesagt. So, wir sind da." Sie öffnete eine Tür und ließ Diana eintreten.

Es war genau das, was sie sich vorgestellt hatte. Nicht zu groß, mit zwei tiefen Fenstern und einem offenen Kamin an der gegenüberliegenden Seite. Platz genug für einen großen

Schreibtisch, eine kleine Sitzecke und ein Regal zwischen den Fenstern für ihre Bücher.

„Es wundert mich, dass Caine diesen Raum leer stehen lässt", überlegte Diana laut.

„Der ist noch gar nicht so lange leer. Bis vor kurzem hatte er hier eine Schlafgelegenheit, damit er nicht mehr nach Hause fahren musste, wenn es abends spät wurde. Die Bibliothek ist übrigens hinter der nächsten Tür", fuhr Lucy fort. „Dann gibt es unten noch eine Toilette und hier oben ein vollständig eingerichtetes Bad. Oh, mein Telefon klingelt. Sehen Sie sich nur ruhig weiter um, ich muss zurück." Damit drehte sie sich um und lief den Korridor entlang zur Treppe.

Lucy hatte so gar keine Ähnlichkeit mit den ältlichen Sekretärinnen bei Barclay. Hier war überhaupt alles ganz anders. Viel ungezwungener und freundlicher. Dagegen wirkte die Kanzlei von Barclay wie eine Gruft.

Langsam ging Diana wieder aus dem Büro hinaus und öffnete die Tür zur Bibliothek. In der Mitte des Raumes stand ein langer Tisch, die Wände waren zugestellt mit Regalen voller Bücher. Neugierig trat sie näher und sah in ein Buch, das auf dem Tisch lag.

Der Mordprozess Sylvan war aufgeschlagen. Diana kannte ihn noch aus ihrer Studienzeit in Harvard. Damals hatte die Sache sehr viel Aufsehen erregt, der Gerichtssaal war an jedem Prozesstag voller Zuschauer gewesen, und das Fernsehen hatte ausführlich berichtet. Woran mochte Caine gerade arbeiten, dass er diesen Fall zu Rate zog?

Als Caine einige Minuten später in der offenen Tür stand, bemerkte Diana ihn überhaupt nicht, so vertieft war sie in den Bericht über diesen Prozess. Caine verhielt sich ganz still und beobachtete sie. Diana stand vor dem Tisch, die Hände auf die Platte gestützt. Die Haare hatte sie hinter die Ohren geschoben, damit sie sie beim Lesen nicht störten. An ihren Ohren funkelten goldene Clips.

„Was liest du da Interessantes?"

Diana blickte hoch, als sie seine Stimme hörte, aber sie hatte sich schnell wieder gefasst. „Über den Prozess Sylvan", antwortete sie und wies mit dem Finger auf das Buch. „Ein sehr interessanter Fall. Die Verteidigung hat keinen Trick ausgelassen während der drei Monate, über die der Prozess ging."

„O'Leary ist auch einer der besten Strafverteidiger, die wir haben", antwortete Caine und kam näher.

„Trotzdem hat er den Prozess am Ende nicht gewinnen können."

„Sein Klient war schuldig, das hat die Staatsanwaltschaft einwandfrei nachgewiesen."

Diana wandte sich ihm zu. „Hast du im Moment einen ähnlichen Fall, oder warum liegt gerade dieser Prozess hier?"

Zum ersten Mal an diesem Tag umspielte ein Lächeln seine Lippen. „Virginia Day", sagte er nur und wartete auf Dianas Reaktion.

Überrascht zog sie die Brauen hoch. „Verteidigst du sie etwa?"

„Ja."

Diana kannte die Geschichte aus den Nachrichten und auch die Spekulationen, die bei Barclay darüber angestellt worden waren. Ein Mord in den besten Kreisen der Gesellschaft. Ein untreuer Ehemann, eine eifersüchtige Ehefrau und ein kleiner Revolver spielten darin die Hauptrollen. „Mir scheint, einfache Fälle interessieren dich nicht, oder?"

Als Antwort zuckte Caine nur mit den Schultern und er

wechselte dann das Thema. „Lucy sagte mir, dass sie dir alles gezeigt hat?"

„Ja." Diana lächelte. „Dein Haus ist sehr schön, Caine", kam sie auf das Wesentliche zu sprechen. „Ich muss zugeben, schöner als alles, was ich mir bisher angesehen habe."

„Ich habe fast den Eindruck, es gefällt dir gar nicht, dass du das zugeben musst, oder?"

Sie fühlte sich ertappt und wandte den Blick ab. „Um ehrlich zu sein ... nun, ich hatte halbwegs gehofft, dass es gar nicht für mich in Frage kommen würde, so dass ich erst gar keine Entscheidung zu treffen brauchte. Hast du übrigens die Einrichtung ausgesucht?"

„Ja. Ich habe eine Schwäche für Antiquitätenläden und Versteigerungen. Außerdem hatte ich mir geschworen, dass ich die Einrichtung meines ersten eigenen Büros niemals einem Innenarchitekten überlassen würde. Schließlich muss ich mich darin wohl fühlen."

„Ganz anders als meine Tante. Regelmäßig alle drei Jahre ließ sie ihr Haus von oben bis unten ummodeln und nach den neuesten Erkenntnissen ausstaffieren. Der Erfolg war allerdings, dass man immer vergebens nach Gemütlichkeit oder auch nur nach der leisesten persönlichen Note suchte." Diana hielt inne und sah ihn nachdenklich an. „Sag mal, Caine, wenn ich das Büro nun nicht miete, suchst du dir dann einen anderen Interessenten?"

„Wahrscheinlich nicht. Ich möchte nicht so viel Zeit des Tages mit jemandem Wand an Wand verbringen, den ich vielleicht nicht leiden mag oder der mir fürchterlich auf die Nerven geht."

Amüsiert sah sie ihn an. „Und du meinst wirklich, bei uns bestünde diese Gefahr nicht?"

„Nein, das kann ich mir nicht vorstellen", antwortete er

erstaunlich ernst. „Diana, lass uns in mein Büro hinübergehen und die Einzelheiten besprechen, ja?“ Er hakte sich bei ihr ein und schob sie voran.

Caines Büro war noch um einiges größer. Der große Eichenschreibtisch war das dominierende Stück der Einrichtung. Er war voll gepackt mit Akten, und doch schien darauf mehr Ordnung zu herrschen als gewöhnlich auf ihrem eigenen.

„Sehr hübsch.“ Diana ging hinüber zu einem Sessel und setzte sich. „Ich will dich nicht lange aufhalten, Caine. Lucy hat mir vorhin gesagt, dass dein Terminkalender übervoll sei.“

„Einige Minuten werde ich schon noch erübrigen können.“ Caine setzte sich hinter seinen Schreibtisch und zündete sich eine Zigarette an. „Weißt du schon, wie du dich entscheiden wirst?“

„Ja.“ Diana sah ihn offen an. „Ich möchte das Büro gern mieten, Caine. Allerdings kann ich natürlich erst zusagen, wenn ich über die Kosten Bescheid weiß.“

Er stieß den Qualm aus und nannte einen Preis, den Diana sich erlauben konnte, der aber wiederum nicht so niedrig war, dass in ihr der Verdacht hätte entstehen können, er wollte ihr etwas schenken.

„Lucy ist im Übrigen damit einverstanden, für dich mitzuarbeiten, zumindest zu Anfang“, sagte er. „Wenn du dich erst einmal richtig eingelebt hast, kannst du selbst entscheiden, ob du eine eigene Sekretärin einstellen willst.“

Diana nickte zufrieden. „Gut, dann wäre das also geklärt. Da wäre noch die andere Sache mit den Klienten. Ich glaube nicht, dass mir das gefällt, Caine.“

„Warum nicht? War deine Suche nach Klienten nicht auch der Grund für das Abendessen mit Fairman gestern?“

„Sicher, wenigstens zu einem Teil war das der Grund. Aber du musst zugeben, dass da immer noch ein Unterschied zu dem besteht, was du mir angeboten hast."

„Ich verstehe deine Bedenken nicht, Diana. Wenn du sie nicht übernimmst, werde ich sie zu einem anderen Kollegen schicken. Im Augenblick denke ich da an zwei ganz bestimmte Fälle, die ich einfach aus Zeitgründen nicht mehr übernehmen kann. Der Fall Day braucht allein schon so viel Zeit, dass ich es fast nicht schaffe."

„Aber wie kannst du sie an mich überweisen? Du weißt nicht einmal, ob ich eine gute Anwältin bin oder nicht."

„Oh doch, das weiß ich. Schließlich habe ich mich erkundigt."

„So?"

Caine lächelte. „Natürlich. Meinst du wirklich, ich würde Klienten an jemanden überweisen, von dem ich nicht überzeugt bin?"

Diana versagte es sich, weiter in ihn zu dringen. „Nun gut, an welche Fälle hast du dabei denn gedacht?"

„Der erste ist eine Anklage wegen Vergewaltigung. Der Junge ist neunzehn Jahre alt. Ein Hitzkopf mit einem nicht gerade guten Ruf. Er gibt allerdings an, dass er sie nicht vergewaltigt habe, sondern dass sie durchaus einverstanden war. Der zweite Fall ist eine Scheidung. Die Frau hat sie eingereicht. Als sie zum ersten Mal hierher kam, war ihr linkes Auge völlig zugeschwollen, und ich musste sie ins Krankenhaus schicken."

„Also ein Mann, der seine Frau schlägt."

„Ja, so sieht es aus. Wie sie mir sagte, geht das schon eine ganze Weile so, aber nun ist sie nicht mehr bereit, das weiter mitzumachen. Er hat sofort reagiert und eine Klage wegen böswilligen Verlassens eingereicht. Wahrscheinlich sitzt der

Mann auf Dauer am längeren Hebel. Er hat das Geld, und sie ist bisher auch noch nicht bereit, ihn zusätzlich wegen Körperverletzung anzuzeigen."

„Zumindest kann man dir nicht vorwerfen, dass du es mir zu einfach machst", murmelte Diana. „Ich möchte nächste Woche mit beiden sprechen."

„Gut."

„Stellst du dann den Mietvertrag aus?"

„Am Montag kannst du ihn unterschreiben."

„So, dann lass ich dich jetzt weiterarbeiten." Diana stand auf und lächelte ihm zu. „Das heißt wohl, dass ich mir zunächst einmal einen Schreibtisch kaufen muss. Danke, Caine", fügte sie noch hinzu.

„Dank mir lieber nicht, bevor du nicht mit diesen beiden gesprochen hast", antwortete Caine und ging auf sie zu. Er legte ihr beide Hände auf die Schultern. „Gehst du heute Abend mit mir essen?"

Wie schnell Caine doch vom rein geschäftlichen Ton auf einen wesentlich intimeren umschalten konnte. „Ich glaube, es wäre viel gescheiter, wenn wir es bei der geschäftlichen Verbindung belassen würden", entgegnete Diana.

„Tagsüber tun wir das ja auch." Seine Hände strichen über ihre Schultern. „Ich kenne da ein kleines Restaurant am Fluss, wo man herrlichen frischen Fisch essen kann. Es ist nur ganz winzig, mit kleinen Tischen für zwei Leute, Kerzenschein und leiser Musik. Du riechst das Wachs der Kerzen und kannst sicher sein, niemanden zu treffen, den du kennst."

Seine Fingerspitzen streichelten sanft ihre Wangen, und seine Stimme war ganz leise geworden. „Dort möchte ich mit dir hingehen, Wein trinken, gut essen. Später gehen wir dann zu mir nach Hause und zünden das Feuer im Kamin an." Ganz langsam ging sein Blick über ihr Gesicht. Ja, das alles wollte er mit ihr machen, wollte sehen, wie ihre Gesichtszüge weich wurden, wie sie lachte und die Traurigkeit aus ihren Augen verschwand.

Ohne dass Diana es bemerkt hatte, war er noch näher an sie herangetreten. Das Bild, das er gemalt hatte, stand so plastisch vor ihren Augen, dass sie kaum ablehnen konnte. Sie spürte seine Nähe und wusste, dass es nicht mehr viel Überredung bedurfte, um sie zu überzeugen. Sie wusste aber auch, wie dieser Abend enden würde, und allein der Gedanke daran, dass sie eine mehr auf seiner Liste sein würde, gab ihr die Kraft, sich von ihm zu lösen.

„Nein." Sie merkte selbst, dass ihre Stimme nicht so fest geklungen hatte, wie sie das eigentlich wollte. „Ich will nicht, Caine."

Statt einer Antwort riss er sie plötzlich in seine Arme und presste seine Lippen auf ihren Mund. Es dauerte nicht lange, bis sie seinen Kuss erwiderte und die Reaktion ihres Körpers ihre Worte Lügen strafte.

Die zwei Wochen ohne sie hatten seine Sehnsucht so sehr gesteigert, dass er sich jetzt kaum zurückhalten konnte. Er merkte, dass seine Begierde fast in raue Gewalt ausartete, aber er konnte nichts dagegen tun. Seine Hände pressten sie so fest gegen seinen Körper, dass sie leise aufstöhnte.

„Nein!" Mit ungeahnter Kraft stemmte Diana sich plötzlich gegen ihn. „Ich habe dir gesagt, ich will nicht!"

„Das ist nicht wahr, Diana." Caine hatte Mühe, sich wieder in die Gewalt zu bekommen. „Aber gut, wenn du willst, kann ich auch noch etwas warten. Glaub mir, es wird nicht mehr lange dauern."

Diana griff nach ihrer Handtasche und drehte sich zur Tür. „Am Montag komme ich den Vertrag unterschreiben und bringe auch den Scheck mit."

Caine strich sich mit beiden Händen durch die Haare, als Diana mit lautem Knall die Tür hinter sich ins Schloss warf. Was war nur mit ihm los? Wie konnte es passieren, dass er derart die Kontrolle über sich verlor? Selbst bei den schlimmsten Redeschlachten vor Gericht hatte keiner seiner Kollegen es je geschafft, ihn so aus der Reserve zu locken.

Irgendetwas ging in ihm vor, aber er wusste nicht, was es war. Wenn er klug war, ging er auf ihren Vorschlag ein und betrachtete sie wirklich nur als Kollegin.

Aber Caine wusste genau, dass er das nicht konnte. Er musste diese Frau einfach haben – und das würde schneller geschehen, als sie ahnte.

5. KAPITEL

Wer hatte da nur die Frechheit, mitten in der Nacht an ihre Wohnungstür zu hämmern?

Verschlafen vergrub Diana ihren Kopf unter dem Kissen. Es dauerte eine Weile, bis sie merkte, dass derjenige, der da draußen stand, offenbar die besseren Nerven hatte. Seufzend zog sie das Kissen beiseite und warf einen Blick auf die Uhr. Erst halb acht. Und das an einem Samstagmorgen!

„Ist ja gut", rief sie ungeduldig, band den Gürtel ihres Morgenmantels zu und ging zur Tür. „Ich komme ja schon." Sie öffnete so weit, wie es die Sicherheitskette zuließ, und sah in Caines lächelndes Gesicht.

„Guten Morgen. Hab ich dich geweckt?"

Zornig warf Diana die Tür ins Schloss und überlegte für einen Moment, ob sie sie überhaupt wieder öffnen sollte. Seufzend hakte sie schließlich die Sicherheitskette aus und machte die Tür weit auf. „Was willst du mitten in der Nacht?"

„Schön, dich zu sehen." Caine küsste sie auf die Stirn und ging an ihr vorbei in die Wohnung.

„Weißt du eigentlich, wie spät es ist?" Noch halb verschlafen lehnte Diana sich gegen die Tür und sah ihn ärgerlich an.

„Natürlich. Immerhin schon halb acht. Hast du den Kaffee schon fertig?"

„Nein." Diana zog den Gürtel noch enger und überlegte ernsthaft, ob sie ihn nicht einfach hinauswerfen sollte. „Es ist halb acht an einem Samstagmorgen. Ist dir das eigentlich klar, Caine MacGregor?"

Caine nickte nur und sah sich in Dianas Wohnzimmer

um. Es war noch längst nicht fertig eingerichtet, aber damit wollte sie sich auch Zeit lassen und nach und nach immer genau das Stück dazukaufen, das ihr besonders gut gefiel und mit den bereits vorhandenen Möbeln harmonierte.

Die Hände in den Taschen vergraben, blieb Caine vor einem Bild stehen, das Diana vor einigen Monaten in Paris erstanden hatte. „Das gefällt mir", sagte er.

„Wenn du wüsstest, wie egal mir das ist", schoss sie zurück und unterdrückte ein Gähnen.

„Etwas übel gelaunt heute Morgen, scheint mir, hm?" Er warf ihr einen Blick zu und wandte sich dann zur Küche. „Wie wäre es, wenn ich den Kaffee koche?"

„Soll das etwa heißen, dass du bleiben willst?"

„Ja, ich hatte die Absicht", gab er ungerührt zur Antwort. Diana ging an ihm vorbei und stellte sich vor die Küchentür. „Caine, heute ist Samstag. Sollte es noch nicht bis zu dir vorgedrungen sein, dass es Menschen gibt, die samstags gerne etwas länger schlafen?"

„Glaub mir, das ist gar nicht gut." Er fasste sie an den Schultern, schob sie zur Seite und ging in die Küche. „Genau diesen Menschen fällt es nämlich dann am Montag schwer, sich wieder an das frühe Aufstehen zu gewöhnen. Besser, man verfällt erst gar nicht in die üble Angewohnheit."

„Solch einen Unsinn habe ich noch nie gehört." Diana sah zu ihrer Verblüffung, dass er mit geübten Griffen die Kaffeemaschine in Gang setzte und so tat, als wäre er in ihrer Küche schon ganz zuhause. „Ich gehöre auf jeden Fall nicht zu den Menschen, die montags schlecht aufstehen können. Kannst du mir vielleicht einmal sagen, was du überhaupt hier willst?"

„Ich brühe Kaffee auf, und ich bin auch bereit, dir ein

ausgiebiges Frühstück zu servieren. Ich warne dich allerdings – mehr als Eier braten kann ich leider nicht."

„Ich will kein Frühstück." Völlig frustriert strich Diana mit beiden Händen durch ihre Haare. „Ich kann es einfach nicht glauben, dass ich am frühen Samstagmorgen hier stehe und mit dir übers Aufstehen debattiere."

„Warte nur, wenn du erst einmal deinen Kaffee getrunken hast, wird es dir leichter fallen, das zu glauben." Caine musste sich abwenden, um der Versuchung widerstehen zu können, sie in die Arme zu nehmen. Mit den zerzausten Haaren und dem weichen, noch verschlafenen Gesicht erschien sie ihm noch begehrenswerter. „Ich glaube, ich habe dir schon einmal gesagt, dass du morgens besonders hübsch bist, nicht wahr?"

„Natürlich. Und gerade jetzt glaube ich dir das aufs Wort", gab sie zurück und versuchte, mit den Händen Ordnung in ihre langen Haare zu bringen. Es war ihr nicht recht, so überrascht zu werden.

„Ist der Kaffee fertig?"

„Ja, möchtest du eine Tasse?" fragte er und fand auch sofort den richtigen Schrank mit dem Geschirr.

„So wie es aussieht, ist die Nacht wohl für mich vorüber. Also kann ich auch ebenso gut eine Tasse Kaffee trinken." Diana ging zum Kühlschrank und holte die Milch heraus.

Lächelnd nahm Caine seine Tasse und ging hinüber ins Wohnzimmer. „Wir haben fast den gleichen Blick", sagte er und blieb vor dem breiten Fenster stehen. „Meine Wohnung liegt nur ein Stück weiter die Straße hinunter."

„Wie aufregend."

„Nicht aufregend – Schicksal", antwortete er lächelnd und setzte sich auf die Couch.

„Du solltest mich mit deinem Gerede über Schicksal in

Ruhe lassen“, murmelte Diana und setzte sich seufzend neben ihn.

Caine ließ sich von ihrer wenig einladenden Art nicht beeindrucken. „Lucy hat den Mietvertrag bereits im Entwurf fertig. Montag kannst du ihn unterschreiben.“

„Gut. Ich werde mich heute nach einem Schreibtisch umsehen. Wenn ich Glück habe, kann er vielleicht nächste Woche schon geliefert werden.“ Sie nahm noch einen Schluck Kaffee und fand, dass er genauso gut schmeckte, als hätte sie ihn aufgebrüht. Nur unwillig gestand sie sich ein, dass sie mit Sicherheit hellwach sein würde, wenn die Tasse leer war.

„Gute Idee. Ich komme mit.“

„Wohin?“

„Zum Einkaufen.“

„Danke für das Angebot, aber das ist nicht nötig. Ich bin sicher, du hast noch andere Dinge zu erledigen.“

„Nein, eigentlich nicht.“ Caine legte seinen Arm auf die Couchlehne und begann mit ihren Haaren zu spielen. „Kannst du mir einmal sagen, wieso ich es so unwiderstehlich finde, wenn du mich so direkt zum Teufel jagen willst?“

Sie musterte ihn mit einem langen kühlen Blick. „Ich habe keine Ahnung.“

„Ich bin gern mit dir zusammen, Diana.“ Jetzt klang seine Stimme wieder ernsthaft. Er lehnte sich zurück, ließ sie aber nicht aus den Augen. „Warum fällt es dir so schwer, das einzusehen?“

Sie zuckte mit den Schultern und hielt den Blick auf ihre Tasse gesenkt. Er war schon wieder auf dem besten Weg, sie mit einigen Worten aus der Fassung zu bringen.

„Dafür gibt es drei Gründe“, fuhr Caine fort. „Wir sind

miteinander verwandt, wir sind Kollegen, die bald in einer Kanzlei arbeiten, und ..." Er brach ab und sah sie eine Weile schweigend an. „Und du gefällst mir", sagte er dann ganz ruhig. „Das hat nicht nur mit deinem hübschen Gesicht zu tun, sondern mit der ganzen Diana – dieser widersprüchlichen, faszinierenden Frau."

Diana stellte die Tasse auf den Tisch, stand auf und ging hinüber zum Fenster. Das mit den Kollegen stimmte, die Verwandtschaft war sie auch schon halbwegs bereit zu akzeptieren, aber ...

„Du bringst mich völlig durcheinander." Diana wirbelte herum und sah Caine an. Dieser plötzliche, unerwartete Ausbruch verblüffte ihn. „Und ich mag es gar nicht, wenn etwas mich durcheinander bringt. Ich weiß immer gern, was ich tue und warum ich es tue. Aber wenn ich nur eine Weile in deiner Nähe bin, ist das alles ganz anders. So kann das nicht weitergehen, Caine. Du tauchst immer genau dann auf, wenn ich gerade dabei bin, Dinge in meinem Leben zu klären."

Caine nahm noch einen Schluck Kaffee. „Hast du je daran gedacht, dass sich Dinge auch manchmal von allein klären, ohne dass man da helfend eingreift?"

„Nein." Sie schüttelte den Kopf. „Ich war viel zu lange in meinem Leben von anderen abhängig, jetzt nehme ich alles selbst in die Hand und lasse mich nicht mehr drängen."

„Das heißt also mit anderen Worten ..." Er stand auf und stellte die Tasse auf den Tisch. „Wenn es dir gerade nicht passt, dann stellst du deine Gefühle ab wie einen Kochherd?"

„Richtig." Diana wusste in dem Moment, als sie das ausgesprochen hatte, dass es ihr nicht gelungen war, ihm wirklich klarzumachen, was sie meinte. „Nun ja", schränkte sie ein, „zumindest fast richtig."

„Eine ausgesprochen schlechte Verteidigung, Frau Rechtsanwältin. Es ist leicht, sie Punkt für Punkt auseinander zu nehmen."

„Ich bin nicht interessiert an einem Kreuzverhör."

„Keine Angst, das können wir auch ohne ein Gericht klären", antwortete er lächelnd und kam auf sie zu. „Da musst du schon schwerere Geschütze auffahren", sagte er leise, griff nach ihren Schultern und hielt sie fest. Seine Lippen strichen zärtlich über ihre Wangen. „Oder aber, Frau Kollegin, Sie versuchen wenigstens, mir zu glauben."

Diana kämpfte gegen das Verlangen, ihre Arme um ihn zu legen, und versuchte sich mit einer burschikosen Antwort aus der Affäre zu ziehen. „Da kann ich genauso gut aus dem Fenster springen. Gebrochene Knochen handle ich mir in jedem Fall ein."

Caine ließ sie los und wandte sich ab. Wie konnte er verlangen, dass sie ihm vertraute, wo er doch sich selbst nicht mehr sicher war, seit er sie kannte? „Du willst Garantien, Diana, aber die kann ich dir nicht geben – und du mir auch nicht."

„Aber für dich ist es leichter ...", begann sie und brach ab, als er mit einer Handbewegung abwinkte.

„Wieso?"

„Das kann ich dir auch nicht erklären. Mir kommt es halt so vor."

Caine stand da und hätte sie am liebsten in die Arme gerissen, hätte ihr alle Zweifel ausgetrieben und sie dazu gebracht, mehr auf ihr Herz als auf ihren Verstand zu hören. Dabei war er sich noch nicht einmal sicher, welche Gefühle ihn beherrschten. Er wusste nur, dass er ihr beibringen wollte, was das Leben noch alles parat hielt an schönen Dingen – Aufregung, Spaß, Leidenschaft.

„Komm, Diana, geh dich anziehen und lass uns den Tag gemeinsam verbringen. Die Umstände, unter denen wir uns kennen gelernt haben, waren nicht sehr glücklich. Gib uns doch eine Chance, ja?"

„Ich weiß nicht, wie diese Chance aussehen sollte."

„Versuch es doch wenigstens – oder sollte Justin das Spielerblut ganz allein geerbt haben?"

„Zumindest habe ich das bisher immer angenommen."

„Ein wenig von einem Spieler haben wir Rechtsanwälte doch auch an uns." Er lächelte, als er Dianas erstaunten Blick sah. „Zumindest suchen wir auch häufig nach Löchern in einem System, die wir für uns ausnutzen können."

„Das Problem ist nur, dass ich im Augenblick gar nicht wie eine Rechtsanwältin denken kann." Diana lehnte sich an die Wand, verschränkte die Arme vor der Brust und lächelte. „Wenn ich das nämlich könnte, hätte ich längst einen Weg gefunden, dich hinauszuwerfen und zurück in mein Bett zu gehen."

Caine nickte. „Über die Möglichkeiten, die dir da zur Verfügung ständen, könnten wir sicherlich stundenlang diskutieren."

„Zweifellos."

„Diana, ich will ehrlich zu dir sein." Er lächelte immer noch, als er eine ihrer Haarsträhnen nahm und sie um seinen Finger wickelte. „Wenn du dich nicht bald anziehst, dann kann ich meine Neugier nicht mehr bezähmen und werde nachsehen, was du unter diesem Morgenmantel noch anhast."

Überrascht zog sie die Brauen hoch und blieb ganz ernst. „So, wirklich?"

„Ja, wirklich. Ich dachte nur, es ist fairer, dich wenigstens vorher zu warnen."

„Nun, wenn das so ist ... Mach es dir bequem, ich werde in der Zwischenzeit duschen gehen."

Caine sah ihr nach, als sie zur Schlafzimmertür ging. „Diana ..." Sie drehte sich um und sah ihn fragend an. „Sag mir doch wenigstens, was da drunter ist."

„Nichts", antwortete sie lächelnd. „Überhaupt nichts."

„Das dachte ich mir", murmelte Caine, als sich die Tür langsam hinter ihr schloss. Er wäre ihr gern gefolgt, um das zu überprüfen.

Lachend stieß Diana die Ladentür auf. „Ich kann einfach nicht glauben, dass du das getan hast."

Caine folgte ihr und schloss die Tür hinter sich. „Aber es war doch nur die Wahrheit. Ich habe die gleiche Lampe wirklich in einem anderen Geschäft zwanzig Dollar billiger gesehen."

„Aber musstest du das der Verkäuferin ausgerechnet vor dem Geschäftsführer sagen?"

Caine zuckte mit den Schultern. „Wenn ihm das nicht passt, dann muss er eben dafür sorgen, dass seine Preise konkurrenzfähig sind."

„Ich wäre vor Scham am liebsten im Erdboden versunken, wenn ich nicht so damit beschäftigt gewesen wäre, mein Lachen zu unterdrücken. In dieses Geschäft gehe ich auf jeden Fall nie wieder."

„So lange der seine Preise nicht reduziert, hat das auch wenig Zweck."

Diana strich sich die Haare aus dem Gesicht und sah ihn an. „In dir ist wohl doch mehr schottisches Blut, als ich zuerst angenommen hatte."

„Das kann schon sein. Komm, wir sehen uns hier einmal um."

Diana ging an den vielen Ausstellungsstücken entlang, die das Antiquitätengeschäft zu bieten hatte. Mal nahm sie einen kleinen, ganz besonders schönen Spiegel in die Hand, dann drehte sie ein fein geschliffenes Kristallglas zwischen den Fingern und hielt es gegen das Licht. „Jetzt sind wir schon über eine Stunde unterwegs, und ich habe überhaupt noch nichts gekauft“, sagte sie über die Schulter hinweg zu Caine. „Dabei hat mir dieser Stuhl vorhin sehr gut gefallen.“

„Wir können ja später noch einmal zurückgehen, wenn wir in der Zwischenzeit nichts finden, was dir besser gefällt. Sieh mal hier.“ Er hatte einen mit Samt ausgeschlagenen Holzkasten gefunden, in dem zwei reich verzierte Duellpistolen lagen. Caine besah sie sich etwas näher und stellte fest, dass die Pistolen zweifellos aus dem schottischen Hochland stammten. Die Schäfte waren kupferbeschlagen und die Kolben wie Widderhörner geformt. Achtzehntes Jahrhundert, vermutete Caine, denn die Spannhähne saßen auf der rechten Seite. Die würden seinem Vater gefallen.

„Sammelst du so etwas?“ fragte Diana und blieb neben ihm stehen.

„Nein, mein Vater.“

„Sie sind sehr schön.“

Caine sah sie überrascht an. „Ziemlich ungewöhnlich für eine Frau, dass sie Waffen schön findet.“

Diana schüttelte verneinend den Kopf. „Du vergisst, dass ich einem kriegerischen Volk entstamme. Du übrigens auch“, fügte sie hinzu und lächelte. „Nur dass die Komantschen keine solchen Pistolen benutzt haben. Deine Vorfahren dagegen sehr wohl.“ Sie drehte sich bereits wieder um, begierig, ihre Entdeckungstour durch den Laden fortzusetzen. „Wenn du dafür einen Preis aushandeln willst, sehe ich mich inzwischen weiter um.“

Nie hätte sie geglaubt, dass Caine Gefallen daran finden würde, einen Samstagmorgen mit ihr in Antiquitätenläden zu verbringen. Sie begann schon fast, sich an seine Gesellschaft zu gewöhnen und sie als ganz selbstverständlich hinzunehmen.

Wenn Tante Adelaide die Szene vorhin in dem Laden miterlebt hätte, wäre sie vermutlich vor Schreck umgefallen. Diana war froh, dass sie darauf keine Rücksicht mehr nehmen musste. Ihre Tante hatte mit allen Mitteln versucht, aus ihr eine perfekte Dame zu machen, und sie hatte sich nicht getraut, offen dagegen zu rebellieren.

Sicher würde es nicht einfach sein, die eingetrichterten Verhaltensregeln über Bord zu werfen, aber Diana hatte den Eindruck, dass sie bereits Fortschritte machte. Vermutlich war der Tag gar nicht mehr fern, an dem sie bei passender Gelegenheit sogar laut werden würde. Eine Dame hebt niemals ihre Stimme ... Oh, wie gut hatte sie diesen Satz noch in den Ohren.

Wahrscheinlich hatte damals die Wahl ihres Studiums unbewusst auch etwas mit der Rebellion gegen die Tante zu tun gehabt. Niemals wollte sie eine dieser Anwältinnen werden, die sich nur mit Testamenten und Verträgen beschäftigten. Vor Gericht war es durchaus erlaubt und angebracht, in gewissen Situationen einmal aus der Haut zu fahren. Darüber hinaus hatte Diana die Gabe, sich sehr gut ausdrücken zu können und sich höchst selten in der Wahl ihrer Worte zu vergreifen.

Das Recht hatte sie schon immer fasziniert. Die Vielschichtigkeit der Gesetze, die verschiedenartigen Auslegungen – das waren Dinge, die ihren wachen Verstand reizten.

Als sie an ihren Beruf dachte, gingen ihre Gedanken

unweigerlich wieder zu Caine. Wenn er nicht in ihrer Nähe war, gestand Diana sich ein, dass sie diesen Mann genauso wollte wie er sie. Was sie nur immer wieder zurückschrecken ließ, war die Angst vor der Intensität ihrer Gefühle. Es fiel ihm so leicht, Leidenschaft in ihr zu wecken und ihren kühlen Verstand auszuschalten.

Es hatte andere Männer in ihrem Leben gegeben, aber niemals hatte sie dabei so die Kontrolle über sich verloren wie jetzt mit Caine. Sie musste vorsichtig sein, sehr vorsichtig, wollte sie nicht Gefahr laufen, dass Caine MacGregor ihr ganzes Leben über den Haufen warf.

Diana warf einen Blick über die Schulter. Caine hatte gerade eine der Pistolen in der Hand, und unwillkürlich kam ihr der Gedanke, dass er wohl hundert Jahre zuvor keine Rededuelle vor Gericht ausgetragen, sondern eher mit der Waffe in der Hand gekämpft hätte. Und sicherlich hätte er gewonnen, fügte sie in Gedanken hinzu.

Im hinteren Teil des Ladens entdeckte Diana etwas versteckt einen zierlichen gepolsterten Stuhl. Der blassblaue Brokatstoff war noch in sehr gutem Zustand, und als sie einen Blick auf das Preisschild warf, stellte sie fest, dass er genau im Rahmen dessen lag, was sie sich leisten konnte.

Diana richtete sich auf und ließ ihre Blicke durch den Laden wandern, auf der Suche nach einem Verkäufer. Plötzlich sah sie ihn – ihren Schreibtisch! Genau so hatte sie ihn sich vorgestellt. Elegant, nicht zu wuchtig, aus poliertem Kirschbaumholz. Genau das Gegenteil des Schreibtischs, den sie bei Barclay so hässlich gefunden hatte. Die Schubladen hatten zierliche Griffe aus Messing, und die blank polierte Platte schimmerte im Licht. Ein Traum würde in Erfüllung gehen.

Diana konnte ihn sich sofort in ihrem Büro vorstellen,

dazu den Stuhl mit dem blauen Polster. Der Schreibtisch voll beladen mit Akten – und das Ganze gegenüber dem Kamin, in dem leise ein Feuer knisterte.

„Ich sehe, du hast ihn gefunden."

Diana griff begeistert nach Caines Arm. „Ist er nicht wunderschön? So hab ich ihn mir vorgestellt. Den oder keinen!"

Lächelnd sah Caine sie an. Er hätte nicht gedacht, dass sie über ein Möbelstück so in Verzückung geraten könnte. Er griff nach ihrer Hand und hielt sie fest, während er sich etwas hinunterbeugte und einen Blick auf das Preisschild warf.

„Du darfst deine Begeisterung nicht so zeigen", wies er Diana an.

„Aber ich ..."

„Hör auf mich." Er gab ihr einen Kuss auf die Wange. „Er ist wirklich sehr schön, Liebes. Aber an dem Preis müssen wir noch etwas tun."

„Caine ..."

„Kann ich Ihnen helfen?"

Caine drehte sich um und sah den Verkäufer hinter sich stehen, der ihm bereits die Pistolen gezeigt hatte. „Die Dame interessiert sich für den Schreibtisch", sagte er und wiegte zweifelnd den Kopf hin und her. „Allerdings ..."

„Ein exquisites Stück", beeilte sich der Verkäufer zu sagen und wandte sich an Diana. „Solche massiven Schreibtische werden heute gar nicht mehr hergestellt."

„Ja, das ist genau das, was ich gesucht habe." Sie strahlte dabei so sehr, dass der Verkäufer sie schon in Gedanken den Scheck ausstellen sah.

„Diana." Caine legte ihr einen Arm um die Schulter und presste sie so fest, dass es beinahe wehtat. Bevor sie jedoch protestieren konnte, gab er ihr einen Kuss auf die Wange. „Wir brauchen noch einiges andere an Möbeln, denk daran. Der Schreibtisch ist wirklich sehr hübsch, aber der andere, den wir uns vorhin angesehen haben, würde es auch tun." Diana wollte schon den Mund öffnen und ihm sagen, dass sie sich bisher überhaupt noch keinen angesehen hätten, aber dann sah sie die Warnung in seinen Augen und hielt sich zurück.

„Ja, sicher. Aber dieser hier gefällt mir doch so gut ... Und dazu noch dieser Stuhl." Sie wies auf den blau bezogenen Stuhl.

„Auch da haben Sie hervorragenden Geschmack bewiesen, gnädige Frau", versicherte der Verkäufer eilfertig. „Für eine Dame wie geschaffen – genau wie der Schreibtisch."

„Aber du brauchst auch noch einen zweiten Stuhl für die Klienten, Diana, und dazu noch eine passende Lampe. Für die Preisdifferenz zwischen diesem Schreibtisch und dem, den wir vorhin gesehen haben, könntest du leicht den zweiten Stuhl und die Lampe kaufen."

„Ja, du hast Recht." Es fiel Diana schwer, auf sein Spiel einzugehen, aber sie brachte sogar ein entschuldigendes Lächeln für den Verkäufer zu Stande. „Sie müssen wissen, ich richte mir gerade mein Büro ein, und da muss ich natürlich mit meinem Geld haushalten."

„Ja, ich verstehe schon." Der Verkäufer dachte auch noch an die Pistolen und fragte sich, ob ihm das Geschäft wohl auch durch die Lappen gehen würde. Die Pistolen, der Schreibtisch, zwei Stühle und eine Lampe – nicht schlecht für einen Samstagmorgen. „Wissen Sie, uns kommt es immer sehr darauf an, dass wir unsere Stücke auch an Leute verkaufen, die ihren Wert zu schätzen wissen", sagte er gestelzt.

„Wenn Sie einen Augenblick Zeit haben, so würde ich gerne mit meinem Chef sprechen. Wir werden uns bestimmt einig."

„Nun ..." Caine kniff Diana in den Arm, um sie davon abzuhalten, zu schnell zuzustimmen.

Am liebsten hätte sie ihm den Ellbogen in die Seite gestoßen. „Wir können uns das Angebot ja einmal anhören, Liebling", hörte sie ihn sagen.

„Wir werden uns inzwischen nach einer Lampe umsehen." Damit nickte er dem Verkäufer freundlich zu und zog Diana mit sich.

„Wenn ich diesen Schreibtisch nicht bekomme, kannst du etwas erleben", flüsterte Diana hinter vorgehaltener Hand, als der Verkäufer verschwand.

„Im Gegenteil, ich bin gerade dabei, dir mindestens zehn Prozent zu ersparen", antwortete er. „Dafür kannst du mich dann zum Mittagessen einladen."

Caine blieb vor einer schlanken Messinglampe mit einem tief gezogenen Glasschirm stehen. „Wie gefällt dir die? Zu dem Schreibtisch würde sie sehr gut passen."

„Oh ja, die ist hübsch." Diana trat noch einen Schritt näher, dann drehte sie den Kopf und sah ihn an. „Ich habe den Eindruck, dir macht das Feilschen sehr viel Spaß, oder?"

„Das steckt mir wohl im Blut. Schließlich verdient mein Vater damit seinen Lebensunterhalt – und nicht einmal schlecht."

„Ich warne dich, Caine. Ich werde den Schreibtisch kaufen, ob sie nun mit dem Preis runtergehen oder nicht."

In diesem Augenblick kam der junge Verkäufer zurück, ein triumphierendes Lächeln auf dem Gesicht. „Ich habe ein sehr gutes Angebot für Sie."

Eine Viertelstunde später folgte Diana Caine hoch erfreut aus dem Laden. „Woher hast du gewusst, dass sie zehn Prozent nachlassen würden?“

„Erfahrung“, antwortete er, „alles Erfahrungssache.“

Diana strich sich verlegen die Haare aus dem Gesicht und sagte dann leise: „Danke für die Lampe. Es war sehr nett von dir, sie mir zu kaufen. Und die Pistolen? Willst du sie deinem Vater schenken?“

„Ja, er hat bald Geburtstag.“

„Aber für dich selbst hast du bisher noch gar nichts gekauft“, fiel ihr plötzlich ein. „Gibt es denn gar nichts, was du haben willst?“

„Doch.“ Blitzschnell nahm er sie mitten auf dem Bürgersteig in den Arm und küsste sie.

Die Passanten mussten um die beiden herumgehen. Manche schauten beinahe beleidigt, andere schmunzelten. Zwei Frauen blieben sogar neben ihnen stehen und stießen sich gegenseitig an. „Ist das nicht reizend?“ Diana hörte es nicht.

Als Caine sie schließlich losließ, sah Diana sich verstohlen um. „Ich habe fast den Eindruck, du hast es gern, wenn Leute dich anstarren.“

Lachend legte er den Arm um ihre Schulter. „Wie wäre es jetzt mit einem Mittagessen?“

„Ja, das hast du dir verdient.“

„Du aber auch. Hier gleich um die Ecke gibt es ein hübsches kleines Restaurant.“

„Charley?“

Diana war überrascht, dass er es kannte. Sie hatte es während ihrer Studienzeit entdeckt und war oft dort gewesen – allerdings ohne je ihrer Tante etwas davon zu sagen. Bei ihr hätte es bestimmt auf der Liste der Lokale gestanden, die eine Dame nicht aufsuchte.

Das Lokal war ganz im viktorianischen Stil eingerichtet, mit vielen dunkel gerahmten Porträts an den Wänden, Lampen mit gläsernen Schirmen und goldgeränderten langen Spiegeln.

„Möchtest du Wein zum Essen?“ fragte Caine und griff über den Tisch hinweg nach ihren kalten Händen. „Das wärmt dich auf.“

„Ja, gern. Einen trockenen Rotwein am liebsten.“ Sie überließ ihm ihre Hände. Der Montagmorgen würde schnell genug kommen, und dann wäre ihr Verhältnis wieder rein geschäftlicher Natur.

„Caine, erzähl mir etwas von deiner Familie“, sagte sie plötzlich ganz spontan. „Die MacGregors kennt ja wohl jedes Kind in Boston.“

Caine lächelte und strich mit einem Finger sanft über ihren Handrücken. „Wahrscheinlich wirst du den Rest der Familie selbst kennen lernen müssen, um dir wirklich ein Bild darüber machen zu können, was nun wahr und was erfunden ist an dem Ruf, den meine Familie hat. Mein Vater ist ein großer, breitschultriger Mann mit roten Haaren, der seine schottische Herkunft niemals verleugnen könnte. Ich glaube, er könnte eine ganze Flasche Whiskey austrinken, ohne mit der Wimper zu zucken. Seine dicken Zigarren dagegen hält er vor meiner Mutter versteckt. Sobald er einen von uns in die Finger bekommt, hält er uns vor, wir sollten doch gefälligst endlich dafür sorgen, dass die Familie MacGregor nicht ausstirbt. Dabei schiebt er immer unsere Mutter vor, weil sie sich doch angeblich so sehr Enkelkinder wünscht. Vermutlich würde er niemals zugeben, dass er sie sich mindestens ebenso sehr wünscht.“

Der Ober kam mit dem Wein, ließ Caine kosten und

schenkte dann beide Gläser ein. „Und was sagt deine Mutter dazu?“ wollte Diana wissen.

„Meine Mutter ist eine sehr ausgeglichene, ruhige Frau – eigentlich das Gegenteil meines Vaters. Wahrscheinlich führen sie deshalb eine so harmonische Ehe.“ Gedankenverloren spielte Caine mit dem schlanken Goldarmband an Dianas Handgelenk.

„Ich kann mich nur an ganz wenige Gelegenheiten erinnern, bei denen meine Mutter die Beherrschung verloren hat“, sagte er leise, mehr zu sich selbst. „Einmal, ich war zufällig im Krankenhaus, als einer ihrer Patienten starb. Bis dahin hatte ich immer gedacht, sie würde alles streng beruflich sehen und ihre Arbeit mit kühler Gelassenheit machen. Da aber wurde mir klar, dass sie zu Hause nur nicht über ihre Berufsprobleme sprechen wollte. Ja, und dann verlor sie noch einmal völlig die Fassung, als Serena entführt worden war.“

Diana sah Caine an, dass ihm das heute noch nahe ging. Sie schloss ihre Finger um seine Hand und drückte sie mitfühlend. „Das muss für euch alle die Hölle gewesen sein. Dieses stundenlange Warten, die Ungewissheit ...“

Caine sah sie an und lächelte, dankbar für ihr Verständnis. „Ja, und dann ist da noch Alan“, fuhr er fort. „Er ähnelt eher unserer Mutter – sehr ruhig, sehr geduldig. Wenn er allerdings einmal außer sich gerät, schlägt das ein wie eine Bombe, weil keiner es von ihm erwartet.“

Diana kostete den Wein und sah Caine über den Rand ihres Glases hinweg an. „Hast du dich oft mit ihm gezankt, als ihr noch Kinder wart?“

„Sicher, mehr als mit Serena, obwohl sie in ihrem Temperament mehr mir gleicht. Außerdem hat sie einen höllischen rechten Haken.“

„Willst du damit sagen, dass ihr beide miteinander geboxt habt?“ fragte Diana verblüfft.

Caine lächelte. „Manchmal hätte ich es wirklich gern getan, und dann hätte sie es eigentlich auch verdient gehabt. Nein, keine Angst“, fügte er hinzu, als er Dianas entsetztes Gesicht bemerkte, „wir haben unsere Kämpfe nie mit den Fäusten ausgetragen. Immerhin ist sie fast vier Jahre jünger als ich und auch kleiner und zierlicher. Sie war wild wie ein Junge, und erst als sie so etwa vierzehn war, habe ich zum ersten Mal zu meiner großen Überraschung festgestellt, dass sie ja wirklich ein Mädchen ist.“

Aus seinen Schilderungen war ganz leicht zu entnehmen, wie sehr Caine seine Familie liebte. Es gab Diana einen Stich, wenn sie daran dachte, wie glücklich seine Kindheit und Jugend doch verlaufen waren. „Du hast eine glückliche Kindheit gehabt, nicht wahr?“ sprach sie ihre Gedanken aus. „Zuerst war ich eifersüchtig darauf, als ich sah, wie liebevoll du und Serena miteinander umgingt. Weißt du, es war ganz seltsam, als ich an meinem letzten Tag in Atlantic City zu Justin ging und mit ihm sprach. Je wütender ich wurde, umso mehr schien die Distanz zwischen uns zu schwinden. Als dann meine Wut abgeflaut war, gab es nichts mehr, was zwischen uns stand.“ Sie sah ihn an und schmunzelte. „Auf dich war ich ebenfalls wütend, weil ich im Grunde genau spürte, dass du Recht hattest.“ So viel Ehrlichkeit war ihr neu. „Allmählich freue ich mich darauf, wenn wir uns einmal als Gegner im Gerichtssaal gegenüberstehen“, konnte sie nun beruhigt sagen.

„Seltsam, das hab ich mir vorhin auch überlegt. Das wird mit Sicherheit ein interessanter Kampf.“

Der Ober brachte das Essen und schenkte noch einmal

Wein nach. „Schmeckt köstlich“, sagte Diana und lehnte sich zurück.

6. KAPITEL

Nachdem sich Diana einen Abend lang in die Akte von Chad Rutledge eingelesen hatte, war sie nicht mehr sicher, ob Caine ihr mit diesem Fall wirklich einen Gefallen getan hatte.

Der Junge hatte seine Lage dadurch noch verschlechtert, dass er bei seiner Festnahme Widerstand leistete. Aus der Akte ging hervor, dass er einen der Beamten sogar geohrfeigt hatte. Chad leugnete beharrlich die Vergewaltigung und erklärte, dass er mit Beth Howard, dem angeblichen Opfer, schon seit einem halben Jahr intim befreundet gewesen sei. Beth dagegen hatte das abgestritten und erklärt, sie seien nur lose befreundet gewesen.

Noch bevor der Bericht des Arztes einen Sexualverkehr bestätigte, hatte Chad bereits zugegeben, dass er am Abend der Tat mit Beth geschlafen hatte. Als Beth von ihrer Mutter zur Untersuchung ins Krankenhaus gebracht wurde, war das Mädchen verletzt gewesen und beinahe hysterisch geworden.

Seufzend schloss Diana die Akte und strich sich über die Stirn. Sie hatte sich ihre Meinung gebildet und wartete jetzt darauf, dass man Chad in das kleine Besprechungszimmer brachte. Diana blickte auf die schmucklosen gekalkten Wände. Der Samstagmorgen mit Caine schien meilenweit entfernt zu sein.

Die schwere Eisentür mit dem eingelassenen kleinen Fenster wurde geöffnet, und zum ersten Mal stand Chad Rutledge Diana gegenüber.

„Ich warte draußen vor der Tür, Frau Rechtsanwältin“, sagte der Aufseher, während Chad sich auf einen der Stühle fallen ließ.

Diana dankte dem Mann und wandte sich dann ihrem Klienten zu. Er sah jünger aus als auf den Bildern. Seine dichten Haare waren ungekämmt, und seine dunklen Augen starrten uninteressiert in den Raum. Dann fiel Dianas Blick auf seine Hände. Sie waren ständig in Bewegung, er ballte sie zu Fäusten, öffnete sie wieder, verschränkte sie ineinander. Wenn ihm auch sonst nichts anzumerken war, so verrieten seine Hände doch die Nervosität, die in dem Jungen steckte.

„Ich bin Diana Blade", begann sie ruhig und gestand sich gleichzeitig ein, dass auch sie nicht frei von Nervosität war. „Ich werde Ihren Fall übernehmen, wenn Sie damit einverstanden sind." Chad zuckte nur gleichgültig mit den Schultern und gab keine Antwort. „Mr. MacGregor hat bisher mit Ihnen und Ihrer Mutter gesprochen, aber er hat Ihre Sache an mich weitergegeben, weil ich mehr Zeit habe, mich intensiv um Ihre Verteidigung zu kümmern."

„Kann eine Frau denn überhaupt einen Mann verteidigen, der wegen Vergewaltigung angeklagt wird?" fragte er unfreundlich, vermied es aber immer noch, Diana direkt anzusehen.

„Sie werden die beste Verteidigung bekommen, die ich Ihnen geben kann. Dabei spielt es überhaupt keine Rolle, dass ich eine Frau bin", antwortete Diana. „Sie haben Mr. MacGregor bereits die ganze Geschichte erzählt. Ich möchte Sie bitten, sie mir noch einmal zu schildern."

Chad rutschte auf seinem Stuhl herum und legte dann lässig einen Arm über die Lehne. „Haben Sie eine Zigarette?"

„Nein, ich bin Nichtraucherin."

Er murmelte etwas, das Diana nicht verstand, und zog dann eine zerknüllte Zigarettenschachtel aus seiner Hemdtasche. „Wenigstens hat dieser MacGregor mir eine

Frau geschickt, die gut aussieht", sagte er und ließ seinen Blick provozierend über Dianas Körper wandern. Sie wartete geduldig ab, bis er ihr zum ersten Mal ins Gesicht sah.

„Meinen Sie nicht, wir sollten dieses Geplänkel lassen und endlich zur Sache kommen?"

Überrascht zog er die Brauen hoch. „Sie haben doch den Polizeibericht in den Akten, was soll ich da noch viel erzählen?" fragte er aggressiv und zog an seiner Zigarette.

„Schildern Sie mir, was an jenem zehnten Januar geschah." Diana holte einen Block und einen Kugelschreiber aus ihrem Aktenkoffer und wartete. „Chad, Sie stehlen mir meine Zeit", sagte sie schließlich, als der Junge keine Anstalten machte, mit seinem Bericht zu beginnen. „Und außerdem verschwenden Sie das Geld Ihrer Mutter."

Er stieß den Rauch der Zigarette aus. „Am zehnten Januar bin ich aufgestanden, habe geduscht, mich angezogen, gefrühstückt, und dann bin ich zur Arbeit gegangen."

Diana beschloss, sich von ihm nicht provozieren zu lassen. „Sie arbeiten als Mechaniker in der Mayne-Werkstatt?" fragte sie ruhig.

„Ja." Diesmal sah er sie an und grinste. „Soll ich Ihr Auto frisieren?"

Diana ging nicht darauf ein. „Waren Sie den ganzen Tag über in der Werkstatt?"

„Ja." Wieder blies er betont langsam den Rauch aus. „Wir hatten eine Reparatur an einem Mercedes durchzuführen. Für ausländische Wagen bin ich nämlich zuständig."

„Und wann haben Sie Feierabend gemacht?"

„Um sechs", antwortete er schon etwas bereitwilliger.

„Wohin sind Sie dann gegangen?"

„Nach Hause, zum Abendessen."

„Und dann?"

„Na, was schon? Ich bin ausgegangen. Hab mich umgesehen, was an dem Abend so auf der Straße war, verstehen Sie?"

„Und wie lange sind Sie so rumgelaufen?"

„Ein paar Stunden." Chad zog so heftig an seiner Zigarette, dass sie rot aufglühte. „Und dann hab ich Beth Howard vergewaltigt."

Diana gab sich Mühe, sich nicht anmerken zu lassen, wie sehr sie dieser Satz getroffen hatte. Sie schrieb weiter, und ohne aufzusehen fragte sie: „Chad, wollen Sie Ihre Aussage ändern?"

Er lehnte sich nach vorn, eine Hand zur Faust geballt. „Ich hab nur eingesehen, dass ich nicht durchkomme mit dem, was ich bisher gesagt habe."

„Gut, erzählen Sie weiter." Als er schwieg, sah Diana ihn an. „Schildern Sie die Vergewaltigung."

„Macht Sie das etwa an?"

Sie blieb ganz ruhig und überging geflissentlich die Frage. „Haben Sie zuerst Ihren Wagen geholt?"

„Ja." Die Zigarette war so weit heruntergebrannt, dass er sich jeden Moment die Finger verbrennen musste. „Beth kam gerade aus dem Kino, und da hab ich ihr angeboten, sie nach Hause zu fahren. Wir beide sind zusammen zur Schule gegangen. Sie erkannte mich und so stieg sie ein. Eine Zeit lang haben wir uns unterhalten – so über alles Mögliche, wie es uns ergangen ist seit der Schule, was wir jetzt machen. Sie gefiel mir immer besser, während ich mit ihr durch die Gegend fuhr, und schließlich hab ich ihr weisgemacht, ich müsste unbedingt noch was aus der Werkstatt holen."

„Und sie hat nicht protestiert?"

Diana entging es nicht, dass sich auf seiner Stirn Schweißperlen gebildet hatten. „Ich hab ihr gesagt, dass ich unbedingt noch Werkzeug holen müsste. Als wir ankamen, bin ich über sie hergefallen."

„Hat sie sich gewehrt?"

„Ja, ich hab ein paar Mal zugeschlagen." Er griff in die Hemdtasche und holte noch eine Zigarette heraus. Diana sah, dass seine Finger zitterten.

„Und dann?"

„Dann hab ich ihr das Zeug vom Leib gerissen und sie vergewaltigt!" schrie Chad sie plötzlich an. „Was wollen Sie eigentlich noch alles hören? Jede Einzelheit?"

„Was trug Beth an jenem Abend?"

Er hielt die noch nicht angezündete Zigarette zwischen den Fingern, während er sich mit der freien Hand durchs Haar strich. „Eine graue Cordhose."

„Sind Sie sich da ganz sicher?"

„Ja, ja, ich bin mir sicher. Einen rosa Pullover mit weißem Kragen und die graue Cordhose."

„Und beides haben Sie ihr vom Leib gerissen?"

„Ja, hab ich doch schon gesagt."

Diana legte den Kugelschreiber zur Seite und sah ihn an. „Es hatte ihr aber niemand die Kleider vom Leib gerissen, Chad. Was Beth an dem Abend trug, war völlig unversehrt."

„Quatsch! Das muss ich doch besser wissen." Er strich sich über die schweißnasse Stirn. „Dann hat sie sich eben umgezogen, bevor ihre Mutter sie ins Krankenhaus gebracht hat."

„Nein, das Mädchen hatte die Sachen an, die Sie beschrieben haben, und die waren in Ordnung. Sie haben ihr weder die Kleider vom Leib gerissen, Chad, noch haben Sie sie vergewaltigt. Warum wollen Sie mir etwas vormachen?"

Der Junge warf die Zigarette in den Aschenbecher, stützte beide Ellbogen auf den Tisch und vergrub sein Gesicht in den Händen. „Verdammt! Warum kann ich denn nie etwas richtig machen?"

Diana schwieg einen Moment und sah auf den gesenkten Kopf des Jungen. Dann sagte sie leise: „Und Sie haben ihr auch nicht die Schrammen im Gesicht beigebracht, nicht wahr?"

Langsam schüttelte Chad den Kopf, hielt seine Augen aber immer noch verborgen. „Nein", flüsterte er. „Ich könnte ihr niemals wehtun."

„Sie lieben sie, ja?"

„Ja."

„Fangen Sie noch einmal von vorn an", befahl Diana ihm mit fester Stimme. „Aber diesmal erzählen Sie mir die Wahrheit."

Mit einem tiefen Seufzer nahm Chad die Hände vom Gesicht und begann zu erzählen.

Beth und Chad waren wirklich zusammen zur Schule gegangen, ohne dass sie sich allerdings jemals besonders beachtet hätten. Sie waren in unterschiedlichen Cliquen und hatten überhaupt keine Berührungspunkte. Dann aber, vor etwa einem halben Jahr, hatte sie eines Tages ein Auto zur Reparatur in die Werkstatt gebracht, in der Chad arbeitete. Da hatte es plötzlich zwischen den beiden gefunkt.

Sie hatten sich ein paar Mal verabredet, aber als ihr Vater dahinter kam, hatte er Beth den Umgang mit Chad verboten und von ihr verlangt, dass sie mit dem Jungen Schluss mache. Von da an trafen sie sich heimlich.

„Es war beinahe wie ein aufregendes Spiel", sagte Chad und lachte unsicher. „Keiner wusste davon, noch nicht einmal meine Freunde oder die Mädchen, mit denen sie befreundet war. Zu Hause erfand sie immer andere Ausreden, um mich sehen zu können. Wenn es ihr gelang, sich abends aus dem Haus zu stehlen, gingen wir in die Werkstatt, haben miteinander geredet und uns geliebt. Ich hatte schon begonnen, von meinem Lohn jeden Monat etwas abzuzweigen, damit wir bald heiraten konnten."

„Was ist in der Nacht passiert, als man Sie festgenommen hat?"

„Wir hatten Streit miteinander. Beth sagte, sie wolle so nicht mehr weitermachen, mit diesen Heimlichkeiten. Es war ihr egal, dass wir noch nicht genug Geld zusammen hatten, sie wollte unbedingt von daheim weg und sofort heiraten. Ich konnte sagen, was ich wollte, sie war einfach nicht davon abzubringen. Schließlich begann sie zu weinen, sprang auf, lief zu ihrem Auto und fuhr ab. Ich hab noch ein paar Bier getrunken, bevor ich nach Hause gegangen bin. Dann kam plötzlich die Polizei."

„Aber wieso ist Beth darauf gekommen, Sie wegen Vergewaltigung anzuzeigen?"

„Ich weiß den Grund." Seine Augen waren abgrundtief traurig, als er Diana ansah. „Sie hat mir über meine Mutter heimlich einen Brief zukommen lassen. Als sie an jenem Abend nach Hause kam, war sie immer noch wütend auf mich. Ihr Vater stellte sie zur Rede, und sie hat ihm alles erzählt. Er muss völlig den Verstand verloren haben, als er hörte, dass das mit uns immer noch ging. Er hat sie geschlagen, angeschrien und schließlich sogar gedroht, uns beide zu töten, wenn sie nicht endlich zur Vernunft komme. Beth war so durcheinander, dass sie ihm die Drohung geglaubt hat."

Chad strich sich mit den Händen über die Stirn. Er musste tief durchatmen, bevor er weitersprechen konnte. „Als ihre Mutter nach Hause kam, war Beth beinahe hysterisch vor Angst. Ihr Vater erfand die Geschichte mit der Vergewaltigung und rief die Polizei. Nachher hat ihre Mutter sie dann ins Krankenhaus gefahren."

„Wo ist der Brief?"

„Ich hab ihn zerrissen und durch die Toilette gespült, damit man ihn nicht bei mir fand."

„Sollte Beth Ihnen noch einmal schreiben, geben Sie mir den Brief bitte sofort."

„Sehen Sie, ich will nicht, dass man ihr noch mehr antut." Chad streckte die Hände aus und sah Diana flehentlich an. „Als die Polizisten kamen, war ich zu Tode erschrocken, und als ich dann erfuhr, was man mir vorwarf, hab ich zuerst sogar geglaubt, Beth hätte das mit Absicht gemacht, um mich zu strafen." Er lehnte sich zurück und straffte die Schultern. „Jetzt weiß ich, wie alles gekommen ist, und ich muss Beth schützen. Die paar Jahre Gefängnis werde ich wohl auch überstehen."

„Gefällt es Ihnen hier etwa so gut, Chad?" Diana schob ihren Notizblock beiseite und sah ihn eindringlich an. „Ihre Zeit hier ist ein Luxushotel im Vergleich zum Staatsgefängnis, in das Sie dann gebracht werden."

„Es wird ja nicht für ewig sein."

„Chad, reden Sie keinen Unsinn. Denken Sie doch auch einmal daran, wie Beth sich fühlen wird, wenn sie weiß, dass Sie unschuldig hinter Gittern sitzen. Wollen Sie etwa zwanzig Jahre Ihres Lebens einfach wegwerfen, und meinen Sie, Beth würde so lange auf Sie warten?"

Diana spürte, dass sie allmählich in Panik geriet, als ihre Worte bei dem Jungen offenbar auf taube Ohren stießen. „Und was ist mit dem Vater von Beth? Wollen Sie den etwa ungeschoren davonkommen lassen? Chad, Sie erwartet eine

Anklage wegen Vergewaltigung. Ist Ihnen das klar? Die Höchststrafe ist lebenslänglich."

Allmählich sah sie eine Reaktion im Gesicht des jungen Mannes. Jetzt durfte sie nicht nachlassen, musste ihn auf jeden Fall umstimmen. „Sie werden in den Zeugenstand gerufen, Chad, und Beth ebenso. Sie müssen beide dem Gericht in allen Einzelheiten schildern, was vorgefallen ist. Können Sie das – bei einer Straftat, die Sie gar nicht begangen haben?"

„Aber wenn ich mich von vornherein schuldig bekenne ..."

Diana griff nach ihrem Notizblock und legte ihn wieder in den Aktenkoffer. „Wenn Sie unbedingt den Helden spielen wollen, weil Ihre Freundin Angst vor ihrem Vater hat, dann werden Sie sich einen anderen Anwalt suchen müssen. Ich verteidige keine Dummköpfe."

Sie wollte aufstehen, aber da griff Chad plötzlich nach ihrem Arm. „Ich will ihr doch nur nicht noch mehr wehtun, verstehen Sie das doch. Sie ist so durcheinander und weiß nicht, was sie tun soll."

„Wenn Beth Sie wirklich liebt, Chad, dann muss sie ihre Angst überwinden und gegen ihren Vater aussagen."

Seine Finger gruben sich in ihren Arm. „Sagen Sie mir, was ich tun soll."

Endlich ließ die Spannung in Diana nach. Sie atmete tief durch. „Also gut", sagte sie und setzte sich wieder.

Als Diana eine Stunde später wieder ins Büro zurückkam, war sie ziemlich erschöpft.

„Sie sehen aus, als könnten Sie einen starken Kaffee gebrauchen", sagte Lucy nach einem Blick in Dianas Gesicht.

Sie versuchte ein Lächeln. „Sieht man mir das an?"

„Warten Sie, ich brüh schnell welchen auf." Bevor Lucy aufstehen konnte, klingelte wieder das Telefon.

„Schon gut, ich mache das", sagte Diana und ging in die kleine Küche. Sie sah immer noch Chads blasses Gesicht vor sich.

Während sie ihren Mantel über einen der Stühle legte, versuchte sie sich vorzustellen, in welcher Verfassung Beth jetzt war. Es gab für Diana keine Möglichkeit, an das Mädchen heranzukommen, solange der Prozess nicht eröffnet war. Sie musste abwarten, bis Chad und Beth sich im Gerichtssaal zum ersten Mal wieder gegenüberstanden.

Mit beiden Händen massierte sie ihren schmerzenden Nacken und sah zum Fenster hinaus. Den Kaffee hatte sie völlig vergessen. Wenn sie Glück hatte, würde es ihr schon zu Anfang des Prozesses gelingen, aus Beth die Wahrheit herauszuholen. Aber wenn das Mädchen wirklich so viel Angst vor seinem Vater hatte, dann würde es schwer werden. Vielleicht liebte sie Chad auch gar nicht und hatte ihre Affäre mit ihm nur als ein Abenteuer betrachtet.

„War der Morgen schlimm?" kam plötzlich Caines Stimme von der Tür her.

Diana drehte sich um. „Ja." Es tat so gut, ihn zu sehen. Endlich jemand, mit dem sie die Sache durchsprechen konnte, der sie verstehen würde. „Bist du sehr beschäftigt?"

Caine dachte an die Akten, die oben auf seinem Schreibtisch auf ihn warteten. Trotzdem schüttelte er den Kopf. „Nein, aber ich könnte jetzt einen Kaffee gebrauchen." Er nahm die Dose vom Regal, füllte die Kaffeemaschine und stellte sie an. „Hast du Chad Rutledge besucht?"

„Oh Caine, das ist so ein armer Junge." Diana ließ sich auf einen der Stühle am kleinen Küchentisch fallen. „Er wollte mir den starken Mann vorspielen, doch seine Finger zitterten, und auf seiner Stirn stand der Schweiß ..."

„War es schwer mit ihm?"

„Zuerst hat er versucht, mich auszuspielen, dann gestand er plötzlich, dass er Beth Howard vergewaltigt hätte."

Caine wollte gerade den Kaffee einschenken. Mitten in der Bewegung stoppte er. „Was sagst du da?"

„Ja, er hat ein volles Geständnis abgelegt. Aber als ich ihn dann nach Einzelheiten fragte, hat er sich immer mehr in Widersprüche verwickelt. Er wollte mir einreden, dass er mit Beth zur Werkstatt gefahren wäre, dass sie sich gewehrt hätte und er ihr dann die Kleider vom Leib gerissen und sie vergewaltigt habe."

„Aber ihre Kleidung war nicht zerrissen", wandte Caine ein.

„Richtig, das habe ich ihm auch vorgehalten. Schließlich stellte sich heraus, dass er sich diese ganze Geschichte nur ausgedacht hatte, um das Mädchen zu schützen."

Caine nahm einen Schluck Kaffee und lehnte sich zurück, während Diana ihm ausführlich von ihrem Gespräch mit Chad erzählte. Sie war sich gar nicht bewusst, wie genau Caine sie beobachtete. Er fand schnell heraus, dass Diana vergeblich dagegen ankämpfte, persönliche Gefühle in diesen Fall einzubringen.

„Wenn Chad die Wahrheit gesagt hat, dann wird Beth mit Sicherheit im Zeugenstand zusammenbrechen und den wahren Sachverhalt schildern", sagte Caine, als Diana geendet hatte.

„Caine, ich glaube dem Jungen. Er wollte sie mit seinem Schuldeingeständnis wirklich nur beschützen. Als ich ihn in die Enge getrieben hatte, rückte er dann mit der Wahrheit heraus." Diana griff nach ihrem Aktenkoffer und zog ein

Blatt heraus. „Ich habe eine Liste mit ihren gemeinsamen Freunden und Bekannten. Die beiden meinen zwar, sie hätten ihr Verhältnis vor aller Welt geheim gehalten, aber vielleicht ist ihnen das ja doch nicht ganz gelungen."

Caine sah, wie nah ihr die Sache ging, und er machte sich Vorwürfe, dass er ihr diesen Fall übertragen hatte. Einerseits hatte er gewollt, dass etwas von Dianas sorgsam aufgebauter Schutzmauer abbröckeln würde. Andererseits wusste er jedoch, dass sie darunter leiden würde, wenn sie den Fall nicht mehr objektiv betrachtete, sondern emotional reagierte.

Diana sah ihn besorgt an. „Hoffentlich war ich nicht zu hart zu ihm."

„Mach dir keine Vorwürfe", antwortete Caine. „Wir können unsere Klienten nicht immer mit Samthandschuhen anfassen, das weißt du doch."

„Ja, sicher. Und trotzdem ... Mir ist noch niemals vorher klar geworden, dass Worte allein eine solch gefährliche Waffe sein können. Ich habe ihn ganz bewusst in die Enge getrieben, bis er keinen Ausweg mehr sah. Er war ganz bleich, die Finger zitterten, auf seiner Stirn stand Schweiß. Der Junge hat mir so Leid getan, Caine, und trotzdem habe ich ihm kein Zeichen meiner Sympathie gegeben."

„Du hast völlig richtig gehandelt, Diana, und du hast ihm damit geholfen, dass du nicht weich geworden bist und aus lauter Mitleid seine Lüge geglaubt hast. Sympathie und Mitgefühl bekommt er von seiner Mutter. Du hast die Aufgabe, ihm die bestmögliche Verteidigung zu geben."

„Ja, du hast Recht. Ich muss abwarten, bis ich Beth im Zeugenstand vernehmen kann. Und dann muss es mir gelingen, ihren Vater auseinander zu nehmen. Selbst wenn alles so abläuft, wie ich mir das wünsche, wird den Mann keine hohe Strafe erwarten. Falsche Zeugenaussage vor der Polizei – was bringt das schon? Der Junge dagegen würde Jahre im Gefängnis verbringen, wenn man ihm die Vergewaltigung glauben würde."

Caine sah sie eine Weile lang nachdenklich an und wartete, bis sich ihre Blicke trafen. „Diana, denk dran", sagte er leise, „Chad ist nicht Justin."

Sie zuckte zusammen. „Ist es wirklich so einfach, meine Gedanken zu lesen?"

„Manchmal, ja."

„Es war schwierig für mich, keine Vergleiche zwischen den beiden anzustellen", gab sie zu. „Chad gibt sich auf den ersten Blick genauso männlich und stark wie Justin damals in seinem Alter. Ich sah ihn in der Zelle, und plötzlich hatte er Justins Gesicht. Dabei fiel mir dann dein so oft zitiertes ‚Schicksal' ein." Diana lachte und sah ihn fragend an. „Ob dieser Fall ein Wink des Schicksals ist?"

„Diana, du verlierst deine Objektivität." Es fiel Caine schwer, sie darauf hinzuweisen. Lieber hätte er sie in den Arm genommen und getröstet. „Und wenn du nicht objektiv an einen Fall herangehst, hast du schon verloren, bevor du den Gerichtssaal überhaupt betreten hast."

„Ich weiß", gab sie einsilbig zur Antwort und ballte die Fäuste. „Aber ich werde schon damit fertig werden, bevor ich Chad noch einmal im Gefängnis besuche."

Caine stand auf, griff nach Dianas Armen und zog sie hoch. Sie ließ es geschehen, dass er sie fester an sich zog, aber sie legte ihre Arme nicht um ihn.

In diesem Augenblick wusste Caine, dass er sie mehr begehrte als jemals zuvor. Zum ersten Mal ging es ihm nicht nur darum, ihren Körper zu spüren und sie zu küssen, sondern er wollte mehr – er wollte teilhaben an ihren

Gedanken, ihren Gefühlen. Wollte ihr helfen und ihr so nah sein wie nie zuvor.

Diana hob den Kopf und sah ihn an. Ihr war, als ruhten seine Augen fragend auf ihrem Gesicht, aber seiner Miene war nicht anzusehen, was er wissen wollte. Dann kam sein Mund immer näher und berührte schließlich ihre Lippen.

Dieser Kuss war anders als alle anderen bisher. Sein Mund war sanft und zärtlich – beinahe so, als hätte er niemals zuvor eine Frau geküsst.

Caines Hände lagen auf ihrem Rücken, aber er zog sie nicht enger an sich. Es schien Diana, als wollte er sie beim ersten Anzeichen von Gegenwehr sofort loslassen können. Sie stand ganz still, hatte die Augen geschlossen und wünschte sich, dass dieser Kuss nie zu Ende gehen möge.

Als er sie schließlich etwas von sich schob, sahen sie sich lange schweigend an. Dann wandte Caine sich ab, ging zurück zum Tisch und trank seinen Kaffee aus.

„Fühlst du dich besser?" fragte er leise.

„Ja." Diana sah zu ihm hinüber und lächelte. „Ich glaube, ich gehe jetzt am besten in mein Büro und arbeite Chads Verteidigung aus. Morgen früh kommt übrigens Mrs. Walker zu mir." Sie sah Caines fragenden Gesichtsausdruck und fügte hinzu: „Die Scheidungssache, die du mir gegeben hast. Ich muss noch einiges dazu lesen."

„Oh, ja." Caine stellte die Tasse weg. „Dein Telefon ist heute Morgen angeschlossen worden", sagte er.

„Gut." Diana griff nach ihrem Aktenkoffer. „Ich gehe dann nach oben."

„Diana ..." Caines Stimme hielt sie zurück. „Hast du außer Mrs. Walker morgen sonst noch etwas?"

„Nein, keine Termine, aber dafür jede Menge Schreibarbeit."

„Ich muss nach Salem fahren und da jemanden in der Sache Day vernehmen. Hast du nicht Lust, mitzufahren? Die Fahrt dorthin ist sehr schön, und du könntest dir ja Arbeit mitnehmen und sie erledigen, während ich die Vernehmung durchführe."

„Ja, das könnte ich wirklich", antwortete sie. „Gut, ich fahre mit. Wahrscheinlich ist das sowieso für längere Zeit mein letzter freier Nachmittag."

„Okay, dann fahren wir direkt nach deinem Termin mit Mrs. Walker los."

Eine Weile lang standen sie schweigend in der kleinen Küche und sahen sich an. Seltsam, schoss es Diana durch den Kopf, dass zwei wortgewandte Menschen Probleme haben können, miteinander zu reden. „So gegen halb elf oder elf werde ich wohl fertig sein", sagte sie und suchte krampfhaft nach weiterem Gesprächsstoff. „Nun, dann gehe ich wohl besser nach oben."

Caine nickte nur und schenkte sich noch eine Tasse Kaffee ein. Dann setzte er sich wieder an den Tisch und stützte seinen Kopf mit beiden Händen. Was, zum Teufel, war denn nur in ihn gefahren? Als ihm die Idee mit der Fahrt nach Salem gekommen war, hatte er sich gefühlt wie ein Sechzehnjähriger, der sein erstes Rendezvous verabreden will. Nein, dachte er plötzlich und schüttelte den Kopf, selbst das stimmte nicht. Schon in dem Alter hatte er keine Schwierigkeiten gehabt, sich mit einem Mädchen zu verabreden.

Caine zündete sich eine Zigarette an und sah lange nachdenklich auf die Glut. Mit dem anderen Geschlecht hatte er noch nie Schwierigkeiten gehabt und sich kaum einen Korb eingehandelt. Er wusste, dass er keinen Abend allein verbringen musste, wenn er das nicht wollte.

Die Frage war allerdings, warum er in letzter Zeit alle

Abende allein verbracht hatte. Und warum er seit dem Augenblick, als er Diana auf dem Flughafen gesehen hatte, an keine andere Frau mehr dachte.

Je länger Caine grübelte, umso mehr drehten sich seine Gedanken im Kreis. Er war eigentlich sehr stolz auf sein analytisches Denkvermögen, aber in diesem Fall nutzte ihm das gar nichts. Es gelang ihm einfach nicht, einen klaren, einleuchtenden Grund dafür zu finden, dass mit Diana alles anders war als mit jeder anderen Frau vorher.

Er fühlte sich unwohl – ja, zumindest das konnte er mit Bestimmtheit sagen, aber das war auch das einzige Gefühl, dessen er sich wirklich sicher war.

Caine sehnte sich nach Diana, begehrte sie und wollte sie haben. Doch diese Situation hatte er schon unzählige Male in seinem Leben gehabt, ohne sich je dabei unwohl zu fühlen – ganz im Gegenteil.

Aber was hatte ihn dann vorhin bewegt, als er sie in seinen Armen gehalten und geküsst hatte? Da hatte er sie nicht begehrt, aber er war auch weit davon entfernt gewesen, sie wie eine Schwester zu küssen.

Seufzend stand Caine auf und ging hinüber zum Fenster. Wenn er sich unwohl in ihrer Nähe fühlte, warum hatte er sie eigentlich gefragt, ob sie mit ihm nach Salem fahren wolle? Weil er trotzdem so oft wie möglich mit ihr zusammen sein wollte?

Er spürte, dass er ganz nahe daran war, die Antwort auf all diese Fragen zu finden. Schnell wandte er sich vom Fenster ab und versuchte für einen Moment an gar nichts zu denken. Er konzentrierte sich auf den bitteren Geschmack des restlichen Kaffees, der schon fast kalt war, hörte das Rauschen des Windes draußen und das Läuten des Telefons auf Lucys Schreibtisch.

Aber lange konnte er den Gedanken nicht unterdrücken, der ihn so erschreckt hatte. Konnte es wirklich sein, dass er Diana liebte? Nein, das war doch nicht möglich. Liebe war ein Wort, das er noch nie einer Frau gegenüber benutzt hatte. Liebe bedeutete Bindung, Treue, Unfreiheit. Alles Begriffe, die für ihn bisher unangenehm und lästig waren und denen er immer erfolgreich aus dem Weg gegangen war.

Wütend nahm er die Tasse und goss den Inhalt ins Spülbecken. Wahrscheinlich hatte er in letzter Zeit nur zu viel gearbeitet, zu viele Nächte über Akten verbracht und sich mit den Problemen fremder Menschen auseinander gesetzt. Was er jetzt brauchte, war eine Verabredung mit einer netten, problemlosen Frau, danach acht Stunden Schlaf, und dann würde die Welt schon wieder ganz anders aussehen.

7. KAPITEL

Diana hätte die Fahrt noch mehr genießen können, wenn sie nicht immer das Gefühl gehabt hätte, dass irgendetwas nicht stimmte. Caine war nett und freundlich, die Unterhaltung zwischen ihnen riss nicht ab, und doch wurde sie den Eindruck nicht los, dass es etwas gab, über das er nicht sprechen wollte.

Vielleicht lag es aber auch nur an ihr. Seit ihrer Begegnung mit Chad war sie die Spannung nicht mehr losgeworden, die sich in ihr aufgebaut hatte. Es ärgerte sie, dass sie es bisher noch nicht geschafft hatte, den Fall objektiv und ohne Gefühlsaufwallung zu sehen. Ein guter Anwalt musste dazu in der Lage sein, das wusste Diana, aber es war nicht so leicht, ihre Emotionen unter Kontrolle zu bekommen.

„Du hast mir gar nicht erzählt, wen du in Salem vernehmen willst", sagte sie plötzlich.

„Großtante Agatha."

Auch Caine fiel es schwer, seine Gedanken wieder in die Wirklichkeit zurückzuholen. Seit gestern Abend versuchte er vergeblich, sich davon zu überzeugen, dass das Durcheinander in seinen Gefühlen ausschließlich auf den Day-Fall zurückzuführen sei, den er im Moment bearbeitete. Es konnte einfach nicht sein, dass persönliche Bindungen in ihm ein solches Chaos hervorriefen.

„Du kannst mir ruhig sagen, wenn du darüber nicht sprechen willst", sagte Diana auf seine einsilbige Antwort hin.

Caine schmunzelte. „Agatha ist die Großtante von Virginia Day." Sprich mit ihr darüber, ermahnte er sich selbst. Vielleicht würde es ihm helfen, endgültig herauszufinden, dass nur dieser Fall ihm momentan so sehr in den Knochen steckte, dass er sich fast selbst nicht mehr wieder erkannte. „Sie muss eine ganz außergewöhnliche Frau sein und darüber hinaus diejenige, die Virginia mit Abstand am besten kennt. Sie hat einige Tage Urlaub in Salem gemacht und liegt jetzt dort im Krankenhaus, weil sie sich beim Schlittschuhlaufen die Hüfte gebrochen hat."

„Wie alt ist die Frau denn?"

„Achtundsechzig."

„Ein etwas ungewöhnlicher Sport für eine Frau in dem Alter, findest du nicht?"

„Hm ...", antwortete Caine nur und konzentrierte sich auf den dichten Verkehr.

„Und was versprichst du dir von ihrer Aussage?"

„Die Anklage lautet auf Mord. Zuallererst will ich beweisen, dass Ginnie die Angewohnheit hatte, ständig eine Waffe mit sich herumzutragen. Wenn ich den Geschworenen klargemacht habe, dass Ginnie als Selbstschutz immer eine Pistole bei sich hatte, dann wird es nicht mehr so schwierig sein, sie davon zu überzeugen, dass sie wirklich nur Laura Simmons Wohnung aufgesucht hat, um ihren Mann dort in flagranti mit seiner Geliebten zu überraschen – nicht aber, um ihn zu töten."

„War das der erste Seitensprung in dieser Ehe?" fragte Diana interessiert.

„Der Privatdetektiv, den Ginnie Monate vorher bereits auf ihren Mann angesetzt hatte, hat herausgefunden, dass Dr. Francis Day absolut kein Heiliger war. Wenn es mir gelingt, den Bericht des Detektivs als Beweismittel vorzulegen, wird das zwar kein gutes Licht auf den Mann werfen – andererseits jedoch verstärkt der Bericht nur noch die Tatsache, dass Ginnie wirklich ein Motiv hatte."

„Aber wieso hat sie denn ständig eine Waffe mit sich herumgetragen?"

Caine steckte sich eine Zigarette zwischen die Lippen und zündete sie an. „Sie hat mir erzählt, dass sie panische Angst davor habe, überfallen und beraubt zu werden. Das allerdings wäre auch gar nicht verwunderlich, denn sie ist ständig mit teurem Schmuck behangen wie ein Christbaum."

„Außerdem hat sie in den letzten Jahren keine Gelegenheit ausgelassen, in die Presse zu kommen", sagte Diana. „Auf mich machte sie immer den Eindruck eines verwöhnten Kindes, das sich weigert, erwachsen zu werden."

„Da hast du völlig Recht", stimmte Caine ihr zu und sah Diana von der Seite an. „Ich kann nur froh sein, dass du nicht unter den Geschworenen sitzt."

„Ich muss zugeben, dass ich im Augenblick etwas allergisch auf solche Frauen reagiere", antwortete Diana nachdenklich. „Weißt du, ich muss dabei immer an Frauen wie Irene Walker denken. Einen größeren Gegensatz kann man sich überhaupt nicht vorstellen."

„Wie ist dein Gespräch mit ihr denn heute Morgen gelaufen?"

„Die Verletzungen in ihrem Gesicht sind immer noch nicht abgeheilt", antwortete Diana. „Ich habe noch nie eine Frau kennen gelernt, die so wenig Selbstbewusstsein hat. Mir kam es beinahe so vor, als wäre sie davon überzeugt, dass sie nichts Besseres verdient habe, als geschlagen zu werden."

Diana schüttelte den Kopf und schwieg einen Moment, als könnte sie es immer noch nicht fassen, was sie da vor einigen Stunden erlebt hatte. „Wenigstens hat die Freundin, bei der sie im Augenblick wohnt, sie so weit gebracht, endlich zum Anwalt zu gehen. Mir kommt es vor, als wäre Irene Walker wie ein Schwamm, der alle Eindrücke aufsaugt, daraus aber überhaupt keine Lehren zieht, sondern immer nur das tut, was andere wollen. Ich nehme an, dass ihr Mann sie im Laufe der Jahre davon überzeugt hat, dass sie ohne ihn nicht existieren kann. Ich habe ihr vorgeschlagen, dass sie die Hilfe einer Beratungsstelle in Anspruch nimmt. Es wird nicht einfach für sie sein, diese Scheidung und die Klage ihres Mannes durchzustehen." Diana sah Caine an. „Stell dir vor, sie trägt immer noch ihren Ehering."

„Wahrscheinlich hat sie Angst, dass es endgültig aus ist, wenn sie ihn abnimmt, meinst du nicht?"

„Ja, wahrscheinlich", antwortete Diana. „Wusstest du eigentlich, dass die beiden erst seit vier Jahren verheiratet sind und dass sie es trotzdem schon nicht mehr zählen kann, wie oft er sie bereits verprügelt hat?" In ihre Augen trat ein wütendes Funkeln. „Ich kann es gar nicht erwarten, bis ich diesen Mann im Zeugenstand habe."

„So weit ich mich erinnere, gab es doch beim letzten Mal zwei Zeugen, nicht wahr?"

„Ja, richtig. Ich hoffe nur, dass wir bald einen Gerichtstermin bekommen werden. Irene Walker gehört offenbar zu den Frauen, die schnell vergessen und verzeihen. Aber solange sie die Verletzungen jedes Mal sieht, wenn sie in den Spiegel blickt, hoffe ich, dass sie ihre Klage nicht zurückzieht und sich endlich von diesem Mann trennt."

Caine warf einen Blick auf den Aktenkoffer, der neben Dianas Füßen stand. „Willst du daran nachher arbeiten, wenn ich die Großtante vernehme?"

„Ja, ich will mir ein Konzept für die Befragung dieses

Mannes ausarbeiten. Ich schwöre dir, am Ende wird der sich wünschen, seine Frau nie geschlagen zu haben. Solche Fälle häufen sich bei mir."

Schmunzelnd sah Caine sie von der Seite an. „Der wird keinen leichten Stand bei dir haben, nehme ich an."

Diana drehte sich etwas in ihrem Sitz herum und legte einen Arm über die Lehne des hellen Ledersitzes. „Sag mal, wie lange hast du dieses Auto eigentlich schon?"

Caine zog überrascht die Brauen hoch. „Das Auto?" fragte er, irritiert von diesem plötzlichen Themenwechsel.

„Ja. Ich will mir nämlich demnächst auch ein neues kaufen."

„Einen Jaguar?"

„Eines Tages bestimmt", antwortete Diana und strich mit der Hand über das weiche Leder. „Oder meinst du etwa, diese Autotypen wären nur für Männer reserviert?"

„Nein, das nicht", antwortete Caine lachend. „Aber ich hätte eher gedacht, ein eleganter Mercedes wäre das Richtige für dich."

„Nein, dieser hier würde mir besser gefallen."

Ohne noch einen Ton zu sagen, lenkte Caine den Wagen an den Straßenrand und hielt an. Er stieg aus, ging um den Wagen herum und öffnete die Beifahrertür. „Komm, dann fahr ihn ein Stück."

„Ich?"

Caine schmunzelte, als er ihr überraschtes Gesicht sah. „Bevor man sich ein Auto kauft, sollte man es zumindest mal Probe fahren. Es sei denn", fügte er immer noch schmunzelnd hinzu, „du kennst dich mit Fünfganggetrieben nicht aus."

„Das ist doch kein Problem für mich", antwortete Diana gekränkt und stieg aus.

„Na, dann ist ja alles in Ordnung." Caine setzte sich auf den Beifahrersitz und sah zu, wie sie hinter dem Lenkrad Platz nahm. „Ich sag dir, wann du abbiegen musst", meinte er und lehnte sich bequem zurück.

Diana legte den ersten Gang ein, warf einen Blick in den Rückspiegel und gab Gas. Der Motor war leise, und doch spürte sie die Kraft, die in diesem schweren Wagen steckte.

„Oh, es ist herrlich", jubelte sie, nahm aber dann sofort nach einem Blick auf den Tacho das Gas zurück. „Ich fürchte nur, dass ich mich bald selbst vor dem Verkehrsrichter verteidigen muss, wenn ich mir ein solches Auto kaufen sollte", meinte sie und lachte.

„Daran gewöhnst du dich. Nach einer Weile genügt es schon zu wissen, dass man alle anderen überholen kann, wenn man nur will. Ein schnelles Auto gibt einem ein Gefühl der Sicherheit. Man muss es ja nicht ständig ausfahren."

Diana schaltete in den fünften Gang und hielt die Geschwindigkeit. „Ist das der Grund, warum du den Wagen gekauft hast?"

„Nur zum Teil", antwortete er. „Ich liebe nun einmal Dinge mit Stil." Er beobachtete sie von der Seite. Das schöne Gesicht, das jetzt so voller Begeisterung war, die schmalen Hände, die leicht und doch sicher das Lenkrad umfassten. „Diana, du bist eine faszinierende Frau."

Mit einem ironischen Lächeln fragte sie: „Warum? Weil ich einen Jaguar fahren kann?"

„Nein, weil du ebenfalls Stil hast", gab er ganz ruhig zurück. „Die nächste Ausfahrt musst du raus. Ich lass mich gern chauffieren."

Diana hatte es sich in einem der Aufenthaltsräume des

Krankenhauses bequem gemacht, während sich Caine auf die Suche nach Agatha Grants Zimmer begab.

Die alte Dame saß aufrecht in ihrem Bett, ein hellrosa Bettjäckchen um die Schultern gelegt, die weißen Haare umrahmten ein schmales Gesicht mit lebhaften Augen und Rouge auf den Wangen. Sie war umgeben von Stapeln von Zeitschriften und Magazinen. Als Caine eintrat, legte sie das Sportmagazin zur Seite, in dem sie gerade gelesen hatte, und sah ihn aufmerksam an.

„Mrs. Grant, ich bin Caine MacGregor."

„Ah, Ginnies Rechtsanwalt." Sie wies mit dem Kopf auf einen Sessel neben ihrem Bett. „Nehmen Sie Platz, junger Mann. Es tut gut, endlich einmal wieder einen gut aussehenden Mann zu sehen – und dazu noch einen ohne weißen Kittel."

Caine lächelte der alten Dame zu. „Ich hoffe sehr, dass Sie mir bei Ginnies Verteidigung helfen können, Mrs. Grant."

„Scheint, als ob die Kleine diesmal wirklich in der Patsche steckt, nicht wahr? Okay, sagen Sie mir, was Sie wissen wollen."

„Sie wissen ja wohl, dass Ginnie angeklagt ist, Francis Day umgebracht zu haben, oder?" fragte Caine. Als Mrs. Grant nickte, fuhr er fort: „Als sie zu Miss Simmons Wohnung fuhr, soll sie gewusst haben, dass ihr Mann zu dem Zeitpunkt bei seiner Geliebten war."

„Der letzten Geliebten in einer langen Reihe", warf Agatha ein.

„Nachdem er sie darum gebeten hatte, ließ Miss Simmons Francis Day mit seiner Frau allein. Als sie zwanzig Minuten später in ihre Wohnung zurückkehrte, war Day tot, und Ginnie saß auf der Couch, die Pistole noch in der Hand.

Sie hatte zweimal aus nächster Nähe geschossen. Miss Simmons lief schreiend zu einem Nachbarn und rief von dort aus die Polizei."

„Ginnie hat ihn getötet, das ist gar keine Frage", sagte Agatha.

„Ja, das gibt sie auch zu. Allerdings führt sie zu ihrer Verteidigung an, dass ein schlimmer Streit den Schüssen vorausgegangen wäre. Sobald sie allein in der Wohnung waren, hat ihr Mann sie angeschrien, und sie hat in gleicher Weise geantwortet – eine Situation, wie sie wohl in der letzten Zeit ihrer Ehe an der Tagesordnung war. Dann hat Ginnie ihm gedroht, sie werde sich von ihm scheiden lassen und dafür sorgen, dass in diesem Scheidungsprozess alles zur Sprache komme – auch die Berichte des Privatdetektivs über seine diversen Seitensprünge. Das war etwas, das Francis Day absolut nicht wollte, da das seine Karriere gefährdet hätte. So viel Ginnie mir sagte, stand er wohl kurz davor, Chefarzt am Boston-General-Krankenhaus zu werden."

„Ja, das stimmt", sagte Agatha. „Francis war sehr um seinen guten Ruf besorgt und äußerst ehrgeizig. Er hätte es sicher nicht verwunden, wenn er wegen dieser Scheidung den Posten als Chefarzt nicht bekommen hätte."

„Während sie weiterstritten", fuhr Caine fort, „verlor er plötzlich die Kontrolle über sich und schlug Ginnie. Sie sagt, dass sie nach einem seiner Schläge gestürzt sei und gesehen habe, wie ihr Mann nach einer schweren Lampe griff und dabei drohte, sie zu töten. Als er mit der Lampe in der Hand auf sie zukam, hat sie in ihre Tasche gegriffen, die Pistole herausgeholt und zweimal geschossen."

Agatha hatte während seiner Schilderung immer wieder

zustimmend genickt. Jetzt sah sie ihn fragend an. „Glauben Sie ihr?"

Caine begegnete offen ihrem Blick. „Ich glaube, dass Virginia Day ihren Mann in Notwehr erschossen hat, Mrs. Grant."

„Ginnie ist sehr eigensinnig", sagte Agatha und seufzte. „Und sehr verwöhnt. Wir alle haben sie verwöhnt und zu dem gemacht, was sie heute ist. Sie hat nie gelernt, ihr Temperament zu zügeln, ist immer leicht explodiert, ohne sich Gedanken über die Folgen zu machen. Aber eines ist sie sicher nicht – kaltblütig genug, um einen Menschen vorsätzlich zu erschießen."

„Um das dem Gericht klarzumachen, Mrs. Grant, muss ich zuallererst erklären, wieso Ginnie eine Waffe bei sich hatte."

„Sie ist nie ohne ihre Pistole aus dem Haus gegangen." Agatha zog ihr Kissen etwas höher und lehnte sich dann wieder dagegen. „Ich habe sie gefragt, was das soll, und sie hat gelacht. ‚Tante Aggi', hat sie gesagt, ‚wenn jemand mich je überfallen sollte, wird er sich wundern.' Schreckliches Kind! Warum musste sie auch immer schmuckbehangen durch die Gegend laufen? Aber solange sie die Pistole dabei hatte, fühlte sie sich sicher und brauchte auf ihre geliebten Juwelen nicht zu verzichten."

„Haben Sie oft gesehen, dass sie die Waffe bei sich hatte?"

„Natürlich. Manchmal hatte ich sogar das Gefühl, sie wollte mich nur ärgern, wenn sie ihre Tasche öffnete und sie mir so hinhielt, dass ich das Ding darin sah."

„Dann könnten Sie also vor Gericht unter Eid aussagen, dass Virginia Day ständig mit einer Pistole herumlief und dass Sie diese Waffe häufig gesehen haben?" fragte Caine.

„Junger Mann, ich würde sogar den Teufel anlügen, um dem Mädchen zu helfen“, antwortete Agatha. „Ich konnte den Kerl nie leiden, den sie da geheiratet hat.“

„Mrs. Grant ...“

„Ist ja schon gut“, beruhigte sie Caine lächelnd. „In diesem Fall kann ich es sogar beschwören, ohne mir Sorgen um meinen Seelenfrieden machen zu müssen.“

„Gut.“ Caine lehnte sich aufatmend zurück. „Und die Behauptung, dass Sie auch dem Teufel ins Gesicht lügen würden, bleibt unser Geheimnis. Okay?“

„Natürlich.“ Ganz ungeniert musterte sie Caine von oben bis unten, und es schien ihr zu gefallen, was sie sah. „Das Mädchen hat schon immer einen guten Geschmack gehabt“, sagte sie. „Ginnie und Sie ...“

„Ich bin ihr Verteidiger“, unterbrach Caine sie schnell und stand auf. „Danke, Mrs. Grant.“ Er streckte ihr die Hand hin und war erstaunt darüber, wie fest ihre Hände zupackten.

„Wenn ich vierzig Jahre jünger wäre und Sie mein Anwalt – ich schwöre Ihnen, Sie wären bald mehr als das.“

Lächelnd zog Caine ihre Hand an seine Lippen. „Tun Sie mir einen Gefallen und bringen niemanden um, Agatha. Sie könnten mich sonst in Versuchung führen.“

Caine hörte ihr Lachen noch, als er bereits den Korridor entlang zurück zu Diana ging.

Er fand sie in dem Aufenthaltsraum so vor, wie er sie verlassen hatte. Vor ihr auf dem Tisch lag ein Buch, auf ihrem Schoß hatte sie einen Block, in den sie sich eifrig Notizen machte. Diana war so in ihre Arbeit versunken, dass sie ihn gar nicht kommen hörte. Leise setzte Caine sich auf einen Stuhl und sah ihr zu.

Als Diana Augenblicke später das Buch zuklappte,

richtete sie sich mit einem Seufzer auf und reckte sich. Jetzt erst sah sie ihn.

„Caine, seit wann sitzt du denn schon da? Ich habe dich gar nicht kommen hören."

„Ich bin auch erst seit einigen Minuten hier. Ich habe selten jemanden gesehen, der sich so in seine Arbeit vertiefen kann wie du."

„Das habe ich gelernt, als ich noch bei meiner Tante lebte", antwortete Diana und packte ihre Sachen in den Aktenkoffer. „Wie ist die Vernehmung verlaufen?"

„Sehr gut." Caine stand auf und hielt Diana ihren Mantel hin. „Du hast mir noch nie Einzelheiten über deine Tante erzählt", sagte er dabei. „Ich weiß eigentlich gar nichts von ihr."

Sofort spürte er, wie Diana sich versteifte. „Von meiner Tante?" fragte sie zurück.

„Ja. War es schlimm mit ihr?"

„Was soll ich da viel sagen? Ihre Lebensweisheit bestand aus Sprüchen. Zum Beispiel dieser: ‚Eine Dame trägt Diamanten niemals vor fünf Uhr nachmittags.'"

Caine griff nach seiner Jacke und zog sie über. „Hoffentlich war ich nicht zu ungerecht mit dir in Atlantic City."

Überrascht blickte Diana ihn an, während sie neben ihm her zum Aufzug ging. „Wie kommst du darauf?"

„Ich musste gerade wieder an Agatha denken", antwortete Caine und drückte den Knopf für den Aufzug. „Sie kennt ihre Nichte sehr genau, hat auch einiges an ihr auszusetzen, aber trotzdem spürt man, dass sie sie liebt. Ich glaube beinahe, bei deiner Tante war es das Gegenteil."

„Tante Adelaide war durchaus zufrieden mit dem, was

sie aus mir gemacht hatte", antwortete Diana. „Liebe? Nein, geliebt hat sie mich nie – allerdings hat sie auch nie vorgegeben, mich zu lieben. Ich kann ihr das also nicht übel nehmen."

„So, und warum nicht?" fragte Caine ärgerlich.

Diana sah ihn ganz ruhig an. „Man kann niemanden seiner Gefühle wegen verurteilen, aber genauso wenig kann man jemanden verurteilen, weil er eben diese Gefühle nicht hat."

Damit drehte Diana sich um und gab ihm zu verstehen, dass sie das Thema nicht weiterführen wollte. Aber so leicht gab Caine nicht auf.

„Doch, das kann man sehr wohl", protestierte er.

„Lass es, Caine, bitte", sagte Diana und wandte sich wieder ab. Plötzlich rief sie: „Oh, nein! Sieh doch nur!" Sie schaute durch das große Fenster nach draußen.

Caine folgte ihrem Blick – und sah eine dichte weiße Wand. „Wenn man sich einmal auf die Wettervorhersage verlässt", murmelte er. „Dieser Schnee war erst für heute Nacht angekündigt, und dann wären wir längst wieder zu Hause gewesen."

Diana streifte sich ihre Handschuhe über. „Die Fahrt zurück nach Boston verspricht interessant zu werden – und lange zu dauern", fügte sie noch hinzu, als Caine die große Eingangstür öffnete und sie den kalten Wind spürte, der sofort die Schneeflocken ins Haus wirbelte.

„Wenn wir Glück haben, schneit es vielleicht nur in diesem Gebiet", sagte Caine und griff nach ihrem Arm. Bereits nach einigen Schritten waren sie beide voller Schnee.

„Sollten wir nicht doch lieber zurückgehen und abwarten, bis es aufhört?" meinte Diana.

Caine warf einen skeptischen Blick auf die Straße, als sie beim Auto angekommen waren. „Nein, lass es uns wagen. Wir werden schon durchkommen. Schlimmer kann es eigentlich nicht werden."

Während der ersten halben Stunde ging es noch einigermaßen. Caine war ein sehr guter und umsichtiger Fahrer, und der schwere Wagen machte überhaupt keine Schwierigkeiten. Je weiter sie jedoch nach Süden kamen, umso schlimmer wurden Sturm und Schneefall. Die Windschutzscheibe war so schnell wieder voll geweht, dass die Scheibenwischer es kaum schafften. Diana sah, wie der Wagen vor ihnen anfing zu schleudern, und es dauerte eine ganze Weile, bevor der Fahrer ihn wieder unter Kontrolle hatte.

„Es wird nicht besser", sagte Diana leise, „höchstens schlimmer."

Caine gab keine Antwort, nickte nur. Er hielt den Blick angestrengt auf die Straße gerichtet, soweit man sie überhaupt noch erkennen konnte. Er lebte schon lange genug in dieser Gegend und hatte schon so viele Schneestürme mitgemacht, dass ihm schnell klar wurde, dass sie sich immer mehr dem Zentrum des Sturms näherten, statt ihn hinter sich zu lassen. Auf der Gegenfahrbahn sahen sie zwei Autos ineinander fahren. Es war Gott sei Dank nur ein leichter Unfall. Schweigend fuhren sie weiter.

Caine hatte den Wagen schon im Rückspiegel gesehen, aber Diana schrak zusammen, als er mit einer für diese Straßenverhältnisse wahnsinnigen Geschwindigkeit an ihnen vorbeifuhr und plötzlich anfing zu schlingern. Unwillkürlich hielt sie den Atem an, während Caine leise vor sich hin fluchte und alle Mühe hatte, den schweren Jaguar beim Abbremsen in der Spur zu halten.

Bei der nächsten Abfahrt bog er von der Straße ab. „Es ist nicht zu verantworten, bei diesem Wetter weiterzufahren", sagte er. „Beim nächsten Hotel halten wir an und übernachten da."

Bereits einige Minuten später kniff Caine die Augen zusammen und sah durch den Schneesturm ein Neonschild leuchten. „Ich glaube, wir haben Glück."

„Na bitte, ein Motel", sagte Diana vergnügt, als sie das Schild sah, auf dem der letzte Strich des „M" ausgefallen war.

„Eine Luxusherberge ist das bestimmt nicht", meinte Caine und bog in die kaum noch zu erkennende Einfahrt ein.

„Solange es nur ein Dach hat, soll mir alles recht sein."

Als Caine den Motor abgestellt hatte, öffnete Diana die Tür und stand sofort mehr als knöcheltief im Schnee. Er kam um den Wagen herum und half ihr beim Aussteigen. Dann stemmten sie sich gemeinsam gegen den Sturm und stapften durch den Schnee auf eine Tür zu, über der ein Schild mit der Aufschrift „Büro" leuchtete.

Die Tür quietschte laut, und als sie eintraten, schlug ihnen warme Luft entgegen, die schwer war von kaltem Tabakrauch und abgestandenem Bier. Hinter einer kleinen Theke saß ein Mann und las. Jetzt hob er den Kopf und sah sie desinteressiert an. „Ja?"

„Wir hätten gern Zimmer für diese Nacht", sagte Caine. Das Ganze machte den Eindruck eines Hotels, in dem man normalerweise Zimmer nur stundenweise mietete.

„Hab nur noch eins", antwortete der Mann und warf dann einen Blick auf Diana. „Der Schneesturm ist gut fürs Geschäft, was?"

Diana blickte Caine an und beschloss dann, die Bemerkung einfach zu überhören. Sie wusste, dass er auf ihre Entscheidung wartete, ob sie auch dieses eine Zimmer nehmen sollten. Sie zögerte nicht lange. „Wir nehmen es."

Der Mann langte nach hinten und nahm einen Schlüssel vom Brett. „Das Zimmer ist im Voraus zu bezahlen", sagte er und hielt den Schlüssel fest.

„Kann man hier irgendwo noch etwas zu essen bekommen?" fragte Caine, während er das Geld auf die Theke zählte.

„Das Restaurant ist eine Tür weiter. Geöffnet bis zwei Uhr. Ihr Zimmer liegt auf der linken Seite, Nummer siebenundzwanzig. Wenn Sie bis morgen früh zehn Uhr nicht geräumt haben, müssen Sie für eine weitere Nacht bezahlen."

Caine nahm den Schlüssel, bedankte sich und führte Diana wieder hinaus in den Schnee.

„Freundlicher Mensch", bemerkte Diana, während sie sich durch den immer dichter fallenden Schnee den Weg zu ihrem Zimmer suchten. „Hast du gerade etwas von Essen gesagt?"

„Hungrig?" fragte Caine und blieb vor Nummer siebenundzwanzig stehen.

„Und wie! Ich bin schon hungrig, seit ..."

Diana brach ab, als sie einen Blick in das Zimmer warf. Es bestand hauptsächlich aus einem riesigen Bett. Aber selbst die Tatsache, dass es sich nur um ein Bett handelte, konnte sie im Moment nicht schocken. Viel mehr interessierte sie dieses seltsame Zimmer. Die Wände waren rosa gestrichen, auf dem großen Bett lag eine mit großen Blumen in allen Farben gemusterte Decke, und die Vorhänge vor dem

Fenster zeigten ein anderes, aber nicht weniger farbenfrohes Muster. Ein Albtraum! Die übrige Einrichtung bestand nur noch aus einem Stuhl, einem Fernseher und einem fadenscheinigen Läufer, der bis zur Badtür ging. Das Ungewöhnlichste jedoch war ein großer, schon leicht matter Spiegel an der Decke über dem Bett.

„Nun, das Grand-Hotel ist es nicht gerade“, meinte Caine schmunzelnd mit einem Blick in Dianas verblüfftes Gesicht. Er stellte ihre beiden Aktenkoffer auf den Stuhl. „Aber immerhin hat es ein Dach.“

Diana schloss die Tür hinter sich. „Kalt ist es hier.“

Caine hatte in einer Ecke einen Heizofen entdeckt. „Ich will mal sehen, ob ich den in Betrieb setzen kann.“

Diana setzte sich vorsichtig auf das Bett. Das einzige Bett, dachte sie. Das einzige Zimmer, das einzige Hotel weit und breit. Schöne Geschichte!

„Du scheinst dieses Fiasko zu genießen“, meinte sie.

„Wer? Ich?“

Caine beschäftigte sich angelegentlich mit dem Heizofen. Für die nächsten Stunden musste er sich einfach einreden, Diana sei so etwas wie eine Schwester. Wie sonst sollte er eine Nacht mit ihr im selben Bett überstehen, ohne sie zu berühren? Er hatte sich fest vorgenommen, sie erst wieder anzufassen, wenn sie selbst es wollte, wenn sie bereit dazu war. Und diesen Vorsatz wollte er auf keinen Fall brechen.

„Ich werde uns erst einmal etwas zu essen besorgen“, sagte er. „Wir müssen ja nicht beide wieder durch den Schneesturm laufen. Was möchtest du denn?“

„Ist mir gleich. Hauptsache, es geht schnell und ist essbar.“

Sie lächelte ihm zu und sagte sich, dass ihr gar nichts

anderes übrig blieb, als die Situation zu akzeptieren. Schließlich war er lange genug durch dieses Unwetter gefahren, und es wäre Selbstmord gewesen, die Fahrt fortzusetzen.

Als Caine gegangen war, sah Diana sich noch einmal in dem Raum um. So schlimm ist es gar nicht, versuchte sie sich einzureden. Wenn man ihn durch halb geschlossene Augen betrachtete, war es auszuhalten. Außerdem verbreitete der Heizofen mittlerweile wohlige Wärme, während draußen immer noch der Sturm am Fenster rüttelte und dichte Schneewolken vorbeitrieb.

Sie zog ihren Mantel aus, legte ihn zu den Aktenkoffern auf den Stuhl und entledigte sich dann ihrer Stiefel. Ihr Blick fiel auf den Fernseher. Daneben stand ein kleiner schwarzer Kasten, in den man Münzen werfen musste, um das Videoprogramm des Motels empfangen zu können.

Diana suchte in ihrer Börse nach den entsprechenden Münzen. Fernsehen wäre sicherlich eine gute Idee, um sie beide etwas abzulenken. Sie steckte die Geldstücke in den Schlitz und machte es sich auf dem Bett bequem. Nachdem sie die Kissen in ihren Rücken gestopft hatte, hörte sie die ersten Geräusche aus dem Fernsehapparat kommen und sah erstaunt hinüber.

Einen Augenblick lang starrte sie mit offenem Mund auf den Bildschirm. Dann ließ sie sich in die Kissen fallen und fing lauthals an zu lachen. Sie konnte es nicht fassen. Von all den Hotels und Motels in Massachusetts waren sie ausgerechnet in eins mit rosa Wänden und animierenden Pornofilmen geraten. Sie hatte den Apparat gerade ausgestellt, als Caine zurückkam.

„Kannst du dir vorstellen, welche Art Filme es hier im Videoprogramm gibt?“ fragte sie spitzbübisch.

Caine schüttelte den Schnee ab und nickte. „Ja. Brauchst du Kleingeld?"

„Reizend!" Es fiel ihr schwer, ernst zu bleiben. „Ich habe gerade fünfundsiebzig Cent zum Fenster hinausgeworfen. Würde mich gar nicht wundern, wenn die Sittenpolizei hier gleich an die Tür klopfte."

„Bei dem Wetter?" fragte Caine und legte sein Paket aufs Bett.

„Hm! Das riecht ja wirklich nach Essen."

„Es ging schnell", antwortete Caine, „ob es allerdings auch genießbar ist, dafür kann ich nicht garantieren. Ich habe Pommes frites und Hamburger mitgebracht." Er zog seinen Mantel aus und holte noch eine Flasche Wein aus der Innentasche. „Ich dachte mir, Wein dazu könnte nicht schaden", meinte er und sah sich um. „Gläser hab ich natürlich vergessen."

„Vielleicht gibt es selbst in einem solchen Motel Gläser im Bad. Sieh doch mal nach."

Caine kam tatsächlich mit zwei Zahnputzgläsern zurück. „Kann man die Hamburger essen?" fragte er, nachdem Diana sich schon bedient hatte.

Sie nickte und nahm das Glas an, das er ihr reichte. „Der Schneesturm ist wohl noch nicht schwächer geworden, oder?"

„Im Gegenteil. Drüben im Restaurant war man der Meinung, dass es mindestens bis morgen früh durchschneien wird."

Diana trank einen Schluck und sah hinüber zum Fernseher. „Vielleicht sollten wir die Nachrichten hören – vorausgesetzt, so etwas Alltägliches ist darauf überhaupt zu empfangen."

Lachend setzte Caine sich aufs Bett und nahm sich

ebenfalls einen Hamburger. „Arme Diana, muss das ein Schock für dich gewesen sein."

„So prüde bin ich eigentlich gar nicht. Es kam nur so unerwartet", antwortete sie und nahm einen Schluck von dem Wein. „Hm, nicht übel."

„Hausmarke", sagte Caine und lachte.

„Wenn das so ist, werde ich ihn langsam trinken und genießen. Caine ..." Sie nahm noch einen Schluck, und als er sich herumdrehte und sie fragend ansah, fuhr Diana fort: „Da gibt es noch etwas, das wir besprechen müssen."

Er wusste sofort, was sie meinte. Auf dem Weg zurück durch den Schneesturm hatte er sich genau überlegt, wie er reagieren wollte. „Ich werde nicht auf dem Fußboden schlafen."

Diana zog konsterniert die Brauen zusammen und ärgerte sich, dass er ihre Gedanken erraten hatte. „Schließlich gibt es ja noch die Badewanne."

„Nur, wenn du mir da Gesellschaft leistest."

„Zu schade, dass Kavaliere ausgestorben sind."

„Diana, sei vernünftig." Caine biss in seinen Hamburger und sah sie an. „Dies ist ein sehr breites Bett, und wenn du es nicht zu etwas anderem als zum Schlafen benutzen willst ..."

„Natürlich nicht", unterbrach sie ihn sofort.

Genau die Reaktion hatte Caine erwartet. „Gut, dann schläfst du eben auf der einen Seite und ich schlafe auf der anderen. Das Bett ist wirklich breit genug. Wir brauchen uns nicht einmal während der Nacht zu berühren." Er sprach's so überzeugend, dass er es beinahe selbst geglaubt hätte.

Diana schwieg und vermied es, ihn anzusehen. Sie nahm sich noch einige Pommes frites und trank einen Schluck

Wein. „Und du bleibst wirklich auf deiner Seite?“ fragte sie schließlich.

„Ich habe dir versichert, dass ich so lange warte, bis du den ersten Schritt tust“, antwortete er und sah sie lange an. „Ich habe sehr viel Geduld, wenn es darauf ankommt.“

Diana wich seinem Blick aus und nickte. „Gut, wenn du dich an die Regeln hältst ...“

„Ich nehme noch ein Bad, bevor ich mich hinlege“, verkündete Caine, stand auf und reckte sich. Dann strich er ihr mit einer Hand übers Haar. „Du solltest schon versuchen zu schlafen, Diana. Es war ein langer Tag.“

Sie wusste nicht, wieso, aber plötzlich spürte sie so etwas wie Enttäuschung in sich aufsteigen. Entsetzt riss sie sich zusammen. „Ja, du hast Recht“, sagte sie hastig. „Soll ich das Licht anlassen?“

„Nein. In diesem Zimmer ist es wohl fast unmöglich, das Bett zu verfehlen.“ Caine musste sich umdrehen, sonst wäre der Wunsch, sie zu küssen, in ihm übermächtig geworden. „Schlaf gut, Diana.“

„Gute Nacht, Caine.“

Diana wartete, bis sie im Bad das Wasser in die Wanne laufen hörte. Dann stand sie schnell auf und begann sich auszuziehen. Du bist eine Närrin, meldete sich plötzlich eine kleine, aber unüberhörbare Stimme in ihr. Du wünschst dir doch nichts sehnlicher, als mit ihm zu schlafen, dich einmal völlig zu vergessen.

Genau das ist es, dachte sie und hielt mitten in der Bewegung inne. Sie wollte sich nicht völlig verlieren, sich in seine Hände geben. Wenn erst einmal die körperliche Barriere zwischen ihnen gefallen war, würde er nicht aufhören. Er würde mehr wollen, mehr verlangen ... Er würde schließlich einen so wichtigen Platz in ihrem Leben einnehmen, dass sie nicht mehr frei entscheiden könnte. Das aber bedeutete Abhängigkeit, und genau der war sie vor kurzem erst entflohen. Nach den Jahren mit Tante Adelaide würde sie sich nie mehr freiwillig in eine Abhängigkeit begeben. Sie wollte frei sein, ihr eigenes Leben leben und niemanden fragen müssen.

Im Bad hörte sie immer noch das Wasser laufen. Sie zog sich aus bis auf die Unterwäsche und schlüpfte dann schnell unter die Decke. Diana legte sich genau an die Kante, aber das war gar nicht so einfach, wie sie geglaubt hatte.

Die Matratze war in der Mitte so ausgelegen, dass Diana Mühe hatte, in ihrem Teil des Bettes zu bleiben, ohne sich mit den Händen an der Seite festzuhalten. Caine würde das wohl jetzt wieder Schicksal nennen, schoss es ihr durch den Kopf, während sie die Nachttischlampe ausknipste und sich dann wirklich mit den Händen am Rand festhielt.

Als Caine aus dem Bad kam, war es ganz still im Zimmer. Nur unklar konnte er Dianas Umrisse unter der dünnen Decke erkennen. Er beschloss, den Rest des Weines noch auszutrinken und dazu eine Schlaftablette zu nehmen. Wie sonst sollte er einschlafen können, während sie nur eine Armeslänge von ihm entfernt lag?

Vielleicht hätte er ihr doch nicht versprechen sollen, auf seiner Bettseite zu bleiben. Aber da er das nun einmal getan hatte, blieb ihm nichts anderes übrig, als sein Versprechen auch einzuhalten.

Er ließ das Handtuch auf den Boden fallen und kroch unter die Decke. Auch er spürte, dass die Matratze in der Mitte eine Kuhle hatte. Vorsichtig drehte er sich um und rückte wieder etwas weiter zum Rand.

Wie üblich wachte Caine früh auf. Er hatte die Augen noch

geschlossen, als er spürte, dass etwas Weiches, Warmes ganz nah an seinem Körper lag. Ohne nachzudenken und noch halb im Schlaf, legte er seinen Arm um Diana und zog sie fester an sich. Er hörte sie leise seufzen, und dann kuschelte sie sich an ihn. Langsam strich er mit einer Hand über ihren Rücken, bis seine Finger den Rand ihres seidigen Hemdchens erreichten und ihre nackte Haut fanden.

Leise und verschlafen murmelte er ihren Namen. Seine Lippen berührten ihre Stirn, und seine Hand schob sich weiter unter ihr Hemd. Diana gab wie eine Katze leise, schnurrende Laute von sich. Ihre Augen waren geschlossen, ihre Finger streichelten seinen Rücken.

Caine drehte sich etwas herum und schob ein Bein zwischen ihre Schenkel, die sich ihm sofort bereitwillig öffneten. Seine Lippen hauchten kleine Küsse auf ihr Gesicht, bis Diana ihm ihren Mund verlockend darbot.

Immer noch war alles wie im Traum. Der Kuss war sanft und zärtlich, ihre Hände streichelten einander gleich bleibend langsam, ohne mehr zu verlangen.

Caine spürte erst brennende Begierde, als seine Hand ihre Brust erreicht hatte. Diana stöhnte verhalten und schmiegte sich noch enger an ihn.

Mit der anderen Hand streifte Caine die dünnen Träger des Seidenhemdchens beiseite und presste seinen Mund auf die weiche empfindsame Haut an ihrem Hals. Seine Lippen suchten sich unaufhaltsam ihren Weg bis zu den rosigen Brustspitzen.

Er hörte, wie ihr Atem schneller ging, als seine Zunge die aufgerichteten Knospen umspielte, und er spürte ihr Herz wild pochen. Ihre Finger bohrten sich jetzt fest in seinen Rücken, und ihre Hüften bewegten sich in immer schnellerem, erotisierendem Rhythmus.

Für einen kurzen Augenblick versuchte Caine, Traum von Wirklichkeit zu trennen, aber es war längst zu spät.

8. KAPITEL

Durch die Vorhänge fiel nur wenig Licht. Diana öffnete die Augen und hatte einen Moment lang Mühe, sich zurechtzufinden. Sie lag in der Mitte des breiten Bettes, fest an Caine geschmiegt, der sein Gesicht an ihrem Hals barg.

Sie spürte sein Herz klopfen und fühlte, dass seine Haut warm und feucht war. Ihre rechte Hand lag auf seinem Kopf, die Finger in seinen dichten Haaren vergraben. Ihr ganzer Körper fühlte sich schwer und wohlig matt an. Und was war mit ihrem Kopf los? Konnte sie gar nicht mehr klar denken?

Plötzlich, als wäre ein Blitz eingeschlagen, wurde ihr alles bewusst. Mit einem erstickten Schrei riss sie sich von ihm los und rutschte hastig hinüber zum Rand. „Wie konntest du nur?"

Verschlafen öffnete Caine die Augen und sah sie verständnislos an. „Was ist los?"

„Du hast dein Wort gegeben!" Außer sich vor Zorn, begann Diana unter der Decke nach ihrer Unterwäsche zu suchen.

Caine strich sich mit beiden Händen durch die Haare. „Diana ..."

„Wie konnte ich dir nur vertrauen? Ich muss verrückt gewesen sein", fuhr sie ihn an, schlüpfte in das Unterhemd und sprang aus dem Bett.

„Diana."

In dem diffusen Licht konnte er sie kaum erkennen. Sie stand da, die Arme wie zur Verteidigung vor ihrer Brust verschränkt. Sie spürte, dass ihr Körper zitterte, obwohl es wohlig warm im Zimmer war.

„Du hattest kein Recht, so etwas zu tun“, stieß sie hervor.

„Ich hatte kein Recht?“ Jetzt klang seine Stimme ebenfalls ärgerlich. „Und was ist mit dir?“

„Ich war ja noch halb im Schlaf.“

„Verdammt, Diana, meinst du, bei mir wäre es anders gewesen?“ Caine angelte nach seiner Hose, stand auf und zog sie an. Er fühlte sich schuldig, weil er sein Versprechen nicht gehalten hatte. Er hatte die Situation ausgenutzt und die Kontrolle über sich verloren. „Sieh mal, Diana, ich wollte das nicht, glaub mir. Es ist einfach passiert.“

„Einfach passiert?“ wiederholte sie sarkastisch. „So etwas passiert nicht einfach.“ Immer noch zitternd, zog Diana die Decke vom Bett und wickelte sich darin ein.

„Diesmal wohl“, widersprach er. „Ich kann dir noch nicht einmal sagen, wie es überhaupt angefangen hat.“ Er stand jetzt nur einige Schritte von ihr entfernt und sah ihr in die Augen. „Aber ich weiß, wie es endete, und ich weiß, dass du genauso wenig in der Lage gewesen wärst, es zu verhindern, wie ich.“

Diana wusste, dass er damit Recht hatte, aber das erhöhte eher noch ihren Zorn. „Willst du mir etwa einreden, dass du nicht gewusst hast, was du tust?“

Wütend griff Caine nach seinem Mantel und ging an ihr vorbei zur Tür. „Warum machst du mich nicht gleich auch noch für den Schneesturm verantwortlich? Oder für die Tatsache, dass dieses verdammte Hotel nur noch ein Zimmer hatte? Oder dafür, dass die Matratze in der Mitte durchgelegen ist?“

Damit riss er die Tür so heftig auf, dass eine Wolke von Schnee hereinstob. Dann fiel die Tür mit einem lauten Knall ins Schloss und Diana war allein im Raum. Sie zog die Decke noch fester um sich. Er hatte sie hintergangen, sein Versprechen nicht gehalten, obwohl sie ihm vertraut hatte. Er ...

Diana schüttelte den Kopf und griff sich mit beiden Händen an die Stirn. Sei doch ehrlich, mach dir doch nichts vor, meldete sich die kleine Stimme wieder. Du hast dich noch nie so wunderbar gefühlt. Ja, es stimmte. Sie hatte sich in ihre Wut hineingesteigert, um nicht zugeben zu müssen, wie herrlich es war, begehrt zu werden.

Sie ließ sich aufs Bett fallen und vergrub den Kopf im Kissen. Und trotzdem ... Es hätte nicht passieren dürfen. Sie hatte sich so fest vorgenommen, nicht mit ihm zu schlafen, da das nur der Anfang einer Entwicklung sein konnte, an deren Ende ihre Unfreiheit stand. Die Abhängigkeit von einem Mann, der jederzeit wieder aus ihrem Leben verschwinden konnte, wenn er keine Lust mehr hatte. Das durfte nicht geschehen. Sie hatte ihre Eltern verloren, dann Justin ... Aber diesmal würde sie es gar nicht erst so weit kommen lassen. Kein Mensch sollte ihr noch einmal so wehtun.

Sie hatte gerade erst begonnen, sich selbst zu entdecken, ein eigenes Leben auf die Füße zu stellen, als sie nach Atlantic City geflogen war. Wenn sie jetzt zurückdachte, hatte seit ihrer Ankunft dort Caine immer mehr die Hauptrolle in ihrem Leben gespielt. Er hatte sie dazu gebracht, sich endlich mit ihrem Bruder zu versöhnen. Er war da, als sie nach Boston zurückkam, um ihre beruflichen Probleme zu lösen. Und jetzt war er wieder – oder immer noch – da, wollte die letzte Hürde zwischen ihnen nehmen und sie dazu bringen, ihren Gefühlen freien Lauf zu lassen.

Irene Walker fiel ihr wieder ein. Musste es nicht so

enden, wenn eine Frau sich nur von ihren Gefühlen leiten ließ? Machte sie sich damit nicht automatisch zum Spielball des Mannes?

Seufzend drehte Diana sich auf den Rücken und schloss die Augen. Nein, das durfte nicht passieren. Ihr ganzes Leben lang hatte sie immer das annehmen müssen, was andere bereit gewesen waren, ihr zu geben. Damit war jetzt endgültig Schluss. Sie wollte und musste allein über ihr Leben entscheiden.

Wie Diana die Sache auch drehte und wendete, es war ein großer Fehler, dass sie mit Caine geschlafen hatte. Und sie hatte allen Grund, wütend auf ihn zu sein. Er hatte die Situation ausgenutzt, hatte sie erregt, als sie noch schläfrig und wehrlos war.

Und sie, was hatte sie getan? Sie hatte sich an ihn gepresst, seinen Rücken gestreichelt, sich nicht gewehrt, als er sein Bein zwischen ihre Schenkel schob. Sicher, sie hatte noch halb geschlafen, aber irgendwo in ihrem Inneren hatte Diana genau gewusst, dass sie sich eigentlich hätte wehren müssen – nur geschafft hatte sie es nicht.

Mit einem Ruck setzte Diana sich auf und öffnete die Augen. Es hatte keinen Zweck, sich länger etwas vorzumachen. Sie hatte sich Caine gegenüber ungerecht benommen, und sie hatte es von Anfang an gewusst. Nur war es leichter gewesen, ihm Vorwürfe zu machen, als sich selbst einzugestehen, dass sie es genossen hatte, mit ihm zu schlafen.

Sie sah sich in dem hässlichen Raum um. Was nun? Wie sollte es jetzt weitergehen? Sie musste sich bei ihm entschuldigen, und wenn es ihr noch so schwer fiel. Und was war, wenn er die Entschuldigung annahm und dann sagte, sie solle sich zum Teufel scheren?

Diana stand schweren Herzens auf. Am besten war wohl, sie würde jetzt erst einmal unter die Dusche gehen, sich anziehen und auf ihn warten.

Zwei Stunden später war Caine immer noch nicht zurück. Diana schwankte mittlerweile zwischen Besorgnis und Zorn. Wo konnte er bloß stecken? Der Schnee fiel immer noch gleich bleibend stark, nur der Sturm hatte etwas nachgelassen.

Zuerst hatte sie ihm nachgehen, ihn suchen wollen. Aber dann fiel ihr ein, dass Caine ja den einzigen Schlüssel bei sich hatte, und den Mann an der Rezeption wollte sie um keinen Preis nach einem zweiten fragen. Seine dumme Bemerkung vom Abend vorher war ihr noch zu gut im Gedächtnis.

Diana ging hinüber zum Fenster und schob den Vorhang beiseite. Draußen war keine Spur von Leben zu entdecken. Die Autos auf dem Parkplatz waren halb eingeschneit, und der Wind trieb den Schnee in dichten Wolken am Fenster vorbei. Vermutlich saß Caine jetzt drüben im Restaurant, aß eines seiner reichhaltigen Frühstücke und trank dazu tassenweise dampfenden Kaffee. Der Gedanke daran ließ Dianas Magen knurren.

Gefangen zwischen den rosa Wänden blieb ihr nichts anderes übrig, als sich irgendwie die Zeit zu vertreiben. Sie nahm ihren Aktenkoffer vom Stuhl, warf ihn mitten auf das breite Bett und setzte sich daneben. Sie würde mit ihrer Arbeit weitermachen und einfach nicht mehr an ihn denken. Und wenn er nun überhaupt nicht mehr zurückkam? Auch gut, dachte sie wütend und zog ihren Notizblock aus dem Koffer.

Es verging beinahe noch eine Stunde, bevor ein Schlüssel ins Schlüsselloch gesteckt wurde. Mit untergeschlagenen

Beinen saß Diana auf dem Bett und hob den Kopf, als Caine ins Zimmer kam. Seinem Gesicht war anzusehen, dass sich seine Laune nicht sonderlich gebessert hatte in all den Stunden. Er blickte kurz zu ihr hinüber, dann zog er sich den schneebedeckten Mantel aus.

„Wo, zum Teufel, hast du gesteckt?"

Caine legte seinen Mantel über den Stuhl. „Der Wetterbericht sagt, dass der Schneesturm auch den ganzen Nachmittag über anhalten wird", sagte er. „In diesem Hotel ist in der Zwischenzeit kein Zimmer frei geworden, und das nächste Hotel ist zehn Meilen von hier entfernt."

Dianas Schuldgefühle wurden verdrängt von ihrem Zorn darüber, dass er sie so lange allein in diesem Zimmer gelassen hatte. „Und um das herauszubekommen, hast du drei Stunden gebraucht?" fragte sie spitz. „Ist es dir gar nicht in den Sinn gekommen, dass ich wie eine Gefangene hier auf dich gewartet habe?"

Er sah sie von der Seite an und zog eine Zigarette aus der Schachtel. „Konntest du die Tür nicht finden?"

Diana stieß einen zornigen Laut aus und sprang auf. „Du hattest doch den Schlüssel mit."

Caine zuckte mit den Schultern, griff in seine Tasche, zog den Schlüssel hervor und warf ihn aufs Bett. „Hier, er gehört dir." Dann holte er aus seiner Manteltasche noch ein kleines Päckchen. „Ich habe zwei Zahnbürsten gekauft" sagte er und warf sie ebenfalls aufs Bett.

Diana griff danach und sah ihn dann kühl an. „Wie es scheint, werden wir in diesem wundervollen Zimmer noch eine weitere Nacht zubringen müssen. Darf ich fragen, wie du dir das diesmal vorgestellt hast?"

„Das ist mir völlig egal", antwortete er und drehte sich um. „Ich werde mich jetzt erst einmal rasieren."

„Moment mal." Diana griff nach seinem Arm. „So einfach kommst du mir nicht davon. Ich möchte jetzt von dir hören, wie du dir das vorstellst."

„Diana, hör auf, mich zu drängen", sagte er gefährlich leise.

„Meinst du wirklich, du könntest so einfach hier wieder hereinmarschieren, dich rasieren gehen und im Übrigen so tun, als wäre überhaupt nichts vorgefallen? Glaubst du, ich könnte vergessen, was heute Morgen vorgefallen ist?"

„Das wäre wohl das Beste", antwortete Caine ganz ruhig.

„Ich denke nicht daran. Du wirst dich jetzt weder rasieren noch sonst etwas tun, sondern du wirst dir gefälligst anhören, was ich dazu zu sagen habe."

„Danke, das habe ich heute Morgen bereits getan", sagte er und ging entschlossen auf die Badezimmertür zu.

„Bleib hier, verdammt noch mal!" Diana griff nach ihm und wollte ihn festhalten.

Jetzt war Caines Geduld endgültig erschöpft. Er schoss herum, packte ihre Schultern so fest, dass es ihr wehtat, und herrschte sie an: „Es langt, Diana, hast du verstanden? Ich habe keine Lust, mir noch einmal anzuhören, dass ich das alles mit Absicht gemacht habe, einen Plan auszuhecken, um dich ins Bett zu kriegen. Das habe ich nicht nötig, Diana, merk dir das bitte. Ich hätte dich vorige Nacht schon nehmen können und auch bei einigen anderen Gelegenheiten in den vergangenen Wochen. Versuch nicht, dir oder mir etwas vorzumachen. Du wolltest mich genauso, wie ich dich wollte. Du hast nur nicht den Mut, es zuzugeben."

Wütend versuchte Diana sich aus seinem harten Griff zu

befreien. „Du brauchst mir nicht zu sagen, was ich will oder nicht. Ich habe heute Morgen noch halb geschlafen und ..."

„Und was ist jetzt?" unterbrach Caine sie. „Bist du jetzt wach?"

„Ja, ich bin jetzt wach und ..."

„Gut." Mit einer schnellen Bewegung riss er sie in seine Arme und presste seinen Mund hart auf ihre Lippen. Sie wehrte sich, versuchte sich zu befreien, aber gegen seine Kraft konnte sie nichts ausrichten.

Caine wollte sie strafen, wollte den ganzen Ärger loswerden, der sich während der letzten Stunden in ihm aufgestaut hatte. Aber je länger der Kuss dauerte, umso mehr wurde ihm klar, dass er Diana nicht bestrafte, sondern sie heiß begehrte.

Er ließ sie so abrupt los, dass sie verblüfft die Augen aufriss. Sie standen ganz still, sahen sich nur an. Diana versuchte gegen das Verlangen anzukämpfen, das er in ihr entfacht hatte, aber es gelang ihr nicht. Sie schüttelte den Kopf, als könnte sie danach wieder klarer denken. Plötzlich gab sie dann den Kampf auf, umschloss sein Gesicht mit beiden Händen und küsste ihn.

Nichts mehr war geblieben von der warmen, verschlafenen Nähe morgens im Bett. Diesmal waren sie beide hellwach und nur zu bereit, ihrem Verlangen nachzugeben. Caine zog sie aufs Bett, und sie hatten es beide eilig, die störenden Sachen auszuziehen, die sie noch davon abhielten, die warme Haut des anderen zu spüren.

Diana war wie von Sinnen. Die so lange zurückgehaltenen Gefühle brachen sich leidenschaftlich Bahn. Sie konnte nicht genug von ihm bekommen, presste sich an ihn und erkundete mit beiden Händen seinen Körper.

Caine stöhnte auf, packte sie und drückte sie mit

seinem Gewicht noch tiefer in die Matratze. Was sie am Morgen, noch halb verschlafen, empfunden hatten, war nichts gegen die wilde Leidenschaft, die sie beide jetzt erfasst hatte.

Diana hörte seinen rauen Atem, spürte seine Hände überall auf ihrem Körper und antwortete mit derselben glühenden Begierde. Sie schlang ihre Beine um ihn und schrie laut auf, als sie endlich am Ziel ihrer Wünsche angekommen war. Sofort passte sie sich seinem Rhythmus an, hob und senkte die Hüften immer schneller und klammerte sich an ihn, als könnte sie ihm nicht nahe genug sein.

Atemlos und völlig losgelöst von der Wirklichkeit presste Caine schließlich seine Lippen auf ihren Mund und erstickte ihren Schrei, als der Höhepunkt näher kam und sie beide in einem Taumel mitriss.

Nur ganz langsam fand Diana wieder in die Wirklichkeit zurück. Ihre Hände streichelten zärtlich seinen Rücken, und als sie die schwer gewordenen Lider öffnete, blickte sie in dem Spiegel über dem Bett in ihr eigenes Gesicht. Sie lächelte, als sie ihren müden, zufriedenen Gesichtsausdruck sah, und verfolgte das Spiel ihrer Hände auf seinem Rücken.

Wie hellhäutig sein Körper doch gegen meinen ist, dachte sie träge, und welchen Kontrast unsere Haare bilden, wenn man unsere Köpfe so nah nebeneinander sieht.

Caine gab einen leisen Laut von sich und machte Anstalten, sie zu verlassen. Sofort hielt Diana ihn fest und murmelte nah an seinem Ohr: „Bleib, bitte!"

Er hob den Kopf und sah sie an. „Diana, ich wollte das nicht, glaub mir. Ich weiß, es klingt nicht sehr glaubwürdig, nach dem, was heute Morgen geschehen ist, aber ..."

„Caine." Diana umschloss sein Gesicht mit beiden Händen und blickte ihm tief in die Augen. „Es tut mir Leid, dass ich dir vorhin so viele hässliche Sachen an den Kopf geworfen habe. Während ich sie aussprach, wusste ich eigentlich schon, dass ich nicht die Wahrheit sagte, aber ich konnte nicht anders. Ich war einfach noch nicht in der Lage zuzugeben, wie sehr ich mich nach dir gesehnt habe."

Caine strich mit einer Hand durch ihr dunkles Haar. „Ich hatte mir fest vorgenommen, dich nicht anzufassen, als ich vorhin wiederkam."

Diana lächelte. „Und ich hatte mir vorgenommen, mich bei dir zu entschuldigen."

„Wahrscheinlich war es so besser für uns beide", flüsterte er und sah sie ernst an. „Diana, ich habe noch nie eine Frau so gewollt wie dich. Ich will dich, aber ich will dir nicht wehtun. Glaubst du mir das?"

Diana spürte, dass er kein Verständnis dafür haben würde, wenn sie ihm jetzt von ihren Zweifeln, ihren Ängsten erzählte. Stattdessen legte sie ihm lächelnd einen Finger auf die Lippen. „Keine Fragen mehr, Caine, bitte."

Er ahnte, dass sie etwas verschwieg, aber er kannte Diana mittlerweile gut genug, um zu wissen, dass es keinen Zweck hatte, jetzt weiter in sie zu dringen. „Gut, für den Augenblick bin ich damit einverstanden." Er legte sich neben sie und sah hinauf in den Spiegel. „Weißt du, Diana, allmählich gefällt mir dieses Zimmer hier. Zumindest bietet es ungeahnte Ausblicke."

Diana folgte seinem Blick und schmunzelte. „Wahrscheinlich wirst du mich als Nächstes fragen, ob ich Kleingeld für das Videoprogramm habe."

„Nein, da brauchst du keine Angst zu haben." Er drehte

sich zur Seite und nahm sie in die Arme. „Ich war schon immer mehr dafür, es selbst zu tun, als es mir anzusehen."

„Caine." Diana rückte etwas von ihm ab und sah ihn an. „Ich weiß, das ist ein sehr profanes Thema – aber ich komme fast um vor Hunger."

Caine lachte und küsste sie auf die Nasenspitze. „Du Arme. Ich hol dir was. Hoffentlich gibt es irgendwo noch was Essbares."

„Nein, diesmal komme ich mit. Ich muss wenigstens einmal für kurze Zeit aus diesen rosa Wänden heraus."

Caine begann sich anzuziehen und vermied es bewusst, einen Blick auf ihren nackten Körper zu werfen, als sie ebenfalls aus dem Bett stieg.

Sie waren beide warm in ihre Mäntel verpackt, als Caine die Tür öffnete und der erste kalte Windstoß sie erfasste. Diana hängte sich bei ihm ein, und gemeinsam gingen sie nach vorn gebeugt gegen den Sturm durch den dichten Schnee.

Unter der dicken weißen Decke sah sogar das kleine Motel hübsch und sauber aus. Sie bahnten sich ihren Weg durch fast knietiefen Schnee auf der Spur, die bereits andere Gäste auf ihrem Gang zum Restaurant festgetreten hatten.

„Soll ich dich nicht doch lieber zurückbringen und dir was holen?" fragte Caine nah an ihrem Ohr.

„Nein", gab Diana zurück und wies auf den Anbau am Ende des Motels. „Ist es das?"

„Ja. Seit der Schneesturm begann, haben sie rund um die Uhr geöffnet. Pass auf." Er hielt ihren Arm noch fester. „Hier sind irgendwo Stufen unter dem Schnee."

Aufatmend trat Diana durch die Tür, die Caine ihr aufhielt. Drinnen roch es nach altem Öl und Tabak. An den

Fenstern entlang standen mehrere Tische mit abwaschbaren Tischdecken und vollen Aschenbechern, vor der langen Theke Hocker. Die meisten von ihnen waren mit anderen Gästen besetzt, die sich jetzt umdrehten und neugierig die Neuankömmlinge musterten.

„Da sind Sie ja wieder", sagte die Kellnerin, als sie Caine sah. „Setzen Sie sich", meinte sie zu Diana. „Sie sehen so aus, als könnten Sie einen Kaffee gebrauchen."

„Danke, ja. Und etwas zu essen, bitte."

Die Frau kam an den Tisch und nahm die Bestellung auf, die sie gleich darauf lauthals durch eine schmale Öffnung an der Rückseite der Wand an die Küche weitergab.

Caine beugte sich zu Diana und sagte leise an ihrem Ohr: „Am besten wird sein, wir decken uns mit Schokolade, Keksen und Limodosen ein, damit wir bis morgen früh überleben."

Die Kellnerin kam wieder zurück an ihren Tisch. „Sind Sie fremd hier?" fragte sie freundlich.

„Wir kommen aus Boston", antwortete Caine und zündete sich eine Zigarette an.

„Der junge Mann hier war ebenfalls auf dem Weg nach Boston", sagte sie und wies auf einen rothaarigen Jungen, der auf dem ersten Hocker an der Bar saß. „Zusammen mit seiner Braut", fügte sie viel sagend lächelnd hinzu.

„Ja, auf Hochzeitsreise", bestätigte dieser und starrte unglücklich in seinen Kaffee. „Lori hat nur einen Blick in das Zimmer geworfen, und seitdem weint sie."

Diana lächelte ihm freundlich zu. „Das war sicher nicht das, was sie erwartet hatte, nicht wahr?"

„Wir hatten eine Reservierung im Hyatt Hotel – und jetzt das hier!"

„Das ist bestimmt eine Enttäuschung", antwortete Diana

und sah den jungen Mann mitfühlend an. „Wie wäre es denn, wenn Sie das Zimmer etwas ... nun ja, etwas romantischer machen würden?“

Der Junge sah sie hoffnungsvoll an. „Das Zimmer? Meinen Sie denn, das geht?“

„Natürlich. Zum Beispiel mit Kerzen und Blumen. Wie wäre es denn damit?“

„Ja, vielleicht.“ Der Hoffnungsschimmer verstärkte sich noch. „Aber woher soll ich Kerzen und Blumen nehmen?“

„Kerzen haben wir genügend“, mischte sich die Kellnerin ein, „und einige Plastikblumen müssen auch noch im Hinterzimmer stehen. Ich hole sie eben.“

„Meinen Sie wirklich, Lori würde das gefallen?“

„Aber ganz bestimmt“, versuchte Diana ihn zu überzeugen.

„Sie auch?“ wandte der junge Mann sich an Caine, der bisher der Unterhaltung schweigend, aber erstaunt zugehört hatte.

„In einem solchen Fall würde ich dem Urteil einer Dame mehr vertrauen“, gab er ganz ernsthaft zur Antwort.

Die Kellnerin kam zurück und brachte drei Kerzen in Haltern aus Plastik sowie mehrere leicht angestaubte Plastikblumen. „Das wird Ihrer Braut bestimmt gefallen“, meinte sie und versuchte dabei, die Blumen wenigstens vom schlimmsten Staub zu befreien.

„Danke“, sagt der junge Mann, griff nach den Kerzen und den Blumen und wandte sich dann noch einmal an Diana. „Vielen Dank.“

„Viel Glück“, rief Diana hinter ihm her und warf dann einen Blick auf Caine. „Ich finde das richtig rührend von ihm.“

„Sicher. Ich hab doch auch nichts anderes gesagt, oder?“

„Man braucht dich nur anzusehen“, erwiderte Diana und fügte etwas süffisant hinzu: „Es gibt eben Menschen, die noch etwas für Romantik übrig haben.“

Caine griff nach ihrer Hand und führte sie an seine Lippen. „Soll ich noch eine Flasche Wein kaufen, Liebling?“

„Bloß nicht“, lachte Diana, beugte sich schnell vor und gab ihm einen langen, zärtlichen Kuss.

9. KAPITEL

Diana saß hinter ihrem Schreibtisch und studierte noch einmal die Akte Irene Walker. Eine ganz typische Geschichte eigentlich, dachte Diana, als sie sich den Lebenslauf der jungen Frau ansah. Direkt nach der Schule hatte sie ihren Mann geheiratet. Sie hatte nie einen Beruf gelernt, und ihr Mann war von Anfang an dagegen gewesen, dass sie arbeitete. Also war sie zu Hause geblieben, hatte den Haushalt versorgt und all ihren Ehrgeiz darangesetzt, es ihm so schön wie möglich zu machen.

Jetzt war die Ehe zerbrochen, und Irene hatte keine Ausbildung, keine Möglichkeit, sich und ihr Kind allein über die Runden zu bringen. Während des Prozesses wollte Diana dafür sorgen, dass der Mann seiner Frau einen Ausgleich für diese vier Jahre zahlen musste, in denen sie nur für ihn da gewesen war. Das Geld wäre immerhin ein Anfang und würde Irene helfen, für sich und ihr Kind eine eigene Existenz aufzubauen.

Diana schloss die Akte und strich sich seufzend über die Stirn. Sie musste aufpassen, dass dieser Fall ihr nicht genauso nahe ging wie der von Chad Rutledge.

Chad, dachte sie, und betrachtete nachdenklich ihr hübsches Büro. Der Fall würde nicht so leicht über die Bühne gehen wie der von Irene Walker – vorausgesetzt natürlich, Irene blieb standhaft und ließ sich von ihrem Mann nicht wieder beschwatzen. Diana hatte bereits mehr als die Hälfte der Bekannten von Chad und Beth angerufen, die auf der Liste standen. Bisher hatte sie jedoch noch niemanden gefunden, der ihr hätte weiterhelfen können. Und dabei wäre das so wichtig! Nur Chads Aussage und ihre eigene Überzeugung, dass der Junge unschuldig war, würden vor Gericht nicht genügen.

Diana lehnte sich in ihrem Sessel zurück, sah hinauf an die Decke und dachte noch einmal über das nach, was bisher im Fall Rutledge feststand. Ein unbescholtener junger Mann aus guter Familie, dessen Temperament manchmal etwas übers Ziel hinausschoss. Daneben ein junges Mädchen, ebenfalls unbescholten und aus guter Familie, das ihn der Vergewaltigung bezichtigte. Dazu noch die Verletzungen des Mädchens und Chads Aussage, dass sie miteinander geschlafen hätten. Diana machte sich keine Illusionen darüber, wem man vor Gericht eher glauben würde.

Chad war unschuldig, das stand für Diana fest. Aber wie würde er reagieren, wenn er miterleben musste, wie sie Beth im Zeugenstand vernahm und versuchte, die Wahrheit aus ihr herauszupressen? Zumindest musste sie damit rechnen, dass der Junge dann wieder umfiel und dem Gericht ebenfalls seine Schuld eingestand, nur um dem Mädchen beizustehen.

„Diana?“

Erschrocken sah sie auf. „Oh. Ja, Lucy?“

„Wenn Sie mich jetzt nicht mehr brauchen, würde ich gern gehen. Caine hat vorhin angerufen. Seine Besprechung hat länger gedauert als erwartet, aber er sagte, er werde auf jeden Fall noch ins Büro kommen.“

„Gehen Sie ruhig, Lucy. Ich habe noch einiges aufzuarbeiten und werde dann abschließen.“

„Soll ich Ihnen noch einen Kaffee kochen?“

„Nein, danke.“ Diana lächelte ihr zu. „Ich wünsche Ihnen einen schönen Abend.“

„Ihnen auch“, antwortete Lucy und ging. „Sagen Sie Caine, dass ich alle Nachrichten für ihn auf seinen Schreibtisch gelegt habe“, rief sie vom Flur aus.

„Mach ich.“

Diana sah ihr nach. Lucy, dachte sie und schmunzelte, war doch nicht so leicht hinters Licht zu führen. Sie hatte genau gemerkt, dass sich zwischen Caine und Diana etwas geändert hatte. Dabei war sich Diana so sicher gewesen, dass sie den gleichen freundschaftlich kollegialen Ton beibehalten hatten. Aber irgendwie hatten sie sich wohl doch verraten. Warum auch nicht? Schließlich war es nicht für immer und vor aller Welt geheim zu halten, und es gab auch gar keinen triftigen Grund dafür.

Nachdenklich stand Diana auf und ging hinüber zum Kamin. Das Holz war schon fast heruntergebrannt. Sie nahm ein neues Holzscheit und legte es in die Glut, woraufhin die Flammen sofort wieder aufflackerten. Das ist so wie bei mir, dachte sie und lächelte. Bevor Caine in ihr Leben getreten war, hatte sie der Glut geglichen, aber jetzt loderte Leidenschaft in ihr, sobald Caine nur in ihre Nähe kam.

Dieses Gefühl erschreckte sie. Sie hatte Angst vor der Wildheit, die er in ihr entfachte und die sie nicht mehr kontrollieren konnte. Viel zu lange hatte Diana sich beherrschen, ihre Emotionen unterdrücken müssen. Es war nicht leicht für sie, das von heute auf morgen abzulegen.

Vielleicht war das einer der Gründe gewesen, warum sie auch nach ihrer Fahrt nach Salem darauf bestanden hatte, im Büro weiterhin nur als seine Kollegin zu gelten und nicht durchblicken zu lassen, wie sehr sich ihr Verhältnis verändert hatte.

Während Diana noch vor dem Kamin stand und zusah, wie das Feuer sich allmählich in das Holz fraß, hörte sie plötzlich drüben in Caines Büro das Telefon klingeln. Sie sah auf ihre Uhr und stellte fest, dass es bereits nach achtzehn Uhr war.

„Mr. MacGregors Büro“, sagte sie und suchte auf seinem Schreibtisch nach dem Schalter der Lampe.

„Ist er noch nicht zurück?“ fragte eine ungeduldige männliche Stimme am anderen Ende.

„Nein, tut mir Leid.“ Diana ließ sich in Caines Schreibtischsessel fallen und griff nach einem Bleistift. „Mr. MacGregor ist noch nicht wieder im Büro. Kann ich ihm etwas ausrichten?“

„Wo, zum Teufel, steckt dieser Junge nur?“ Die kräftige Stimme des Mannes drang so laut durch den Hörer, dass Diana ihn erschrocken ein Stück von ihrem Ohr abhielt. „Ich versuche schon den ganzen Nachmittag, ihn zu erreichen.“

„Es tut mir Leid, aber Mr. MacGregor hatte eine Besprechung, die wohl länger als erwartet gedauert hat. Soll er Sie morgen zurückrufen?“

„Dass dieser Junge nie da ist, wenn man ihn erreichen will.“

„Geben Sie mir doch am besten Ihren Namen und Ihre Telefonnummer“, bot Diana freundlich an. „Er wird dann bestimmt sofort morgen früh zurückrufen.“

„Sie sind nicht Lucy, oder?“ fragte die Stimme dann verwundert. „Wo steckt diese Lucy denn?“

Schmunzelnd legte Diana den Bleistift wieder weg. „Lucy hat schon Feierabend. Hier ist Diana Blade. Ich arbeite zusammen mit Mr. MacGregor in dieser Kanzlei. Kann ich vielleicht ...“

„Justins Schwester?“ unterbrach der Mann sie, und Diana hörte, wie er dabei vor Überraschung offenbar auf eine Tischplatte schlug. „Das ist aber schön, dass ich Sie endlich einmal an der Strippe habe. Ich habe gehört, dass Sie jetzt bei Caine in der Kanzlei arbeiten.“

„Ja“, antwortete Diana leicht irritiert. „Kennen Sie meinen Bruder denn?“

„Ob ich ihn kenne?“ Durch die Leitung kam ein so lautes Gelächter, dass Diana unwillkürlich zusammenzuckte. „Natürlich kenne ich ihn, Mädchen. Immerhin habe ich es zugelassen, dass er meine Tochter geheiratet hat.“

„Oh.“ Diana lehnte sich zurück. Das war also das Oberhaupt des MacGregor-Clans, von dem sie schon so viel gehört hatte. „Wie geht es Ihnen, Mr. MacGregor? Caine hat mir schon viel von Ihnen erzählt.“

„Ha!“ brüllte er zurück. „Ich hoffe nur, Sie geben nicht allzu viel auf das, was mein Sohn erzählt.“

Diana lachte, und ihre Finger spielten mit dem Telefonkabel. Sie war sich gar nicht bewusst, dass sie sich zum ersten Mal an diesem Tag wirklich entspannt zurückgelehnt hatte. „Keine Angst, Mr. MacGregor, Caine hat mir nur Gutes von Ihnen erzählt. Tut mir Leid, dass er nicht hier ist.“

Einen Moment war es still, dann fragte er: „Sie sind auch Anwalt, nicht wahr?“

„Ja. Ich habe ebenfalls in Harvard studiert, allerdings einige Jahre später als Caine.“

„Ja, die Welt ist klein. Serena hat mir übrigens gesagt, dass Justin und Sie endlich wieder zueinander gefunden haben.“

„Nun ...“ Diana brach ab. Sie wusste nicht so recht, was sie einem völlig Fremden darauf antworten sollte.

„Richtig so, völlig richtig“, meinte er. „Ihr beide seid aus gutem Stall. Das ist ganz wichtig heutzutage. Übrigens hab ich bald Geburtstag“, wechselte er abrupt das Thema. „Mir wäre es zwar lieber, wir würden gar nichts machen, aber meine Frau besteht auf eine Feier, und ich möchte sie nicht enttäuschen.“

„Das kann ich verstehen." Schmunzelnd erinnerte sich Diana an Caines Worte, dass sein Vater immer seine Frau bei solchen Dingen vorschieben würde.

„Sie vermisst ihre Kinder sehr, müssen Sie wissen", fuhr er fort. „Sie sind ja in alle Himmelsrichtungen verstreut. Aber wo gibt es heute noch Kinder, die sich darum kümmern, wenn ihre Eltern einsam sind? Dabei wäre meine Frau schon zufrieden mit ein oder zwei Enkelkindern", fügte er treuherzig hinzu. In seiner Stimme schwang der Schalk mit.

„Nun ..."

„Anna möchte ihre Kinder auf jeden Fall am nächsten Wochenende hier haben", unterbrach er Diana. „Und wir möchten gern, dass Caine Sie mitbringt."

„Danke, Mr. MacGregor, ich ..."

„Nennen Sie mich Daniel", unterbrach er sie erneut. „Schließlich gehören Sie ja jetzt zur Familie."

„Danke, Daniel. Ich freue mich über die Einladung, und ich werde gern kommen."

„Gut. Dann wäre das also erledigt. Sagen Sie Caine, dass seine Mutter ihn bereits Freitagabend hier haben will. Anwältin sind Sie, hm? Gut, sehr gut. Also dann bis Freitag, Diana."

„Ja." Diana stand auf, den Hörer noch am Ohr. „Auf Wiedersehen, Daniel."

Sie ließ sich wieder in den Sessel fallen und schüttelte lächelnd den Kopf. Dieser Daniel MacGregor schien wirklich so originell zu sein, wie man es von ihm erzählte. Sie glaubte ihn förmlich vor sich zu sehen, so eindrucksvoll war seine Stimme am Telefon gewesen, seine ganze Art, sich auszudrücken, ohne ein Blatt vor den Mund zu nehmen. Sein Lachen erinnerte sie sehr an Caine, und die Angewohnheit, eine Unterhaltung an sich zu reißen, schien er ebenfalls von seinem Vater geerbt zu haben. Aber was sollte dieses Gerede über den „guten Stall"?

Als Diana die Eingangstür unten ins Schloss fallen hörte, stand sie auf und ging zur Treppe. „Hallo!"

Caine hob den Kopf und lächelte ihr zu. „Hallo!"

„Wie ist es gegangen?"

Caine streckte sich und seufzte. „Ich habe drei Stunden mit Ginnie Day verbracht – das sagt wohl alles."

Diana ging zu ihm und begann mit beiden Händen seine Schultern zu massieren. „Du magst sie wohl nicht?"

„Nein, absolut nicht." Die Massage tat gut, und er versuchte seine Schultern so locker wie möglich zu lassen. „Sie ist ein verwöhntes, schlecht erzogenes Mädchen mit den Manieren einer Fünfjährigen."

„Na, dann hast du bestimmt keinen angenehmen Nachmittag gehabt."

Er drehte sich um und griff nach ihren Handgelenken. „Es kommt ja schließlich nicht darauf an, dass ich sie mag. Wichtig ist nur, dass ich sie so gut wie möglich verteidige. Es wäre allerdings einfacher, wenn Ginnie sich nicht unbewusst selbst zur besten Waffe des Staatsanwaltes machen würde. So wie sie sich benimmt, stimmt sie keinen von den Geschworenen milde. Das Gegenteil wird höchstens der Fall sein. Alle werden Mitleid mit dem Opfer haben."

„Hast du heute noch irgendwelche Termine?" fragte Diana.

„Nein."

„Okay, dann zieh deinen Mantel wieder an", sagte sie ganz spontan und wusste im selben Augenblick, dass eine solche Reaktion vor einigen Wochen noch völlig unmöglich für sie gewesen wäre. „Ich lade dich zum Abendessen ein.

Und dann“, sie drehte sich um und nahm ihren Mantel von der Garderobe, „fährst du mit zu mir.“

„Wirklich?“

„Ja. Sieh mich nicht so erstaunt an. Was ist denn daran so außergewöhnlich?“

Caine gab keine Antwort, sondern half ihr nur lächelnd in den Mantel. Er wusste, dass er wieder einmal gewonnen hatte.

Zitternd vor Kälte schloss Diana ihre Wohnungstür auf. Das Abendessen in entspannter Atmosphäre hatte ihnen beiden gut getan, sie auf andere Gedanken gebracht.

„Ich hole Gläser“, sagte Diana und stellte die mitgebrachte Flasche Champagner auf den Tisch.

Caine warf einen Blick auf das Etikett. „Hast du vor, meinen Verstand mit Champagner zu benebeln?“

Diana kam mit zwei Gläsern in der Hand zurück. „Warum nicht? Machst du die Flasche auf?“

„Sei aber nicht enttäuscht, wenn das nicht so klappt, wie du es dir vorstellst.“

„Meinst du?“

Diana stellte die Gläser auf den Tisch und ging dann lächelnd auf ihn zu. Ohne Caine aus den Augen zu lassen, griff sie mit beiden Händen unter die Revers seines Jacketts und streifte es ihm von den Schultern. Diesmal würde sie ausprobieren, wie weit ihre Stärke reichte und wie schwach er unter ihren Händen wurde. Sie band seine Krawatte los, und als Caines Arme sich um sie legten, berührte sie mit ihrem Mund spielerisch seine Unterlippe, beugte sich etwas zurück und fragte: „Was ist mit dem Champagner?“

„Oh, mir war so, als hätten wir ihn bereits getrunken“, murmelte er ganz nah an ihrem Gesicht. Seine Stimme wurde heiser.

„Schenk ein", bat Diana leise und öffnete die ersten Knöpfe seines Hemdes.

Während sie durch das Zimmer ging, streifte sie ihre hochhackigen Pumps ab, dann stellte sie leise Musik an und zog ihre Kostümjacke aus.

Caine füllte die Gläser und warf einen Blick zu ihr hinüber. Er war verwirrt, das war unübersehbar. Diese neue Diana gab ihm Rätsel auf.

Sie kam wieder zu ihm und knöpfte sein Hemd noch weiter auf. Dann sah sie ihn an, und dabei umspielte ein weiches Lächeln ihre Mundwinkel. „Habe ich dir eigentlich je gesagt, dass du mich faszinierst?"

„Wirklich?"

„Ja." Sie nahm seine Hände, zog sie an die Lippen und küsste langsam und zärtlich jeden einzelnen Finger. „Als ich zum ersten Mal deine Hände sah, hab ich mich schon gefragt, wie sie sich wohl auf meiner Haut anfühlen würden", sagte sie zwischen den Küssen.

Caine löste eine Hand aus ihren, griff unter ihr Kinn und zwang sie mit sanfter Gewalt, ihm in die Augen zu schauen. Wollte sie ihn verführen, oder spielte sie nur ein Spiel, dessen Regeln er noch nicht kannte? „Diana ..."

„Und als du mich dann geküsst hast, habe ich mir so sehr gewünscht, dass dieser Kuss niemals enden möge." Sie berührte ganz zart seine Lippen, doch als er mehr wollte, zog sie sich wieder zurück. Sie nahm ihr Glas, trank einen Schluck und sah ihn über den Rand hinweg an. Ihre Augen waren noch dunkler als sonst, und in ihren Pupillen tanzten kleine Lichtfunken.

„Diana." Caines Stimme klang rau. Er legte beide Hände um ihren Nacken und zog sie wieder fester an sich.

Diana legte beide Hände an seine Brust und hielt ihn so

auf Abstand. Sie blickte ihn an, und um ihre Lippen spielte ein verführerisches Lächeln. Er hatte sie so oft dazu gebracht, dass sie die Kontrolle über sich verlor, sich ihm ganz hingab – diesmal sollte es andersherum gehen.

„Weißt du eigentlich, dass deine Augen dunkler werden, wenn du mich begehrst?“ fragte sie leise. „Ich kann es deinen Augen ansehen, wenn du mich willst. Komm, trink deinen Champagner“, fügte sie hinzu und löste sich von ihm. „Und entspann dich.“

Caine kannte sich zu gut mit Frauen aus, um nicht zu wissen, was Diana vorhatte. Trotzdem fiel es ihm schwer, nicht ihrem Spiel zu erliegen. „Du weißt, dass ich dich will“, sagte er, und seine Stimme klang seltsam heiser. „Und du weißt auch, dass ich dich haben werde.“

„Vielleicht.“ Sie reichte ihm das Glas und prostete ihm zu. „Wenn ich daran denke, dass wir beide miteinander schlafen, dann denke ich gleichzeitig an raue Naturgewalten, an Wind und Sturm. Damals, als wir uns morgens am Strand zum ersten Mal küssten, dann das Zimmer in dem Motel, während draußen der Schneesturm tobte ...“ Sie hatte auch die letzten Hemdknöpfe geöffnet und ließ ihre Finger jetzt zärtlich über seine behaarte Brust gleiten.

„Wenn du mir damit sagen willst, dass du es lieber sanft und zärtlich hättest, dann ist das wohl nicht der richtige Weg“, antwortete Caine und versuchte das erwachende Verlangen unter Kontrolle zu halten, das ihre Finger auslösten.

„Habe ich gesagt, dass ich das will?“ Diana lachte. Langsam, ohne den Blick von seinem zu lösen, beugte sie sich mit leicht geöffneten Lippen vor.

Mit beiden Händen griff Caine in ihr Haar. Er küsste sie immer leidenschaftlicher. Dabei spürte er, wie Diana nachgab, wie ihr Körper unter seinen stürmischen Küssen willenlos wurde. Sein Atem ging bereits schwer, als er nach dem Reißverschluss an ihrem Kleid griff, um ihn zu öffnen.

Noch nicht, noch nicht, rief Diana sich mühsam zur Ordnung. Sie brauchte einige Sekunden länger, um sich zu beweisen, dass sie all das Anerzogene ablegen konnte. Sie machte einen Schritt zurück.

„Diana?" protestierte Caine und wollte sie wieder an sich ziehen, doch sie war schneller.

„Möchtest du noch etwas Champagner?" Diana nahm die Flasche und schenkte ihm nach.

Mit einem großen Schritt war er bei ihr und griff nach ihrem Arm. „Du weißt ganz genau, was ich will."

Diana trank ihr Glas in einem Zug leer, stellte es zurück auf den Tisch und sah ihn lächelnd an. „Trag mich ins Bett, Caine", sagte sie sanft. „Ich möchte mit dir schlafen."

Er riss sie so ungestüm an sich, dass sie keine Möglichkeit hatte, sich dagegen zu wehren. „Nein", sagte er rau, „hier und jetzt will ich dich lieben."

Er zog sie mit sich auf den weichen Teppich. Überall auf ihrem Körper spürte Diana seine Hände, seine Lippen bedeckten ihr Gesicht mit heißen Küssen, und sie hörte ihn erregt Luft holen.

Selbst als sich ihre Lippen fanden, waren ihre Hände weiter ungeduldig damit beschäftigt, die störende Kleidung zu entfernen, die ihre Körper voneinander trennte.

Verschwommen kam es Caine in den Sinn, dass er noch niemals vorher ein solches Verlangen verspürt und so schnell seine Selbstbeherrschung verloren hatte. Als er endlich Dianas nackten Körper unter sich spürte, hatte er nicht mehr die Geduld, dieses Gefühl zu genießen. Er wollte mehr, wollte sie ganz besitzen und den Triumph auskosten, dass sie ihm gehörte.

Diana war längst nicht mehr in der Lage, den Augenblick noch länger hinauszuzögern, wo nur noch ihre Körper sich von ihrer Sehnsucht treiben ließen. Die Wirklichkeit war weit weg, nur noch seine Nähe zählte und das Gefühl, eins mit ihm zu sein.

Immer wilder wurde ihr Rhythmus, immer heftiger pressten sie ihre erhitzten Körper gegeneinander, bis die Erregung sich schließlich nicht mehr steigern ließ und ihre Erfüllung fand.

Caine hatte sein Gesicht in ihren dichten Haaren vergraben. Er zitterte und hatte plötzlich Angst vor seinen eigenen Gefühlen. Was machte diese Frau mit ihm, welche Gewalt hatte sie bereits über ihn, dass er so die Beherrschung verlieren konnte? Er wusste nicht, ob sie beide erst zehn Minuten oder bereits eine Stunde hier lagen. Das Letzte, woran er sich noch klar erinnern konnte, war, dass er Diana auf den Teppich gezogen hatte. Noch nie war es ihm passiert, dass sein Denken völlig aufhörte, während er eine Frau liebte.

Caine hob den Kopf und sah sie an. Diana hatte die Augen offen, aber sie schienen verschwommen und spiegelten die Leidenschaft wider, die noch in ihr nachklang.

Caine vergrub das Gesicht wieder in ihren Haaren und atmete tief durch. Plötzlich spürte er, wie Diana ihre Hände langsam und zärtlich über seinen Rücken gleiten ließ.

Sie dachte nicht mehr an ihren Triumph, ihn verführt zu haben. In ihr war nur noch die Mattigkeit und Zufriedenheit nach einem wundervollen Höhepunkt, den sie mit Caine gemeinsam erlebt hatte. Und dann war da noch etwas. Ein Gefühl, das sie nicht genau deuten konnte, das entstanden war, als sie einige Minuten zuvor in seine Augen geschaut hatte.

„Du bist eine ungewöhnliche Frau, Diana“, murmelte Caine an ihrem Ohr. Er begehrte sie wie keine andere je zuvor.

„Warum?“

„Ich wusste gar nicht, dass du so leidenschaftlich sein kannst“, antwortete er, immer wieder unterbrochen von spielerischen Küssen, mit denen er ihr Gesicht bedeckte. „Für eine Frau, die so viel Wert darauf legt, ihre Gefühle unter Kontrolle zu halten, ist das ganz erstaunlich, findest du nicht?“

Diana lächelte nur, umschloss seinen Kopf mit beiden Händen und küsste ihn zärtlich.

Als sie ihn wieder losließ, sah er sie eine Weile ernst an. „Wir sollten den Champagner noch austrinken“, sagte er schließlich und griff nach der Flasche. „Dann trag ich dich ins Bett.“

Diana richtete sich auf und nahm das Glas in die Hand. Sie trank einen Schluck. „Er schmeckt jetzt noch besser als vorhin“, sagte sie. „Findest du nicht?“

Caine griff nach ihren Haaren und wickelte sich eine Strähne um die Finger. „Diana, lass uns dieses Wochenende zusammen bei mir verbringen, ja? Wir können es uns gemütlich machen, alte Filme ansehen und brauchen überhaupt nicht aus dem Haus zu gehen. Für die nächsten Wochen wird das vermutlich das letzte freie Wochenende sein. Wenn wir mit unseren Fällen erst einmal vor Gericht sind, bleibt uns nicht mehr viel Freizeit. Was hältst du davon?“

Während er sprach, hatte Diana sich bereits in ihrer Fantasie ausgemalt, wie herrlich sie die Stunden miteinander verbringen könnten. Aber plötzlich schreckte sie hoch. „Oh, Caine, das geht nicht. Dein Vater.“

Überrascht sah er sie an. „Was hat denn mein Vater damit zu tun?"

„Er hat vorhin angerufen. Tut mir Leid, das hatte ich total vergessen. Wir sind für das Wochenende bei deinen Eltern eingeladen."

„Fürs Wochenende?"

„Ja, zur Feier seines Geburtstags." Diana musste lachen, als sie an das Gespräch zurückdachte. „Er sagte zwar, das sei alles nur wegen deiner Mutter ..."

„Oh ja, das kenne ich! Mein bescheidener, ruhiger Vater würde den Tag völlig vergessen. Die Qual einer lauten Party nimmt er nur auf sich, um seiner Frau eine Freude zu machen. Und natürlich nimmt er die Geschenke auch nur aus diesem Grund an. Das ist wieder typisch für ihn."

„Ich finde es sehr nett von ihm, dass er mich auch eingeladen hat. Wenn auch das Gespräch mit ihm etwas verwirrend war."

„Wieso?"

„Nun, er meinte zum Beispiel, dass Justin und ich aus einem guten Stall wären", antwortete Diana. Sie hatte Mühe, ihre Gedanken zusammenzuhalten, während Caines Hand zärtlich ihren Körper streichelte.

„Und was hat er noch gesagt?"

„Ach, noch so einiges." Mittlerweile war seine Hand an ihrer Brust angekommen, und seine Finger spielten mit den rosigen Knospen. „Offenbar hat es ihm gefallen, dass wir beide Rechtsanwälte sind." Diana stöhnte leise auf und zog Caine zu sich herunter. „Bitte, trag mich ins Bett", murmelte sie und begann nun selbst, ihn zu streicheln.

„Hat Serena dir eigentlich erzählt, wie sie und Justin sich kennen gelernt haben?"

Es dauerte eine Weile, bevor Diana in der Lage war,

darauf zu antworten. „Nein ... nein, hat sie nicht. Oh, Caine, bitte komm!"

Wie würde sie wohl reagieren, wenn er ihr erzählte, dass sein Vater die beiden zusammengebracht hatte? Und dass Daniel MacGregor auch alle Mittel einsetzen würde, um ihn mit der Frau zusammenzubringen, die er für seinen jüngsten Sohn geeignet fand. Caine wusste genau, dass sein Vater gegen Diana nichts einzuwenden haben würde. Aber wie stand es mit ihm? Hatte er etwas dagegen einzuwenden?

Die Frage wurde schnell verdrängt, als Diana ihre Arme um seinen Nacken legte und sich an ihn schmiegte. Jetzt war keine Zeit dafür, so wichtige Fragen zu beantworten.

Caine hob sie hoch und trug sie ins Bett.

10. KAPITEL

Diana saß hinter ihrem Schreibtisch und sah hinüber ins Feuer, das im Kamin prasselte. Vor ihr lag die Akte Irene Walker.

Langsam schüttelte sie den Kopf. Sie konnte es immer noch nicht fassen. Die Frau hatte ihre Anklage zurückgezogen, der Fall war erledigt. Irene Walker hatte beschlossen, ihrem Mann noch eine Chance zu geben.

Diana konnte sich nur zu gut vorstellen, wie diese Chance aussehen würde, aber sie hatte keine Möglichkeit, einzugreifen. Wie hatte Mrs. Walker gesagt? Es tue ihm so Leid, und er habe fest versprochen, dass es nie wieder vorkommen werde. Diana glaubte, die leise Stimme der Frau noch zu hören.

Wie konnte eine Frau nur so dumm sein? Beim nächsten Mal würde sie wahrscheinlich nicht mit ein paar Schrammen davonkommen.

Diana schlug ärgerlich mit der flachen Hand auf die Akte. All die Stunden Arbeit und das Mitgefühl für Irene Walker, alles, was sie in diesen Fall investiert hatte – umsonst!

Sie stand auf und ging hinüber zum Fenster. Woher nahm diese Frau die Überzeugung, ihr Mann würde sie trotz allem, was er ihr angetan hatte, doch noch lieben? Wie konnte sie zu ihm zurückgehen, sich selbst und vor allem ihr Kind einer solchen Gefahr aussetzen?

Es klopfte an der Tür. „Herein“, rief Diana, ohne sich umzudrehen.

„Ist etwas nicht in Ordnung?“ Caine kam ins Zimmer und schloss die Tür hinter sich.

„Irene Walker“, antwortete Diana, und er hörte ihrer

Stimme an, wie ärgerlich sie war. „Sie geht wieder zu ihrem Mann zurück."

Caine warf einen Blick auf die Akte. „Tatsächlich?"

„Wie kann sie so etwas tun? Er hat den reuigen Ehemann gespielt, ihr versichert, dass so etwas nie wieder vorkommen werde, und schon glaubt sie ihm, nimmt ihr Kind und geht wieder zu ihm."

Caine sah den Scheck von Mrs. Walker auf Dianas Schreibtisch. „Vielleicht hat er sich wirklich gebessert."

Sofort schoss sie zurück. „Das kannst du doch nicht wirklich glauben! Einige Wochen Trennung können einen Mann wie ihn nicht zu einem neuen Menschen machen."

„Immerhin könnte es ihn erschreckt haben, dass sie die Scheidung eingereicht hat und ihn darüber hinaus noch wegen Körperverletzung verklagen wollte."

„Unsinn! Der Mann hat Angst, wegen seiner brutalen Handlungsweise ins Gefängnis zu müssen, und außerdem wird er sich wohl ausgerechnet haben, dass es teuer für ihn wird, wenn er den Lebensunterhalt für Frau und Kind nach der Scheidung aufbringen muss." Diana lief in ihrem Büro auf und ab, die Arme vor der Brust verschränkt. „Sie hat mir erzählt, dass er auch nicht bereit sei, mit ihr zu einer Eheberatung zu gehen. Er wolle ihre Probleme nicht an die große Glocke hängen, hat er gemeint. Dabei hat er sie schon im Garten vor den Augen der Nachbarn verprügelt – und dann will er das nicht an die große Glocke hängen? Und sie ..." Dianas Stimme brach ab, sie blieb stehen und schüttelte verständnislos den Kopf. „Wie ist es möglich, dass diese Frau ihren Mann noch liebt?"

„Meinst du wirklich, sie liebt ihn?" fragte Caine, kam auf sie zu und griff nach ihren Händen. „Diana, kannst du dir nicht vorstellen, dass diese Frau mehr Angst davor hat, mit ihrem Kind allein zu leben, als davor, wieder von ihm geschlagen zu werden?“

„Vielleicht. Ich weiß es nicht.“ Nachdenklich sah Diana vor sich hin. Was wusste sie schon von der Liebe? Auf diesem Gebiet hatte sie keine Erfahrung. Sollte Liebe wirklich nur bedeuten, dass sie einen erwachsenen, intelligenten Menschen zum Spielball seiner Gefühle machte? „Sie glaubt, dass sie ihren Mann liebt, und dafür riskiert sie alles.“

„Diana, wir sind Anwälte“, erinnerte Caine sie und drückte ihre Hände, „keine Psychiater. Irene Walkers Probleme gehen uns nichts mehr an.“

„Ich weiß.“ Diana seufzte tief auf und sah ihn an. „Aber es ist so frustrierend zu wissen, dass ich ihr hätte helfen können, vielleicht sogar dem Mann, wenn ich ihn dazu hätte bringen können, zu einer Beratung zu gehen. Aber jetzt ...“

„Jetzt nimmst du die Akte“, unterbrach Caine sie, „und heftest sie ab. Eine andere Möglichkeit hast du nicht.“

„Schade.“

„Ja, es ist schade, aber nicht zu ändern. Wenn uns auf diese Weise ein Fall entzogen wird, müssen wir uns damit abfinden.“

„Im Studium scheint alles so einfach zu sein“, murmelte Diana mehr zu sich selbst. „Da gibt es Gesetze, und die sagen dir genau, was richtig und was falsch ist. Aber dann, wenn du das Studium hinter dir hast und in einer Kanzlei sitzt, dann hast du es plötzlich nicht nur mit Gesetzen zu tun, sondern mit Menschen. Ich hätte ihr so gerne geholfen, Caine.“

„Aber du kannst niemandem helfen, der diese Hilfe gar nicht will, Diana.“

„Und Irene Walker will sie nicht." Diana nickte, aber der Ausdruck ihrer Augen zeigte, dass sie sich damit immer noch nicht abgefunden hatte.

Wie sollte sie Caine auch klarmachen, dass sie es als persönliche Niederlage ansah, dass ihr erster wirklich wichtiger Fall nicht zu einem guten Abschluss gebracht werden konnte? Während sie sich in den Fall vertieft hatte, war Diana das Gefühl nicht losgeworden, dass sie sich auch selbst helfen würde, wenn es ihr gelänge, Irene Walker aus diesen Fesseln zu befreien. Ähnliche Fesseln hatte sie ja auch gespürt, wenn sie sich bei ihr auch nicht handgreiflich, sondern gefühlsmäßig bemerkbar gemacht hatten.

„Ich hätte ihr helfen können. Ganz bestimmt", wiederholte Diana noch einmal.

Caine erkannte, wie sehr sie dieser Fall mitgenommen hatte. Er hätte ihr so gern geholfen, aber sie schien erstarrt zu sein, wollte ihn nicht an sich heranlassen. „Diana, du darfst dich nicht so in einen Fall hineinsteigern, glaub mir."

„Das musst du schon mir überlassen", gab sie schnippisch zurück.

Caine wusste, dass es besser wäre, sie jetzt in Ruhe zu lassen, und doch bohrte er weiter, versuchte noch einmal, an sie heranzukommen. „Ich habe einmal einen jungen Mann verteidigt, der betrunken einen Autounfall verursacht hatte. Ich habe ihn mit einer geringen Strafe freibekommen – und drei Monate später hatte er erneut einen Unfall, war wieder betrunken, und sein Beifahrer wurde bei diesem Unfall getötet." Caine sah sie eindringlich an. „Der junge Mann, der mit in dem Auto gesessen hatte, war siebzehn Jahre alt."

„Oh, Caine!" Diana griff nach seinen Händen und hielt sie fest.

„Es gibt wohl keinen Anwalt, der solches oder Ähnliches nicht schon einmal erlebt hat. Damit müssen wir leben, Diana."

„Du hast Recht." Diana ließ seine Hände los und griff nach der Akte Irene Walker. „Der Fall ist abgeschlossen", murmelte sie und legte die Akte in die Schublade.

„Lucy hat mir erzählt, dass du in der nächsten Woche Termine mit zwei neuen Klienten hast."

„Ja, ich kenne sie von Barclay", antwortete Diana. „Offenbar waren sie mit mir zufrieden, sonst würden sie ja wohl jetzt nicht zu mir kommen."

Caine ging zu ihr und legte ihr beide Hände auf die Schultern. Die Spannung in ihr hatte nachgelassen, das spürte er. „Na, dann hast du ja in nächster Zeit genug zu tun."

„Hoffentlich", antwortete Diana und sah ihn schmunzelnd an. „Wenn ich zum besten Strafverteidiger der Ostküste werden will, brauche ich noch eine Menge Klienten."

„Ich liebe ehrgeizige Frauen", flüsterte Caine zärtlich und küsste sie.

Diana saß entspannt in dem schweren Wagen und genoss die Fahrt zu Caines Eltern. Sie bemühte sich, nicht mehr an Irene Walker zu denken und zumindest für dieses Wochenende auch den Fall Chad Rutledge aus ihren Gedanken zu verdrängen.

Sie freute sich darauf, Justin wiederzusehen. Diesmal würde ihr Zusammentreffen zu keinen Spannungen führen wie beim ersten Mal in Atlantic City. Sie hatten sich ausgesprochen und konnten es jetzt beide genießen, Geschwister zu sein.

Sie war gespannt auf Caines Familie. Was sie bisher über diesen Clan wusste, ließ ihn sehr sympathisch erscheinen, und Diana fragte sich, ob dieser Eindruck auch noch anhalten würde, wenn sie die einzelnen Familienmitglieder erst einmal kennen gelernt hatte. Sie beneidete Caine wieder einmal um seine unbeschwerte Kindheit und Jugend, die er in dieser großen Gemeinschaft verbracht hatte und die auch heute noch zusammenhielt, da die Kinder längst erwachsen waren. Wie sehr hatte sie sich in ihrer Kindheit gewünscht, eine solche liebevolle Familie zu haben.

Wie würde Caine sich verhalten? Würde sie andere Seiten an ihm entdecken, wenn sie ihn zum ersten Mal als Sohn und Bruder kennen lernte? Umgekehrt würde er sie bestimmt kaum wieder erkannt haben, wenn er sie je im Haus ihrer Tante erlebt hätte. Für Diana war es nur natürlich, dass auch Caine sich im Kreise seiner Familie ganz anders verhalten würde als beispielsweise in Boston in der Kanzlei.

Caine lenkte den Wagen einen kurvenreichen Fahrweg den Berg hinauf, und dann sah Diana sein Elternhaus. Das große Gebäude aus grob behauenen Steinen hob sich massig wie eine Trutzburg gegen den fahlen Winterhimmel ab. Die rückwärtige Front lag zur Meeresseite, und nach vorn, zur Auffahrt hin, war die strenge Fassade von hohen Fenstern unterbrochen, die alle hell erleuchtet waren und so dem Haus etwas von seiner düsteren Ausstrahlung nahmen.

„Oh, Caine, es ist so schön hier“, rief Diana begeistert, als der Jaguar vor dem Haus hielt. „Es sieht aus wie ein schottisches Schloss aus dem Bilderbuch.“

„Mein Vater wäre begeistert, wenn er das gehört hätte“, erwiderte Caine lachend.

Diana stieg aus und legte den Kopf in den Nacken, um bis zur Spitze des Turms hinaufsehen zu können, der mächtig in der Mitte des Hauses aufragte. Ganz oben wehte eine Fahne im Wind, der vom Meer her über das Land strich. „Hier wäre ich auch gern aufgewachsen", sagte Diana und nahm den Blick nicht von dem Haus.

Caine freute sich, dass es ihr so offensichtlich gefiel. Jetzt erst wurde ihm bewusst, dass er sehr enttäuscht gewesen wäre, wenn sie nicht so begeistert reagiert hätte.

„Ja", sagte er und legte den Arm um ihre Schulter, „ich liebe den alten Kasten auch sehr, obwohl er eigentlich nach heutigen Maßstäben völlig unpraktisch ist. Viel zu groß, viel zu hohe Räume, die man nur mit riesigem Aufwand beheizen kann. Alles an dem Haus ist groß, selbst die Kamine sind so ausladend geraten, dass man einen Ochsen darin grillen könnte. Und der Weinkeller hat solche Ausmaße, dass er auch jahrelang ohne Nachschub reichen würde. Als Kinder haben wir da unten in den Gewölben immer Räuber und Gendarm gespielt."

„Tut es dir nicht Leid, dass du nicht mehr hier leben kannst?"

„Nein, ich habe mich eigentlich schnell anders orientiert, als ich erst einmal ausgezogen war. Wahrscheinlich deshalb, weil ich genau weiß, ich kann immer hierher zurückkommen, wenn ich will. Komm, der Wind ist unangenehm, lass uns hineingehen. Die Koffer können wir später holen."

Sie stiegen die breiten Steinstufen hinauf zur Haustür. An der Tür befand sich ein gewaltiger Messingklopfer in Form eines Löwenkopfes. Caine betätigte den Griff und sah, dass Diana neugierig die Inschrift studierte, die sich darüber befand.

„Königlich ist mein Geblüt“, übersetzte er ihr die gälischen Worte.

„Sehr beeindruckend.“

„Das will ich auch hoffen“, meinte Caine mit einem breiten Lächeln und nahm Diana in den Arm. Als seine Lippen ihren Mund berührten, schlang sie die Arme um seinen Nacken und erwiderte seinen Kuss. Es war so leicht, alles um sich herum zu vergessen, wenn er sie küsste.

„Das ist auch eine Art, hier draußen nicht zu erfrieren.“

Diana schaute erschrocken auf, als sie plötzlich eine fremde Stimme hörte. In der Tür stand ein großer Mann mit dunklen Haaren und schmunzelte.

„Mein Bruder Alan“, stellte Caine nicht im Mindesten verlegen vor. „Diana Blade.“

Alan ergriff ihre Hand und zog sie ins Haus. Caine folgte und legte Besitz ergreifend sofort wieder seinen Arm um Dianas Taille.

„Schön, dass Sie gekommen sind, Diana“, sagte Alan und half ihr aus dem Mantel. „Die ganze Familie ist im Thronsaal versammelt.“

Diana blickte erstaunt von einem zum anderen. „So nennen wir das große Wohnzimmer“, erklärte Caine lachend. „Das heißt, von der Größe her ähnelt es eigentlich mehr einer Scheune als einem Zimmer. Ist Serena hier?“ fragte er seinen Bruder.

„Justin und Serena sind schon vor mir angekommen“, antwortete Alan.

„Ach du liebe Zeit, dann bin ich ja diesmal derjenige, der den Segen abbekommt“, meinte Caine und verdrehte die Augen.

Alan grinste. „Damit wirst du dich wohl abfinden müssen.“

Caine griff nach Dianas Arm und führte sie einen langen Flur hinunter. „Vielleicht wird er milder gestimmt sein, weil ich Diana bei mir habe“, sagte er und sah seinen Bruder an. „Wie ich dich kenne, bist du allein hier, oder?“

„Ja, und dafür hab ich meine Standpauke bereits hinter mir.“

„Besser du als ich“, meinte Caine und lachte.

„Darf ich wissen, worüber ihr beide da sprecht?“ mischte Diana sich ein.

Caine sah zuerst sie, dann Alan an. „Keine Angst, das wirst du noch schnell genug herausbekommen.“

Diana wollte gerade noch eine Frage stellen, als plötzlich eine mächtige Stimme aus dem Zimmer schallte, auf das sie zugingen.

„Der Junge sollte seine Mutter häufiger besuchen. Was denken sich die Kinder heutzutage eigentlich? Sie sollten sich besser um Nachwuchs kümmern und dafür sorgen, dass die Familie nicht ausstirbt. Wo bleibt bei der heutigen Jugend der Stolz auf den ererbten Namen?“

Als Diana in das Zimmer trat, blieb sie überwältigt stehen. Diesen Riesensaal Zimmer zu nennen war eine glatte Untertreibung. Er hätte jedem Schloss als Ballsaal Ehre gemacht. Die Fenster auf der einen Seite reichten vom Boden fast bis zur Decke, die gegenüberliegende Wand wurde von einem so gewaltigen Kamin eingenommen, wie Diana ihn noch nie gesehen hatte. Das Feuer spiegelte sich in den Fensterscheiben tausendfach wider und tauchte diesen Teil des Raumes in ein warmes Licht.

Die andere Längswand war mit Holz getäfelt, und selbst die Bilder, die daran hingen, hatten wesentlich größere Ausmaße als die, die man normalerweise in einem Wohnzimmer fand. Die schweren alten Möbel aus massivem Holz waren ebenfalls nicht zierlich zu nennen, und doch wirkten sie fast verloren in diesem Saal.

Diana konnte so schnell gar nicht überblicken, wie viele Sessel, Stühle und Sofas in dem Raum standen. Die Familie allerdings hatte sich hinten am Kamin um einen großen Sessel versammelt, der wirklich wie ein Thron aussah. Auf ihm saß ein Mann, für den dieser Thron wie gemacht schien. Er war groß und breitschultrig, ein Mann wie ein Baum. Der rote Bart gab seinem Gesicht ein verwegenes Aussehen, und Diana dachte unwillkürlich, dass er besser in einen Kilt passen würde als in den maßgeschneiderten italienischen Anzug, den er trug.

Neben ihm saß eine zierliche Frau mit dunklem Haar, das von ersten grauen Strähnen durchzogen wurde. Während ihr Mann fortfuhr, sich über die heutige Jugend im Allgemeinen und seine Kinder im Besonderen auszulassen, saß sie still neben ihm und stickte.

Neben ihr auf der Couch saß Serena. Sie hielt ein Glas in der Hand und schaute in das Kaminfeuer. Justin hatte es sich an ihrer Seite bequem gemacht und einen Arm um die Schultern seiner Frau gelegt.

Diana sah ihren Gesichtern an, dass sie solche Strafpredigten vom Oberhaupt der Familie gewöhnt waren. Daniel MacGregor nahm noch einen Schluck aus seinem Glas, bevor er fortfuhr. „Es ist ja schon beinahe ein Wunder, dass die Kinder wenigstens zum Geburtstag ihres Vaters kommen. Schließlich könnte es ja mein letzter sein."

„Das sagst du jedes Jahr", antwortete Caine und machte damit seinen Vater auf die Neuankömmlinge aufmerksam.

Serena stand sofort auf und ging auf ihren Bruder zu. Sie umarmte ihn, küsste ihn auf die Wange und nahm dann auch Diana in den Arm. „Ich freue mich, dass du gekommen bist,

Diana“, murmelte sie und küsste sie ebenfalls auf die Wange.

Serena hatte ihre Schwägerin kaum losgelassen, als plötzlich Justin vor ihr stand.

„Diana.“ Er nahm ihre Hände und zog sie an sich. „Gib mir einen Kuss, Schwesterherz.“

Diana stellte sich auf die Zehenspitzen, und einem plötzlichen Impuls folgend schlang sie die Arme um seinen Nacken und drückte ihren Bruder an sich. „Ich freue mich so, dich wiederzusehen, Justin.“

Er erwiderte ihre Umarmung, und dabei fiel sein Blick auf Caine. Er hätte nicht sagen können wieso, aber Justin wusste mit einem Mal, dass zwischen seiner Schwester und seinem Freund Caine eine Beziehung bestand, die sich nicht auf die gemeinsame Arbeit in der Kanzlei beschränkte. Er sah Caine fragend an, aber der Freund ging nicht darauf ein. Es war ihm nicht anzumerken, ob er die Frage in Justins Blick verstanden hatte.

Dabei wusste Caine genau, was Justin dachte. Er hatte genau dasselbe erlebt, damals, als er festgestellt hatte, dass seine Schwester und Justin zusammenlebten. Im ersten Moment hatte er gegen ein Gefühl der Eifersucht ankämpfen müssen, weil ihm plötzlich bewusst geworden war, dass seine kleine Schwester erwachsen geworden war und nun ein anderer Mann in ihrem Leben die Hauptrolle spielte, nicht mehr der große Bruder. Caine konnte sich nur zu gut vorstellen, dass sein Freund jetzt mit ähnlichen Empfindungen kämpfte.

„Ja, zum Teufel, werde ich denn heute unseren Besuch auch noch einmal begrüßen dürfen?“ schallte Daniel MacGregors kräftige Stimme durch den Raum. „Lass mich deine Schwester anschauen, Justin. Serena, mein Glas ist leer.“

„Mich willst du wohl gar nicht begrüßen, oder?“ Caine ging auf seinen Vater zu.

„Komm nur her“, antwortete Daniel grollend und zog die buschigen Augenbrauen zusammen. „Schämst du dich gar nicht, deine arme Mutter so lange warten zu lassen? Wieso kommst du so spät?“

Er wartete die Antwort seines Sohnes gar nicht ab. „So, Sie sind also Diana?“ Er nahm ihre beiden Hände zwischen seine und betrachtete sie von oben bis unten. „Sie sind ein hübsches Mädchen, Diana. Und die Ähnlichkeit mit Justin ist unverkennbar. Ich sag's ja, aus einem guten Stall seid ihr beide.“

„Danke für die Einladung, Daniel“, antwortete Diana lächelnd.

„Hübsches Mädchen, nicht wahr, Anna?“ wandte er sich an seine Frau.

„Ja, wirklich.“ Caines Mutter stand auf und streckte Diana beide Hände entgegen. „Sie dürfen sich nichts daraus machen, Diana, dass Daniel Sie so ungeniert mustert. Das ist nun mal seine Art. Kommen Sie, setzen Sie sich zu mir.“

„Was ist meine Art?“ polterte Daniel gleich dazwischen. „Darf ich mir ein hübsches Mädchen etwa nicht mehr ansehen?“

„Als ob du dir das verbieten lassen würdest.“ Caine lachte und setzte sich auf die Lehne des Sofas neben seiner Mutter.

Daniel lehnte sich wieder in seinen Thronsessel zurück und streckte die langen Beine aus. „So, dann haben wir also jetzt noch einen Anwalt in der Familie“, bemerkte er und übersah einfach den warnenden Blick, den Caine ihm zuwarf. „Ich habe großen Respekt vor dem Recht, müssen Sie wissen", wandte er sich wieder an Diana. „Alan hat ja auch Jura studiert, aber jetzt steckt er so tief in der Politik, dass er für nichts anderes mehr Zeit hat."

„Jetzt bist du dran", flüsterte Caine seinem Bruder zu und lächelte breit.

„Und Sie haben auch in Harvard studiert?" fragte Daniel und nahm noch einen Schluck aus seinem Glas. „Ja, ja, die Welt ist klein. Jetzt seid ihr beide Partner in einer Kanzlei."

„Wir sind keine Partner", antworteten Caine und Diana gleichzeitig.

„So, ihr seid keine Partner?" fragte das Familienoberhaupt gedehnt zurück, und jeder im Raum wusste, dass er das Wort Partner natürlich nicht nur auf die Kanzlei bezog. „Wie komme ich denn darauf?"

„Serena hat mir erzählt, dass Sie auch in Boston aufgewachsen sind, Diana", rettete Anna die Situation. „Kennen Sie die Familie O'Marra?"

„Ja, meine Tante war befreundet mit Louise O'Marra."

„Louise, richtig. Und wie hieß ihr Mann ...? Ach ja, Brian. Brian und Louise O'Marra. Ich kann mich noch gut an sie erinnern", sagte Anna MacGregor und nahm ihre Handarbeit wieder auf. „Sie konnten stundenlang Bridge spielen. Mir völlig unverständlich."

„Wie war das, Anna", mischte Daniel sich wieder ein, „haben die O'Marras nicht drei Enkelkinder?"

„Wobei wir wieder beim Thema wären", murmelte Caine.

„Mögen Sie Kinder, Diana?" wandte Daniel sich dann direkt an sie und beobachtete Diana dabei sehr genau.

„Kinder?" Die Frage überraschte sie, und ihr Blick ging Hilfe suchend zu Caine. „Ich habe eigentlich nicht viel Erfahrung mit kleinen Kindern."

„Kinder sind das Wichtigste überhaupt auf dieser Welt“, antwortete Daniel und unterstrich dabei jedes seiner Worte, indem er mit dem Finger auf die Lehne seines Thronsessels tippte. „Mit Kindern wird aus einer Ehe erst eine Familie. Sie tragen den Namen weiter und geben Eltern das Gefühl, in ihrem Leben etwas geleistet zu haben.“

„Dein Glas ist leer“, unterbrach Caine ihn und nahm es ihm aus der Hand. Dabei flüsterte er seinem Vater zu: „Wenn du jetzt nicht aufhörst, trink ich den ganzen Whiskey-Vorrat leer, den du im Haus hast.“

„Nun ja“, sagte Daniel laut und räusperte sich. „Wie wäre es mit Abendessen? Ich habe einen Bärenhunger, Anna.“

„Sollen wir es sagen?“ wisperte Serena und sah ihren Mann an.

„Ja, tu es. Ich bin gespannt auf sein Gesicht.“

„Da wir gerade von Kindern sprechen“, sagte Serena laut und übersah Caines bösen Blick. „Ich glaube, Vater hat da Recht.“

„Nicht wahr?“ ging Daniel hoch erfreut wieder auf sein Lieblingsthema ein. „Es ist schon schlimm, dass eure Mutter nicht ein einziges Enkelkind im Arm halten kann.“

„Nun, Justin und ich haben beschlossen, dass sich das in ungefähr sechseinhalb Monaten ändern soll“, teilte Serena der erwartungsvoll dasitzenden Runde mit.

Ihr Vater saß plötzlich ganz aufrecht und starrte mit offenem Mund erst seine Tochter, dann seine Frau an.

„Nun, Daniel MacGregor“, meinte Serena lächelnd, „hast du nichts dazu zu sagen?“

„Du bist schwanger?“

„Ja“, antwortete Rena, beugte sich vor und gab ihm einen

Kuss auf die Wange. „Irgendwann im September könnt ihr euer erstes Enkelkind im Arm halten."

Dem bärenstarken Mann traten Tränen in die Augen. Ganz vorsichtig legte er seine Hände um das Gesicht seiner einzigen Tochter. „Mein kleines Mädchen", murmelte er. „Meine kleine Serena."

Diana spürte, dass ihr auch die Tränen in die Augen stiegen und wandte sich schnell ab. Ihr Blick fiel auf Caine. Der starrte seine Schwester an, als könnte er es nicht fassen.

Justin! Jetzt erst dachte Diana daran, dass es ja auch das Kind ihres Bruders war. Spontan sprang sie auf und ging zu ihm.

„Auf dein Kind", sagte sie leise und hob ihr Glas. „Auf die Gesundheit eures Kindes und auf unsere Eltern, die das nicht mehr miterleben dürfen."

Gerührt gab Justin ihr einen Kuss und murmelte einige Worte in der Sprache ihres Stammes. „Ich hab's verlernt", sagte Diana.

„Danke", übersetzte Justin, „Tante meiner Kinder."

„Wo bleibt der Champagner?" ertönte plötzlich Daniels Stimme. „Das muss gefeiert werden. Ein kleiner MacGregor ist unterwegs."

„Blade", korrigierten Justin und Diana gleichzeitig.

„Richtig, Blade." Daniel hielt seine Tochter immer noch im Arm, und jetzt legte er auch Justin einen Arm um die Schulter und zog ihn an sich. „Das Blut der Blades und der MacGregors vereint – unschlagbar!"

Er ließ Justin und Serena los, kam auf Diana zu und drückte sie an sich. „Blade und MacGregor", wiederholte er noch einmal und lachte laut. „Wenn die nicht unschlagbar sind!"

Diana fühlte sich so fest an seinen mächtigen Brustkasten gedrückt, dass sie beinahe keine Luft mehr bekam. Erst einige Augenblicke später wurde ihr bewusst, was Daniel MacGregor damit gemeint hatte. Er hatte nicht mehr von Justin und Rena gesprochen ... Nein, von Caine und ihr!

Sie sah verstohlen zu Caine hinüber. Er begegnete ihrem Blick, lächelte zärtlich und prostete ihr dann mit seinem vollen Glas zu.

Caine hatte sich in den Schaukelstuhl in seinem Zimmer gesetzt, rauchte und sah hinaus in die fahle Winternacht. Er wusste genau, dass er nicht würde schlafen können, und so hatte er sich gar nicht erst ins Bett gelegt. Im Haus war alles still, nachdem es vor einer Stunde noch vom Reden und Lachen der großen Familie erfüllt gewesen war.

Erstaunlich, wie gut Diana sich hier sofort angepasst hat, dachte er. Von Anfang an hatte es ausgesehen, als gehöre sie hierher, in das Haus seiner Kindheit. Er sah auf die Glut seiner Zigarette und dachte wieder einmal darüber nach, warum er nicht aufhören konnte, an sie zu denken. Ob er in der Kanzlei am Schreibtisch saß, im Auto zu einem Termin fuhr – ja, selbst vor Gericht ertappte er sich immer wieder dabei, dass er an Diana dachte.

Einem Impuls folgend, drückte Caine seine Zigarette im Aschenbecher aus und stand auf. Wenn er ehrlich mit sich selbst war, musste er sich eingestehen, dass er mehr wollte als ihr helfen, ihr beizustehen bei dem Aufbau eines neuen Lebens auf eigenen Füßen. Es gab Augenblicke, in denen Caine sich eingestand, dass er Diana liebte, um dann jedoch jedes Mal vor diesem Eingeständnis zurückzuschrecken.

Es war selbstverständlich für ihn, dass er eine Frau begehrte, sie haben wollte – aber lieben? Das bedeutete Verpflichtung, nicht nur Nehmen, sondern auch Geben, bedeutete eine gewisse Selbstverleugnung um des anderen willen. War er dazu wirklich bereit?

Aber selbst wenn er bereit wäre, dieses Risiko einzugehen, dann blieb da immer noch die Frage, wie Diana dazu stand.

Caine ging hinüber zum Fenster und sah hinaus in die Nacht. Er kannte sich gut genug mit Frauen aus, um zu wissen, dass er rein körperlich eine große Anziehungskraft auf Diana ausübte, dass es ihm immer wieder gelang, sie zu erregen, das Verlangen in ihr zu erwecken. Aber was hatte das mit Liebe zu tun?

Caine wandte sich vom Fenster ab, zündete sich noch eine Zigarette an und wanderte ruhelos in seinem Zimmer auf und ab. Plötzlich blieb er stehen und blickte nachdenklich vor sich hin.

Er würde um Dianas Liebe werben müssen. Doch wie stellte ein Mann so etwas an? Um Liebe werben ... Irgendwie wusste er, dass Diana ganz sicher nicht zu der Art Frau gehörte, um deren Liebe ein Mann werben konnte. Entweder sie liebte oder sie liebte nicht.

Vielleicht liebte sie ihn, war aber nicht bereit, es zuzugeben.

Auf einmal begehrte er sie wieder. Es kam ganz plötzlich – diese Sehnsucht nach ihrer Weichheit, ihrer Wärme. Diana würde jetzt in dem hohen, weiten Himmelbett schlafen. Ohne noch länger darüber nachzudenken, drückte er seine Zigarette aus und verließ das Zimmer.

Caine kannte jeden Zentimeter dieses Hauses. Ohne zu stolpern oder irgendwo anzustoßen fand er die Tür zu Dianas Zimmer, öffnete sie und betrat den Raum. Durch die großen Fenster fiel blasses Mondlicht und tauchte das große Bett in ein unwirkliches Licht. Nur schwach leuchteten die ausgebrannten Scheite im Kamin.

Diana hatte sich unter dem Oberbett zusammengerollt. Ihr regelmäßiges leises Atmen war kaum zu hören. Sehnsüchtige Gefühle überkamen Caine, die ihn fast schmerzten, während er sie betrachtete. Und auf einmal wusste er, wie es wäre, Nacht für Nacht neben ihr zu schlafen, wie es wäre, jeden Morgen neben ihr aufzuwachen. Und er wusste auch, wie es wäre, sein Leben ohne sie zu verbringen. Er beugte sich zu ihr hinunter und strich mit den Lippen zärtlich über ihr Gesicht.

„Diana“, murmelte er, als sie im Schlaf seufzte und sich unter der Decke streckte. Dann wisperte er wieder ihren Namen und küsste ihr schlaftrunkenes Gesicht. „Ich will dich.“ Er schloss ihre Lippen in einem leidenschaftlichen Kuss, der sie in die Wirklichkeit zurückholte.

Sie gab einen leisen Ton des Entzückens von sich, und einen Augenblick erwiderte sie seine Liebkosungen, ehe sie ganz wach wurde und erschrocken auffuhr.

„Caine?“ rief sie empört und spürte, wie sehr ihr Herz klopfte aus Angst, aber auch aus Verlangen. „Du hast mich zu Tode erschreckt.“

„Den Eindruck hatte ich nicht“, erwiderte er leise und setzte sich auf das Bett. Er nahm sie bei den Schultern und zog sie an sich.

„Was tust du hier? Es ist mitten in der ...“ Sein Mund brachte sie zum Schweigen. Langsam ließ er seine Hände unter die Decke gleiten und fand zu seiner Lust, dass Diana warm und weich und nackt war. „Caine“, flüsterte sie, als er seinen Mund von ihren Lippen wegzog und anfing, ihre

Schulter zu küssen. „Du kannst doch nicht ... im Haus deiner Eltern."

„Ich kann", widersprach er und hörte, wie sie nach Atem rang, als er seine Hand tiefer gleiten ließ. „Ich will dich. Ich kann nicht einschlafen, so sehr will ich dich. Oh, Diana, lass dir zeigen, wie sehr ich dich will."

„Caine ..." Aber seine Lippen hatten wieder ihren Mund verschlossen, und Diana protestierte nicht mehr, als er sie zurück in die Kissen drückte.

Hatte er sie jemals zuvor so geliebt? fragte Diana sich benommen, als Caine sie mit Lippen und Händen liebkoste. Einmal hatte er es getan – einmal, in diesem traumgleichen Zusammenkommen. Da gab es kein Bedrängen, keine Eile. Es war, als ob sie beide Jahre vor sich hätten, die sie auf diese Weise zusammen genießen konnten. Langsam kostete Caine den Geschmack ihres Mundes, den Geschmack ihrer Haut, während er seine Bewunderung vor sich hin murmelte.

Ganz versenkt in seine Liebkosungen ließ Diana es geschehen, dass Caine sich damit Zeit nahm. Ihre Leidenschaft hatte Caine noch nicht herausgefordert, sie schwelte wie eine Flamme, die jeden Augenblick auflodern konnte.

Sie bewegten sich in dem gleichen trägen Rhythmus, wisperten sich Zärtlichkeiten zu, gaben kleine befriedigte Laute von sich und kosteten das Gefühl aus, den eigenen Körper am anderen zu spüren.

Diana hatte bisher nicht gewusst, dass Caine zu so viel Zärtlichkeit fähig war oder dass sie selbst diese Zärtlichkeit in sich hatte. Sie wollte nur eins: ihm Vergnügen bereiten. Mit ihren Händen berührte sie ihn nur sanft, wie er es tat, aber auch das steigerte ihr Verlangen.

Während sie fortfuhren, sanfte Liebkosungen auszutauschen, spürte Diana jede Faser ihres Körpers wie noch nie zuvor. Ihr war, als ob sie zum ersten Mal wirklich zum Leben erweckt worden wäre. Mit einem langen, leisen Aufstöhnen gab Diana sich ganz ihrer immer heftiger werdenden Leidenschaft hin.

Caine bemerkte, wie ihr Atem schneller ging, wie der Rhythmus ihrer Bewegungen sich beschleunigte. Ihr Begehren fachte sein Begehren an. Ihm war schwindlig von dem Duft ihres Körpers, der sich mit dem Rauch des ausgehenden Feuers im Kamin hier im Zimmer vermischte. Als sein Verlangen größer wurde, erschien Diana ihm noch süßer. Er ließ seinen Mund nur leicht auf ihren Lippen liegen, ließ seine Zunge mit ihrer Zunge spielen, während sie alle Finger in sein Haar verkrallte.

Caine drang langsam in Diana ein. Seine Erregung steigerte sich noch durch ihr überraschtes Atemholen, das in ein sehnsuchtsvolles Seufzen überging. Obwohl sie sich ihm entgegenbog, bewegte er sich weiterhin träge, murmelte ihr Versprechungen zu, bis sie vor Verlangen noch mehr unter ihm erzitterte. Je größer sein Begehren, desto mehr bemühte er sich um Selbstkontrolle. Flutwellen der Leidenschaft überschwemmten ihn, als er Diana auf den Höhepunkt brachte und sie dann wieder dorthin führte – und wieder.

Noch nie zuvor hatte sie diese Befriedigung in sich gespürt und noch nie zuvor diese Dankbarkeit und Liebe Caine gegenüber, der ihr dieses unbeschreibliche Empfinden verschafft hatte. Lange und zärtlich küsste sie ihn, murmelte seinen Namen. Caine konnte es fast fühlen, wie Diana in seinen Armen dahinschmolz, und er wusste, dass im Augenblick ihr Bewusstsein nur mit ihm ausgefüllt war. Jetzt erst gab er seinem unbändigen, quälenden Verlangen nach und nahm sich das, was Diana ihm nur allzu willig zu geben bereit war.

11. KAPITEL

Bereits nach einigen Stunden stellte Diana fest, dass sie mindestens einige Tage brauchen würde, um das Haus der MacGregors wirklich vom Keller bis zur Turmspitze kennen zu lernen. Nur eines wurde ihr sehr schnell klar: Hier hatte nie ein hoch bezahlter Innenarchitekt seine Vorstellungen verwirklicht. Dieses Haus war gewachsen mit seinen Bewohnern. Stück für Stück war im Laufe der Jahre zusammengetragen worden, und keiner hatte sich dabei den Kopf darüber zerbrochen, ob das eine auch wirklich zum anderen passte. Wahrscheinlich machte das den Charme des Hauses aus.

Diana hatte ihr Leben in dem sorgfältig eingerichteten, immer wieder anders dekorierten Haus ihrer Tante verbracht. Jeder Besucher war beeindruckt von den teuren Antiquitäten und dem exzellenten Geschmack, mit dem die einzelnen Räume eingerichtet waren. Und doch hatte Diana sich unzählige Male vergeblich gefragt, warum sie sich in dem Haus nie hatte heimisch fühlen können. Irgendwie war es ihr immer vorgekommen, als würde sie durch Ausstellungsräume eines sündhaft teuren Möbelgeschäftes laufen, nicht aber durch ein bewohntes Haus.

Jetzt, nachdem sie wenigstens einen Teil des großen Hauses der MacGregors kennen gelernt hatte, wusste sie die Antwort. Hier hatte jedes Möbelstück seine Geschichte, hier verlor selbst Kitsch seinen Schrecken, weil er mit Liebe ausgesucht worden war und sich problemlos in das Gesamtbild einfügte.

Diana wusste nicht, was sie mehr faszinierte – das Haus oder die MacGregors selbst. In dieser Familie war jeder auf seine Art liebenswürdig und benahm sich so natürlich, dass Diana sich vom ersten Augenblick an wohl gefühlt hatte.

Dominiert wurde die Familie fraglos von Daniel, ihrem Oberhaupt. Er war so stolz auf seinen Namen und vor allem auf seine Kinder, wie es eigentlich in der heutigen Zeit gar nicht mehr üblich war.

Was Caine betraf, so hatte Diana schnell feststellen können, dass er sich im Kreise seiner Familie überhaupt nicht anders benahm, als er es in Boston tat oder wie sie ihn in Atlantic City kennen gelernt hatte. Dass er so stark, so selbstbewusst war und es nicht nötig hatte, sein Verhalten einer veränderten Umgebung anzupassen, lag sicher darin begründet, dass er in der starken, liebevollen Familie aufgewachsen war und sich bis heute der Liebe seiner Eltern und seiner Geschwister sicher sein konnte. Diana fragte sich, ob er dieses Glück wirklich zu schätzen wusste.

Auf ihrem Erkundungsgang durch das riesige Haus kam Diana auch wieder in das Zimmer, das Caine scherzhaft die Waffenkammer genannt hatte. Sie schloss die Tür hinter sich und sah sich um.

Hier bewahrte Daniel MacGregor alle Arten von modernen und alten Waffen auf. Schwerter, Degen, die verschiedenen Pistolen und Gewehre – ja, sogar eine kleine Kanone, die Diana jetzt lächelnd betrachtete. Es war kalt in dem großen Raum, und sie hatte die Arme um ihren Oberkörper geschlungen, während sie langsam an den gläsernen Schaukästen vorbeiging.

Es wäre besser gewesen, Caine hätte sie vor seinem Vater gewarnt, bevor sie hierher gekommen waren. Immer wieder musste Diana an Daniels Bemerkungen gestern Abend denken. Sie hatte mit Caine darüber reden wollen, aber als er vergangene Nacht in ihr Zimmer gekommen war, hatte es dazu keine Gelegenheit gegeben.

Sosehr sie die Familie MacGregor mochte, so hatte Diana

doch nicht die Absicht, sich von ihr zu einer Entscheidung drängen zu lassen, an die sie vorher nicht einmal gedacht hatte. Oder vielleicht doch?

Diana blieb nachdenklich stehen. Ja, wenn sie ehrlich zu sich war, musste sie zugeben, dass ihr in den letzten Wochen durchaus der Gedanke an eine Ehe mit Caine gekommen war, aber sie hatte ihn immer schnell wieder verworfen. Es machte ihr Angst, überhaupt darüber nachzudenken. Bedeutete Ehe nicht wieder Abhängigkeit? Und war sie dieser nicht gerade erst entflohen?

Nein, sie wollte weder an Liebe noch an Ehe denken. Nie wieder wollte sie sich so an einen Menschen hängen wie damals an ihre Eltern und Justin. Dann würde es ihr wenigstens erspart bleiben, noch einmal den Verlust eines geliebten Menschen ertragen zu müssen.

Außerdem war es ja nicht Caine, der das Thema angeschnitten hat, dachte Diana. Er hatte bisher weder davon gesprochen, dass er sie liebe, noch gar davon, dass er sie heiraten wolle. Ob seine Eltern das wollten oder nicht, spielte im Grunde ja gar keine Rolle. Schließlich waren die Zeiten, in denen die Eltern die Ehepartner für ihre Kinder aussuchten, lange vorbei.

„Was machst du denn so allein hier?"

Sie drehte sich herum und sah ihren Bruder auf sich zukommen. „Ich kann gar nicht genug von diesem Haus bekommen", antwortete Diana und lächelte ihm zu. „Ich komme mir hier vor wie in einem verwunschenen Schloss, das hinter jeder Ecke neue Geheimnisse birgt. Und ich weiß nicht, was faszinierender ist – das Haus oder die Familie MacGregor."

„Wie solltest du auch?" erwiderte Justin und lachte. „Das habe ich ja bislang auch noch nicht herausbekommen. Wobei

Daniel wohl am schwierigsten einzustufen ist. Ich weiß bis heute nicht, ob er nun ein Genie oder ein Schlitzohr ist."

„Du magst ihn sehr, nicht wahr?"

„Ja. Er ist ein Mann, der sich nie schämt, seine Gefühle zu zeigen. Das bewundere ich sehr an ihm. Wer kann das heutzutage noch?" fügte er nachdenklich hinzu. „Weißt du, Diana, eigentlich ist mir erst bei Serenas Entführung bewusst geworden, dass ich die MacGregors längst als meine eigene Familie anerkannt und geliebt habe. Ich wünschte nur, dass es dir ähnlich ergangen wäre."

„Oh, dafür hatte ich andere Pluspunkte einzusetzen", antwortete Diana und zuckte mit den Schultern. „Zumindest habe ich gelernt, Selbstbewusstsein zu entwickeln und mich auf eigene Füße zu stellen."

„Ja, aber zu welchem Preis? Meinst du nicht, Diana, dass du deine Selbstständigkeit übertreibst?" fragte Justin.

Ärgerlich zog sie ihre Brauen hoch. „Fängst du jetzt auch damit an? Ihr habt euch wohl alle verschworen, um mich mit Caine zu verkuppeln, oder?"

„Ist das wirklich noch nötig?" fragte Justin ganz ruhig. „Es scheint, dass ihr beide euch darüber bereits klar geworden seid."

„Und wenn es so wäre, ginge es euch gar nichts an."

„Natürlich nicht", gab Justin zu. „Diana, es ist wohl ein wenig zu spät, jetzt noch den großen Bruder hervorzukehren, aber immerhin habe ich dir versprochen, dein Freund zu sein ... erinnerst du dich?"

Diana ging plötzlich auf ihn zu und schlang die Arme um seinen Nacken. „Justin, es tut mir Leid", murmelte sie schuldbewusst und barg den Kopf an seiner Schulter. „Es fällt mir wirklich schwer zuzugeben, dass ich ... nun ja, dass ich dich doch sehr brauche."

„Das fällt dir nicht nur bei mir schwer, nicht wahr?“ Er umfasste mit beiden Händen ihr Gesicht und zwang sie, ihn anzusehen. „Diana, liebst du Caine?“

Diana löste seine Hände und trat einen Schritt zurück. „Tu mir einen Gefallen und frag mich nicht danach“, antwortete sie und vermied es, ihn anzusehen.

„Okay“, stimmte Justin zu, als er den hilflosen Ausdruck in ihren Augen bemerkte. „Diana, ich möchte gern etwas über die Jahre hören, die du bei Tante Adelaide verbracht hast. Wärst du bereit, mir darüber zu erzählen?“

Diana zögerte ein wenig. „Nein“, erwiderte sie dann und sah ihn an. „Nein, Justin, das ist endgültig vorbei, und ich möchte nicht mehr darüber sprechen.“

„Du lügst, Diana.“ Sie wollte gerade scharf protestieren, aber Justin gab ihr keine Gelegenheit dazu. „Wenn es wirklich vorüber wäre, könntest du auch darüber sprechen. Es steht mir nicht an, dir Ratschläge zu geben oder gar dir zu sagen, was du zu tun hast, Diana, aber ich möchte dir gern etwas von mir erzählen.“

Langsam ging er hinüber zu einem der Waffenschränke und lehnte sich dagegen, die Arme vor der Brust verschränkt.

„Als ich mich damals in Serena verliebte“, fuhr Justin fort, „habe ich dieses Gefühl lange zu unterdrücken versucht. Ich wusste genau, ich liebte sie, aber ich habe es mir nicht eingestanden, geschweige denn ihr. Weißt du, ich war so lange daran gewöhnt, für mich allein zu sorgen, meinen eigenen Weg zu finden, dass ich einfach nicht an diese Liebe glaubte. Ja, ich habe unsere Eltern geliebt und auch dich, aber das war lange vorbei. Unsere Eltern waren tot, dich hatte ich lange nicht gesehen. Du kannst dir nicht vorstellen, wie schwierig es für mich war, Serena dann endlich doch meine Liebe zu gestehen. Es gibt Menschen, die können ihre Gefühle ganz einfach zeigen, Diana. Zu denen gehören wir beide jedoch leider nicht."

„Und wie war es mit Serena? Ist es ihr leicht gefallen?" fragte Diana.

„Wesentlich leichter als mir." Justin lächelte versonnen, setzte sich auf die Sessellehne und zündete sich langsam eine Zigarette an. „Sie ist ihrem Vater sehr ähnlich, mehr noch als ihre beiden Brüder. Später hat sie mir gestanden, dass sie auch einige Zeit mit sich gekämpft habe, aber als sie dann schließlich zu mir nach Atlantic City kam, stand ihr Entschluss fest. Daniels Rechnung war also voll aufgegangen."

„Daniels Rechnung? Wieso?"

Lachend stieß Justin den Rauch der Zigarette aus. „Er hat uns mit voller Absicht zusammengebracht, indem er mir eine Passage auf dem Kreuzfahrtschiff besorgte, auf dem Serena arbeitete. Natürlich hat er mir nicht gesagt, dass sie auch an Bord sein würde, und ihr genauso wenig. Er hat darauf gebaut, dass das Schicksal uns zusammenbringen würde – wie er es später nannte."

„Schicksal", murmelte Diana, als sie das wohl bekannte Wort hörte. „Er ist wohl doch ein Schlitzohr."

„Das ist noch milde ausgedrückt", antwortete Justin mit einem breiten Grinsen. „Er setzt seinen Willen immer durch – wie alle MacGregors." Justin stand auf und ging auf seine Schwester zu. „Komm", sagte er und legte aufmunternd einen Arm um ihre Schulter, „lass uns zurückgehen, sonst schickt Daniel vielleicht noch einen Suchtrupp los."

Irgendetwas stimmte nicht mit Caine. Diana war sich nicht sicher, was es war, aber sie vermutete, dass der Prozess von Virginia Day dahinter steckte. In der nächsten Woche war der Gerichtstermin, und sie wusste, dass Caine seine Mutter sehr ausführlich nach allem ausgefragt hatte, was sie über Dr. Francis Day wusste.

Ganz oberflächlich betrachtet war Caine wie immer. Aber Diana spürte, dass das nur die äußere Fassade war, die er ihr und allen anderen zeigte. Manchmal, wenn er sich unbeobachtet glaubte, starrte er ausdruckslos vor sich hin, und wenn sein Blick dann auf sie fiel, sah er sie an, als hätte er sie nie im Leben gesehen.

Seinen Eltern und Geschwistern gegenüber verhielt er sich unverändert, aber Diana hatte das Gefühl, dass etwas anders geworden war seit der letzten Nacht, als er in ihr Zimmer gekommen war.

„Nun denn", sagte Daniel MacGregor und lehnte sich in seinen Thronsessel zurück, umgeben von den Geburtstagsgeschenken seiner Lieben. „Jetzt bin ich wieder ein Jahr älter."

„Sollen wir dir jetzt versichern, dass man es dir nicht ansieht?" fragte Serena lächelnd.

„Jetzt sehen Sie mal, mit welch respektlosen Kindern ich gestraft bin", seufzte Daniel und sah hinüber zu Diana.

„Das ist Elternlob", antwortete Diana schlagfertig. Sie kannte ihn mittlerweile gut genug, um auf sein Spiel einzugehen.

„Mein eigen Fleisch und Blut", seufzte Daniel und schüttelte den Kopf. „Sie haben keinen Respekt mehr vor dem Alter."

„Mir kommen gleich die Tränen", sagte Serena trocken.

„In deinem Zustand will ich dir das erlauben", meinte Daniel und sah seine Tochter mit erhobenem Zeigefinger an. „Aber meinst du, ich hätte vergessen, wie du über mich hergefallen bist, als ich Justin die Passage auf dem Schiff besorgt habe? Angeschrien hat sie mich“, sagte er zu Diana. „Und dabei noch mindestens ein halbes Dutzend meiner besten Zigarren vor lauter Wut zerbrochen.“

„Zigarren?“ fragte Anna und sah ihn strafend an.

„Ja, ja – das waren alte, schon halb vertrocknet, die hier noch herumlagen“, antwortete er hastig.

„Es muss schwierig sein, drei so ... so temperamentvolle Kinder großzuziehen“, sagte Diana und tat, als würde sie Caines festen Griff in ihrem Nacken nicht spüren.

„Und wie!“ Daniel war offensichtlich in seinem Element. Er zeigte auf Caine. „Der da“, sagte er. „Keine Sekunde hat der Junge Ruhe geben können. Meine Frau kann Ihnen davon ein Lied singen.“ Aber bevor Anna noch den Mund aufmachen konnte, fuhr er schon fort: „Kein Baum war ihm zu hoch, keine Situation gefährlich genug, als er ein Junge war. Ja, und als er dann größer wurde, kamen die Mädchen. Immer wieder neue, man blickte gar nicht mehr durch. Eine richtige Parade!“ Ein gewisser Stolz in seiner Stimme war unüberhörbar.

„So, so, eine Parade.“ Diana drehte sich um und lächelte Caine an. Erstaunt stellte sie fest, dass sein Gesicht ganz ernst geblieben war.

Er hielt ihren Blick fest, während er ihr Gesicht mit beiden Händen umfasste. „Das ist lange vorbei“, murmelte er und küsste sie.

„Nun denn“, sagte Daniel mit einem zufriedenen Lächeln, als Caine ihren Mund wieder freigab und Diana leicht verlegen in die Runde blickte.

„Sie spielen Klavier, Diana?“ wechselte Anna schnell das Thema.

„Bitte?“ Verwirrt sah Diana sie an. Sie war so durcheinander, dass sie die Frage gar nicht verstanden hatte.

„Sie spielen Klavier?“ wiederholte Anna noch einmal.

„Ja.“

„Ach, würden Sie uns bitte etwas vorspielen? Unser Klavier ist so lange nicht mehr benutzt worden. Sie würden uns eine große Freude machen.“

„Natürlich. Sehr gerne.“ Diana war froh, auf diese Weise Daniels sarkastischen Anspielungen entkommen zu können.

„Lass die Kinder in Ruhe, Daniel“, bat Anna leise ihren Mann. „Du sollst dich nicht immer einmischen.“

„Ich?“ Daniel machte ein gewollt unschuldiges Gesicht. „Aber das tu ich doch gar nicht. Es ist doch ganz offensichtlich, dass ...“

„Lass die beiden das allein machen. Sie brauchen deine Hilfe nicht.“

Diana hatte lange nicht mehr gespielt, aber es fiel ihr nicht schwer, sich schnell wieder hineinzufinden. Ihre Tante hatte schon sehr früh darauf bestanden, dass sie Klavierstunden nahm, und im Laufe der Zeit hatte die Musik in ihrem Leben einen sehr wichtigen Platz eingenommen. Wann immer sie es nicht mehr auszuhalten glaubte, hatte Diana sich ans Klavier geflüchtet, und die Musik hatte ihr dabei geholfen, alles andere zu vergessen.

Was hatte Caine damit bezweckt, sie vor aller Augen so zu küssen? Hatte sie sich getäuscht, oder hatte er damit wirklich den anderen gegenüber Besitzansprüche demonstrieren wollen? Wenn ja, so hatte er damit nur erreicht, dass Diana sich noch mehr in die Enge gedrängt fühlte. Hatte sich tatsächlich seit gestern in ihrer Beziehung etwas geändert, seit er nachts in ihr Zimmer gekommen war, ohne dass sie es bemerkt hatte?

Als Diana den Blick hob, sah sie in Caines Augen. Sie waren ernst und nachdenklich auf sie gerichtet.

Während ihre Finger über die Tasten glitten, überlegte Diana, dass es besser gewesen wäre, nicht hierher zu kommen. Es war nicht gut für sie, Caine in dieser Umgebung zu sehen, losgelöst von der Kanzlei, vom Alltag in Boston. Sie musste vorsichtig sein, wollte sie nicht riskieren, dass ihr sorgsam aufgebauter Plan für die nächsten Jahre über den Haufen geworfen wurde.

Sie wollte Erfolg haben, wollte endlich beweisen, dass sie es auch ohne Unterstützung ihrer Tante schaffte. Das aber war nur zu erreichen, wenn sie all ihre Kraft in ihre Karriere steckte und sich nicht ablenken ließ. Unwillkürlich suchte sie wieder Caines Blick.

Hatte sie nicht von Anfang an Angst davor gehabt, dass er ihr und ihren Zielen gefährlich werden könnte? Aber wieso hatte sie sich dann auf das Spiel mit ihm eingelassen? War sie doch eine Spielernatur, hatte das Risiko sie gereizt? Wie auch immer, jetzt war es geschehen, und sie musste mit den Folgen fertig werden.

Als die letzten Töne in dem großen Raum verhallt waren, richtete Diana sich auf und verschränkte unwillkürlich ihre Hände im Schoß. Sie spürte, dass ihre Finger plötzlich wie verrückt zitterten.

„Bravo“, sagte Daniel MacGregor und klatschte begeistert Beifall. „Hübsch, erfolgreich und dazu noch eine gute Musikerin, das ist beinahe zu viel. Findest du nicht auch, Caine?“

„Wenn dir daran liegt, auch noch deinen nächsten Geburtstag zu feiern, dann hörst du jetzt besser auf“, zischte er seinem Vater zu.

„Nun hör sich einer das an“, fuhr Daniel auf, aber als seine Frau ihm einen warnenden Blick zuwarf, wechselte er schnell das Thema. „Wir sollten noch eine Flasche Champagner aufmachen", meinte er und stand auf. „Caine, leg noch Holz nach, damit das Kaminfeuer nicht ausgeht."

Als alle hinüber ins Esszimmer gingen, blieb Serena am Klavier stehen. „Nimm es ihm nicht übel, Diana", bat sie und folgte dann den anderen.

„Möchtest du auch noch Kuchen?" fragte Caine und legte das Holz nach.

„Nein, danke."

„Noch Champagner?" Caine drehte sich zu ihr um.

„Ja, bitte." Diana suchte krampfhaft nach einem unverfänglichen Thema. „Hat deine Mutter dir in der Sache Day helfen können?"

„Ich habe von ihr eigentlich nicht viel mehr erfahren, als ich ohnehin schon wusste. Allerdings sehe ich jetzt etwas klarer, was den Charakter von Dr. Francis Day angeht. Meine Mutter hat eine Art, den Dingen mit wenigen Worten auf den Grund zu gehen, die mich immer wieder erstaunt. Day war einer der Assistenzärzte meiner Mutter", sagte Caine und reichte Diana ein volles Glas. Als er dabei mit seinen Fingerspitzen über ihre Hand strich, zuckte sie zurück. Er sah sie mit hochgezogenen Brauen an, sagte aber nichts.

„Wenn deine Mutter dir auch nicht zu neuen Erkenntnissen verholfen hat, so ist es doch immer gut, so viele Informationen wie möglich zu haben, bevor man vor Gericht steht."

„Stehe ich eigentlich auch vor Gericht, Diana?"

Überrascht sah sie ihn an. „Wie meinst du das?"

Er trat auf sie zu, legte beide Hände auf ihre Schultern und küsste sie. Caine spürte, wie sie sich innerlich dagegen sträubte. Er ließ sie frei und blickte sie ironisch an. „Ja, ich stehe vor Gericht. Aber so lange ich die Anklage nicht kenne, kann ich mich auch nicht verteidigen."

„Sei nicht albern." Diana griff nach ihrem Glas und trank einen Schluck.

„Und sei du nicht feige", gab Caine zurück. „Ich dachte, wir wären mittlerweile soweit, dass wir offen miteinander reden können."

„Caine, hör auf, mich zu drängen."

„Wieso dränge ich dich?"

„Ich weiß auch nicht." Diana wandte sich ab und schüttelte den Kopf. „Lass uns das Thema vergessen, ja? Ich möchte mich nicht mit dir streiten."

„Ich wusste gar nicht, dass wir streiten. Aber wenn du meinst ..."

„Hör auf, Caine. Lass mich in Ruhe."

„Den Teufel werde ich tun." Er stellte sein Glas weg und griff nach ihr. „Diana, was ist los? Warum ziehst du dich zurück?"

„Das bildest du dir nur ein." Sie nahm noch einen Schluck Champagner. „Es ist schon spät, und ich bin müde. Bitte, dränge mich jetzt nicht."

„Ich verstehe nicht, in welcher Weise ich dich dränge."

„Aber du tust es. Du, deine Familie, Justin – ihr alle", sprudelte es plötzlich aus Diana heraus. Sie setzte das Glas auf den Tisch. „Lass uns später darüber reden."

„Nein." Caine stand da und hätte sie so gern in die Arme genommen. Aber es schien, als hätte Diana eine Wand zwischen ihnen errichtet, die er nicht überwinden konnte. „Es ist nicht meine Absicht, dich zu drängen, Diana", flüsterte er. „Aber ich bin der Meinung, dass wir darüber reden müssen, und zwar jetzt und hier."

„Warum?" fragte Diana, und ihre Stimme klang ärgerlich. „Warum diese plötzliche Eile? Solange wir in Boston waren, war doch alles in Ordnung. Was ist jetzt anders?"

„Nichts ist anders, Diana. Wo ist das Problem?"

„Seit ich in dieses Haus gekommen bin, fühle ich mich wie unter einem Mikroskop, Caine. Du hättest mich darauf vorbereiten sollen, dass ich ganz oben auf der Liste der Frauen stehe, die dein Vater für dich ins Auge gefasst hat."

„Mein Vater hat absolut nichts mit dir und mir zu tun, Diana. Es tut mir Leid, wenn er manchmal etwas direkt ist, aber dafür kann ich nichts."

„Du brauchst dich nicht zu entschuldigen, Caine, aber es wäre besser gewesen, du hättest mich vorher gewarnt. Dabei mag ich deinen Vater – sehr sogar, und den Rest der Familie ebenfalls. Aber es ist unerträglich für mich, ständig diese Spekulationen und die unausgesprochenen Fragen zu spüren."

„Ist es dir je in den Sinn gekommen, dass mir das auch nicht gefällt?" fragte Caine. „Dass ich auch nicht damit einverstanden bin, wenn mein Vater versucht, sich in mein Leben einzumischen – aus welchen guten Absichten heraus auch immer?"

„Es ist deine Familie, und du müsstest dich allmählich daran gewöhnt haben, ganz im Gegensatz zu mir. Ich habe zwanzig Jahre damit verbracht, es meiner Tante recht zu machen. Ich will einfach nicht, dass noch einmal jemand Pläne für mich macht."

„Zum Teufel mit deiner Tante!" explodierte Caine. „Was willst du wirklich, Diana? Warum sagst du es mir nicht?"

„Ich weiß es selbst nicht." Diana zuckte zusammen, als sie die so spontan hervorgestoßenen Worte hörte und plötzlich wusste, dass sie die Wahrheit gesagt hatte. „Verdammt, Caine, ich will meine eigenen Entscheidungen treffen. Es ist mein Leben und keiner hat das Recht, mir da hineinzureden."

Einen Moment lang musterte Caine sie schweigend. Dann nahm er sein Glas und trank es leer. „Ich liebe dich, Diana."

Sie blieb unbeweglich stehen und starrte ihn an. Für einen Augenblick hatte sie das Gefühl, ihr Herzschlag hätte ausgesetzt. Überlaut hörte sie die Stimmen von nebenan, in ihrem Kopf schien sich alles zu drehen.

„Du scheinst nicht sehr erfreut darüber zu sein", stellte Caine trocken fest und ließ sie nicht aus den Augen. Nun hatte er mehr als dreißig Jahre gebraucht, um zum ersten Mal diesen Satz auszusprechen, und die Reaktion war alles andere als überwältigend. „Möchten Sie diesen Satz aus dem Protokoll gestrichen haben, Frau Anwältin?"

Endlich kam wieder Leben in Diana. Sie strich sich eine Haarsträhne aus dem Gesicht. „Caine, ich ... ich weiß nicht, was ich dazu sagen soll. Wahrscheinlich ist es für dich leichter. Es hat schon andere Frauen ..."

„Andere Frauen?" fiel er ihr ins Wort. Sein Gesicht hatte alle Farbe verloren, und seine Augen funkelten wütend. Diana trat einen Schritt zurück, als er auf sie zukam. „Wie kannst du so etwas sagen? Wie kannst du mir etwas vorwerfen, das bereits der Vergangenheit angehörte, als ich dir zum ersten Mal begegnet bin?" Er griff nach ihr, und seine Finger bohrten sich in ihre Arme. „Verdammt, Diana, ich habe gesagt, ich liebe dich. Ich liebe dich!"

Caine presste seinen Mund so fest auf ihren, dass es wehtat. Es war, als wollte er mit diesem Kuss alles vergessen machen – den Schmerz, den sie ihm zugefügt hatte, alle Zweifel, die noch in ihr waren.

„Du machst mir Angst." Diana riss sich von ihm los. Tränen traten in ihre Augen. „Ich habe es immer abgestritten, aber das war eine Lüge. Ich habe von Anfang an

Angst vor dir gehabt." Sie schlug die Hände vors Gesicht, und ihre Stimme wurde ganz leise. „Ich habe immer Angst davor gehabt, einen Mann wie dich kennen zu lernen. Kannst du das nicht verstehen? Mein Leben lang hat mir immer jemand gesagt, tu dies und lass das, dann wird alles gut. Ich will das jetzt nicht mehr. Ich will so leben, wie ich will, und nicht, wie andere es mir vorschreiben."

„Ich habe dir nie vorgeschrieben, was du tun sollst, Diana. Ich wollte dich immer so, wie du bist."

Er hat Recht, dachte Diana. Aber vielleicht war es gerade das, wovor sie am meisten Angst hatte. Sie nahm die Hände vom Gesicht und sah ihn an. „Woher soll ich wissen, dass du mich nicht auch eines Tages verlässt? Wenn ich mir wirklich erlauben würde, dich zu lieben – wer sagt mir, dass nicht irgendwann einmal eine andere kommt und du mich vergisst? Ich habe gerade erst gelernt, alleine zu leben. Ich könnte es nicht ertragen, noch einmal verlassen zu werden."

„Ich habe dich mehr als einmal gebeten, mir zu vertrauen", antwortete Caine. „Du hast gar keine Angst vor mir, Diana. Du hast Angst, weil du deine Vergangenheit noch nicht verarbeitet hast."

Diana kämpfte gegen die aufsteigenden Tränen an und wandte sich ab. „Das verstehst du nicht, Caine. Du bist schließlich noch nicht verlassen worden."

„Wie stellst du dir das denn vor? Willst du dich nie im Leben mehr an jemanden binden, aus Angst davor, ihn wieder verlieren zu können?" Seine Augen blickten hart und kalt. „Ich wusste gar nicht, dass du so feige bist, Diana."

„Ich bin nicht feige. Ich will nur selbst entscheiden, ob ich mich an jemanden binde oder nicht. Ich will nicht wieder verletzt werden, und ich will meine Karriere ..."

„Wieso setzt du ganz automatisch voraus, dass ich dir

wehtun werde?“ unterbrach er sie. „Und was, zum Teufel, hat deine Karriere damit zu tun, dass ich dich liebe? Wer sagt denn, dass du zwischen mir und deinem Beruf wählen musst?“

„Wo steckt ihr denn? Der Champagner ist schon fast ...“ Serena kam ins Zimmer gestürmt und blieb dann abrupt stehen, als sie in Caines und Dianas Gesichter blickte. „Oh, tut mir Leid“, sagte sie schnell und drehte sich wieder um. „Ich sag den anderen, dass ihr gleich kommt.“

„Nein, bitte.“ Diana streckte eine Hand aus, als wollte sie ihre Schwägerin damit aufhalten. „Sag den anderen bitte, dass ich müde war und ins Bett gegangen bin.“ Ohne Caine noch einmal anzusehen, drehte sie sich um und lief aus dem Zimmer.

„Oh Caine, es tut mir so Leid.“ Serena bemerkte, wie ihr Bruder Diana mit unbewegtem Gesicht nachsah. „Einen schlechteren Augenblick hätte ich mir wohl gar nicht aussuchen können.“

„Macht nichts.“ Caine nahm noch einen Schluck. „Wir hatten sowieso alles gesagt, was es zu sagen gab.“

„Caine ...“ Serena ging zu ihm und legte einen Arm um seine Taille. „Brauchst du jemanden, der dir zuhört?“

„Nein, ich brauche nur etwas zu trinken – und zwar möglichst eine ganze Flasche.“

„Du liebst Diana. Nicht wahr?“

„Gut geraten“, antwortete Caine und prostete seiner Schwester zu.

Serena ging nicht darauf ein. „Aber im Moment würdest du ihr am liebsten den Hals umdrehen, oder?“

„Wieder richtig geraten.“

„Man braucht dich nur anzusehen, dann weiß man schon Bescheid. Ich habe zwar keine Ahnung, was hier vorgefallen ist, aber ...“

„Wir haben uns gestritten, und während wir noch mittendrin waren, habe ich ihr gesagt, dass ich sie liebe." Er zuckte mit den Schultern und atmete tief durch. „Es scheint, ich habe mir dafür nicht den richtigen Augenblick ausgesucht."

„Dräng sie nicht, Caine", sagte Serena eindringlich. „Sie muss selbst damit fertig werden. So, und jetzt gehst du ins Bett", kommandierte sie plötzlich und griff nach seinem Arm.

Caine lächelte. „Das hätte ich mir auch nicht gedacht, dass ich noch einmal Ratschläge von meiner kleinen Schwester annehmen muss. Ist es wirklich schon so lange her, dass du deinen rechten Haken an mir ausprobiert hast?"

Serena stand auf und versuchte ihn mit sich zu ziehen. „Geh jetzt ins Bett, oder ich probier das mit dem Haken noch einmal", drohte sie.

Caine stand auf, legte einen Arm um sie und gab ihr einen Kuss auf die Stirn. „Du warst immer schon ein kleiner Satan", sagte er. „Aber ein lieber."

Serena lächelte zu ihm auf. „Du auch, großer Bruder."

12. KAPITEL

Diana saß allein in dem leeren Gerichtssaal. Ihre Hände waren eiskalt und zitterten leicht. Sie wusste, dass sie aufstehen, hinausgehen und nach Hause fahren sollte, aber sie hatte Angst, dass ihre Beine ihr nicht gehorchen würden, wenn sie jetzt aufstand.

Dabei hätte sie eigentlich jubilieren müssen. Sie hatte gewonnen, und das war eigentlich ein Grund zum Feiern. Chad Rutledge war freigesprochen worden. Beth Howards Vater musste sich auf eine Anklage wegen falscher Zeugenaussage gefasst machen – und Beth ebenso, fügte Diana in Gedanken hinzu und sah hinüber zum Zeugenstand. Es war nicht damit zu rechnen, dass Beth wirklich verurteilt werden würde. Die Geschworenen wussten, dass das Mädchen nur aus Angst gelogen hatte, und wer heute miterlebt hatte, wie Beth im Zeugenstand zusammengebrochen war, konnte nur noch Mitleid empfinden.

Diana vergrub ihr Gesicht in den Händen, als sie daran dachte, wie sie das Mädchen auseinander genommen hatte. Sie glaubte, ihre eigene Stimme noch einmal zu hören. War das wirklich sie, die da so eiskalt und überlegt das ganze Lügengebilde zerpflückt hatte? Hinter sich hatte sie immer wieder Chads Zwischenrufe gehört, sie solle Beth in Ruhe lassen. Dann hatte der Richter Chad von der weiteren Verhandlung ausgeschlossen, und dann endlich hatte Beth unter Tränen, manchmal kaum verständlich, die Wahrheit erzählt.

Noch nie hatte Diana sich so einsam gefühlt. Wenn doch jetzt Caine bei ihr wäre! Nein, sie hatte kein Recht, nach ihm zu verlangen. Zwei Wochen waren vergangen, und doch hatte sie immer noch den Ausdruck in seinen

Augen vor sich, damals, im Wohnzimmer seiner Eltern. Sie hatte ihm wehgetan, und jetzt behandelten sie sich wie Fremde.

Am besten wäre es wohl, sie suchte sich ein anderes Büro, in einer anderen Stadt. Willst du wieder weglaufen? fragte plötzlich eine kleine Stimme in ihr. Ja, sie wollte weglaufen – so schnell und so weit wie möglich. Nur ob es Zweck hatte, das wusste Diana nicht, denn eigentlich lief sie vor sich selbst davon.

Seit wann liebte sie Caine? Vielleicht seit damals in Atlantic City, als er ihr so viel Verständnis nach ihrem ersten Zusammentreffen mit Justin entgegengebracht hatte. Oder vielleicht seit dem eisigen Morgen am Strand? Geahnt hatte sie es schon lange, aber sie hatte sich nicht erlaubt, daran zu denken oder es gar sich oder ihm einzugestehen.

Es dauerte noch eine Weile, bis Diana sich endlich dazu zwang, aufzustehen und den Gerichtssaal zu verlassen. Draußen war es schon leicht dämmrig, der Himmel hing voller Wolken.

Als Diana die Stufen hinabging, entdeckte sie plötzlich Chad. Einen Augenblick zögerte sie, aber dann ging sie auf ihn zu.

„Chad."

Er sah auf und blickte in ihr Gesicht. „Ich habe auf Sie gewartet."

„Das sehe ich, aber Sie hätten besser drinnen gewartet. Es ist kalt."

„Nein, ich brauchte frische Luft", entgegnete der junge Mann. „Sie lassen mich Beth nicht sehen."

„Ich werde mich morgen darum kümmern, dass Sie zu ihr dürfen", versprach Diana.

„Miss Blade ..." Chad steckte die Hände in die Taschen und sah hinunter auf seine Schuhspitzen. „Ich habe es Ihnen wohl nicht leicht gemacht, oder?"

„Machen Sie sich deshalb keine Sorgen, Chad."

„Wissen Sie, als ich Beth weinen sah, vorhin im Zeugenstand ... Am liebsten wäre ich Ihnen an die Gurgel gesprungen, Miss Blade", gab der Junge zu und hob wieder den Kopf. „Während ich hier auf Sie gewartet habe, hab ich mir alles Mögliche überlegt, was ich Ihnen an den Kopf werfen wollte, wenn Sie herauskämen."

„Nun, Chad, dann mal los." Diana griff unwillkürlich ihren Aktenkoffer fester.

„Nein, ich hatte eine Menge Zeit zum Nachdenken." Chad nahm eine Zigarette aus der Schachtel und zündete sie sich an. „Ich weiß jetzt, dass Sie mein Leben gerettet haben, Miss Blade – und das von Beth wahrscheinlich auch. Ich möchte Ihnen danken."

Diana war unfähig zu sprechen. Sie starrte auf die ausgestreckte Hand des jungen Mannes, dann in sein Gesicht, und schließlich ergriff sie die Hand.

„Vorhin im Gerichtssaal konnte ich nur daran denken, dass Sie Beth wehtaten. Aber jetzt, hier draußen an der frischen Luft, habe ich wieder zurückgedacht an meine Zelle und mir vorgestellt, wie es gewesen wäre, wenn ich Jahre darin hätte verbringen müssen. Ich hätte es für Beth getan, aber wahrscheinlich hätte es gar nicht lange gedauert, und ich hätte sie dafür gehasst. Und sie ... Beth hätte wohl nicht damit leben können, dass ich nur deshalb im Gefängnis saß, weil sie gelogen hat."

„Sie wird es bald überstanden haben", versuchte Diana ihn zu beruhigen. „Kein Gericht der Welt wird sie dafür verurteilen, dass sie Angst vor ihrem Vater hatte."

„Wenn Beth vor Gericht muss“, sagte Chad und sah Diana bittend an, „würden Sie sie dann verteidigen?“

„Ja, wenn sie das möchte, werde ich sie verteidigen. Und Sie werden da sein, Chad, um ihr zu helfen.“

„Ja, bestimmt. Wir werden bald heiraten. Zum Teufel mit dem fehlenden Geld, wir werden es schon irgendwie schaffen.“ Ein Lächeln spielte um seine Mundwinkel. „Wissen Sie, ich dachte immer, ich müsste aller Welt etwas beweisen – mir selbst, Beth. Merkwürdig, auf einmal ist es gar nicht mehr wichtig zu beweisen, dass ich es schaffe.“

Diana sah ihn nachdenklich an. „Sie haben Recht, Chad“, erwiderte sie langsam. „Wenn man genügend Selbstbewusstsein hat, ist das gar nicht nötig.“

„Es wird nicht leicht werden“, meinte Chad. „Aber die Hauptsache ist, wir beide sind zusammen. Nur das zählt.“ Er strahlte Diana an. „Werden Sie zu unserer Hochzeit kommen, Miss Blade?“

„Ja.“ Diana drückte fest seine Hand. „Ja, Chad, ich werde zu Ihrer Hochzeit kommen. Und jetzt gehen Sie nach Hause. Ich sorge dafür, dass Sie Beth morgen sehen können.“

Als Diana auf ihren Wagen zuging, waren die Kopfschmerzen verschwunden und auch die nagenden Zweifel, die sie noch kurz vorher im leeren Gerichtssaal gepeinigt hatten. Die beiden jungen Leute würden ihren Weg machen, dessen war sie jetzt sicher.

Während Diana den Motor startete und sich in den Verkehr einreihte, gingen ihr immer wieder Wortfetzen durch den Kopf. Wie hatte Justin gesagt? Sie beide gehörten leider nicht zu den Menschen, denen es leicht fiel, ihre Gefühle zu zeigen. Und dann Caine. Sie hörte wieder seine Stimme, seine Worte, dass er sie liebe und dass sie ihm vertrauen solle. Diana hörte sich selbst erwidern, dass sie es nicht ertragen würde, wieder allein gelassen zu werden. Aber was war sie jetzt? Noch einsamer konnte man kaum sein. Dabei sehnte sie sich nach Liebe – nach Caines Liebe. Statt seine Liebe zu genießen, ließ sie sich von Zweifeln leiten, die sie von ihm fern hielten. Brach sie damit nicht das wichtigste Versprechen, das sie sich je gegeben hatte – immer sie selbst zu sein?

Eigentlich hatte sie sofort nach Hause fahren wollen, aber ganz instinktiv musste sie dann wohl doch den Weg zur Kanzlei eingeschlagen haben. Als Diana neben dem Haus hielt, sah sie Caines Auto dort stehen.

Was sollte sie ihm sagen? War es nicht doch besser, erst einmal nach Hause zu fahren und sich alles in Ruhe zu überlegen? Noch während sie darüber nachdachte, stieg Diana aus und ging zum Haus.

In seinem Büro war Licht. Der Fall Day war jetzt beinahe abgeschlossen. Sie hatte mehr über den Prozess aus der Zeitung erfahren als von Caine selbst.

Die Empfangshalle war dunkel, als Diana eintrat. Wieder zögerte sie, aber dann zog sie doch den Mantel aus und stieg die Treppe hinauf. Caines Bürotür stand offen. Sie hörte das Knistern des Feuers in seinem Kamin, als sie langsam darauf zuging. Vor der offenen Tür angekommen, blieb Diana stehen und sah hinein. Caine saß am Schreibtisch, den Kopf über die Akten gebeugt. Er hatte sie nicht gehört.

Sein Jackett und die Krawatte hatte er achtlos über seine Sessellehne geworfen. Neben ihm im Aschenbecher lag eine brennende Zigarette. Während Diana so dastand und ihn beobachtete, fuhr er sich mit beiden Händen durchs Haar und griff dann ohne aufzusehen nach der Kaffeetasse.

Er sieht abgespannt aus, dachte Diana. Als hätte er in den

letzten Nächten nicht gut geschlafen. Er stellte die Tasse wieder weg, seufzte und verbarg sein Gesicht in beiden Händen.

Diana hielt es nicht mehr in der Tür. Sie trat einige Schritte ins Zimmer. „Caine."

Er blickte überrascht hoch. „Diana", sagte er kühl. „Ich habe dich heute gar nicht zurückerwartet."

Sie verschränkte nervös ihre Hände ineinander und suchte nach den richtigen Worten. Seine Augen blickten sie so kalt an, dass sie sich am liebsten umgedreht hätte und geflohen wäre. „Chad Rutledge ist freigesprochen worden", flüsterte sie.

„Herzlichen Glückwunsch." Caine lehnte sich in seinem Sessel zurück. Wie lange würde er es noch aushalten, sie Tag für Tag zu sehen und zu wissen, dass seine Liebe nicht erwidert wurde?

„Ich weiß nicht, ob du mir dazu gratulieren solltest. Ich bin nicht sehr stolz auf die Art und Weise, wie ich Beth Howard im Zeugenstand auseinander genommen habe."

Caine bemerkte die Zweifel in ihren Augen und musste sich zwingen, sitzen zu bleiben und sie nicht in die Arme zu nehmen und zu trösten. „Möchtest du etwas trinken?"

„Nein ... Oder doch, ja", entschied Diana. „Warte, ich hole uns etwas." Sie ging auf den Schrank zu, griff nach der erstbesten Flasche und füllte zwei Gläser, ohne zu wissen, was sie eigentlich einschenkte.

Wenn ihr doch nur die richtigen Worte einfallen würden! Sie wusste genau, was sie ihm sagen wollte, aber es war so schwierig, das auch in Worte zu fassen – zumal sein Gesichtsausdruck überhaupt nicht verriet, was er dachte.

Wie sollte sie ihm sagen, dass sie jetzt endlich bereit war, ihm zu vertrauen, ihre Zweifel endgültig zu begraben? Diana musste sich räuspern, um überhaupt sprechen zu können. „Hast du Probleme mit dem Fall Day?“

„Nein, eigentlich nicht. Er ist so gut wie abgeschlossen.“ Er nahm das Glas, das sie ihm reichte, und trank einen Schluck. „Die Staatsanwaltschaft hat gar nicht so schwere Geschütze aufgefahren, wie ich befürchtet hatte. Ich habe Ginnie heute in den Zeugenstand geholt. Sie hat ihre Sache gut gemacht. Der Staatsanwalt hat es im Kreuzverhör nicht geschafft, dass sie auch nur einen Millimeter von ihren Aussagen abwich.“

„Dann bist du also zuversichtlich?“

„Virginia Day wird freigesprochen werden“, antwortete Caine ohne jegliche Gefühlsregung. „Aber nur vor Gericht“, fügte er hinzu. Als er Dianas fragenden Blick bemerkte, stand er auf und ging hinüber zum Fenster. „Für die Öffentlichkeit wird sie die reiche, verwöhnte Frau bleiben, die ihren Mann umgebracht hat und ihren Freispruch nur der Tatsache verdanken kann, dass sie einflussreich und berühmt ist. Ich kann sie zwar vor dem Gefängnis bewahren, aber nicht davor, von der Öffentlichkeit als schuldig angesehen zu werden.“

„Ich kann mich erinnern“, antwortete Diana leise, „dass mir einmal ein Rechtsanwalt, den ich sehr bewundere, gesagt hat, ein Anwalt müsse immer objektiv bleiben.“

Caine sah sie an und wandte dann den Blick schnell wieder ab. „Du musst nicht alles glauben“, murmelte er.

Diana stellte ihr Glas ab und ging zu ihm. „Hättest du etwas dagegen, wenn ich dich zum Abendessen einladen würde?“

Es kostete Caine große Anstrengung, nicht die Hand auszustrecken und sie zu berühren. Abrupt drehte er sich um und ging zurück zum Schreibtisch. „Nein, ich habe heute noch viel zu tun.“

„Gut, dann werde ich unten im Kühlschrank nachsehen, was noch da ist, und uns hier ein Abendessen machen."

„Nein."

Diana war bereits auf dem Weg zur Tür. Sie blieb stehen, und es dauerte einen Moment, bevor sie nach dieser Abfuhr ihre Stimme wieder unter Kontrolle hatte. Ohne ihn anzusehen, fragte sie leise: „Möchtest du, dass ich dich allein lasse?"

„Ich habe dir gesagt, dass ich noch viel zu tun habe."

„Ich könnte ja warten", bot sie unsicher an. „Wir könnten nachher in meiner Wohnung essen."

Caine starrte zu ihr hinüber. Sie drehte ihm immer noch den Rücken zu und machte auch keine Anstalten, ihn anzusehen. Sie bot ihm an, da weiterzumachen, wo sie vor dem Wochenende bei seinen Eltern aufgehört hatten. War es nicht das, was er früher immer gewollt hatte? Eine aufregende, unkomplizierte Liebesaffäre mit einer hübschen Frau? Genau das hatte er jahrelang praktiziert. Nur, jetzt wollte er das nicht mehr. Eine solche Affäre erschien Caine plötzlich leer und nichts sagend.

Er blickte auf seine Hände. Wie oft hatte er in den letzten zwei Wochen über sich und Diana nachgedacht. Manchmal war er soweit gewesen, sie ohne Rücksicht auf seinen Stolz anzuflehen, wieder zu ihm zurückzukommen. Dann hatte er überlegt, einfach zu ihr zu fahren und sie zu zwingen, wieder mit ihm zu schlafen. Es gab wohl keine Möglichkeit, die ihm in dieser Zeit nicht in den Sinn gekommen wäre, aber alle hatte er wieder verworfen. Er hatte eingesehen, dass man keinen Menschen zur Liebe zwingen konnte – schon gar nicht eine Frau wie Diana.

Caine brauchte Diana, sehnte sich nach ihr und sah doch keinen Weg, sie zurückzugewinnen. Es tat weh zu wissen, dass seine Liebe nicht erwidert wurde, und doch blieb ihm nichts anderes übrig, als sich damit abzufinden.

„Danke für das Angebot", entgegnete er kühl, „aber ich bin nicht interessiert."

Diana schloss die Augen und zwang sich, ihre Stimme ruhig klingen zu lassen. „Ich habe dir sehr wehgetan, Caine", flüsterte sie. „Und ich wünschte, ich könnte es wieder gutmachen."

„Ich komme auch ohne dein Mitleid aus, Diana."

Jetzt drehte sie sich doch um und sah ihn flehend und zugleich zärtlich an. „Caine, einen Augenblick, bitte. Das ist doch ..."

„Hör auf, Diana."

„Caine, bitte ..."

Er schlug mit der flachen Hand auf die Schreibtischplatte. „Hör endlich auf! Geh nach Hause, ich muss arbeiten."

„Aber ich muss mit dir reden", versuchte Diana es noch einmal.

„Ich aber nicht mit dir", fuhr er sie an. „Ich hab mich schon genug zum Narren gemacht. Meinst du, ich will mir noch einmal anhören, warum du mir nicht geben kannst, was ich von dir will?" Er schüttelte heftig den Kopf, ehe er fortfuhr: „Ich glaube nicht, dass ich das noch einmal ertragen könnte."

„Caine, hör mir doch wenigstens zu." Jetzt war auch ihre Stimme laut geworden. Verzweiflung stieg in Diana auf. Sie wusste nicht, wie sie an ihn herankommen sollte.

Bevor sie noch weitersprechen konnte, war er plötzlich aufgesprungen, kam mit wenigen Schritten auf sie zugestürmt und riss sie in seine Arme. Seine Finger bohrten sich schmerzhaft in ihre Schultern, und sein Mund presste sich so hart auf ihren, dass sie leise aufstöhnte.

Zum Teufel mit der Liebe, dachte Caine. Wenn das alles war, was sie von ihm wollte, körperliche Befriedigung, dann sollte sie es haben. Er achtete nicht auf ihre Gegenwehr, hielt sie eisern fest und spürte, wie ihre Kraft schließlich erlahmte und ihr Körper zu zittern begann. Erst jetzt kam er wieder zur Vernunft und ließ sie los.

„Geh, Diana", sagte er rau. „Lass mich allein."

Diana hielt sich an dem Stuhl fest, der vor seinem Schreibtisch stand. Sie zitterte immer noch, aber so leicht wollte sie nicht aufgeben. „Nein, ich will jetzt mit dir reden."

„Gut, dann gehe ich."

Diesmal war sie schneller. Sie warf die Tür ins Schloss und lehnte sich dagegen, um ihm den Weg zu versperren. Für einen Moment dachte sie, er würde sie einfach beiseite schieben, aber dann blieb er doch stehen und steckte die Hände in die Hosentaschen. „Okay, fang an."

„Setz dich", forderte Diana ihn auf.

„Nein. Entweder du sagst jetzt sofort, was du zu sagen hast, oder ich gehe wirklich."

„Nun gut. Ich mache es kurz. Caine, ich habe nicht vor, mich für das zu entschuldigen, was ich vor zwei Wochen im Haus deiner Eltern sagte. Meine Karriere ist wichtig für mich, damit musst du dich abfinden. Sie ist das Erste, was ich mir in meinem Leben selbst erschaffen habe. Und was das Vertrauen angeht, so gebe ich zu, dass es für mich sehr schwierig ist, jemandem restlos zu vertrauen. Dazu kann mich auch niemand zwingen, das muss ich ganz allein entscheiden."

„Gut, dann tu das und lass mich jetzt vorbei."

„Nein, ich bin noch nicht fertig." Diana atmete tief durch und fuhr fort: „Ich glaube, wir sollten wirklich Partner werden."

„Partner?" Völlig überrascht sah er sie an. „Meine Güte, Diana, nach allem, was ich dir gestanden habe, schlägst du mir jetzt ernsthaft eine geschäftliche Partnerschaft vor?"

„Das hat nichts mit geschäftlichen Sachen zu tun", fuhr sie ihn an. „Ich möchte, dass du mich heiratest."

Er betrachtete sie aus zusammengekniffenen Augen. Es war ihm unmöglich, irgendetwas daraus zu lesen. „Was hast du gesagt?"

„Ich habe dich gebeten, mich zu heiraten." Diana wagte kaum noch zu atmen, sie spürte, wie ihre Knie weich wurden.

Plötzlich hörte sie Caine lachen. Dann brach er abrupt ab, strich mit beiden Händen durch sein Haar und ging hinüber zum Fenster. Diana sah auf seinen breiten Rücken. „Das gibt es doch gar nicht", murmelte er und lachte wieder.

Diana kam sich vor wie eine Närrin. Allmählich stieg Zorn in ihr hoch. „Ich finde das gar nicht lustig."

„Ich weiß nicht ..." Caine starrte immer noch aus dem Fenster. Nach all den Zweifeln und dem Schmerz der letzten beiden Wochen erschien sie plötzlich in seinem Büro und bot ihm an, sie zu heiraten.

„Ich glaube, ich gehe jetzt besser", sagte Diana, „dann kannst du dich von mir aus ausschütten vor Lachen." Sie ging zur Tür und wollte sie gerade aufreißen, als Caine plötzlich neben ihr stand und die Tür wieder ins Schloss warf.

„Diana ..."

„Lass mich raus." Sie versuchte ihn zur Seite zu schieben, aber es gelang ihr nicht.

Er griff nach ihren Schultern und drückte sie gegen die Tür. „Diana, ich möchte wissen, warum du mich heiraten willst."

Diana atmete tief durch. „Ich wusste, dass du mich nicht mehr darum bitten würdest, nach all dem, was ich dir an den Kopf geworfen habe", wich sie ihm aus.

Er schüttelte den Kopf, und seine Finger griffen noch etwas fester in ihre Schultern. „Das ist keine Antwort auf meine Frage."

„Caine ..." Sie wollte ihn so gerne berühren, aber sie wagte es nicht. „Verzeih mir doch, Liebling. Ich habe dir sehr wehgetan."

„Ja, das kann man wohl sagen."

„Es tut mir Leid", flüsterte Diana und wich seinem Blick aus.

„Du hast meine Frage immer noch nicht beantwortet." Caine ließ nicht locker. „Diana, warum willst du mich heiraten?"

„Ich habe eingesehen, dass ich eine gewisse Sicherheit brauche", antwortete sie leise. „Wenn zwei Menschen nur so zusammenleben, dann ist es zu leicht, einfach wegzugehen ..."

„Nein." Caine schüttelte den Kopf. „Das ist immer noch keine Antwort. Warum, Diana?"

Diana spürte Panik in sich aufsteigen. Sie schloss die Augen und versuchte sich aus seinem Griff zu befreien. „Ich ..."

„Sag es!"

Sie öffnete die Augen und sah ihn an. Sie wusste, wenn sie es ausgesprochen hatte, gab es kein Zurück mehr. „Ich liebe dich", flüsterte sie und seufzte tief auf. „Oh, Caine, ich liebe dich." Sie warf die Arme um seinen Hals und lachte, während ihr die Tränen über die Wangen liefen. „Ich liebe dich", murmelte sie noch einmal. „Wie oft willst du das noch hören?"

Caine hielt ihren Kopf fest und küsste sie. Erleichtert und glücklich hielt er sie in seinen Armen. „Noch einmal", kommandierte er lachend, „sag es noch einmal."

Diana zog ihn mit sich, bis sie nebeneinander auf dem Teppich lagen. „Ich liebe dich. Ich wusste gar nicht, wie wunderbar es ist, das auszusprechen. Caine ..." Diana hielt seinen Kopf fest und sah ihn ernst an. „Ich wusste immer, dass ich dich wollte, aber ich hatte nicht den Mut, es zuzugeben. Es erschien mir sicherer, mir einzureden, dass ich auch ohne dich leben könnte."

Er griff nach ihrer Hand und zog sie an seine Lippen. „Ich kann dir auch jetzt noch keine Garantie geben, Diana. Ich kann dich nur lieben."

„Ich will keine Garantien." Sie zog ihn fester an sich und küsste ihn auf die Wange. „Jetzt nicht mehr. Ich nehme den Kampf auf, Caine MacGregor." Langsam und zärtlich glitt ihre Hand über seinen Rücken. „Und ich werde gewinnen."

Caine schob ihr die Kostümjacke von den Schultern. „Heute Nacht geschieht alles zum ersten Mal", flüsterte er und begann die Knöpfe ihrer Seidenbluse zu öffnen. „Mein erster Heiratsantrag ..." Seine Finger berührten zart ihre Haut. „Zum ersten Mal ist es mir gelungen, dir diese Worte zu entlocken ..." Seine Lippen strichen über den Ansatz ihrer Brust. „Und wir werden zum ersten Mal in meinem Büro miteinander schlafen."

Diana hatte sein Hemd geöffnet und spielte mit den Haaren auf seiner Brust. „Da gibt es aber noch eine offene Frage, Herr Rechtsanwalt."

„Hm?"

„Du hast meinen Antrag noch nicht angenommen."

„Gibst du mir Bedenkzeit?"

„Nein."

„In diesem Fall nehme ich den Antrag an." Diana sah das amüsierte Blitzen in seinen Augen. „Bist du bereit, dafür zu sorgen, dass die MacGregors nicht aussterben?" fragte er.

Diana hatte die Augen halb geschlossen und lächelte. „Natürlich. Vergiss nicht, ich komme aus einem guten Stall."

Lachend presste Caine sie fester an sich. „Mein Vater wird sich freuen."

– ENDE –

Nora Roberts

Schatten über dem Paradies

Unheimliches geschieht in dem alten Haus, das Maggie renoviert. Was weiß der attraktive Landschaftsarchitekt Cliff Delaney über das, was früher hier passierte?

Band-Nr. 25081
6,95 € (D)
ISBN 3-89941-106-4

MIRA®

Band-Nr. 25082
6,95 € (D)
ISBN 3-89941-107-2

Heather Graham

Zwischen Liebe und Gefahr

Zwei Mal atemberaubende Spannung, zwei Mal große Liebe: ein Doppelroman der Erfolgsautorin Heather Graham.

Julies dunkle Träume
Mit ihren telepathischen Fähigkeiten hat Julie der Polizei bereits oft geholfen – doch wird der Ermittler Robert McCoy sie retten können, als sie selbst Opfer eines wahnsinnigen Entführers wird?

Hurricane der Liebe
Katie beschließt, den Schuldigen zu finden, der den Ruf ihres Geliebten Andrew Cunningham, Bauunternehmer in Florida, zerstört hat – und gerät in Lebensgefahr ...

MIRA®

Nora Roberts
Irische Herzen
Band-Nr. 25065
8,95 € (D)
ISBN 3-89941-086-6

Nora Roberts
Sommerträume
Band-Nr. 25059
6,95 € (D)
ISBN 3-89941-074-2

Nora Roberts
Winterträume
Band-Nr. 25077
6,95 € (D)
ISBN 3-89941-100-5

Sandra Brown
Wenn die Liebe erwacht
Band-Nr. 25057
6,95 € (D)
ISBN 3-89941-072-6

Nora Roberts
Cordina's Royal Family
„Eine königliche Hochzeit"
Band-Nr. 25056
6,95 € (D)
ISBN 3-89941-071-8

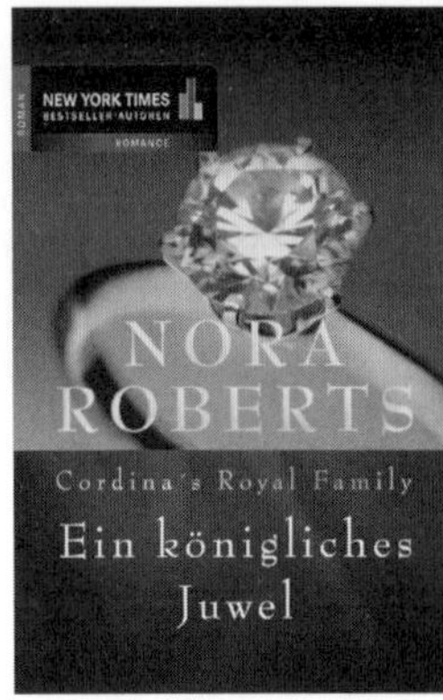

Nora Roberts
Cordina's Royal Family
„Ein königliches Juwel"
Band-Nr. 25072
6,95 € (D)
ISBN 3-89941-094-7

Nora Roberts
Love Affairs III
Band-Nr. 25046
7,95 € (D)
ISBN 3-89941-057-2

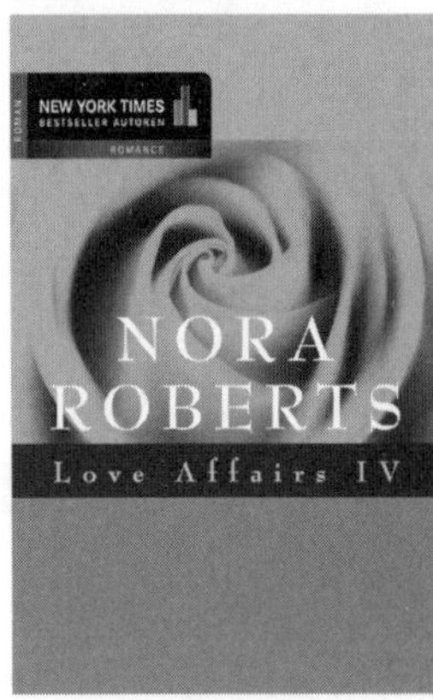

Nora Roberts
Love Affairs IV
Band-Nr. 25074
7,95 € (D)
ISBN 3-89941-096-3